I0833939

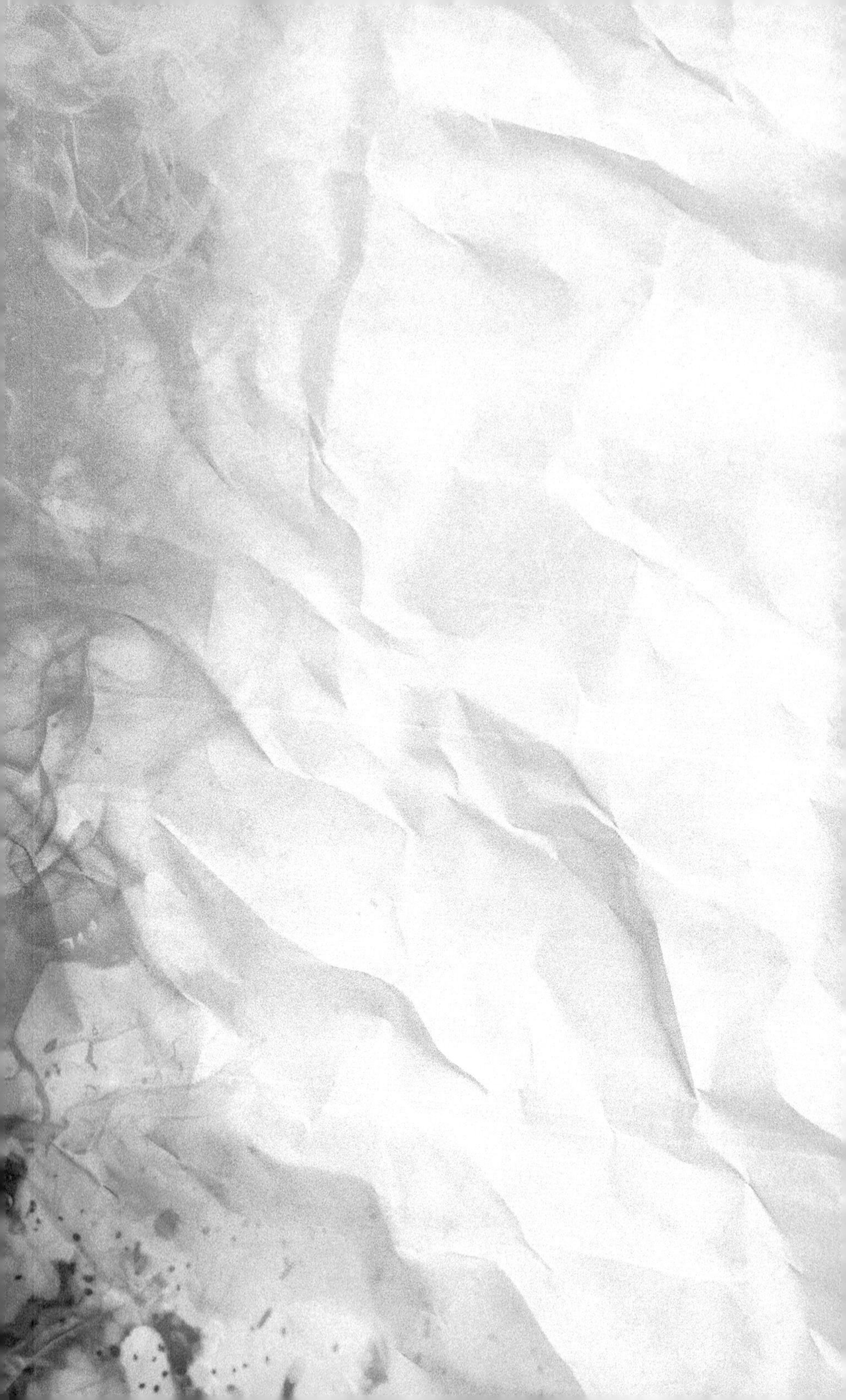

TOME 2

Sous le MASQUE

Personne n'aime les monstres.

IRIS MARGOT

Iris Margot
AUTEURE

Ce livre est également disponible en version broché

Dépôt légal : Mars 2026

Ce document numérique a été réalisé par Iris Margot

Graphisme couverture : ©Charlotte Graphisme

Mise en page : ©Charlotte Graphisme

Correction : ©Oriana

TOME 2

Sous le MASQUE

Personne n'aime les monstres.

IRIS MARGOT

Iris Margot
AUTEURE

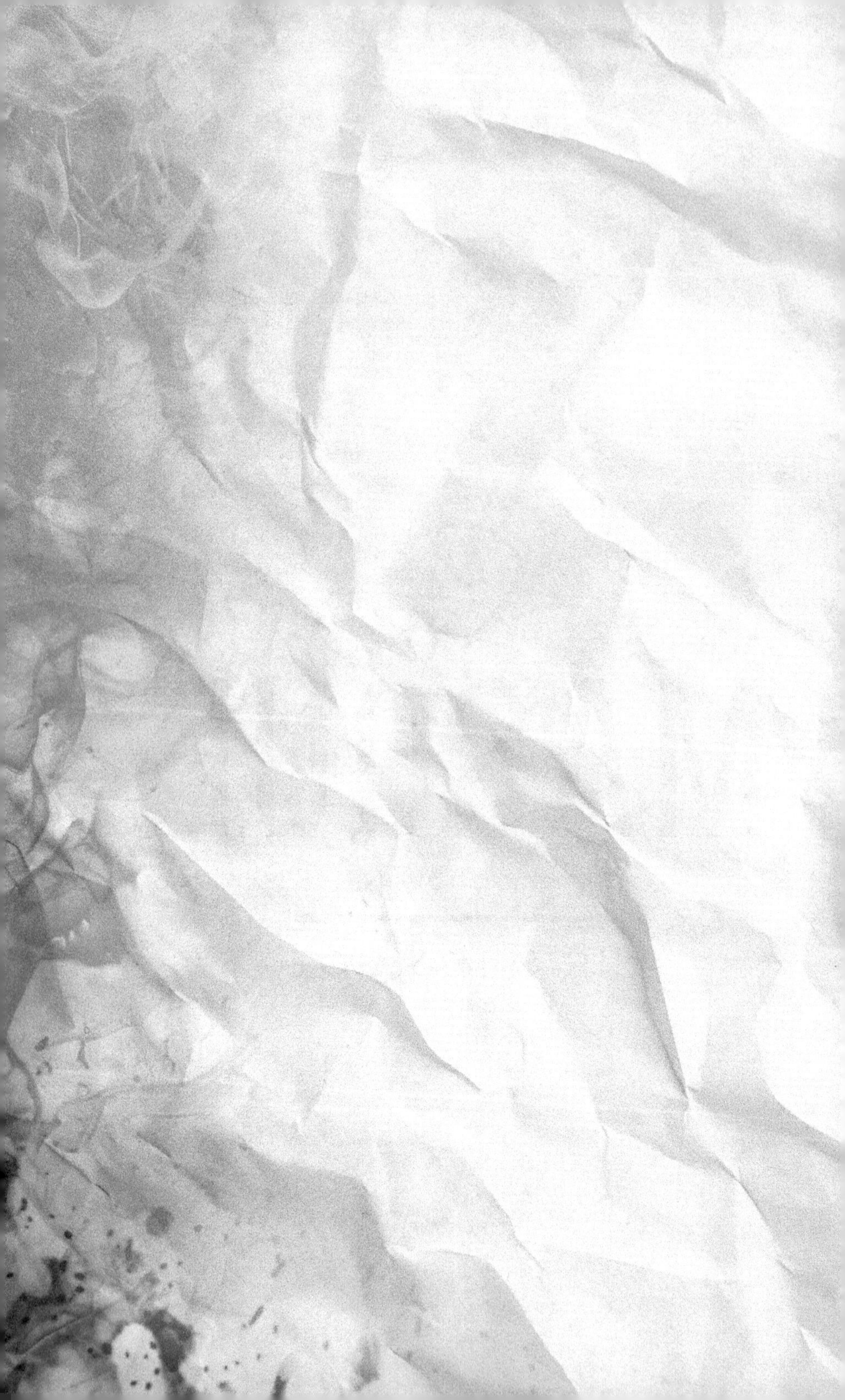

AVANT-PROPOS

L'œuvre que toi, lectrice-lecteur, tu vas bientôt découvrir se sert de certaines références livresques, toutes expliquées en note de bas de page. Pour les références professionnelles, géographiques et physiques, si elles sont inspirées de la réalité et de recherches approfondies, elles peuvent parfois être modifiées pour répondre aux besoins de l'histoire. La temporalité judiciaire dans Sous Le Masque : Personne n'aime les monstres, ne respecte pas la réalité du système judiciaire français.

Prends du recul, souviens-toi que tout ce que tu lis reste fictif et n'a qu'un seul objectif : te plonger dans un univers dérangeant, illégal et immoral. Tu seras peut-être poussé dans tes retranchements tout au long de cette saga. Souviens-toi également que ce livre est pour un public averti. Tu peux penser avoir l'âge de le lire, mais cela ne t'immunise pas contre les risques et les conséquences de cette lecture. Cette histoire est une Dark Romance. Elle aborde des sujets particulièrement sensibles de manière explicite pouvant heurter la sensibilité d'un public non averti.

Information complémentaire : en accord avec ma graphiste, l'interligne a été agrandi afin de garantir un meilleur confort de lecture aux personnes dyslexiques.

TRIGGER WARNING

• VIOLENCES PHYSIQUES
• VIOLENCES ET MANIPULATIONS PSYCHOLOGIQUES
• NON-CONSENTEMENT
• VIOLS
• TROUBLES DU COMPORTEMENT ALIMENTAIRE (ANOREXIE MENTALE)
• AUTOMUTILATION
• MUTILATIONS
• MALTRAITANCES INTRAFAMILIALES
• BRANDING : MARQUAGE AU FEU
• PYROPHILIE : ATTIRANCE POUR LE FEU
• CRISES D'ANGOISSE
• NÉCROPHILIE (ÉVOCATION)
• HÉMATOLAGNIE : ATTIRANCE SEXUELLE POUR LE SANG

Cette œuvre est **FICTIVE.** Je ne tolère et ne valide à aucun moment le comportement de mes personnages.

AMBIANCE MUSICALE

Welcome To The Jungle – Tommee Profitt, Fleurie
Smoking Gun - Indiana
Dizzy – MISSIO
life, i'm over you – Zevia
Brother – Kodaline
Devil In Me – Hasley
Overdose – Grandson
Never Say Die – Neoni
Train Wreck – James Arthur
Twisted Games – Night Panda, Krigarè
Angry Too – Lola Blanc
Déjà Vu – James Arthur
Elastic Heart – Sia
Who Do You Want – Ex-Habit
Metanoia – Faux Tales
Don't Give Up – Ursine, Vulpine, Annaca
Demons – Orlando Kallen
Venom – Emily Mei
Chained – machineheart
Closing Time – Asha Banks
Crescent Key – HexMouth
The Mermaid – Henri Werner, Law
Love notes – Alexa Cirri
Love Language – Social Animals
You should see me in a crown – Billie Eilish
Bang-Bang (Remember my name) – BELLSAINT

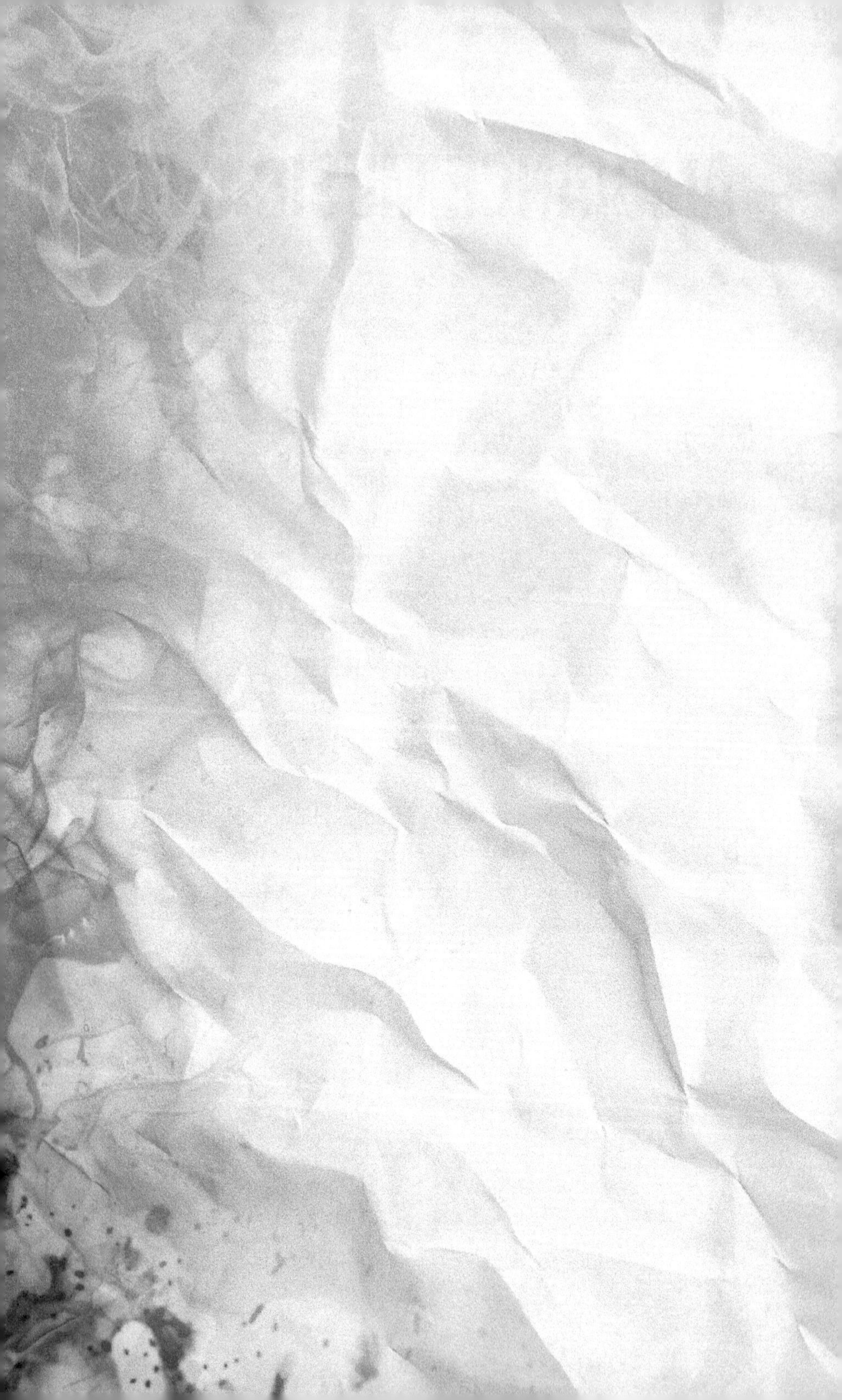

«Il n'existe aucun secret qui ne puisse être découvert. On ne peut rien cacher dans le monde civilisé. Notre société est comme un bal masqué, chacun y cache sa véritable nature et elle est révélée par le choix de son masque.»

Ralph Waldo Emerson

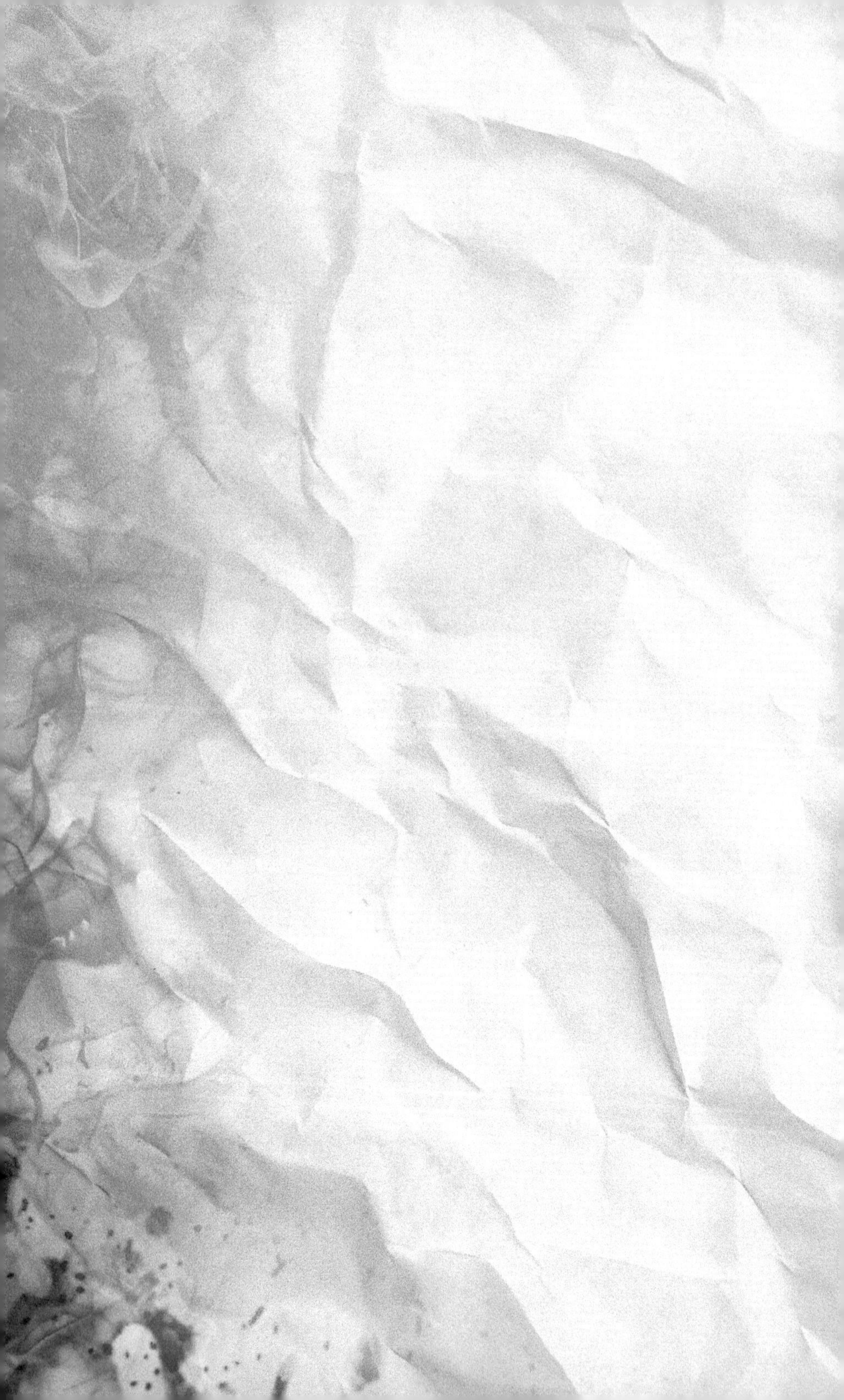

RÉSUMÉ DU TOME PRÉCÉDENT

Dans le tome précédent, tu découvres les personnages de Sous Le Masque ainsi que l'environnement niçois et monégasque. Tu suis l'histoire de quatre personnages principaux : Elaïa Benson, Simon Davis, Hécate et Victor Rivaux.

Mais, que serait une histoire sans personnages secondaires ? Dans le tome précédent, tu rencontres également des visages importants de l'univers : Vincent, l'ami proche de Simon et Victor. Il a pu être aperçu aux côtés d'Hécate en tant que chaperon. Tu as pu aussi faire la connaissance du charismatique Anthony Davis, le paternel de notre *toxic book(pas) boyfriend* préféré, Simon.

De son côté, Elaïa était souvent entourée de ses trois plus fidèles amis : Camille, Arthur ainsi que Roxanne. Cette même meilleure amie qui portait le masque d'Ashe lorsqu'elle devenait escorte, à la nuit tombée.

Enfin, de son côté, Hécate était régulièrement accompagnée de Maddox, l'un de ses trois chaperons principaux.

À la lecture de ce deuxième tome, je t'aide à te remémorer les points principaux du fil conducteur :

Victor est adjoint de l'université de Lettres dans laquelle Elaïa, Roxanne et Camille évoluent. Au cours de ta lecture, tu apprends qu'en réalité, c'est un agent des forces de l'ordre sous couverture qui a pour objectif de faire parler Elaïa.

Avec son meilleur ami, Simon, ils utilisent la *Chambre* où ils s'adonnent à des relations sexuelles BDSM avec des escortes, consentantes, qui ont signé un contrat de confidentialité. Ces documents leur interdisent de divulguer la moindre information concernant cette pièce si particulière, au risque de représailles judiciaires et financières.

Tout au long de l'histoire, tu découvres l'incapacité de Simon à supporter le contact physique, surtout avec les femmes. D'ailleurs, Elaïa et Hécate en subissent à maintes reprises les répercussions.

Enfin, tu refermes le livre avec la découverte qu'Elaïa est en réalité Hécate, l'unique survivante du Marqueur, le tueur en série qui sévit dans le sud de la France depuis de nombreuses années.

Elaïa est à la recherche de son bourreau qu'elle a retrouvé dans les yeux émeraude de Simon.

Lorsqu'il découvre l'identité nocturne d'Elaïa, Simon, condamnant les mensonges par la mort, tire sur elle. *(ELLE EST MORTE… ou peut-être pas…)*

Ta mémoire maintenant rafraîchie, bonne immersion dans ce nouvel opus.

PROLOGUE

Journal du mardi 16 mars 2010

« Presque trois mois après le drame, la justice a rendu son jugement. À l'aube de ses seize ans, le tribunal a reconnu Simon Davis coupable d'homicide involontaire. Le jeune homme lors de l'annonce de sa condamnation, est resté fidèle à l'image qu'il a offerte tout au long de la procédure. Froid et silencieux, l'adolescent de quinze ans a refusé de s'exprimer.

Anthony Davis, le père du criminel, a accepté de nous recevoir dans une interview exclusive. Il dénonce l'incompétence de la justice et invite la population niçoise et monégasque à la vigilance. Il assure, malgré des preuves évidentes, que son fils n'a pas commis le meurtre pour lequel il a été jugé. Le restaurateur renommé a, d'ores et déjà, fait appel de la décision. L'avocat de Simon et Anthony Davis exigent que l'on respecte leur vie privée.

L'ensemble des habitants niçois et monégasques a suivi la tragédie. Des manifestations gagnent les rues, beaucoup de citoyens intéressés par l'affaire Davis crient à l'injustice. Un jeune adolescent de quinze ans n'aurait jamais pu être responsable d'un crime aussi violent que celui-ci. D'autres, plus virulents encore, requièrent la peine de mort, abolie, rappelons-le, depuis 1981.

Vincent Martin, un ami proche de la famille, appelle au calme et insiste sur la nécessité de rester vigilant. Le verdict tout juste prononcé, il exprime l'affliction et la colère que l'entourage ressent. Gonflés par le sentiment d'injustice, ils espèrent que le tribunal saura les écouter pour revenir sur sa décision. Le procureur demande une peine de trente ans de réclusion criminelle. Si la cour a statué sur la culpabilité de Simon Davis, les débats se poursuivent quant au temps qu'il devra passer en détention.

Aujourd'hui, Anthony Davis s'est livré sur l'intention de taire la tragédie. Journaux, articles, interviews, il attend que le gouvernement accepte sa requête afin de faire disparaître toutes les traces de la procédure. À ce jour, la famille endeuillée n'a pas encore réagi aux multiples annonces.

L'appel de la décision de justice étant enclenché, Simon Davis se prépare à recevoir sa condamnation définitive, incarcéré au centre de détention pour mineurs de Nice. »

CHAPITRE 1

Le Marqueur. Nice, février 2020

Ma chasse n'a jamais été aussi longue et exaltante. Ce soir, elle s'apprête à prendre fin, pour autant, je me délecte encore un peu à distance. Si mes proies étaient plus ou moins appréciables ces dernières semaines, j'attendais de capturer celle-ci avec impatience. Je suis un homme patient, il m'arrive pourtant d'être pris par l'excitation. Comme avec elle. Cette petite souris si particulière.

Les reflets de la lune se réverbèrent sur sa blondeur vénitienne et, malgré la pénombre, ses yeux restent captivés par son ouvrage. Elle occulte en totalité, et par la même occasion, son environnement. Depuis plus de trois semaines, chaque début de nuit, elle s'installe sur l'un des bancs du Mont-Boron, face à l'étendue océanique. Elle lit page après page jusqu'à ce qu'un bâillement la contraigne à rejoindre son appartement.

Je jette un coup d'œil à ma montre : 22 h 45. Elle accuse un premier bâillement, l'amusement s'inscrit sur mon visage. Sa fatigue, tout aussi ritualisée qu'elle, la rappellera à l'ordre dans une petite quinzaine de minutes. J'écrase mon mégot, détache le tabac du filtre, glisse le reste dans ma poche puis me nettoie les mains afin de retirer l'odeur de clope. J'enfile mes gants de cuir noir avant de me parfumer d'une fragrance fraîche et mentholée. J'avale une longue gorgée de whisky de ma fiole et imbibe un tissu de chloroforme. Mon point de chute étant éloigné de Nice, je dois me montrer stratégique. J'y mets une dose conséquente pour l'endormir assez longtemps sans que cela lui soit létal. Une fois prêt, d'un pas lent et discret, je me rapproche d'elle.

Mon cœur bat contre mes tempes tant l'effervescence s'infuse dans mes muscles. Tandis que la distance se réduit entre nous, je me demande si elle a vu les signes. Plus sournois avec elle que les autres, je ne sous-estime cependant pas son intelligence. Elle a su le démontrer à maintes reprises ces dernières semaines. Je suis certain qu'elle a vu chacun de mes indices et a choisi consciemment de revenir dans ce parc. Elle savait que je serais là, elle savait que je l'attendrais.

Elle le voulait.

Elle le veut. Cette petite souris rêve de devenir ma propriété, mon meilleur jouet. Mon ultime délice de l'année.

Posté à une distance presque intime, mon souffle se mêle à l'air glacé qui entoure sa silhouette. Du bout des doigts, j'effleure sa nuque, où quelques mèches dansent sous le vent hivernal. Elle frissonne, un mouvement subtil qu'elle réprime en époussetant sa peau, le regard toujours plongé dans son ouvrage. Mes lèvres s'ourlent, discrètes, presque carnassières. Je réitère mon geste, cette fois avec une lenteur calculée. Un grognement vibre dans sa gorge, un son rauque et instinctif qui embrase le creux de mon ventre. Je retiens un frémissement d'excitation. Ce n'est qu'une question de temps avant qu'elle me donne sa voix.

Elle rit très peu, ne parle que quand c'est nécessaire et ne sourit presque jamais. Avec moi, elle ne pourra pas s'arrêter de hurler. En général, je les préfère silencieuses, pas elle. Je la veux bruyante. Je captu-

rerai son désir et chaque mélodie que ses cordes vocales m'offriront.

Je retire lentement son casque audio, son dos voûté se redresse, ses muscles se figent tour à tour à mon contact. D'ordinaire, je ne joue pas autant avec mes proies, mais celle-ci est unique. Je me dois de la traiter d'une manière différente.

J'enclenche le modulateur de voix accroché à mon masque et me penche à son oreille :

— Bonsoir, bonsoir, ce soir, toi et moi, nous allons nous amuser un peu.

À mes mots, elle me confronte. Sans attendre, je plaque le tissu imbibé sur son nez et sa bouche. Elle se débat quelques secondes puis finit par se soumettre, mon bas-ventre s'embrase de satisfaction. Elle ne cherche pas à fuir, au contraire, elle accepte notre rencontre et le moment inoubliable que nous partagerons bientôt.

Les minutes défilent, ses muscles cèdent et son corps devient aussi malléable que du chewing-gum. En toute tranquillité, je range ses affaires dans son sac et attrape son casque. Sur une épaule, je cale sa besace et, de mon bras libre, je soulève son corps frêle. Arrivé à la voiture, je la dépose sur la banquette arrière et glisse son sac sous l'un des sièges. Afin d'éviter les regards suspects, je la dissimule sous une large et épaisse couverture, puis vérifie que sa moto, récupérée au préalable, est bien fixée à l'arrière. Enfin, je contourne la voiture et m'installe derrière le volant. Après un détour par son garage pour y déposer sa moto, je reprends le chemin jusqu'au hangar choisi rien que pour elle.

Ma future propriété.

Le masque soulevé, j'inhale une longue bouffée de nicotine et l'observe toujours endormie, attachée sur la chaise. Les cordes lacèrent déjà sa peau tant j'ai serré les liens.

Elle est terriblement maigre, néanmoins, elle s'avère bien moins laide que toutes les blondes que j'ai pu chasser. Je pourrais presque aimer son corps si j'en avais la capacité. Au bout de quelques minutes, un couinement traverse ses lèvres et m'extirpe de ma contemplation. J'écrase ma clope à moitié consumée et replace mon masque avant d'activer le modulateur de voix. J'empoigne le dossier de la seconde chaise et racle le sol avec les pieds. Je l'installe face à elle pour m'y asseoir.

J'aime les effets de style.

Ses paupières papillonnent, puis elle relève la tête dans une lenteur exquise. Mon sourire s'étire devant la particularité de ses iris lorsqu'elle les braque dans les miens. Elle les dissimulait sous des lentilles d'un marron ordinaire.

— Le sommeil a-t-il été réparateur ? raillai-je.

Sa tête s'incline, ses yeux percent droit jusqu'à mon esprit. Ma langue effleure ma lippe, troublé par l'intensité brute qui émane de son regard.

Intrigante.

D'un calme implacable, elle me fixe avec une ardeur brûlante. Devine-t-elle mon impatiente voracité ? Reconnaît-elle le feu de mon désir, mon besoin de la posséder ?

— As-tu besoin d'un verre d'eau ? D'un petit encas ? m'amusai-je.

Sa bouche se courbe de malice sans qu'elle se desserre. Alors, je presse sa mâchoire et la lui ouvre.

— Il y a bien une langue dans cette belle bouche. Tu sais donc

parler, me gaussai-je en relâchant son visage. Je vous préfère silencieuses. Néanmoins, toi, tu m'offriras ta voix.

Sans prévenir, je pince l'un de ses tétons dépourvus de sous-vêtement et le tire. Sa bouche s'entrouvre, un lointain gémissement s'en échappe. J'insiste, persuadé de parvenir à lui arracher plus. Je m'attaque simultanément aux deux. Une fine lueur d'humidité voile ses iris, capturant la lumière sans qu'aucune larme ne vienne troubler leur éclat. Je desserre mes doigts tandis qu'un paradoxe envoûtant d'insatisfaction et d'euphorie bouillonne en moi.

— Pleurer n'est pas interdit. Certes, c'est un signe de vulnérabilité, mais je t'y autorise.

De nouveau, cette esquisse discrète se dessine au coin de ses lèvres. Ses yeux demeurent secs et, dans un défi muet, elle bombe la poitrine.

— Donc, soupirai-je de désir, tu en as déjà envie, mais je prendrai tout mon temps avec toi, ma petite souris.

Elle résiste, me privant de sa voix. Plus encore, elle m'interdit l'accès à ses pensées. Son regard, bien qu'embrasé, demeure une énigme insondable. Il ne reflète rien, pas une once d'émotion ou de sentiment. Comme si elle n'était plus qu'une simple enveloppe corporelle dépouillée de son essence.

— Tu ne mourras pas, annonçai-je pour capturer l'espoir, même furtif, dans ses prunelles.

Son indifférence me frappe de plein fouet, une onde froide qui contraste violemment avec le feu qui commence à se diffuser dans mes organes, chaque battement de mon cœur résonnant plus fort jusque dans mon bas-ventre. Farouche, elle représente un défi à la hauteur de mes attentes.

— Ils ne te croiront pas, ne te fais aucune illusion, soufflai-je, joueur.

Là, c'est discret, fugace. L'émotion a scintillé au centre de ses iris anormaux. Victorieux, je me satisfais de lui voler cette timide réaction.

— Tu n'es pas mon type, poursuivis-je avec plus de froideur. Tu n'as pas l'âge et tu n'es pas escorte. Par-dessus tout, tu es tout ce qu'il y a de plus ordinaire. Invisible. Crois-tu que quelqu'un s'inquiétera de ta disparition ?

Un rire râpeux m'échappe, se brisant dans l'air en un écho métallique.

— Je vais te garder plus longtemps et ils ne s'inquiéteront pas. Tes amis ne réaliseront même pas que tu as disparu pendant deux longs jours. Il faut dire que tu es plutôt solitaire et ils le savent.

Encore une fois, je lui extorque une réaction. Sa gorge se contracte, sa mâchoire se tend, et je savoure l'emprise que j'ai sur elle.

Le jouet parfait.

Je m'affale sur la chaise, croise la cheville sur le genou et presse volontairement mes mains contre mon entrejambe. Ses yeux restent rivés aux miens, sans ciller. Malgré l'obscénité du geste, elle s'attache uniquement à fouiller mes pupilles, comme si le reste n'existait pas.

Parfait, regarde-les, petite souris, imprime-les et surtout, ne les oublie pas.

Je soupire pour la forme et me racle la gorge.

— Bien, voilà comment cela va se passer, du moins pendant les prochaines heures : je vais te mettre sur cette table, expliquai-je en la désignant d'un geste du menton. Je vais t'y déshabiller et t'y attacher. Si je suis agacé, ce sont les cordes vocales que je tranche en priorité. Je vais

ensuite te brûler la chair et me branler sur la brûlure. Si tu es sage, je te baiserai.

Je me redresse et approche mon visage du sien.

— Je te mets dans la confidence, j'ai un petit penchant pour l'hémoglobine. C'est un excellent lubrifiant.

Ses joues se creusent, sa bouche s'entrouvre. Mon cœur s'emballe, ma queue tressaute à l'idée d'entendre sa voix. Soudain, je recule, surpris, lorsque son crachat éclate entre mes yeux. Sous l'impulsivité et la furie, j'agrippe sa tignasse enroulée dans son chignon.

— Ça, sifflai-je, tu vois, ce n'est pas ce que j'appelle être sage, et ça mérite une bonne punition.

Je libère les liens qui marquaient sa peau, chaque geste calculé. Puis, d'un mouvement déterminé, je l'attire jusqu'à la table. Un choc sourd résonne, son front accusant avec violence le contact avec le bois. Imperturbable, elle ne geint pas. Une résistance qui, étrangement, m'inspire. Si tel est son choix, alors nous jouerons ce jeu. D'une prise ferme sur sa nuque, je la déshabille, découvrant sa peau. Puis, mes doigts se posent sur le chalumeau.

Que la partie commence.

Je fais glisser la flamme jusqu'à sa chair et la brûle. Ses ongles s'enfoncent dans le bois de la table, tandis qu'une tension palpable me saisit. Sa bouche reste verrouillée, en revanche, son corps répond à mon attaque. Sa tête se penche légèrement, sa joue frôle le bois, et ses dents mordent intensément sa lippe. Ses yeux, fascinés, scrutent chacun de mes gestes avec une attention implacable.

Bordel ! Elle est bandante.

— Je dois avouer, soufflai-je, tu m'épates. Ton cran et ton sang-froid sont tout à ton honneur. Seulement, j'aurai ta voix, que tu le veuilles ou non.

Je délaisse sa fesse puis me concentre sur sa cuisse, lorsqu'un sourire plus franc éclaire son visage. Dans ses prunelles, je perçois un éclat de défi que je ressens jusque dans mes os. Un murmure d'exaltation s'échappe de mes lèvres. Au-delà de sa nature singulière, cette petite souris vient de gagner une place toute particulière…

Celle de ma préférée.

CHAPITRE 2

Victor. Nice. présent

Mes pneus crissent sur le parking de l'hôpital. Mon moteur à peine éteint, je bondis hors de l'habitacle et me rue vers l'entrée. Avant même de pénétrer dans l'établissement, deux de mes collègues m'empêchent d'avancer plus loin. Micah enfonce ses mains dans ses poches avec une nonchalance de façade et Tara secoue la tête en me déconseillant fermement de rejoindre mon chef, déjà présent sur les lieux.

— Comment va Ashe ? me demande-t-elle dans une tentative de me détourner de mon objectif principal.

Je la fixe d'un regard perçant, sans qu'elle fléchisse sous l'impact de mon venin. Ashe, bouleversée et emplie de questions, attend des réponses que je ne suis ni prêt ni disposé à lui offrir. Ma colère, injustifiée, envers Tara se propage dans mes veines et se dirige inexorablement vers Simon.

Ce meilleur ami en carton perd toutes ses capacités de raisonner dans les moments les plus importants. Étouffé par la rancune et le besoin de sang, il a détruit des années de travail acharné. Une fraction de seconde et une balle tirée avec une précision effrayante ont suffi pour que tous nos espoirs soient réduits à néant. Je voudrais pouvoir dire que tout va s'arranger, que rien n'est gâché, cependant, j'ai conscience que, ce soir, nous avons échoué et que le Marqueur gagne. Encore.

Cette nuit, alors que la lune brille haut dans le ciel, les nuages s'amoncellent au-dessus de nos têtes, et la tempête gronde, faisant trembler le sol sous nos pieds. Tout s'effondre et plus rien ne nous retient debout.

C'est à ce moment-là que les portes coulissantes du hall d'entrée laissent apparaître Terrence Dubois, mon chef. Les sourcils arqués de rage, les dents grinçantes de frustration, il nous dépasse sans m'accorder un seul regard et nous ordonne, de sa voix ferme des mauvais jours :

— Rendez-vous au site, maintenant.

Obéissants, chacun reprend son véhicule, et nous nous dirigeons vers la zone du raid, perdue dans les hauteurs forestières de Monaco. Là où nous traquons le Marqueur depuis plusieurs années.

À peine arrivés et, malgré ma carrure imposante contrastant avec celle, plus fine mais dessinée, de Terrence, il me projette contre le premier mur en béton sous les regards ahuris de notre petit comité d'accueil. La furie marque ses traits, tandis que ses yeux s'assombrissent et se transforment en un orage charbonneux qui me déconseille vivement de l'ouvrir et d'oser défendre mon traître de meilleur ami.

— Qu'est-ce qui paraît inintelligible dans « il ne la touche pas », Rivaux ? fulmine-t-il en empoignant les pans de mon t-shirt. Qu'est-ce qui ne semble pas limpide dans « une seule erreur et je le renvoie moi-même derrière les barreaux » ?

Je déglutis et mon pouls s'accélère de panique. En cet instant, j'ai beau partager la colère légitime de mon supérieur, je ne peux me résoudre à imaginer revoir Simon en prison. S'il l'acceptait, assurant qu'il mérite l'enfermement tel le monstre qu'il pense être, moi, je n'y survivrais pas.

— S'il te plaît… tout, mais pas ça, murmurai-je, assommé par sa menace qu'il sait destructrice sur mon cœur.

Une moue contrariée, marquée par l'irritation, tord sa bouche. Dans une tension palpable, il finit par me lâcher, soufflant son agacement. Il prend une profonde inspiration, ferme brièvement les yeux, puis se dirige vers son bureau au bout du couloir. Tara et Micah échangent un regard, confus.

— J'y vais, grommelai-je, reconcentrez-vous sur les noms de la liste, déterrez un témoin, une autre proie égarée, je m'en contrefous, mais trouvez quelque chose d'utile.

Tara entrouvre la bouche avant de se raviser devant mon regard noir. Ils me quittent pour regagner la salle de recherche tandis que je prends le chemin de l'office de Terrence.

La main sur la poignée, j'avale une grande bouffée d'air et frappe à trois reprises. Un simple grognement m'autorise l'accès. Les yeux rivés sur les dossiers étalés de son bureau, il ignore ma présence.

Je m'installe sur le fauteuil face à lui et attends que la sentence tombe. De toute évidence, il ne le renverra pas sous les verrous, pas après tout ce qu'il a accompli pour le sortir de prison des années auparavant. Allié invisible, il a aidé Anthony plus qu'on ne le pense. Il a permis la libération anticipée de Simon, et pour cela, Anthony, Vincent et moi lui resterons à jamais redevables.

Au début, Terrence a refusé que mon ami d'enfance rejoigne la traque active du Marqueur. J'ai alors plaidé en sa faveur, sa connaissance approfondie du tueur en série le rendait indispensable. À l'époque, Simon luttait avec ses démons, et Dubois le trouvait trop fragile pour s'engager pleinement dans l'enquête. Cependant, en 2021, Simon a disparu pour tenter de maîtriser le chaos dans sa tête. Mon chef a alors commencé à envisager de l'inclure. La seule condition était que cet éloignement de Monaco lui soit bénéfique. Malgré son instabilité, mon meilleur ami a montré une volonté que Terrence a considérée suffisante pour l'enrôler comme conseiller ponctuel.

Obéissant, il suivait les règles données : trouver et traquer les potentiels complices du Marqueur, assurer à distance la protection de quelques escortes considérées comme cibles probables, sans jamais entrer en contact avec les femmes ou les suspects. Simon n'a plus le visage enfantin de son adolescence, cependant, nous ne pouvions pas prendre le risque que des personnes le reconnaissent et mettent à mal notre traque en informant d'une quelconque manière le Marqueur.

Malheureusement, les choses se sont compliquées lorsqu'Elaïa est entrée dans l'équation. Terrence, tiraillé entre la confiance qu'il avait en moi et sa peur que Simon cède à ses pulsions, n'a cessé d'annuler et de rétablir sa participation. Jusqu'à aujourd'hui. Maintenant, je crains qu'il ne finisse par craquer et décide de l'éliminer lui-même. À cet instant, je me porterais presque volontaire pour l'aider à apaiser sa colère. Simon est un excellent conseiller, les bons jours, mais, face à certaines vérités, il peut devenir irrationnel, comme ce soir. Et cela nous a coûté notre meilleure piste, le seul espoir restant pour enfin capturer le Marqueur.

— T'es viré, siffle Dubois. T'es putain de viré, Rivaux !

Mes dents mordent l'intérieur de ma joue et mes phalanges blanchissent. Mes poings se serrent pour contenir la douleur que ses mots font vibrer en moi. Après Simon, mon travail représente tout ce que j'ai. Si mon cœur bat au rythme de celui de Simon, je respire grâce à ce travail enivrant qu'offre l'unité du RAID.

— Et il retourne en taule.

Tout, mais pas ça.

— Tu ne devais te concentrer que sur une seule mission, Rivaux : t'assurer qu'il ne déconne pas, et tu as merdé. Combien d'années encore devrons-nous subir la tyrannie du Marqueur, à ton avis ? Combien de femmes perdront la vie maintenant que l'unique personne capable de nous fournir les derniers détails manquants est inaccessible ?

— Je suis désolé…

Ses paumes claquent avec violence contre le bois, son menton se relève. Furibond, il contourne le mobilier et me balance au visage des photos froissées par la rage :

— Tu présumes que ça suffit ! Tu crois que, parce que tu t'excuses, ça rattrape le coup ? Il vient de détruire des années de recherches, Victor !

— Il y remédiera…

— Comment ? Comment peut-il réparer l'irréparable ? Explique-moi, je suis tout ouïe.

— Elle n'était peut-être pas si indis…

— Ne t'avise même pas de terminer cette phrase, Victor, ou je te fais avaler ta langue. Ta mauvaise foi et ton déni ne nous sont d'aucune utilité.

— S'il te plaît, fais-moi encore un peu confiance. Je peux le raisonner, le Marqueur a assez gagné ; Simon fait partie de notre camp. Il l'a toujours été. Laisse-lui la possibilité de le prouver.

— Il a eu assez de chances.

Il me tourne le dos et soupire, éreinté par les agissements de Simon. C'est ce que fait mon meilleur ami aux gens : il les entraîne dans son tourbillon infernal.

— Terrence, je t'en conjure. Sans lui, on n'y arrivera pas.

— Sans elle non plus ! On ne pouvait pas y parvenir sans elle !

Une lourde atmosphère nous enveloppe. Il a raison, tout autant que moi. Sans elle, nous n'avons plus de fondement, mais, avec Simon, des voies nouvelles s'ouvrent vers la rédemption. Parfois, je redoute que Simon refuse d'en finir avec la tyrannie du Marqueur. Cependant, je sais aussi qu'il rêve de s'en affranchir, même si cela engendrera une souffrance inévitable.

Terrence retourne derrière son bureau, s'affalant sur sa chaise. Ses doigts se croisent contre sa bouche et, dans ce vide oppressant, ses yeux semblent transpercer mon âme. Les minutes s'égrènent et la tension déjà palpable augmente, l'air devenu presque irrespirable. Je crains qu'il ne cède vraiment et m'ordonne de lui donner ma plaque, mon flingue, signant par la même occasion l'ordre de renvoyer mon meilleur ami en prison.

— Une chance, Victor, concède-t-il. Une seule et unique chance. S'il la bousille, tu perds ton travail, et je l'accompagne moi-même jusqu'aux portes du centre pénitentiaire.

Mon cœur recommence à battre avec plus de constance pendant que mes poumons retrouvent leur fonction.

— En revanche, je ne le veux plus dans le champ. Il ne sert qu'aux recherches théoriques. Tu gères dorénavant la surveillance des escortes.

— Et je m'assure qu'il ne merde plus.

— Tu comprends si vite, Rivaux, raille-t-il, d'un ton acerbe. Tara et Micah passeront également à l'action.

Je hoche la tête.

— Il ne remet pas non plus les pieds sur le terrain, sinon je deviens votre pire cauchemar.

J'acquiesce. D'un mouvement de la main, il m'ordonne de quitter la pièce. Soulagé de garder ma place dans l'équipe et mon meilleur ami à mes côtés, je le remercie.

— Tu as de la chance que j'aie un faible pour les âmes cassées, Rivaux, marmonne-t-il alors que mes doigts s'enroulent autour de la poignée. Il a vraiment beaucoup de chance, répète-t-il, le ton traînant.

CHAPITRE 3

Simon, Monte-Carlo

Victor ouvre la porte du loft avec fracas et, en quelques pas, se plante face à moi. Devant sa mine furibonde, la condescendance s'étire jusque sur mes joues. Confronté à mon insolence, il me soulève, plaque mon dos contre le mur, ses phalanges percutent ma mâchoire.

— Tu es un enfoiré, Simon, un putain d'enfoiré !

Mes lèvres se retroussent avec plus de franchise. S'ensuit une salve de coups qui malmène mon estomac avant qu'il ne s'acharne sur les contours de mon visage.

— Comment as-tu pu faire ça ? Tu as tout foutu en l'air !

Je le repousse et me rue sur la terrasse. Je n'ai rien fichu en l'air, c'est elle qui a commis le crime. Cette catin au masque écœurant mériterait le pire des châtiments.

Qu'elle crame en enfer.

J'attrape le verre délaissé sur la petite table et avale une nouvelle gorgée. Il me l'arrache et l'explose contre le sol. J'arque un sourcil, il vient de gaspiller un bon whisky. Je m'empare d'une clope, toutefois, je n'ai pas le temps de l'allumer que Victor me l'enlève aussi. J'expire, les dents serrées. Qu'il frappe si cela le soulage, mais qu'il laisse tranquille mes addictions. J'ai besoin de boire et de fumer.

— Tu réalises que c'est terminé ? On n'a plus rien maintenant, zéro ! Nada ! Rien, Simon ! On n'a plus rien !

Il attrape la bouteille de whisky et la plaque avec agressivité contre mon torse. Je la retiens, confus. Il prend également mon paquet de clopes et l'enfonce dans ma paume.

— Tu envisages de te bourrer la gueule ? Vas-y ! Tu veux te cramer les poumons ? Fais-toi plaisir ! J'en ai ma claque de tes conneries !

Il tourne les talons et disparaît à l'intérieur du loft. Mon estomac se tord et je le rejoins d'un pas pressé. Il enfile son blouson et enfouit ses clés ainsi que son portable dans les poches de son pantalon.

Je ne veux pas qu'il parte.

— Tu es en colère.

— Bien sûr que je le suis ! s'écrie-t-il. Je suis même en rogne !

— S'il te plaît, ne m'abandonne pas.

Il s'avance vers moi, mais d'instinct, je recule. La douleur se transforme en peur, et il se crispe face à ma réaction. Il lève lentement les mains et réduit petit à petit la distance. Tremblant, je relâche la bouteille qui s'écrase au sol.

« Tic-tac, Simon, tic-tac, tu dois te cacher. »

Je déglutis, et il s'arrête. Je secoue la tête, les battements de mon cœur s'accélèrent.

— Rien ne t'arrivera, je te le promets.

« Tic-tac, Simon, tic-tac, si je te trouve, on va bien s'amuser. »

Mon souffle devient erratique, mes yeux s'embuent et ma gorge se gonfle de sanglots. Il se jette sur moi et m'enserre. Je me débats, mais il plaque ses mains contre mes joues et plonge son regard dans le mien.

— Non ! S'il te plaît, je n'ai pas envie, je ferai mieux, je m'améliorerai, je t'en supplie !

— Tout va bien, Simon. Je ne t'abandonne pas et je me fiche que tu te perfectionnes ou non.

— Tu m'en veux, tu vas…

— Je ne prévois pas de te punir, je te le promets, rien ne t'arrivera. En revanche, je vais râler et on va s'engueuler parce que oui, je suis en colère, au-delà de l'imaginable.

Son front retombe contre le mien, je tressaille, mais ne brise pas le contact.

— Tu m'emmerdes, Simon, je ne peux même plus te gronder tranquillement.

Il s'éloigne de moi, et bien que la tension se soit apaisée, je sais que ce n'est que pour un temps. Dans quelques jours, voire quelques heures, il me rappellera ce que je sais déjà :

Je suis un monstre et personne n'aime les monstres.

Je sors de la salle de bain, la serviette nouée sur le bas de mes hanches. Le regard de Victor dérive un instant sur mes plaies, mais il sait que ce n'est pas le moment d'avoir ce genre de réprimande. Ça pourrait me faire repartir et, cette fois, ses mots n'auraient aucun effet.

— Habille-toi, exige-t-il en m'arrachant tout de même un rictus.

Dans ma chambre, j'enfile rapidement les premiers vêtements qui me tombent sous la main et retourne à ses côtés. Il sirote une rasade de whisky et désigne du menton celui qui m'attend sur la table. J'avale une première gorgée et balance ma tête en arrière contre l'appui du canapé. La tension est palpable entre nous, toutefois, la colère de Victor semble s'être quelque peu atténuée.

— As-tu des nouvelles ? tentai-je avec précaution.

Il reste muet, termine son verre, puis s'en sert un deuxième et le vide presque aussi vite.

— Un nouveau binôme va entrer en jeu.

J'arque un sourcil, il évite mon regard et je comprends qu'ils veulent me mettre sur la touche. *Impossible*.

Je secoue la tête, la colère s'immisce lentement sous mon épiderme.

— Je t'avais prévenu, Simon, si tu ne peux pas réparer, c'est que tu es allé trop loin.

— Vous avez besoin de moi.

— Tu aurais dû y réfléchir avant de tirer.

— Elle a menti.

Cette fois, son visage se tourne vers moi et ses orbes gris acier me foudroient. Comment peut-on m'en vouloir ? C'est pourtant clair, le mensonge mérite la peine capitale.

— Elle a manipulé la vérité, me corrige-t-il. Pour un maître en la matière, je te trouve de très mauvaise foi.

— Je ne l'ai pas tuée.

— Mais tu as tiré ! hausse-t-il le ton.

Il soupire, se lève et commence à tourner en rond dans le salon. Je plisse les yeux, envahi par une méfiance grandissante ; il me cache quelque chose. Je ne l'ai pas abattue, mais ai-je pu meurtrir Victor plus que je ne le pensais ? Ai-je franchi une ligne au point qu'il ne sache pas comment m'annoncer qu'ils me renvoient ? Sa colère intense pourrait expliquer cela. Il ne souhaite pas que je retourne en prison, mais, puisque je ne fais que blesser ceux qui m'entourent, il semblerait que ce soit le chemin vers lequel je me dirige. En fin de compte, ce n'est pas lui qui m'abandonne, mais moi qui l'abandonne.

— Tu vas me passer les menottes, c'est ça ?

Il se fige. Son regard plonge dans le mien, et je baisse la tête. Je ne peux pas supporter de le voir souffrir à cause de moi. Cela fait plus de dix ans qu'il endure la douleur. Autrefois, il souriait et riait beaucoup plus souvent.

Personne n'aime les monstres.

— Non, mais c'est terminé. Tu n'es plus sur l'affaire. Tu as interdiction de t'approcher d'Elaïa, de jour comme de nuit.

Nous avons tous reçu l'ordre de te neutraliser si tu te trouves à proximité d'elle.

— Je suis le seul à pouvoir la surveiller correctement.

Il laisse échapper un rire, mais les vibrations acides qui emplissent l'air trahissent son amertume. Il secoue la tête, un soupir s'échappe de ses lèvres avant qu'il ne sorte son téléphone, absorbé par l'écran. Pourtant, je persiste.

— Je suis le seul à pouvoir la protéger.

Ses doigts s'activent sur son portable, indifférent à ma remarque. Je souhaite maintenir la surveillance et la sécurité d'Elaïa. Je ne l'ai pas tuée, conscient qu'elle est la clé du plan. De plus, personne n'aura les compétences nécessaires pour la gérer. Entre ses coups d'éclat imprévus et son esprit qui fonctionne plus rapidement que la moyenne, elle laissera chaque officier en charge sur le carreau.

Victor verrouille son téléphone, le range et reste enfermé dans le mutisme. Il vide son troisième verre et prend une inspiration profonde.

— Pour garder sa surveillance, tu n'aurais jamais dû tirer.

— Qui ? Qui va essayer de protéger cette cat… femme ? Qui ton boss pense-t-il être assez compétent pour s'occuper d'une roublarde comme elle ?

Une grimace tord sa bouche. Il m'a parlé d'un binôme, cependant, je doute que son chef mette un duo en filature. Ce serait trop flagrant et, au lieu de la protéger, ça ne ferait que renforcer la cible au-dessus de sa tête. Son menton s'abaisse et il baragouine un mot inaudible avant de se décider à me confronter.

— C'est moi.

— Mais tu es censé être l'adjoint en poste à l'université.

— Oui, je le suis toujours.

— Alors pourquoi ? C'est trop risqué.

— Parce que tu es là et qu'elle est Hécate.

— On te met de surveillance pour me garder sous contrôle, raillai-je, acerbe.

Sa paume frotte sa nuque, un énième soupir s'échappe dans les airs.

— Pourquoi t'es-tu senti obligé de tirer…

Son téléphone sonne, il ne me laisse pas le temps de répondre et quitte le loft. Je ne l'ai pas tuée et tout ce qu'ils voient, c'est que j'ai tiré. J'aurais pu arracher son souffle de vie pour ses mensonges et ses manipulations, cependant, je ne l'ai pas fait. Alors pourquoi en font-ils toute une histoire ? Je ne suis pas fautif, elle l'est.

Les minutes s'allongent dans une atmosphère de plomb. Lorsque j'observe l'heure sur l'écran de mon téléphone, je cède et décide d'aller à l'encontre de l'interdit. J'attrape mes clés de voiture et quitte le loft pour rejoindre le seul endroit où je ne suis plus supposé mettre les pieds.

Devant sa résidence, mon intérêt se concentre sur son balcon. Aucun signe de vie n'est visible, pourtant, j'ignore comment, mais je le sens, elle est là. J'écrase mon mégot, puis un autre et encore un nouveau. L'écran affiche deux heures trente du matin et la lumière surgit dans son appartement. Involontairement, mon intérêt voyage jusqu'à mon portable. Sans grande surprise, il ne vibre pas, toutefois, je ne peux empêcher mon cœur de se serrer face à cette évidence.

Elle n'appellera pas.

Le bruit d'une baie vitrée qu'on ouvre me fait relever le menton. Elle apparaît, sa tête dissimulée sous une capuche, un verre à la main. Elle s'accoude à la balustrade et porte son attention vers l'horizon. Comme si elle sentait ma présence telle que je ressens la sienne, ses yeux se tournent dans ma direction. Sans pleinement percevoir son regard, il parvient tout de même à cisailler ma chair. Je lui donne le change, néanmoins, comme d'ordinaire, elle ne rend pas les armes. Au contraire, elle assène un coup supplémentaire. Ses doigts capturent les coutures de sa capuche et elle l'abaisse. J'observe alors le bandage qui recouvre son oreille et mes lèvres se serrent en une ligne fine.

— Je ne t'ai pas tuée, murmurai-je.

Je jurerais l'entendre me répondre : *« mais tu as quand même tiré. »*

Mon portable vibre, et mon cœur s'emballe, en revanche, l'enthousiasme s'essouffle aussitôt en lisant le destinataire.

Victor : Barre-toi de sa résidence, Simon. Elle ne risque rien. Je la surveille.

Je reporte mon regard vers son balcon, qui est désormais désert. Je cède à l'injonction de Victor et retourne dans ma voiture. Je m'apprête à démarrer lorsque la porte du garage s'ouvre et qu'une moto déboule sans considération pour la limite de vitesse autorisée.

Prête pour une petite course, sorcière ?

CHAPITRE 4

Victor. Nice

Sans grande surprise, il démarre et la suit. Je râle et me retrouve à devoir poursuivre deux têtes de mules ingérables. Nos moteurs rugissent dans la nuit. Je reste à une distance raisonnable, cependant, je ne suis pas stupide, je suis presque certain qu'Elaïa sait que nous la suivons. Quelques minutes après qu'elle est sortie en trombe de son immeuble, elle se gare sur le parking du parc Mont-Boron. Je coupe le moteur et assassine Simon du regard, qui n'a que faire de mes réprimandes. Je ne le raisonnerai pas, donc je deviens complice de sa désobéissance et l'accompagne. Nous escaladons le muret et parcourons, avec le plus de discrétion possible, le parc sans mettre la main sur la fuyarde. Puis, nos corps se statufient, aspirés par un hurlement qui malmène avec intensité ma cage thoracique.

Bordel, il était puissant celui-ci.

J'échange un regard avec Simon lorsqu'un second cri vibre entre les arbres. Nous nous dirigeons vers la source du bruit et la silhouette d'Elaïa se dessine plus distinctement sur le rebord du rempart. J'attrape instinctivement le bras de Simon, qui voulait aller plus loin, et nous dissimule derrière un arbre. Elle s'époumone une nouvelle fois et réussit à m'arracher une grimace.

Elle a du coffre quand elle veut…

— Rassure-moi, susurre Simon, elle ne va pas sauter? Non, parce que ce n'est pas moi qui vais la retenir. J'aurais plutôt tendance à vouloir la pousser dans le vide, mais je ne suis pas certain que ce soit bon pour nos affaires.

Comme il le dit si bien, ça serait vraiment mauvais pour nos affaires. Cependant, j'émets un doute. S'il est évident que Simon serait plutôt du genre à inciter les suicidaires à sauter dans le vide, il ne laisserait pas Elaïa tomber.

Elle finit par s'asseoir, les genoux remontés sous son menton. Je propose alors que nous nous rapprochions un peu plus tout en lui signifiant qu'il est indispensable de rester discret. Il hoche la tête et nous réduisons la distance entre elle et nous. Elle tire son portable de son manteau, le porte à son oreille et se racle la gorge.

— J'y suis. Si tu n'es pas là dans dix minutes, je pars.

Sa voix. Hécate.

Une fois qu'elle a raccroché, elle laisse sa capuche retomber, enroule ses cheveux dans un chignon négligé et sort un bonnet de son manteau. Elle l'enfonce sur sa tête puis replace la capuche. Elle noue ensuite son écharpe de telle sorte à dissimuler le maximum de son visage et termine son look avec une paire de gants.

Au-delà de ses cris chargés de douleur, elle démontre une assurance inébranlable. Dans la *Chambre*, elle n'était pas aussi déterminée, je dirais même tout le contraire. Elle était résignée, prête à recevoir le châtiment ultime de Simon. Je l'ai lu dans ses yeux. Elle voulait qu'il la tue. Elle attendait presque avec impatience qu'il mette ses menaces à exécution.

Ne sachant pas lire les émotions correctement et encore moins dans l'urgence, Simon n'a décrypté aucune de ses suppliques. J'ai lu sa déception quand il n'a esquinté que son oreille et non sa gorge. Elle n'était pas morte alors qu'il avait juré de condamner son mensonge par la mort. Elaïa Benson le fait dévier de ses principes et de ses règles, tout comme il la détourne des siennes. Je crains que la surveillance de ces deux teignes ne soit ingérable. Il continuera toujours de faire le pied de grue devant son immeuble et je suis presque certain qu'elle reviendra à lui.

Je dois comprendre le lien qui les unit tous les deux au-delà de l'attirance évidente qu'ils partagent. Mes pensées voyagent vers Roxanne, qui est la première à subir les conséquences de ce lien inexplicable. Je secoue la tête, je ne peux pas penser à elle maintenant. Je ne dois pas penser à elle tout court.

Des bruits de branches qui craquent sur notre gauche bloquent nos respirations tandis que le dos d'Elaïa se redresse. Maddox apparaît. Il s'installe sur le banc sans chercher à créer un contact entre eux.

— Comment vas-tu, mon ange ? résonne sa voix.

— Comme quelqu'un qui s'est fait agresser, puis tirer dessus. Je vais bien.

Je ravale mon faible rire, le sarcasme dans sa voix est soigneusement dosé. Elaïa Benson est beaucoup de choses, mais ce n'est pas une femme qui va bien. Elaïa est une survivante dont le masque semble intact. Trop intact pour être réel, mais tout de même contrôlé à la perfection. Elle ne s'autorisera jamais à baisser la garde et c'est un problème. Son masque ne se fissurait qu'en présence de Simon et aujourd'hui, parce que cet imbécile a choisi de lui tirer dessus, on ne peut plus l'atteindre.

— Où sont les contrats ? s'enquiert Maddox.

J'écarquille les yeux tandis que les dents de Simon grincent. Je crois sentir mon cœur arrêter de battre. Nous sommes protégés grâce à ces contrats de confidentialité, seulement, entre les mains de Maddox, je doute que nous le restions longtemps. Je commence à avoir des sueurs froides, mais Elaïa reste immobile et muette.

— Mon ange ?

Je réalise par la même occasion que Maddox ignore qui se cache sous le masque de son escorte préférée. Il n'y avait donc que cette Carla Etienne qui connaissait le secret d'Elaïa.

— J'étais destinée à mourir. Il ne m'en a pas fait signer.

Elle ment. Simon s'est aperçu à son départ qu'elle l'avait subtilisé. Je plisse les yeux, la confusion marque aussi le visage de Simon. Il n'est pas agacé par le mensonge d'Elaïa, mais plutôt surpris. Impossible qu'elle ait décidé de protéger mon meilleur ami.

— Mais tu n'es pas morte.

— Victor Rivaux a arrêté Simon sans raison apparente. Je n'ai rien pour toi, ce soir, mais ne t'inquiète pas, j'ai un plan. Tu vas devoir patienter et me faire confiance. Maintenant, nous agissons à ma manière.

Sa voix tranchante et déterminée m'arrache un frisson d'inquiétude. Si lui n'a pas confiance en elle, moi, j'ai foi en elle pour fomenter toutes sortes de plans. Entre son coup monté dans le bureau avec Ashe pour obtenir une confession de Simon, sa capacité à devenir une autre femme et son insupportable habitude de semer les professionnels qui la surveillent, je ne doute pas qu'elle saura être créative pour nous enfoncer un peu plus dans la merde. Bien plus que nous le sommes déjà. Elle n'est pas seulement intouchable, Elaïa Benson est inatteignable. Roxanne avait raison : si nous obtenons des informations sur elle, c'est parce qu'elle l'a décidé et non parce que nous avons bien travaillé.

— Tu ne retourneras pas dans cette *Chambre*, Hécate.

Seul un rire acide lui répond. Je suis rarement, voire jamais, d'accord avec Maddox, pourtant, il dit vrai. Elle n'y retournera plus jamais. Maddox se relève et s'approche d'elle. Il presse son épaule, et Elaïa reste figée. Le poing de Simon se serre comme si la proximité dont il est spectateur lui était insupportable. Il grogne presque lorsque la main d'Elaïa finit par se poser sur celle de son client.

— Je vais bien et j'ai un plan.

— Tu ne vas pas bien et tu n'y retourneras pas.

— Ce ne sont pas quelques ecchymoses qui m'arrêteront, Trésor. J'ai un tympan abîmé et une oreille éraflée, mais j'ai également besoin de continuer. Je veux qu'il paye pour ce qu'il a fait à mes amies, et ce qu'il m'a fait. Je veux qu'il assume les conséquences de ses actes. Tu ne veux pas que j'y retourne ? Bien, je n'y retournerai pas. En revanche, Maddox, sois certain que, si notre seule option est de fouler une nouvelle fois le sol de cette *Chambre*, je le ferai. Tu m'as engagée pour ça, parce que tu savais qui j'étais et ce dont j'étais capable. Ne recule pas parce que tu as peur, parce que moi, je n'hésiterai jamais à sauter.

— Et s'il te brise et que je ne peux pas te sauver ? C'est trop dangereux, mon ange, je ne recule pas par peur de Simon, mais parce que tu es importante pour moi.

Malgré la révélation intime de Maddox, elle brise leur contact physique et quitte le rempart. C'est alors que le temps s'arrête, ses yeux voyagent vers notre pseudo-cachette et ma supposition se justifie. Elle a conscience de notre présence depuis le début. A-t-elle menti pour ne rien nous offrir de leur échange ou parce que son plan nécessite de garder ces contrats en sa possession ?

Tandis que je me perds dans mes questionnements, sa voix résonne de nouveau et, d'instinct, je jette un regard à Simon. Mes lèvres se serrent. Elle lui parle. Elle ne répond plus à Maddox, mais échange avec mon meilleur ami.

— Il ne peut pas me briser. Il pourrait essayer encore et encore, il serait incapable de me détruire. On ne détruit pas quelqu'un qui n'a plus rien. Il aurait pu me tuer, mais ça non plus, il n'en a pas été capable. Moi, je l'ai. J'ai cette force. Je peux l'anéantir et tout lui arracher jusqu'à son dernier souffle.

— Tu mens, murmure Simon à mes côtés. Tu n'as même pas tiré.

Elle détourne le regard de notre emplacement, comme si elle avait entendu sa réplique. Dans ses mots, Simon ne lui reproche même pas de mentir, il lui reproche la même chose qu'elle dans la *Chambre*. Elle a eu l'occasion de le tuer et ne l'a pas fait, tout comme lui.

Que s'est-il produit dans ce foutu garage ?

— Quant à ta volonté de me sauver, Trésor, même si c'est tout à ton honneur, garde-la. Je n'ai que faire de ta volonté. Je n'ai pas besoin d'être protégée comme je n'ai pas besoin d'être sauvée.

— Hécate…

— On ne peut pas sauver quelqu'un qui ne veut pas l'être, Maddox, le coupe-t-elle, d'un ton dénué d'émotion. On ne peut pas sauver quelqu'un qui est déjà mort.

Maddox soupire et baisse la tête. Lorsqu'il la relève pour lui répondre, elle s'est déjà volatilisée. Elle va mal, et le fait qu'elle l'exprime de cette manière montre qu'elle est prête à tout risquer, même sa propre vie. Elle semble résolue à accepter les conséquences sans protester, parce qu'ils l'ont déjà brisée. Rien ne peut plus l'atteindre, excepté la mort. Ce soir, elle nous a tout révélé d'elle. Les paroles de Roxanne résonnent à nouveau dans ma tête : *tout ce que nous obtenons d'Hécate, c'est elle qui nous le donne.* Je commence à croire que c'est pareil avec Elaïa. Maintenant, je dois trouver un moyen de l'amener à me donner ce que je veux, moi : les moindres détails de sa captivité.

CHAPITRE 5

Simon, Monte-Carlo

Mon travail au Casino me procure un réel plaisir, en revanche, la paperasse qu'il demande est une vraie plaie. Entre les marges à vérifier, les budgets et les calculs de bénéfices, mon cerveau surchauffe. D'ordinaire, Vincent s'occupe de la partie budgétaire du Casino, toutefois, ces derniers temps, il délaisse le boulot et je me retrouve enseveli sous les tâches ingrates. Je dois changer de casquette plus d'une dizaine de fois par jour et mon organisation laisse de plus en plus à désirer.

Tandis que je soupire, ma tête retombe entre mes mains et la porte du bureau s'ouvre. Victor apparaît avec plusieurs dossiers sous le bras. Je ne l'ai pas revu depuis deux jours, nos échanges étant exclusivement téléphoniques. Enfermé au site de recrutement des agents du RAID avec son équipe, il semble manquer de sommeil. Ses cheveux, d'ordinaire coiffés avec soin, sont en pagaille et il se présente débraillé. Ça ne lui ressemble pas. Anticipant son besoin, je me lève pour lui servir un verre. J'ai à peine le temps de le lui tendre qu'il avale le contenu d'une traite.

— Tu as une sale gueule. On a l'impression que tu n'as pas vu le soleil depuis des jours et tu n'es pas franchement agréable à regarder. Tu devrais prendre une douche aussi. Quant à ta chemise…

— Je crois que j'ai saisi, Simon, m'interrompt-il, le rire aux bords des lèvres. Je te remercie pour la délicatesse dont tu fais preuve. Ne t'inquiète pas, j'ai prévu prochainement de m'offrir une nuit complète de sommeil.

J'acquiesce et m'installe sur le fauteuil près de la cheminée. Il se sert un nouveau verre et balance les dossiers sur la petite table. Il s'avachit dans le fauteuil face à moi, avale une longue gorgée puis délaisse son verre. J'attrape le dossier au-dessus de la pile et l'ouvre.

— On a refait tout son parcours depuis 2016. En 2018, il était à Nice comme cette année et, en 2019, il était à Monaco.

— Et Cagnes-sur-Mer en 2017, poursuivis-je, les sourcils froncés. C'est incohérent.

— Tu dis toujours que le plus illogique paraît le plus logique. J'ai besoin que tu m'expliques ce que nous ne percevons pas.

D'un geste de la main, j'exige la carte régionale. Il pose les dossiers au sol et l'étale sur la table. Je tire d'un des feuillets la moitié de la liste des personnes que Samuel Bouton a côtoyées dans chacune des villes où il a sévi. J'observe avec attention les liens logiques : les promoteurs immobiliers, ainsi que Patrick Valence et Joachim Azar. Les agents immobiliers l'aidaient à trouver des zones désaffectées ou si malfamées qu'un corps aux portes de la mort ne surprendrait personne.

Patrick Valence lui fournissait un petit catalogue d'escortes qui convenait à ses préférences féminines. Joachim Azar lui assurait une invisibilité puisqu'il rencontrait ses contacts à l'hôtel Fairmont contre une probable éradication de ses dettes. Ces liens-là étaient plutôt faciles à constater et à comprendre.

Puis il y avait les autres : les plus absurdes. Chloé Fort, Théodore Angelo, Kylian Durand, Léon Marteau et Ariane Fleure, entre autres. Nous avons rapidement compris que Théodore Angelo était un leurre, c'est d'ailleurs l'unique raison pour laquelle il respire encore.

Lorsque Samuel Bouton est en cause, il n'existe aucune négociation : je tue. Avoir respiré le même air que lui suffit. Le simple fait de l'avoir côtoyé les rend tous coupables.

Monstrueux.

Le dernier en date : Arnaud Lefèbvre. Il a engagé Samuel Bouton dans une petite université de Nice en tant qu'agent d'entretien. Trois étudiantes de l'université en question meurent à cette période-là. S'il parle et nous permet de comprendre comment Samuel a pu s'intéresser à ces jeunes femmes, je considère qu'Arnaud Lefèbvre est complice des crimes commis, donc, il ne mérite que la mort.

D'après ce que Victor m'explique, Terrence doit négocier avec des politiciens pour que mes meurtres passent inaperçus. Ainsi, mes crimes ne représentent plus que des noms de disparus dont les corps ne seront jamais retrouvés. Terrence bénéficie de la pression que Samuel Bouton, alias le Marqueur, exerce sur la région. Le RAID, appelé en dernier recours, est connu pour la radicalité de ses méthodes. Les politiques avides de résultats montrent une certaine souplesse. Désormais, seule l'efficacité compte, et ce, peu importe les risques et les conséquences. De ce fait, les dommages collatéraux impliqués dans l'affaire n'ont, aujourd'hui, plus aucune valeur aux yeux du système.

Qu'il est beau, notre système judiciaire…

Alors que mon intérêt se déporte sur Kylian Durand, un garagiste niçois, je note qu'il est propriétaire d'un hangar que Samuel Bouton utilise en 2020. Seulement, quelque chose cloche :

— Le hangar, murmurai-je pour rallier mes pensées à l'instant présent. Il a été visité pendant sa période de chasse à Cagnes-sur-Mer.

— Donc, il connaît cet endroit depuis 2016, mais il ne s'en sert qu'en 2020 ? Quel était l'intérêt ?

— En 2020, il change son mode opératoire, réduit le nombre d'agressions et utilise un hangar repéré quatre ans auparavant. Cette année-là est charnière, s'ensuit son hibernation jusqu'à aujourd'hui. Rappelle-moi sa dernière victime en 2020 ?

D'abord focalisé sur les indices, je me désintéresse des dossiers et jette un œil à Victor. Figé sur l'un des comptes-rendus qu'il tient, je l'intime de parler. Frustré de son absence de réponses, je lui arrache le document des mains et le lis. Je respire, mais l'air semble lourd, difficile à avaler. Mes mains tremblent, à peine, mais je le sens. Mon cœur s'emballe, cogne dans ma poitrine avec une force démesurée. Il bat si fort que je l'entends dans mes oreilles, comme un tambour incessant. Une sueur froide perle sur mon front et glisse le long de mes tempes.

Elle est intouchable parce qu'il a fait d'elle sa propriété.

Sa dernière victime.

Son ultime chasse avant de se rendre invisible durant quatre longues années. Nous le savons, nous avons cependant, jusqu'alors, choisi d'annihiler l'information.

— On vient de trouver son lieu d'agression, déclarai-je froidement.

— Simon.

— C'est pour elle qu'il a gardé le hangar inutilisé aussi longtemps.

— Simon.

— Remontre-moi le compte-rendu médical. Si le hangar est un indice, alors on a loupé d'autres indices la concernant.

— Simon.

— Quoi !

Ses yeux se posent sur mes mains tremblantes. Je pousse un soupir et fais les cent pas dans la pièce. Je vide une première bouteille de gel hydroalcoolique, cherchant à apaiser les battements affolés de mon cœur. J'essaie de me calmer, mais rien n'y fait. Chaque inspiration s'avère plus laborieuse que la précédente. Les murs du bureau semblent se refermer sur moi. Je me sens piégé. Mon corps entier est tendu, mes muscles rigides, prêts à céder sous cette pression grandissante. Je sens mes jambes vaciller, et ce vertige… Il monte, comme des flammes prêtes à me consumer.

Je me recentre sur le dossier, malgré l'anxiété, et soupire :

— Elle n'a pas de rune, Victor. Dans sa brûlure, la rune est inexistante.

— Pourtant, il a été plus violent avec les brûlures.

— D'accord, mais il devrait tout de même y avoir une rune. C'est le rituel. Sans quoi, la proie n'est pas marquée et donc le travail n'est pas ter…

Non, pas ça… tout, mais pas ça… comment as-tu pu…

La déglutition difficile, les mots restent coincés dans ma gorge, incapable d'admettre l'hypothèse à voix haute. Mon regard se heurte alors à celui de Victor, dont le trouble voile ses iris acier. L'atmosphère devient lourde et totalement irrespirable. Nous partageons le même doute. Nos craintes se reflètent l'un dans l'autre, sans avoir besoin d'être exprimées à haute voix.

Elle n'est pas intouchable, elle est spéciale…

— Mais pourquoi ? Pourquoi es-tu aussi spéciale ? marmonnai-je, l'intérêt concentré sur le dossier.

— C'est un jeu pour lui, il n'y a aucune raison.

— Il y a toujours une raison. Chacun de ses choix, de ses gestes, de ses indices, tout est calculé et réfléchi.

— Dans ce cas, la seule à avoir potentiellement la réponse, c'est Elaïa.

Soudain, comme une éclaircie dans le chaos de mes pensées, un détail me revient en mémoire. Et si Elaïa avait compris que le travail n'était pas fini et avait cherché à se protéger à sa façon ? Mon esprit s'emballe, les pièces du puzzle commencent à s'assembler. Je repose lentement le dossier sur le bureau, ma main attrape un post-it et, sans réfléchir davantage, je griffonne le dessin qui ne cesse de me hanter depuis la nuit où je l'ai aperçu, gravé sur sa peau. Une image simple, mais obsédante. Je finis l'esquisse et la tends à Victor. Il la prend, me jette un regard curieux, puis arque un sourcil, intrigué.

— Connais-tu cette rune ?

Il se contente de secouer la tête, et la frustration brûle mes lèvres.

— Ça a l'allure d'une rune, mais je suis incapable de trouver sa signification, expliquai-je. Elle n'existe dans aucun livre. Si c'est une rune comme je le pense, aurait-elle pu se la tatouer dans l'espoir de le faire fuir ?

— C'est intelligent et probable venant d'elle, en revanche, ce n'est pas le bon emplacement et, comme tu le dis, elle n'existe pas.

— Techniquement, si on pousse la réflexion plus loin, déglutis-je, l'emplacement n'est pas anodin.

— Simon…

— Tu le sais aussi bien que moi, son tatouage est au bon endroit. Soit elle en sait bien plus qu'on ne le pense, soit sous ce tatouage se cache une vraie rune qu'elle a cherché à dissimuler.

— Si ta première hypothèse est vraie, on a un sérieux problème. Dans le second cas, son travail est terminé et il n'a plus de mobile.

Si… dans ce cas, il en a un… un bien plus violent que de finir le travail.

Je tais néanmoins ma pensée, je ne pourrai l'évoquer avec Victor que lorsque j'y verrai plus clair. Vraiment plus clair. D'ailleurs, j'ouvre la grande armoire qui regorge de livres sur les runes afin de tomber sur un miracle qui justifierait ce foutu tatouage sur la nuque d'Elaïa. En attrapant un de mes atlas, mon regard est happé par les caméras de surveillance.

— Tu le fabriques ton livre ou comment ça se passe ? grommelle-t-il.

Mes yeux fixent la vidéo et les mouvements dans le casino. La population est dense comme un samedi soir ordinaire, toutefois, je ne suis aspiré que par une seule et unique silhouette dans la foule. Stupéfait, je reste planté devant les caméras. Dans mon dos, Victor soupire et se lève. Dès qu'il perçoit la raison de mon inaction, il referme avec violence les portes de l'armoire.

— Non. N'y pense même pas. Tu es déjà enfoncé dans des sables mouvants, alors n'en rajoute pas.

— Ce n'est qu'une petite partie de poker.

— Simon, bordel ! Non !

Il agrippe ma manche, et je lui lance un regard noir. Il relève les mains en signe de résignation tandis que mon sourire atteint presque mes oreilles.

— Je déteste ce foutu sourire ! braille-t-il alors que je me faufile hors du bureau.

À la sortie du couloir et en ayant rejoint la salle VIP, je m'adosse au mur, les mains enfoncées dans les poches de mon pantalon. Mes doigts jouent avec mon briquet alors que mes yeux suivent chacun de ses mouvements. Maddox à ses côtés, son oreille n'est plus camouflée que par un simple petit pansement. Je ne l'ai qu'éraflée, pourtant je sais que son tympan en souffre encore, même après plusieurs jours. Les miens bourdonnent encore de temps à autre.

Il t'en faut plus pour ployer le genou, n'est-ce pas sorcière ?

La main sur la cambrure de ses reins, Maddox lui susurre quelques mots à l'oreille. Elle acquiesce et s'écarte de lui. Une autre catin de la même agence la rejoint. La sorcière ouvre son sac tandis que sa complice glisse discrètement quelque chose à l'intérieur. Elle le referme et les deux catins se séparent aussi vite qu'elles s'étaient trouvées.

Intéressant.

Le masque soigneusement ajusté à son visage, ses yeux scrutent la première table de poker, détaillant chaque joueur, chaque mouvement, avant de s'en détourner. Elle s'avance vers une deuxième table, l'observe avec la même minutie, puis tourne à nouveau les talons. Sa démarche fluide la conduit à la troisième table, où elle s'arrête. La condescendance ourle mes lèvres lorsqu'elle s'y installe. Elle croit maîtriser la partie avant même qu'elle ne commence. Cela promet d'être intéressant.

« Si ta première hypothèse est vraie, on a un problème. »

J'ai un problème et ma supposition de notre première nuit au garage ne fait que se vérifier, jour après jour. J'observe sa réaction lorsque l'homme cible à sa droite lui offre un sourire lubrique. Il l'ignore, mais ce n'est pas lui qui a choisi sa proie, c'est elle qui dirige. Deux parties se passent durant lesquelles il tente de la séduire et qu'elle réagit avec un charme contrôlé à la perfection. Que doit-elle obtenir de lui, qui mérite tant d'esbroufe de sa part ?

À la troisième partie, je décide de m'incruster. J'approche l'homme cible et frappe d'un coup sec le pied de son tabouret.

— Dégage.

Il grince des dents, mais s'exécute. Je balance une liasse de billets au croupier et m'installe à ses côtés. Si elle n'évite pas mon regard, son désintérêt flagrant a le mérite de m'agacer. Je n'en fais pour l'instant pas état et me concentre sur le jeu. Après tout, je ne suis là que pour jouer au poker, n'est-ce pas ?

Les parties se succèdent, elle ramasse une somme conséquente et dépouille petit à petit les hommes qui sont à la table. Cinq parties plus tard, elle perd face à un idiot à la tignasse faussement brune dont l'ego menace d'exploser.

— Vous pourriez tenter de récupérer votre perte dans un dernier duel traditionnel, ma chère, qu'en dites-vous ? susurre-t-il amusé, tandis que mes dents grincent face à ses avances à peine voilées.

Provocateur, il perce sa bulle d'intimité et, d'un léger mouvement de l'index, il dégage les quelques mèches de sa nuque, puis renchérit :

— Et plus si affinités…

— Elle n'est pas intéressée, sifflai-je en avalant une gorgée du whisky que le serveur m'a apporté lorsque je me suis installé.

Le roi des connards m'ignore et insiste. Ma sorcière bombe la poitrine, un éclat de défi traverse ses yeux, puis elle réplique.

— Vous savez parler à une joueuse, mon chou, minaude-t-elle, je ne peux qu'accepter votre proposition.

Ils se lèvent tour à tour dans l'objectif de rejoindre l'une des deux tables de poker traditionnel. Je presse le nerf de son épaule pour la retenir. Le regard droit dans celui de l'enfoiré, j'assène en articulant chaque syllabe :

— Elle n'est pas intéressée.

Elle dégage ma main et s'écarte avec rapidité, mais j'attrape son bras avant de la forcer à rejoindre le couloir.

— Je croyais que baiser pour du fric ne faisait pas partie de tes principes.

— Une soudaine envie de changement, que veux-tu.

Refusant l'idée qu'elle puisse réellement céder à cette folie, je dresse autour d'elle une cage corporelle. Ses prunelles atypiques, dissimulées sous des lentilles noires profondes, s'ancrent dans mon regard. Les non-dits et la tension s'entrelacent, alourdissant l'atmosphère qui nous entoure.

— Tu ignores qui il est, susurrai-je.

Ses yeux courent sur l'ensemble de mon visage avant de reprendre possession des miens.

— Pourquoi ne m'as-tu pas tuée ? souffle-t-elle.

Ses doigts glissent sur les contours de ma mâchoire. À son contact, je me tends, mais ne bouge pas.

— Tu devais viser la gorge, Simon. C'était pourtant simple.

— Pourquoi le voulais-tu autant ?

Elle se mordille la lèvre inférieure et rompt notre contact visuel. Sa main retombe le long de son corps et le mien accuse un manque tout autant étrange qu'instantané.

— Parce que je te hais. Parce que je ne supporte pas tes yeux sur moi.

Elle soupire et ravale ce qui me semble être des sanglots. Ses ongles décident de reprendre son ancrage sur moi. Ses doigts s'enroulent autour de mes poignets et me forcent à abaisser mes bras.

— Parce que, maintenant, tu m'obliges à te tuer.

Elle tourne les talons, sans accorder un seul regard en arrière. Elaïa se trompe de cible et le poids de cette vérité m'écrase, lié à l'interdiction formelle de la prévenir. Je la regarde s'éloigner, et un nœud se serre dans ma gorge.

Je suis monstrueux, oui, mais pas le monstre de ses cauchemars.

CHAPITRE 6

Hécate, Nice

Mes paupières clignent plusieurs fois pour s'habituer aux lentilles d'un noir profond. Puis, lentement, je lève les yeux vers le miroir. Mon reflet me dévisage, aussitôt je suis happée par cette image qui apparaît tantôt familière, tantôt étrangère. C'est l'autre partie de moi qui s'impose et grandit insidieusement, devenant chaque jour plus dominante. Le miroir pour témoin de ma métamorphose, l'incarnation visible de cette transformation d'ordinaire extérieure, aujourd'hui intérieure. Ce que je vois dans le miroir n'est plus un unique changement physique. C'est le symbole de ce que je deviens, une version de moi-même que je maîtrise de moins en moins.

« Hécate est en train de prendre toute la place, Ela, ne la laisse pas te consumer. »

Les mots d'Arthur tournent en boucle dans ma tête. Pourtant, même si sa réflexion me hante, je dois la repousser, au moins pour ce soir. Cette nuit, je deviens l'enfer incarné sur talons, me nourrissant de vengeance et de colère. À cette pensée, une pointe de culpabilité traverse ma poitrine, comme une aiguille plantée au centre de ma cage thoracique. Je vais trahir l'un de mes plus fidèles chaperons, Vincent Martin. Il m'aide, malgré lui, dans cette vendetta contre quelqu'un qui lui est cher : Simon Davis.

Il devait me tuer. Pour de vrai. Il en est incapable. Alors je le fais, à ma manière. Puisque je vis encore, que je respire malgré tout ce qu'il me fait subir, les rôles s'inversent à partir de cette nuit. Je l'ai supplié de mettre fin à ma vie, mais il me refuse ce droit. Soit. Je lui rends donc la monnaie de sa pièce. Sans une seule goutte de sang, sans violence apparente, je le condamne, à partir de ce soir, au vide existentiel. Je le réduis à la douleur d'une balle dans la gorge, sans l'apaisement d'une mort véritable. Je le prive de tout. De ses rêves, s'il en a. De ses ambitions, s'il en nourrit. Tout ce qui le définit, tout ce en quoi il croit encore, je vais l'écraser lentement, avec une précision cruelle. Méthodiquement, sans précipitation. Je lui retire tout ce qui le rend humain.

Jouons au jeu que tu aimes tant, mon gros matou.

Il reste debout, vivant, mais brisé de l'intérieur. C'est là que réside mon véritable triomphe : broyer son cœur, en faire une ruine, mais le laisser battre.

Mes doigts s'enfoncent une seconde dans la céramique du lavabo, ma tête migraineuse s'abaisse, la lassitude brûle mes lèvres.

Tu aurais vraiment dû me tuer…

La sonnerie de mon portable professionnel résonne dans tout l'appartement alors que mon regard se perd un instant sur la plaie qui orne mon oreille. Je me détourne de mon reflet et rejoins le salon. J'attrape le téléphone et déverrouille l'écran. Je presse la notification, et à peine ai-je lu les premières lignes du message qu'une tempête dévastatrice retourne chacun de mes organes. D'un geste brusque, sous un accès de rage, mon bras balaye les moindres objets jonchant la table basse. Le verre qui renferme une bougie s'explose au sol et quelques éclats attaquent mes jambes nues. Le souffle erratique, j'ignore les minuscules plaies et récupère mon portable abandonné sur le sol. Je ravale mon trop-plein de colère, inspire deux grandes bouffées d'air et réponds à Vincent.

Moi : J'espère que Justine reprendra vite des forces. Ne t'inquiète pas pour le paiement, tu n'as pas besoin de me payer, je vais rentabiliser ma soirée autrement. Bon rétablissement à ta fille.

Le message tout juste envoyé, je parcours ma liste restreinte de contacts et clique sur le nom de Maddox. À défaut de me servir de Vincent, ce soir, j'utilise Maddox.

— Tout va bien, mon ange ?

Je me racle la gorge et entre dans mon rôle, modifiant ma voix pour la rendre aussi sensuelle que possible. Un léger frisson de culpabilité parcourt mon échine. Les images de Carla affluent avec un peu trop de violence sous mon crâne. J'ai pris sa voix… et j'ai même fini par prendre sa vie…

J'inspire pour calmer mes pulsations devenues irrégulières et me reconcentre sur mon rôle :

— Mon chaperon a annulé sa soirée, alors je pensais que nous pourrions passer la nuit ensemble, si tu es disponible, Trésor. Gratuitement, m'empressai-je de rajouter.

— Tu sais très bien que je payerai toujours tes services. Malheureusement, aussi alléchante que soit la proposition, nous devons boucler un long article sur un cas de pédophilie.

Je peux le motiver à accepter, lui dire que Simon Davis est la cible de ma petite sortie nocturne. Je suis presque certaine qu'il plaquerait tout pour me rejoindre. Seulement, une voix insupportable attaque mon esprit et m'ordonne de ne pas insister. Ma frustration reste bloquée au centre de ma gorge avant de céder à l'évidence. Ce soir, la chance n'est pas de mon côté.

Je lui souhaite bon courage avant de mettre un terme à la conversation. Agacée, ma paume frotte ma nuque avec frénésie tandis que je fais les cent pas dans le petit couloir d'entrée. Je dois trouver un complice pour la nuit, les escortes ne se baladent jamais seules, peu importe où elles vont. Même si Hécate ne se gênerait pas, j'ai besoin d'un acolyte pour m'accompagner dans ma recherche de vérité… Félix est encore en voyage, donc de mes trois chaperons habituels, je n'en ai aucun pour m'accompagner… Mes mouvements se figent soudainement et une mauvaise pensée traverse mon esprit.

Mes lèvres se pincent, mais je refuse d'aller plus loin dans ma propre réflexion. Je délaisse mon téléphone sur mon lit et retourne à ma transformation face au miroir. Je sèche et ondule mes cheveux colorés temporairement. Je retire ensuite chacun de mes piercings et recouvre les petites marques de perçage par une pâte à latex fine, de la même teinte que ma peau. Un trait d'eyeliner et un rouge vif sur mes lèvres plus tard, je recourbe mes cils d'un mascara noir intense et me décide à rejoindre ma penderie. Je jette un œil rapide sur mon portable, j'hésite, mais ne cède pas encore à ma tentation malsaine. J'effleure chacun de mes vêtements et arrête mon choix sur une combinaison noire, au pantalon fluide et au haut ressemblant à un corset dont les armatures soulignent ma taille. La transparence légère de ma tenue ajoute ce côté sensuel dont Hécate sait faire preuve en toutes circonstances. Les talons aiguilles en main, je me plante devant mon téléphone et soupire. Il me reste un client dont je n'ai pas encore composé le numéro.

Ce n'est pas un chaperon, c'est un personnage que j'exècre tant il est axé sur le sexe et toutes ses déclinaisons. Je me souviens avoir repoussé plusieurs fois ses avances lourdingues. Toutefois, ce soir, j'ai besoin de mettre en action une première partie de mon plan et, pour ça, je dois réussir à sortir en tant qu'Hécate. Malgré ma tête qui me hurle de ne pas céder, je l'ignore et récupère mon portable. J'ouvre ma liste de clients, mon pouce reste en suspens au-dessus de son surnom.

Cerbère[1]**.**

Chacun de mes contacts a un identifiant qui ne correspond pas à leur réelle identité, afin de préserver leur anonymat.

---

1 Dans l'antiquité : l'écrivain Servius avance que Cerbère est un dérivé Creoberos qui voudrait dire dévore de chair, ici on sous-entend qu'il est très porté par le sexe.

Globetrotteur pour Félix, *Trésor* pour Maddox, *Boring* pour Miguel et, alors que je me repasse la liste, mon cœur se pince en pensant à celui que j'ai donné à Vincent : *Papa.*

Je n'ai jamais eu de père. Si Laurent représente ce qui s'en rapproche le plus, je crois, même si je ne l'admettrais jamais à voix haute, que Vincent a su l'être aussi, à sa manière. Il avait besoin d'une oreille attentive pour faire le deuil de sa femme, quand moi, j'avais besoin d'une figure paternelle pour me sentir aimée et protégée. Il le fait, même de la plus involontaire des façons. Puis, enfin, le dernier client, Sammy. Si, physiquement, il a beaucoup d'atouts pour plaire et un regard bleu à faire fondre les cœurs, il est bien trop imbu de sa personne pour que son charisme m'hypnotise. De plus, son addiction plus qu'évidente au sexe brutal ne peut que me révulser.

— Mais j'ai besoin d'un client, ce soir… murmurai-je pour me convaincre que ma mauvaise idée n'en est pas une.

J'abaisse la tête et, dans un déni mesuré, je presse l'icône du téléphone. La sonnerie résonne à trois reprises avant qu'il ne réponde.

— Je savais que tu finirais par appeler, raille-t-il d'un ton rocailleux qui m'arrache une fine chair de poule.

— J'ai besoin d'un client. Tu n'as pas besoin de payer, mais ce soir, je dirige. Et je ne veux aucun sous-entendu. Tu étais mon dernier choix.

— Mais j'étais un choix.

— Je raccroche.

Il rit avant de reprendre un ton plus sérieux.

— Quelle est la mission du soir ?

Mon regard voyage jusqu'au contrat de confidentialité dérobé à Simon trois nuits auparavant et j'annonce d'une voix déterminée :

— Ce soir, les masques tombent.

Et lui avec.

CHAPITRE 7

Simon, Monte-Carlo

Arraché à mon sommeil, Victor me tire de mon lit sans ménagement, le visage encore marqué de son irritation des derniers jours. J'ai beau me faire tout petit et ne pas passer tout mon temps en bas de la résidence d'Elaïa, il m'en veut toujours. Je ne parviens pas à le faire m'aimer à nouveau et ça me tue à petit feu.

— Lave-toi et habille-toi, siffle-t-il d'un ton autoritaire. Tu as cinq minutes.

Je déteste quand il use de cette voix menaçante qui force ma soumission.

— C'est trop court, bafouillai-je dans le plus petit murmure possible afin de ne pas l'agacer davantage.

Je m'empresse de rejoindre la salle de bains, l'angoisse grandissante à l'idée de ne pas pouvoir me laver correctement. Alors que je m'apprête à refermer la porte, il apparaît à l'embrasure.

— Je ne voulais pas te crier dessus. Je suis juste un peu à cran. On est attendu dans l'heure dans les locaux, mais tu peux prendre ta douche comme il faut.

J'acquiesce et engage de nouveau le mouvement pour refermer la porte lorsque son regard glisse sur mon torse nu et suit mon V légèrement musclé que l'élastique de mon jogging épouse. Il analyse en détail les récents stigmates ancrés sur ma peau, incapable de détourner son intérêt.

Une tension étrange s'immisce dans l'air et je remarque que ses yeux brillent d'une envie dont je reconnais trop bien la saveur. Sa paume se plaque sur le métal de la porte et la repousse lentement. Il attend que je prenne ma décision avant d'aller plus loin. Passif, mon palpitant s'agite dans ma cage thoracique et mon souffle pantèle peu à peu. Victor déglutit, baisse la tête avant de reculer. Il envisage de tourner les talons lorsque, d'un geste maladroit, j'attrape son poignet. Sans un mot, je l'attire dans la salle de bains et referme la porte derrière nous.

Aime-moi. Encore un peu.

Sur la route nous menant au site, je vide la moitié de mon paquet, le regard vissé vers l'extérieur, tandis que Victor augmente de façon considérable le volume de la musique détestable qui se répercute dans tout l'habitacle. Excédé par l'irritation insupportable que le son impose à mes oreilles, je coupe la radio. C'est sans doute ce qu'il attend, car il freine d'un coup sec et se range sans délicatesse sur le bas-côté, les quelques automobilistes le gratifiant d'une symphonie de klaxons. Il attrape ma main, mais je me dégage de sa prise et m'empresse de récupérer le gel hydroalcoolique afin d'en vider une petite quantité entre mes paumes.

Je suis sale.

— S'il te plaît, Simon… regarde-moi…

Comme d'ordinaire, la culpabilité me ronge l'estomac et les mille excuses brûlent mes lèvres, qui demeurent tristement scellées. Je suis incapable de répondre à son attente. J'ai pris une décision et, en mon for intérieur, je ne la regrette pas. Pour autant, je ne peux pas agir comme si elle ne m'impactait pas de la pire des manières.

— Roule, ordonnai-je froidement, on est déjà en retard.

— Comme si être en retard te posait un problème…

Un soupir contrarié franchit le seuil de mes lèvres sans que rien d'autre ne parvienne à les décoller. Son regard fond, avec plus d'insistance, sur moi et j'accepte enfin de le regarder.

— Suis-je, à partir de maintenant, vraiment condamné à ne pouvoir t'aimer qu'au travers du mal ? marmonne-t-il, les dents serrées.

— Comme si tu m'aimais vraiment…

Il brise le contact visuel pour se concentrer sur un point invisible loin de lui, par-delà le pare-brise. Je crains que sa mâchoire ne cède tant ses dents grincent. Je ravale mes doutes, mes incertitudes et remplis mes poumons d'air. J'éteins autant que je le peux l'envie de me nettoyer chaque parcelle du corps et alimente toute la détermination qu'il me reste. D'une main tout aussi tremblante que mal assurée, je m'approche de lui.

Dans une lente torture personnelle, je pose un à un mes doigts sur sa main plaquée contre sa cuisse.

— Non, murmurai-je, le regard focalisé sur mon propre mouvement, tu peux m'aimer aussi dans les bons jours. Seulement, dis-moi, Victor, est-ce qu'ils existent encore… les bons jours ?

Il tourne sa paume et entremêle doucement ses phalanges aux miennes. Sa tête se balance contre l'appuie-tête avant que ses yeux ne retombent dans les miens. Un besoin indéfinissable de me passer la main à la javel me brûle les entrailles, mais, pour lui, je ne cède pas à l'envie empoisonnée et garde mes doigts scellés aux siens.

— Peut-être que te laisser hors de l'enquête n'est pas une si mauvaise idée…

Mes yeux s'arrondissent de surprise, une douloureuse pointe de colère se développe dans ma poitrine.

— Avant… avant que je demande à Terrence de te remettre sur l'affaire, tu avais de bons jours. Alors peut-être que je devrais arrêter de me battre pour que tu nous aides… peut-être que…

Je retire ma main de la sienne et ne me retiens plus. J'attrape ma petite bouteille de gel, puis la vide entre mes paumes.

— Et lui laisser la possibilité de récupérer Elaïa ? Hors de question.

Un rire piquant claque dans l'air. Il réplique d'un ton acerbe :

— Tu aurais vraiment dû viser sa gorge à celle-ci.

L'incompréhension tire mes traits, mes gestes de friction s'arrêtent instantanément.

— Tu as dit toi-même qu'on avait besoin d'elle, et maintenant tu veux que je la tue ?

Une esquisse douteuse se dresse au coin de sa bouche avant qu'il ne secoue la tête. Il récupère la bouteille de gel hydroalcoolique abandonnée sur mes cuisses et s'en verse une noisette entre les paumes. Il entoure ensuite mon visage et pose son front contre le mien.

— Parfois, je suis content que tu ne comprennes rien aux émotions, souffle-t-il proche de mes lèvres.

Sans me laisser le temps de comprendre le sens de ses mots, il réenclenche la première vitesse et nous emmène au site.

Nous descendons tout juste de la voiture que Tara et Micah s'empressent de nous rejoindre, les traits durcis. Victor les toise avec une grande suspicion. Il s'apprête à leur demander ce qu'ils ont lorsque Terrence apparaît quelques mètres plus loin, à la porte du bâtiment.

— Mon bureau, maintenant, beugle-t-il avec une froideur que je ne lui connaissais pas.

Nous nous exécutons tous sans protester. Il claque la porte une fois tout le monde installé. Après avoir contourné son bureau, il s'enfonce dans son fauteuil et croise ses index contre sa bouche. Puis, le regard sévère, il nous scrute tour à tour.

— La prison te manque-t-elle, Simon ? finit-il par siffler.

— Non pas vraiment…

— Tais-toi, m'implore Victor.

— Moi, je crois qu'au contraire, tu as envie d'y retourner.

— Non, je…

— Ferme-la, bordel ! s'emporte Victor avec plus d'autorité.

— Donc, explique-moi, reprend Dubois en tirant de son tiroir un petit dossier, qu'est-ce que tu ne comprends pas dans « tu ne t'approches plus d'elle » ?

Il glisse les photos sous mes yeux, j'entrouvre la bouche pour protester, mais Victor plante ses ongles dans ma paume. Je me dégage de son attaque et attrape dans l'urgence ma bouteille de gel.

— Et les contrats de ta foutue *Chambre*, tu en donnes des copies à toutes les escortes que tu culbutes ?

Inquiet dans un premier temps, je me focalise sur Victor qui baisse la sienne, la défaite tombant avec lourdeur sur ses épaules.

— Nous pouvons les récupérer, déclarai-je, convaincu.

Il tourne l'écran de son ordinateur dans notre direction, mes poumons cessent de fonctionner devant l'arrêt sur image d'une vidéo de surveillance. Hécate, le majeur en l'air, pose sans gêne devant le cabinet d'avocat où nous avons signé nos contrats avec Victor. Elle fait volte-face et pénètre illégalement dans le cabinet.

— Non seulement nous n'avons plus la possibilité d'approcher mademoiselle Benson, mais, maintenant, elle te traque.

J'ai dû tirer d'innombrables ficelles pour que, d'une, elle ne soit pas arrêtée pour son cambriolage et, de deux, qu'aucune information sur son intrusion ne fuite dans la presse.

C'est là que tout s'imbrique dans mon cerveau.

Elle veut me détruire.

Au-delà de la *Chambre*, qu'Hécate veut à tout prix démanteler, Elaïa, elle, cherche un tout autre criminel à condamner. Je m'apprête à répliquer lorsque Micah prend les devants.

— Ça n'a jamais traversé l'esprit de personne que son unique objectif était de retrouver le Marqueur ? Après tout, elle devient étrangement escorte après son agression et s'assure d'être toujours aux côtés d'Ashe. Elle se lie d'amitié avec deux autres escortes, dont l'âge et le physique correspondent aux préférences de ce malade, et prend bien soin de ne jamais informer ses proches de sa double identité. Arthur Robin aurait connaissance de son histoire et, a priori, la défunte Carla Etienne. Deux personnes qui n'ont et n'avaient aucune raison de craindre un quelconque danger. Et, alors qu'elle ignore ce qui se trame dans votre *Chambre*, elle se prend d'intérêt pour ce lieu si secret.

— Pour elle, je suis le Marqueur, renchéris-je.

— Sans blague, raille Terrence, mauvais.

— Aux yeux d'Elaïa, ajoutai-je, en lui lançant un regard assassin.

Une ride se creuse entre ses deux sourcils tandis que ses yeux m'examinent avec une attention presque dérangeante. Sa main balaye l'air, m'incitant à développer mon propos.

— Elle voulait apprendre à tirer pour tuer quelqu'un après la mort de l'autre cat… femme, son amie qui a pris sa place lors d'une soirée. Dans le garage, elle a voulu me tuer à une ou peut-être deux reprises.

— Tu comptais nous le dire quand, au juste ? grommelle Victor à mes côtés.

— Lorsque j'aurais eu la certitude de qui elle voyait quand elle me regardait.

— Ne te vexe pas, intervient Micah, mais tu n'es pas très rapide pour comprendre ce que ressentent les autres. Donc attendre qu'elle explicite un peu plus son envie…

— Une arme pointée sur toi ne te suffisait pas ? renchérit Victor en coupant son collègue.

— On me plante une arme entre les deux yeux pour des centaines de raisons différentes au quotidien.

— C'est Elaïa, putain Simon, réfléchis deux minutes ! s'agace-t-il.

— Bon, tempère Dubois, on peut peut-être se servir de cette information. Néanmoins, tu dois savoir qu'elle a pris chaque document qui te concernait.

— Il n'y a rien. Les dossiers que mon avocat garde ne contiennent que des informations factices.

— Également en ce qui concerne la *Chambre* ?

J'acquiesce.

— Elle n'a pas pu s'introduire dans le cabinet seule, intervient Tara.

— Maddox, réplique Micah.

Je secoue la tête en simultané avec Victor.

— Elle n'a pas donné les contrats à Maddox, explique mon meilleur ami. De plus, Maddox tient trop à sa collaboration avec la police pour risquer de la perdre. Il n'aurait plus aucune exclusivité ni aucune source policière à ajouter à ses articles.

— Il ne faut pas oublier qu'il veut renvoyer Simon derrière les barreaux. Je pense qu'il est prêt à tout pour ça, conteste Tara.

— Il a engagé Hécate pour qu'elle se salisse les mains à sa place, de cette manière, il peut rester dans l'ombre, la contredit Victor.

— Voilà ce qu'on va faire, résonne la voix de Terrence devant nos échanges. Rivaux, tu restes collé comme un chewing-gum aux basques de Simon. S'il dérape, j'applique ma menace. Lebrun et Torres, vous assurez le suivi d'Elaïa à distance. Vous intégrerez son quotidien si Victor ne parvient pas à entrer en contact avec elle à l'université dans les jours à venir. Parallèlement, nous poursuivons tous l'analyse de la moitié de la liste des potentiels informateurs et/ou victimes collatérales de Samuel Bouton.

Il stoppe son monologue avant de reprendre.

— Et Simon, évite le génocide de toute la population masculine. Certains peuvent nous être utiles, même en vie.

De nouveau, il installe un silence chargé de tension. Chacun d'entre nous, pendu à ses lèvres, attend qu'il clôture son exposé de situation, conscient qu'il n'a pas fini. Son regard tombe dans le mien, il hésite un long moment avant de reprendre la parole.

— Si tu restes sa cible, alors elle ne cherche pas ailleurs. En ça, il est plus facile de la surveiller, voire de l'approcher. Nous allons donc entretenir son doute.

— Hors de question, protestai-je, on ne la manipulera pas.

— Tu ne mens pas, Simon, n'est-ce pas ?

Mes yeux se plissent d'incompréhension.

— Tu ne fais qu'omettre la vérité.

Méfiant, j'acquiesce tout de même.

— Dans ce cas, continue. Je t'autorise à l'approcher à condition que vos contacts soient à l'extérieur et sous surveillance de l'équipe.

— C'est trop risqué.

— Parce que tu te préoccupais des risques avant ? me reproche Tara, un sourcil arqué, les bras croisés avec nonchalance contre sa poitrine.

— En revanche, reprend Terrence, je ne te veux pas à proximité de son personnage nocturne. Si l'instabilité émotionnelle d'Elaïa est perceptible et donc malléable, la volonté vengeresse d'Hécate n'est pas encore contrôlable. Son masque reste, de toute évidence, sa force. À la nuit tombée, elle ne se gênera pas pour te pousser à bout jusqu'à ce que tu commettes une erreur.

— Je refuse de la manipuler.

— Tu ne la manipules pas, intervient Victor, tu fais ce que tu fais de mieux : tu joues avec la vérité. Ce que tu ne dis pas n'est pas un mensonge.

— Elle ne me fera pas confiance si elle sent que je retiens des informations.

— À défaut d'avoir dans un premier temps sa confiance, on peut obtenir des indices sur sa captivité et sur ce qu'elle a comme données actuelles concernant le Marqueur. Le plus petit détail nous sera utile.

Devant l'accord majoritaire de l'équipe, je capitule et opine. La manipulation représente l'art que j'exècre le plus. Si j'en connais toutes les ficelles à la perfection, je connais également toutes ses répercussions. Pourrie et empoisonnée, elle détruit un esprit et le détourne de la réalité. La manipulation transforme ce que l'on sait en un flou constant. Tout comme un masque qui se colle à la peau, la perception finit par se transformer en croyance ; ainsi, l'illusion devient vérité, et même celui qui porte ce masque perd la claire conscience de sa véritable identité.

Aux yeux d'Elaïa, je suis le Marqueur, mais finalement, ne le suis-je pas ?

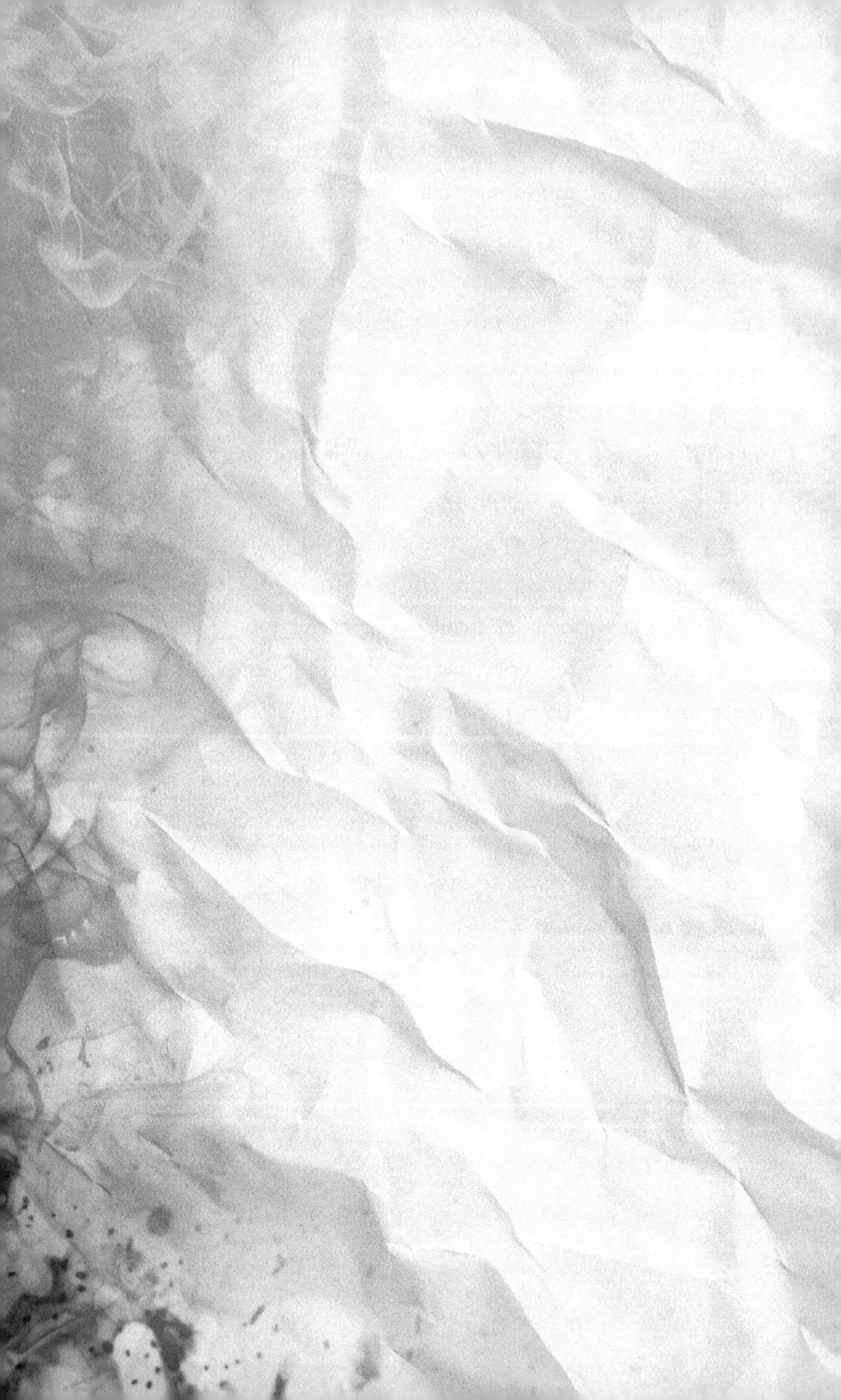

CHAPITRE 8

Simon, Monaco

Après l'interrogatoire de Kylian Durand, le propriétaire du hangar utilisé par Samuel Bouton en 2020, Dubois et Victor sont remontés jusqu'à Maxence Richard, le menteur ligoté et gesticulant sur la chaise comme un asticot en fin de vie. Si Kylian Durand n'a eu aucun contact avec notre cher suspect, ce n'est pas son cas.

— N'ai-je pas été assez clair la première fois ? dis-je d'un ton posé. Tu mens, ta cervelle explose.

— Je vous jure, je ne sais rien. Je ne connais pas votre type !

Ma langue claque contre mon palais. Kylian Durand a choisi de mettre la gestion locative de son hangar aux mains d'une agence immobilière dont Maxence Richard est le responsable. Si notre petit asticot retient ses informations, c'est que Samuel Bouton a dû le convaincre de garder son identité secrète contre un joli privilège. Puisque la manière douce ne semble pas le motiver à cracher la vérité, peut-être vais-je devoir l'aider à se libérer du mal d'une autre façon. Décidé à changer de méthode, je bloque ma clope entre mes lèvres serrées et sors mon arme. Il tremble avant de hurler lorsqu'une balle perce le cuir de sa chaussure, puis la chair de son pied. Il m'arrache une grimace d'agacement.

Qu'est-ce qu'il peut être bruyant.

— Vois-tu ce que tu me contrains à faire ? Je vais devoir nettoyer, soufflai-je, blasé. J'ai horreur du ménage.

— Espèce de connard !

J'arque un sourcil devant son insulte et tire longuement sur ma clope. D'un pas léger et nonchalant, je m'avance jusqu'à lui. La condescendance illumine mon visage devant sa panique et j'écrase mon mégot sur le dessus de sa main. Son énième cri exagéré s'évapore dans les airs. Je serre les dents et craque ma nuque.

Je les préfère vraiment tous silencieux.

— Où en étions-nous ? lui demandai-je tandis que je m'accroupis devant lui.

Je recharge mon arme, son teint devient livide. Je dois lui accorder une certaine résilience. Même s'il gueule beaucoup trop, il s'avère plutôt solide. Je pourrais presque croire qu'il ne l'a vraiment jamais rencontré.

Presque. Parce que nous savons tous les deux qu'il se noie dans le mensonge. Ils pensent tous que mentir les sauve alors qu'en réalité, il les condamne à la peine de mort.

« Tu devais viser la gorge. »

Déstabilisé par l'irruption de la voix d'Elaïa, je vacille une seconde avant de reprendre rapidement une contenance.

— D'accord, d'accord, bafouille-t-il, il m'a payé seize mille euros pour lui trouver un lieu désaffecté en 2016.

C'est qu'il sait être intéressant lorsqu'il dit la vérité, ce petit asticot. Pour la première fois, quelqu'un évoque une rémunération. Si, au départ, nous supposions qu'il épurait les dettes de ses complices pour les convaincre, cette nouvelle donnée permet de voir un tableau plus large. L'argent peut rendre immonde le plus pur des innocents. Ainsi, une pièce de puzzle s'ajoute : l'argent. Seize mille euros, c'est précis. Trop précis pour être une somme jetée sans arrière-pensée. Seulement, à cet instant, je ne parviens à faire aucun lien.

— Parmi toutes les propositions, il a choisi un hangar à Sospel, poursuit-il devant mes réflexions internes.

Mon sang bouillonne à la simple évocation de ce hangar.

« Pourquoi ne m'as-tu pas tuée ? »

J'expire et secoue la tête face à sa nouvelle intervention mentale. Tendu, je craque, à deux nouvelles reprises, mes cervicales et tente d'annihiler la présence de cette sorcière dans mon esprit.

— Comment t'a-t-il payé et quand? Pourquoi seize mille euros?

— Il payait ses mensualités en liquide. Chaque début de mois, dans notre boîte aux lettres, il y avait une enveloppe, puis, en 2020, il s'est présenté à l'agence et a déposé un sac de seize mille euros sur mon bureau. Il a parlé d'un dédommagement.

Mes yeux se plissent et ma tête se penche sur le côté.

— Pourquoi un dédommagement ?

— Je n'en sais rien, putain ! Je me suis contenté de prendre l'argent. J'évite les barges et il semblait l'être autant que vous !

Monstre.

Le seul écho de ma pensée me fait tendre mon arme face à son visage.

— On n'est pas barge, murmurai-je, on est des monstres.

— Simon, ne le tue…

La balle fuse et s'enfonce pile entre ses deux yeux.

« Tu devais viser la gorge. »

— Pas… marmonne-t-il.

Victor hausse les sourcils avant de m'adresser un regard blasé. Mes paupières se ferment un instant pour repousser le visage d'Hécate. Ou d'Elaïa. Je ne sais plus trop.

— J'ai glissé, chef, rétorquai-je, cynique, en abaissant mon arme. Et tu as du nettoyage.

— Tu m'emmerdes, Simon. Je suppose qu'il n'a rien dit.

— Si, il a parlé.

Désabusé, la mâchoire de mon meilleur ami se décroche, et un soupir traverse ses lèvres. Je hausse les épaules et sors une nouvelle clope de mon paquet. J'en allume le bout, permettant à mes poumons de s'emplir de nicotine.

— Il criait un peu trop, et mes oreilles souffraient, me justifiai-je.

Ses doigts se crispent, comme si, de manière invisible,

il désirait me tordre le cou. Ses maxillaires tressautent sans qu'aucune réprimande ne se fasse entendre.

— Sospel, renchéris-je avec froideur.

Je tire avec plus de férocité sur ma clope dans l'espoir de détendre mes nerfs, lorsque Victor, lui, reprend son air neutre et sérieux d'enquêteur.

— Il l'a bien gardé intact jusqu'en 2020 et a payé un dédommagement de seize mille euros lorsqu'il l'a utilisé, poursuivis-je.

Sans un mot, Victor porte le corps jusqu'à son coffre. De retour dans le garage, il persifle :

— Pourquoi a-t-il fallu que tu tires ?

Un douloureux déjà-vu malmène mon esprit, je maudis la sorcière de s'installer aussi confortablement dans mes pensées.

— Si on l'avait gardé en vie, il aurait peut-être donné plus d'informations.

— Il n'avait plus rien qui nous intéressait.

Je sursaute lorsqu'il frappe sa paume contre la porte métallique. Il ferme les yeux une seconde, puis les rouvre, une longue inspiration plus tard.

— Tu ne peux pas le savoir en un seul interrogatoire. Surtout lorsqu'un suspect est interrogé sous la contrainte et puant de peur.

— La peur aide les gens à parler, il n'avait plus rien à dire.

« J'évite les barges et il semblait l'être autant que vous. »

— Il en avait assez dit.

Victor se frotte le visage et, devant mon inflexibilité, se résigne. Il tourne les talons puis s'éclipse vers la salle de bains. Il retire sa chemise, en récupère une nouvelle dans le petit meuble de rangement. Je ne peux m'empêcher de suivre les lignes de son corps. Quand mon regard remonte dans le sien, il s'avance vers moi. Je balance mon mégot dans le large cendrier et prétexte une soif exagérée pour le quitter. Sa frustration résonne en écho, mes entrailles se tordent.

« Tu es malade, Simon. N'oublie pas que ce que tu ressens ne sera jamais réciproque. »

Dans le salon, je me sers un verre de whisky que j'avale d'une traite. La porte s'ouvre, il s'installe sur le canapé.

— Tu peux te retourner. Je suis habillé.

— Je…

— Je sais, tranche-t-il, incisif, fuyant mon regard lorsque je m'approche.

Je me laisse retomber au sol, le verre retenu entre mes genoux repliés.

— Et puis, ce n'est pas comme si c'était toujours d'actualité, répliquai-je plus acerbe, poursuivant cette conversation muette entre nous.

— Qu'est-ce que je suis supposé dire ? Qu'ils ont raison ? Que je la baise et que je n'en ai rien à foutre de toi ? C'est ça que tes foutus démons veulent entendre ? Ou peut-être est-ce toi qui meurs d'envie de l'entendre ?

— C'est faux peut-être ?

Il lève les yeux, sa pomme d'Adam se soulève rapidement. Il expire et secoue la tête d'une désapprobation évidente.

— Oui, je baise avec elle, Simon. Mais je te rappelle qu'un jour sur deux, voire tous les jours, je partage également des nanas avec toi.

— Uniquement dans la *Chambre*.

— Parce que j'ai le choix de t'avoir autrement ?

Son reproche fait écho à notre conversation à demi-avortée quatre jours plus tôt, lorsque nous roulions vers le site. Ce matin-là, c'est la dernière fois que je me suis laissé aller à mon envie malsaine avec lui. Sur la route du retour, je lui ai dit que plus rien ne devait se produire entre nous hors de la *Chambre*. Et me voilà, quatre jours plus tard, à le blâmer pour la situation que j'ai moi-même imposée. Je me frotte la nuque de culpabilité, mes dents mordillent ma lèvre inférieure.

Il se redresse puis s'installe au sol à côté de moi. Ses orbes gris acier me fusillent du regard lorsque je relève le menton.

— Pouvons-nous être ordinaires, Simon ? me demande-t-il avec une douceur contrastant avec son irritation palpable.

« Il ne t'aime pas. Il ne t'aimera jamais. Personne n'aime les monstres. »

— L'aimes-tu ? me dérobai-je.

La colère se dissipe, laissant place à une émotion plus douce, proche de la tristesse. Sa réponse ne vient pas, je baisse la tête, accablé par la peine qui m'oppresse. Une douleur sourde perce la fine peau de mon cœur.

— N… non… bafouille-t-il, d'une faible voix.

Méfiant, les paupières à demi-closes, j'observe son hésitation. Une pression constante sur ma poitrine empêche mes poumons de se remplir correctement, l'angoisse de son éventuel abandon se renforce.

— Est-ce que… déglutis-je, nerveux, est-ce que tu pourrais être ordinaire avec elle ?

Ses yeux se lient aux miens. De longues minutes défilent sans que mes craintes soient apaisées. Je vide mon verre et me lève du tapis pour m'approcher du plan de travail afin de me servir un nouveau verre. Je descends plusieurs gorgées d'affilée lorsque son menton se pose sur mon épaule. Un frémissement me parcourt, une urgence impérieuse de me laver m'envahit, mais je ne le repousse pas. Sa main glisse sur la mienne, appuyée contre le verre, tandis que son bras libre entoure ma taille. Ses lèvres effleurent le creux de mon oreille.

— Je retire ce que j'ai dit, susurre-t-il. Je ne voudrais jamais être ordinaire. Ni avec elle ni avec toi. Encore moins avec toi.

— Parce que je suis malade et monstrueux.

D'autorité, il me force à lui faire face, ses hanches bloquent les miennes contre le rebord du meuble et ses paumes prennent en otage les contours de ma mâchoire.

— Tu es paumé, brisé et instable, Simon. Mais tu n'es ni monstrueux ni malade.

Un sourire que je perçois comme triste se dessine sur ses lèvres. Instinctivement, mes mains se crispent sur sa chemise, et l'attirent davantage contre moi. Malgré les voix intérieures qui me crient de fuir et de me passer à la javel, je résiste.

— Je parle d'être ordinaire, se gausse-t-il, alors que je suis parfois plus impatient que toi d'être dans la *Chambre*.

— On n'y va pas pour les mêmes raisons.

— Tu penses ? On l'a créée pour se défaire de nos perversions. Les miennes sont peut-être moins nocives que les tiennes, mais elles n'en restent pas moins des perversions.

Ne supportant plus notre proximité et mon envie dégradante gonflant dans mon bas-ventre, je presse légèrement son bras. Il s'écarte avec moins de peine dans le regard qu'il y a quelques instants. Je me détourne de lui et passe mes mains au savon à quatre reprises.

— Elle n'acceptera jamais que tu continues à faire tes petites affaires dans la *Chambre*.

— Qui ?

— L'autre catin inutile, répliquai-je, blasé.

Il rit tout en me réprimandant sur ma réflexion.

— La question ne se pose pas.

— Pour l'instant.

Il roule des yeux, mais cède.

— Si ce truc devient sérieux entre nous, premièrement, je devrai en discuter avec mon chef et, secondement, elle devra accepter la *Chambre* ainsi que ta présence dans ma vie. Elle pourrait peut-être devenir importante dans l'avenir, mais elle n'aurait aucun poids face à toi.

Cette remarque apaise les crampes qui attaquaient mes organes, la lourdeur sur mon cœur disparaît. Il ne m'abandonnera pas. Ils avaient tort. Ils ont toujours eu tort. Victor me veut dans sa vie, même si je suis un monstre.

— En revanche, se racle-t-il la gorge, un certain malaise dans la voix, si elle prend un peu plus de place, il faudrait envisager de lui dire la vérité.

— Tu ne peux pas la faire entrer dans la partie, Victor, désapprouvai-je avec fermeté. Elle est peut-être inutile, bête et profondément irritante, cependant, je refuse qu'elle soit en danger. Tu le vivrais mal, et Elaïa aussi.

— Sauf que Roxanne est en attente de réponses, et Elaïa va apprendre sous peu que je suis flic.

Je m'étrangle avec ma salive, les yeux écarquillés face à la bombe qu'il vient de lâcher avec une aisance déconcertante.

— Elle m'a prévenu qu'elle ne mentirait plus à Elaïa. Après tout, peut-être que ça apaiserait la situation. Ça nous permettrait d'agir d'une manière différente. Réfléchis, si Roxanne l'annonce à Elaïa, elle peut ensuite planter une graine dans son esprit pour qu'elle nous fasse un peu plus confiance.

— Je refuse qu'elle connaisse mon histoire, Victor. Tu lui fais peut-être confiance, mais moi, je ne l'aime pas, et j'ai toujours autant envie de la buter que depuis le premier jour.

— Laissons faire les choses. Entre l'arrivée du nouveau binôme et Roxanne, on pourrait réussir à mieux placer nos pions pour gagner la confiance d'Elaïa.

— Je n'aime pas cette nouvelle méthode.

— C'est ton comportement qui a modifié les plans, me sermonne-t-il.

Je bats en retraite et acquiesce. Même si cela me déplaît, il n'a pas tort. Je n'ai certes pas tué Hécate, toutefois, j'ai bel et bien tiré. Comme toute action, il y a des conséquences qui doivent être assumées. De toute manière, je n'ai, pour l'instant, pas approché Elaïa. Comme un esprit de contradiction, depuis que Dubois m'a autorisé à l'appeler, je m'interdis d'entrer en contact avec elle. Ils peuvent dire qu'on ne la manipule pas, la sensation qui me tord les entrailles reste semblable à celle que je ressentais quand c'était mon esprit que l'on malmenait.

« Il te manipule, il ne t'aime pas, Simon, personne n'aime les monstres. »

Je secoue la tête pour effacer l'intervention du passé tandis que Victor tire son portable de son pantalon. Ses doigts tapotent avec rapidité sur l'écran, puis il le range avant de me regarder.

— Je m'occupe du corps et je retourne au site. Nettoie le garage, et on se retrouve au loft. Je passerai la nuit chez toi.

Sa bouche presse ma tempe et, avant de quitter le garage, il chuchote :

— Je n'aurais jamais supporté d'être ordinaire, car cela aurait signifié ne jamais te rencontrer. Et ça, Simon, c'est impensable.

La porte claque, une sensation de bien-être s'infuse dans

mes muscles. Sans Victor, je crois que je serais mort depuis longtemps.

L'heure suivante, je nettoie le sang qui recouvre le sol du garage, puis enchaîne avec une session de tirs. Comme une horloge trop bien réglée, je repose l'arme à deux heures trente pétantes. J'allume la énième clope de la nuit, puis sors mon portable. Je fais défiler ma liste de contacts pour m'arrêter sur son prénom. Mon pouce reste en suspens sur son numéro, je maudis le paradoxe qui naît dans ma tête.

Dès le moment où je l'ai rencontrée, elle a troublé mes pensées. Son regard, à la fois innocent et perçant, a bouleversé l'équilibre déjà précaire de mon esprit. Elle a suscité en moi une obsession bien plus profonde que d'ordinaire, me laissant en proie à une dualité déchirante. D'un côté, il y avait cette impulsion violente et incontrôlable de vouloir la détruire. De l'autre, une envie tout aussi puissante de la protéger, de la garder à l'abri des dangers qui l'entourent. Mon cœur oscillant sans cesse me maintient dans un état de confusion perpétuelle.

Je laisse tomber l'idée de l'appeler et descends quelques noms plus bas. Sans hésitation, j'appelle. Mon interlocuteur répond presque immédiatement.

— Dans combien de temps peux-tu être au garage ?

— J'en ai marre d'être ta petite pute, Simon.

— Dans ce cas, demande à ton frère s'il est dispo.

— Enfoiré, marmonne-t-il.

Il raccroche, toutefois, je sais qu'il tapera à la porte dans moins d'une demi-heure.

« Tu es malade, Simon. »

Certainement, mais ce soir, j'ai besoin de céder au poison.

Ma tête retombe contre le mur lorsque sa bouche aspire ma verge et ses mains caressent mon sexe. Mes doigts s'enfoncent dans ses cheveux, je l'oblige à avaler une plus grande partie de mon membre, quitte à l'en faire suffoquer. Il accélère ses mouvements, les bruits de succion montrant sa difficulté à encaisser la taille de mon membre. Alors que mes muscles se contractent, je le relève d'autorité. Je baise ses lèvres sans aucune délicatesse, une de mes mains glisse jusqu'à son sexe dressé. J'enroule mes doigts autour de sa chair gonflée et le masturbe à mon tour, puis je le repousse, le retourne, plaquant son visage contre le mur.

— Touche-toi, ordonnai-je en le pénétrant vigoureusement.

Il s'exécute et se branle pendant que je dilate son orifice. D'ordinaire, ses gémissements arrivent à m'exciter, à faire taire les voix. Cependant, cette nuit, rien n'arrive à atténuer mon sentiment de dégoût.

« Tu n'es rien de plus qu'un monstre, Simon. Et tu ne fais aucun effort pour changer. Regarde ce à quoi j'en suis réduit. »

Malgré mes allers-retours agressifs, ma trique peine à rester dressée. Plus mes coups de reins s'intensifient, plus je m'agace. Chaque visage qui brouille mon esprit ne cesse de créer des interférences. Son râle finit par résonner dans le salon, je simule à mon tour avant de me retirer en vitesse. Sa respiration reprend un rythme régulier, je me lave les mains à cinq reprises, puis exige qu'il le fasse au moins deux fois. Nous nous rhabillons et, dans un silence de cathédrale, je lui tends un verre d'alcool qu'il accepte sans hésitation.

— J'étais sérieux, Simon, marmonne-t-il. Venir te sucer quand tu n'as rien d'autre à foutre ne m'intéresse plus.

— Alors, arrête de répondre à l'appel.

— Tu sais très bien que ce n'est pas ce que je veux dire.

— Je ne te passerai pas la bague au doigt, Malo. Ni aujourd'hui, ni demain.

Malo n'a pas tort. Je ne l'appelle que lorsqu'il faut étouffer les voix qui me hantent, rien de plus. Cependant, depuis plusieurs mois, cela ne fonctionne plus. Malo n'est pas une mauvaise personne, mais il ne représente pas la plus fascinante de mes conquêtes. Ce n'est pas que la liste soit longue, mais c'est le seul qui soit toujours disponible, à n'importe quelle heure du jour comme de la nuit.

Il est utile.

Tant qu'il répondra, je continuerai d'appeler. Et s'il peut me servir de bouclier pour éviter de contacter Elaïa, je n'hésiterai pas à en profiter davantage.

CHAPITRE 9

Victor. Monaco. décembre 2009

Je m'avachis dans le canapé et étends mes jambes sur la table basse. Je jette une œillade furtive dans sa direction. Son visage recouvert de sa capuche ainsi que ses phalanges ensanglantées m'arrachent un haut-le-cœur. Il s'est encore battu. Ça n'a rien des types de bagarres qu'on imagine à cet âge. Ce n'est pas simplement une question de mal-être adolescent. Avec Simon, c'est bien plus profond que ça. Je n'aurais qu'à tirer sur ses manches pour découvrir qu'il n'y a pas que ses mains qui ont souffert de cette altercation.

Il se renferme de plus en plus dans sa prison mentale. D'ailleurs, le nécessaire pour se rouler un joint apparaît sous ses yeux dissimulés, il se redresse et se concentre sur sa tâche. À quinze ans, Simon est déjà tout autant un alcoolique invétéré qu'un fumeur de compétition. Je pourrais balancer sa fausse thérapie, ça n'aurait jamais l'effet escompté. Il trouverait un autre moyen pour s'autodétruire. Dès qu'il a terminé, il coince son joint entre ses lèvres, je remarque alors la légère entaille au coin de sa bouche.

Cela fait des mois qu'il se renferme et sombre davantage, de plus en plus recouvert d'ecchymoses. Des mois que son père n'a plus aucune autorité sur lui et que je le sens m'échapper. Simon n'a jamais été un grand bavard, en revanche, ces derniers temps, même un moine qui a fait vœu de silence parlerait plus que lui. Je sais qu'il culpabilise pour ma cicatrice, il se pense fautif. De ce fait, il ne se confie plus à moi par peur que je sois celui qui souffre encore. Mais moi, je préfère souffrir si ça peut lui permettre d'être épargné.

Ses doigts s'enroulent autour de la bouteille de whisky, il tire une longue latte avant de porter le goulot à ses lèvres.

— Simon, grommelai-je.

Il hausse les épaules et avale plusieurs longues gorgées. D'un geste vif, j'attrape la bouteille. Il souffle, mais ne proteste pas.

— Parle au lieu de boire, lui ordonnai-je d'un ton autoritaire.

Son mutisme m'arrache un grognement de frustration. Son joint crépite, il bondit sur ses jambes puis fait les cent pas devant moi. Je change de position, mes coudes pressent le dessus de mes genoux, je l'observe se débattre avec ses émotions. D'un coup, il se tourne vers moi et abaisse sa capuche. Un poids indescriptible tombe sur ma poitrine. À sa vue, j'ai l'impression d'étouffer. Son visage est tuméfié, la nuit passée a dû être dramatique, et la culpabilité me ronge à mon tour. Il m'a interdit de l'attendre dans sa chambre. Malgré l'instinct qui me hurlait de ne pas l'écouter, je me suis résigné. Je n'aurais jamais dû. Pire encore, la nausée me prend lorsqu'il relève, dans une lenteur tortueuse, ses manches. Il tente de garder un visage impassible, malheureusement pour lui, des grimaces trahissent sa douleur. Il décolle les bandages de ses avant-bras, je découvre une horreur de plus. La pulpe de ses doigts effleure la dizaine d'entailles qui les décorent. Un rire acide s'échappe de sa bouche, mon regard se relève vers son visage tandis que le sien reste focalisé sur les plaies fraîches.

— Je n'ai même pas les couilles d'y aller plus profondément, ricane-t-il avec froideur.

Il rabaisse ses manches, enferme la bouteille dans sa paume avant de s'installer sur le carrelage, les genoux remontés.

— Enlève ton sweat.

Il porte le goulot à ses lèvres avant d'arquer un sourcil. D'un signe du menton, je réitère mon ordre. En signe de rébellion, son rictus condescendant retrousse les commissures de sa bouche tandis que la mienne se plisse. S'il ne veut pas le faire lui-même, je vais m'en charger. Je me lève, il tressaille. J'avance avec précaution vers lui, son sourire disparaît. Ses mains se lèvent afin de m'empêcher d'avancer.

— Arrête ça ! Je ne veux pas…

— Je ne te ferai pas de mal, Simon. Je veux juste que tu enlèves ton sweat.

Ses iris vidés de vie s'arriment aux miens. Une larme discrète perle au coin de son œil, mais il la balaye d'un revers de main sans céder. Mes maxillaires se contractent, mes poings se serrent et j'avance malgré tout vers lui. La bouteille rejoint instantanément le sol, il recule sur les fesses comme un enfant effrayé. Je réduis la distance entre nous, il se recroqueville, ses bras devant son visage, il halète, sa crise sur le point d'imploser. Je m'accroupis devant lui, me retiens de le toucher malgré l'envie dévorante et murmure :

— Mes mains ne se lèveront que pour t'aimer et t'apprécier, Simon. Elles n'ajouteront jamais de nouvelles plaies.

Je pose ma main sur la sienne, il la dégage avec violence et s'écarte. Ses yeux transpirent de haine et de rage.

— Tu es sale ! Lave-toi !

— Viens avec moi.

Il secoue la tête, alors je tourne les talons et monte à l'étage. J'entre dans la salle de bains et attends. De longues minutes s'écoulent avant que ses pas ne fassent craquer le parquet du couloir. Adossé au lavabo, je l'observe se planter à l'embrasure de la porte. Sans quitter ses yeux, je retire mon pull puis mon t-shirt. Je nettoie mes mains à deux reprises. Mon regard ancré dans le sien à travers le miroir, j'aperçois ses lèvres se mouvoir.

— Encore, exige-t-il.

Je m'exécute et me lave pour la troisième fois. Je reprends place face à lui, puis passe de la crème sur mes mains. Il reste englué au sol, mais j'avance vers lui. Ses larmes noient ses iris émeraude, mon cœur se craquelle un peu plus à chaque pas.

— Si je te touche, n'y vois que de l'affection, Simon. De la vraie affection, insistai-je. Celle qui te dit : « je tiens à toi, ne me repousse pas, je suis là ». Celle qui embrasse et accepte chacune de tes fêlures. Celle qui panse tes plaies fraîches et protège tes cicatrices.

— Je suis malade, sale et hideux, Victor.

— Tu n'es pas malade, ce sont eux qui le sont. Tu n'es pas sale, ce sont eux qui le sont. Et tu n'as rien d'hideux. Au contraire, tu es beau… mais tu es incapable de le voir.

À ces mots, il déglutit, et ses yeux s'écarquillent. Il n'y a aucune honte à ressentir de l'affection ou plus pour un homme quand on en est un. Ce n'est ni une maladie, ni un drame. J'aime les femmes, ça ne changera jamais. Toutefois, Simon Davis est l'exception qui confirme la règle. Je veux le toucher, le sentir contre moi et l'aimer. Je suis prêt à aimer pour deux, parce que, de toutes les nanas que j'ai pu embrasser ou baiser, le seul qui a réussi à atteindre mon cœur en dix-sept ans d'existence est cet homme. Au-delà de son physique attrayant, il a une âme douce qui ne demande qu'à rester pure malgré le monde ténébreux qui l'entoure.

— Tu me trouves beau ? murmure-t-il, confus.

Je souris face à la douceur dans sa voix et à l'espoir qui naît dans ses prunelles intensément belles. J'acquiesce.

— J'aime te toucher aussi. Les barrières que tu imposes entre nous me rendent dingue.

— J'ai peur quand tu me touches, avoue-t-il. Parce que j'ai l'impression que ça lui donne raison. Je suis effrayé d'être vraiment malade. Pourtant, cette peur-là, quand tu prends le temps et que tu me touches doucement, elle se transforme. Parfois, tes mains gagnent la bataille contre sa voix. Et j'en veux encore. C'est bizarre, non ?

Je décide de lui remémorer un mauvais souvenir pour moi, mais agréable pour lui, malgré la pointe de jalousie qui naît dans mon estomac.

— Qu'as-tu ressenti la dernière fois lorsque tu as embrassé Noé à la soirée ? C'était bizarre ? T'es-tu senti malade, sale ou terrifié ?

— J'ai eu peur quand il a mis ses mains autour de ma nuque, mais je crois que je le trouvais mignon.

Je ravale ma grimace, je suis peut-être un brin possessif. S'il était capable de réellement apprécier les femmes, je n'aurais aucun mal à accepter son affection pour une nana. En revanche, quand il s'agit d'hommes, une flamme possessive m'embrase. Je n'aime pas savoir qu'un autre pourrait lui plaire, qu'il pourrait envisager d'en laisser un entrer dans sa vie. Inconscient de l'émotion qui me traverse, il poursuit son explication et augmente mon ressentiment.

— Mais j'ai bien aimé l'embrasser. J'ai juste fini par paniquer, par peur qu'il aille trop loin, qu'il me touche alors que je ne voulais pas. Il avait juste mis ses mains sur ma nuque, mais s'il les avait posées ailleurs, qu'est-ce qui aurait pu se passer ? Je n'abîme pas les hommes, que les femmes, ça j'en ai bien conscience. Mais parfois, si leurs voix sont trop présentes, je me demande si les hommes ne risquent pas d'être blessés eux aussi.

Pour faire taire ses interrogations, j'enroule mes bras autour de sa nuque. Sans lui laisser le temps d'analyser mon action, je pose avec le plus de délicatesse possible mes lèvres contre les siennes. Une bulle de chaleur gonfle instantanément dans mon bas-ventre. J'aime Simon. Ce n'est pas un amour conventionnel, et il n'a pas le même sens quand je parle d'amour le concernant. C'est autre chose. Il a créé un besoin en moi. Un besoin viscéral de lui. Mon cœur bat depuis des mois à l'unisson avec le sien sans même qu'il le réalise. Je ressens ses émotions comme si c'étaient les miennes. J'ai la sensation de l'avoir dans la peau. Il s'est incrusté et, même si je parais stupide, je sais qu'il n'y aura que la mort qui me séparera de lui. Je suis, aujourd'hui, incapable de me passer de sa présence. Je crois même que s'il décidait de m'abandonner, moi, je resterais à l'attendre toute une éternité.

Malgré mon envie d'aller plus loin, je me détache de ses lèvres. Les commissures de sa bouche se retroussent et je me sens comme un prédateur tant il ressemble à un gamin.

— Qu'as-tu ressenti ?

— Je crois que j'ai bien aimé, du moins c'était mieux qu'avec Noé.

Encore heureux.

— Toi, bafouille-t-il, tu as aimé ?

— Comment pourrais-je ne pas aimer ?

— Parce que c'est moi. Je suis malade et sale.

— Que tu apprécies la bouche d'un garçon n'a rien de sale ou de malade. Tu as le droit d'aimer ça.

— Et si, un jour, je trouve jolie une fille, mais que j'aime aussi ta bouche à toi ?

— Ça ne changera rien, tu es normal, Simon. Ni malade, ni sale. Juste normal.

— Je suis normal, répète-t-il dans un souffle à peine audible.

Il m'a déjà évoqué une fille à quelques reprises, mais je ne l'ai rencontrée qu'une seule fois. C'est la seule qu'il ne fuit pas, et elle me fait penser qu'ils n'ont pas totalement perverti son esprit. Bien sûr, il refuse son contact et s'imagine lui infliger des sévices affreux. Toutefois, dans ses bons jours, il arrive à discerner le bon du mauvais et tente de l'apprécier du mieux qu'il peut. Souriante et lumineuse, elle a même réussi, en ma présence, à le faire sourire. Un vrai sourire, qui brillait jusqu'à ses iris. C'était une grande première. J'ai ressenti une profonde fierté.

— Pourquoi est-ce que l'on est dans la salle de bains ? me questionne-t-il, m'arrachant à mes pensées.

Je retire le reste de mes vêtements et garde seulement mon boxer. Il observe mes mouvements, les yeux froncés d'incompréhension.

— Puisque tu as besoin de te sentir propre pour être touché, nous allons nous doucher ensemble. De ce fait, tu ne paniqueras pas quand je poserai mes mains sur toi. Nous serons propres tous les deux.

Il secoue la tête. Sa cage thoracique se soulève à l'extrême, l'angoisse prenant d'assaut ses muscles et son cœur.

— Si tu n'en as pas envie, je ne te forcerai pas. Mais je veux que tu aies bien conscience d'une chose : ici, tu es en sécurité. Personne ne te trouvera, personne ne te blessera ni te punira. À cet instant, tu as le droit de refuser ou de te laisser aller. Je ne me vexerai pas et ne t'abandonnerai pas si tu me dis non. Tout comme tu n'auras pas de « récompenses » si tu me dis oui.

Je m'avance vers lui et prends sa main dans la mienne.

— Ici, tu es libre, Simon. Libre de choisir ce que toi et ton cœur souhaitez.

Sans grande assurance, il opine et détache sa paume de la mienne. Son sweat disparaît, son corps entier tremble, mais il poursuit son déshabillage et retire son t-shirt. Instantanément, mon estomac se tord. Je découvre, sans surprise, un autre bandage sur son épaule. Les entailles sur ses avant-bras sont son œuvre, l'épaule, en revanche, est la leur. Des ecchymoses jaunies par le temps redécorent ses côtes, tandis que des cicatrices boursouflées ornent son bas-ventre. Son buste et son dos sont enlaidis par des monstres. Lorsqu'il retire son jogging, je réalise qu'ils ont commencé une nouvelle étape. Sa cuisse est brûlée et marquée. Ils lui vendent la souffrance comme unique amour. Malgré mes tentatives de le tirer de leurs griffes, je n'y parviens pas. La manipulation qu'ils utilisent et le besoin irrépressible de Simon de se sentir aimé jouent contre moi. Toutefois, aujourd'hui, je gagne, la vraie affection gagne. J'ai conscience que ce n'est qu'un état temporaire ; dès demain, je repartirai en guerre, sans arme, contre ses démons expérimentés.

Dans la douche, j'actionne l'eau et ouvre ses paumes. J'y dépose une noisette de gel douche et frictionne nos mains ensemble. Son sourire s'étire tandis que mon cœur rate un battement. Simon ne sourit pas, du moins, ses sourires sont factices et n'atteignent jamais ses yeux. Cependant, à cet instant, son sourire est pur, réel. Il est beau. Simplement beau.

D'une main maladroite, il attrape le gel douche, son regard s'arrime au mien.

— Je… est-ce que je peux ?

J'acquiesce.

Il verse le produit sur mon torse, ses yeux observent le liquide glisser sur mon corps. Ses doigts effleurent à peine mes clavicules ; presque aussitôt, il se rétracte et laisse retomber ses mains.

— Tu préfères les femmes. Toutes les femmes, murmure-t-il en évitant mon regard. Et si je te touche et te rends vraiment malade ?

— Non, Simon. Je te préfère toi. Tu es normal.

Ses yeux s'embuent, mon aveu le touche en profondeur. Malheureusement, il n'en est pas convaincu. Je doute même qu'il le soit un jour.

— Je pourrais te faire mal. Imagine que j'aspire à te faire la même chose que ce que je fais aux femmes ?

À mon tour de sourire avec sincérité.

— Je fais une tête de plus que toi et tu ne sais même pas ce qu'est une salle de sport. Je pense que je m'en sortirai.

Il roule des yeux et je m'esclaffe.

— T'es con.

— Et toi, tu dois vraiment apprendre à te détendre, bébé.

Ses yeux s'écarquillent devant mon ton sérieux. Le silence s'abat sur nous, puis nos rires s'écrasent contre les parois de la douche. Mon ventre se retourne devant la mélodie qui s'arrache de ses cordes vocales. Je crois ne l'avoir jamais entendu rire.

— Je n'aimais déjà pas les surnoms, mais alors celui-ci, c'est encore pire.

— Préfères-tu mon cœur ?

J'explose de rire. Il secoue la tête, feignant la lassitude ; toutefois, je lui arrache un nouveau petit rire. J'aime bien trop cette mélodie. Après une longue inspiration, son sourire disparaît pour laisser place à un air concentré. Ses mains caressent mon torse. La pulpe de ses doigts voyage sur l'ensemble de mes abdos. J'attire son visage plus près du mien et attends qu'il comprenne ma volonté.

— Est-ce que tu peux recommencer ?

Je réponds à sa question en l'embrassant. Mes bras s'enroulent autour de sa nuque, les siens pressent mes hanches. J'immisce ma langue dans sa bouche ; il ne me repousse pas et se cale sur mon rythme. Malgré un manque d'assurance évident, il prouve qu'il sait être tendre. D'autant plus qu'il est doué, je dois bien l'admettre. Je repousse les images qui veulent se frayer un chemin dans mon esprit. Je sais pourquoi ses compétences sont développées, et ça me tord tout autant le cœur que l'estomac. Cependant, aujourd'hui, il n'y a que lui et moi, ses démons ne gagneront pas. Avant de descendre jusqu'à l'élastique de son boxer, mes mains effleurent ses épaules, ses côtes. Dans un mimétisme parfait, il place ses doigts sur le contour de mon sous-vêtement. Sans rompre notre baiser, nos deux boxers trempés disparaissent au sol. Il s'écarte de moi et me détaille parcelle après parcelle.

— Je crois que j'aime bien.

J'esquisse un rictus malicieux et pointe son sexe du doigt.

— Ouaip, je sais, mon petit chou à la crème.

Je me reçois une tape sur l'épaule, avant que nos rires s'entrechoquent. Ses yeux se baissent sur mon entrejambe et ma tension grimpe.

— Et toi, petit sucre d'orge, ça ne te déplaît pas non plus.

Je grimace. Il a raison, c'est atroce, les surnoms. Il doit comprendre ce que je pense, car il hausse un sourcil et m'offre son sourire insolent que je déteste tant. Cependant, il disparaît en laissant place à une profonde confusion.

— On est censé faire quoi, là ? demande-t-il en laissant son regard détailler mon membre en érection.

— Simon, m'esclaffai-je, aussi mal à l'aise que lui, tu t'es déjà masturbé, non ?

— Pas vraiment, admet-il, une grimace aux lèvres. Ils s'en occupent… enfin, surtout elle. Du coup, quand je suis seul, je n'ai plus envie de me toucher.

Je ravale mon écœurement et place avec tendresse sa main sur son sexe gonflé. Ses abdos se contractent tandis que la panique grimpe en lui. Je ne cède pas et, avec lenteur, j'assiste le mouvement de va-et-vient. Il gémit, ma propre trique s'enflamme un peu plus. Je retire ma main et l'invite à se toucher seul. Il s'exécute avant que ma bouche aspire la sienne. Il prend le contrôle de la situation, sa langue s'enroule autour de la mienne. L'assurance gonfle en lui et sa main presse mon membre. Alors que mon halètement s'étouffe contre ses lèvres, il s'arrête brusquement. Je me mords la joue. L'enfoiré n'a aucune idée de ce qu'il vient de faire. La frustration embrase mon bas-ventre, je ravale mon grognement pour ne pas le faire fuir.

— Je t'ai fait mal, s'agace-t-il. Comme d'habitude, je ne sais faire que ça.

Je hausse un sourcil, surpris.

— Tu as fait un truc bizarre avec ta gorge, et tes abdos se sont contractés.

Mon rire se bloque dans ma gorge. Simon manque d'éducation émotionnelle.

— Tu as également gémi, Simon. Est-ce que je t'ai fait mal ?

— Non, j'aime bien.

— Donc ?

— Ah. Je pouvais continuer.

Il se marre avec nervosité, en se frottant la nuque frénétiquement.

— Veux-tu arrêter ?

Sans répondre, il me reprend en main et me masturbe. Je balance la tête en arrière et le laisse diriger, mon souffle devient erratique, le plaisir ne cessant de m'embraser. Alors que les spasmes s'accumulent, mes doigts entourent son poignet et je l'intime à ralentir la cadence.

— As-tu senti mes spasmes ?

Il acquiesce.

— Pour faire durer le plaisir, tu joues avec le rythme. Ralentis, accélère et recommence, sinon je risque de jouir trop rapidement.

Il hoche la tête, mon excitation devient incontrôlable. Sans ménagement, je plaque ma paume contre sa nuque puis prends possession de sa bouche. Ma main libre s'occupe de son sexe. Nos râles s'entremêlent tandis qu'il écoute mes recommandations, s'amusant avec le rythme de ses va-et-vient. Dans un dernier mouvement, j'explose, sa bouche capture la force de ma jouissance. Il se fige, ses yeux s'abaissent sur nos deux sexes. Il retire sa main et observe le liquide séminal en grimaçant.

Il nous pense sales.

Conscient de ce qui se trame sous son crâne, je délaisse sa verge. Sans un mot, il vide une bonne moitié du gel douche dans ses paumes. Je ne lui laisse pas le choix et frictionne nos mains ensemble. Il ne me repousse pas, mais ne me regarde plus, les traits de son visage totalement durcis par les démons.

— Je suis désolé, Simon, je n'aurais pas dû…

— Ne t'excuse pas, me coupe-t-il avec froideur. Les excuses sont pour les faibles.

Ils gagnent. Encore.

CHAPITRE 10

Le Marqueur. Nice, janvier 2019

Assis derrière le volant d'un taxi emprunté, ma patience s'effrite petit à petit. J'attends que la femme du soir se présente à moi. J'observe les aiguilles de ma montre s'approcher un peu trop dangereusement des deux heures du matin, et mes doigts tapotent contre le cuir du volant. Si elle prend trop de temps, je risque, moi, d'en manquer pour la suite de la nuit. Les minutes s'allongent, la frustration s'infuse avec lenteur dans mes muscles tandis qu'elle tarde à se montrer. J'envisage de passer au plan B lorsque ses talons daignent enfin claquer sur les pavés. Arrivée à mon niveau, elle m'adresse un large sourire et s'installe sur la banquette. Je baisse la vitre intérieure, elle m'informe de son adresse. J'entre la destination sur le GPS et démarre.

— Monsieur Valence ne m'a pas informée du changement de conducteur. Jérémy a-t-il eu un empêchement ?

— Si on veut, acquiesçai-je faussement.

Avant même qu'elle reprenne la parole, je remonte la vitre puis active la ventilation à l'arrière. J'enfile mon attirail pour me protéger des éventuelles fuites et libère l'isoflurane, un gaz anesthésiant. Durant les minutes suivantes, ses paupières papillonnent, quelques bâillements l'as-

saillent, puis elle cède à l'endormissement. Je patiente, m'assure qu'elle est bel et bien assoupie avant d'éteindre la ventilation. Je reste sur la route principale avant de me diriger vers un garage loué pour la semaine.

À destination, je contourne la voiture puis porte son corps jusqu'à l'intérieur. Je la relâche sur une table large et froide. Son vêtement, jusque-là une élégante tenue de soie marron glacé, glisse sous les lames précises. La robe tombe, suivie du soutien-gorge, révélant sa silhouette comme un secret dérobé. Les chaînes métalliques cliquettent doucement tandis que je m'applique à attacher ses poignets et ses chevilles, chaque mouvement empreint d'une intention claire. Les liens s'ajustent, immuables, ses membres écartés comme une sculpture figée dans le temps.

Je m'installe face à elle sur une chaise et pose mon regard sur ma montre, la demi-heure de création démarrant dans quelques secondes. Lorsque l'alarme retentit, signant les 2 h 30, je l'éteins et reconcentre mon attention sur ma proie. Inerte, elle tarde à gesticuler. Cette souris m'irrite, elle retarde chacune de mes étapes. Ma mâchoire se crispe, j'enfile mes gants, me lève et attrape le seau. J'envoie le contenu sur son corps, puis observe avec exaltation la javel ronger sa peau. Ses muscles réagissent presque dans l'immédiat à l'agression ; toutefois, ses yeux refusent de s'ouvrir, alors j'insiste. Je réitère mon action. Ses paupières se soulèvent vivement, son cri se répercutant contre les murs. L'effet corrosif du produit détruit probablement ses pupilles. Sous mon masque, mon sourire s'étire. Elle toussote, couine puis hurle de nouveau.

— Shh… il ne sert à rien de t'épandre de la sorte, personne ne t'entendra.

— S'il vous plaît, laissez-moi partir !

Des larmes toxiques brûlent ses joues, sa tête se secoue de droite à gauche tandis que ma main, dissimulée sous un gant, caresse sa crinière brune.

— Je ne dirai rien à personne, je vous le jure.

Une promesse. Mon sourire s'élargit. Personne ne tient jamais ses promesses.

— Donc, si je te libère, tu resteras bien sage et n'iras pas voir la police ?

Elle déglutit, preuve de son mensonge à venir, puis prend une grande goulée d'air frais. Sa tête se secoue d'un côté, puis de l'autre, avant qu'elle ne rallie son geste à ses paroles. Elle ment et jure de ne jamais parler.

— Je vais devoir m'en assurer. Je te libérerai de tes entraves après ça.

Lorsque mes doigts pressent sa mâchoire, la panique s'empare d'elle. Je place un écarteur dentaire contre ses lèvres et tire sur sa langue. Je découvre ensuite une lame crantée. Sa gorge vibre d'un sanglot mêlé à un hurlement qui me courrouce. Je les préfère réveillées, mais silencieuses. Elle, elle ne l'est absolument pas. D'un geste lent, mais précis, je tranche son muscle, couche après couche. Lorsque le dernier fil de chair est arraché, je secoue son organe en l'air. Elle se déchaîne sur la table, je ris.

Je les préfère toujours silencieuses.

Je jette sa langue au sol puis m'empare du chalumeau pour cautériser la plaie. Ses yeux se noient dans un tsunami de larmes, se mêlant à l'hémoglobine qui suinte des commissures de ses lèvres.

Maintenant, annonçai-je fièrement, je suis certain que tu ne parleras pas.

Comme convenu, j'ouvre la porte du garage et lui rends sa liberté. Une fois détachée, nue, désorientée, la peau rongée par la javel, la bouche en-

sanglantée et béante, elle se traîne puis s'échappe dans la nature. J'active le minuteur sur ma montre et patiente. Telle une sauvage, elle hurle, ses cris enflamment ses cordes vocales et l'air extérieur. Ma queue tressaute, gonflant sous mon pantalon. Mes cervicales craquent, je ferme les yeux et absorbe la jouissance du moment. Sa mélodie envoûtante s'éloigne, puis cesse presque instantanément. J'humidifie ma lippe et souris. Mon alarme résonne dans le garage. Cette fois, elle est en avance.

J'enfonce mes mains dans mes poches et sors. Je traverse le chemin dessiné au préalable et tombe, entre les arbres, sur son corps apathique. Néanmoins, son cœur bat toujours. Je m'accroupis, laisse mon regard d'abord traîner sur l'entaille due à la chute, puis sur sa nudité. Ses seins ronds sont, sans surprise, refaits ; son ventre a, a priori, subi une jolie liposuccion permettant à ses quelques abdos d'apparaître.

Bandante.

Je récupère l'hémoglobine de sa blessure crânienne et l'étire sur ses tétons que j'excite et durcis. Elle gémit, mon sexe frappe contre les coutures de mon cargo. Je caresse ses courbes, me délectant des mouvements de sa poitrine qui se soulève avec frénésie. J'agace son clitoris, son corps assommé se cambre à mon toucher, puis, quand j'enfonce mon poing ganté dans son vagin, ses yeux s'ouvrent en grand. Elle s'apprête à hurler de plus belle, mais je plaque ma main libre sur sa bouche. Je distends son orifice, Ses ongles s'agrippent à la manche de ma veste et la griffe. Elle cherche à se retirer de ma prise lorsque mon poing s'acharne à pénétrer son vagin. Son sang me sert de lubrifiant, puis sa mouille prend le relais. Elle coule sur mon gant et j'abaisse ma bouche masquée contre son oreille.

— Elles supplient toutes et puis, finalement, elles finissent toutes par aimer. Tu n'es en rien différente, ma petite souris.

Ma main fouille les profondeurs de son sexe meurtri. Elle se cambre davantage tandis que ma paume étouffe sa jouissance. Ses yeux s'écarquillent et ses paupières papillonnent.

Elles aiment toutes ça.

Son corps convulse sous mes allers-retours. Son dos s'arc-boute. Son orgasme explose, sa cyprine ruisselle entre ses cuisses et sur mes phalanges. Je finis par la relâcher, puis, sans lui laisser de temps, je la soulève et la jette sur mon dos. Elle ne se débat plus, devenant la plus silencieuse des souris.

Je la ramène à l'intérieur du garage et la dépose sur la table. Même si je sais qu'elle ne s'échappera plus, j'évite tout regain de confiance : je lui emprisonne chevilles et poignets à l'aide des chaînes.

Une aiguille à tricoter dans une main, je presse son sein et plante la pointe aiguisée avec soin au centre de son téton, puis plonge dans sa chair. Je déchiquette le contour de son mamelon sous ses geignements. Ses paupières peinent à s'ouvrir, elle ne gesticule presque plus, son souffle se ralentit. J'arrache sa chair et l'abandonne sur le béton près de sa langue. Avec l'aiguille, j'entaille en profondeur chaque couche de son épiderme jusqu'à son clitoris. À la vue du sang, ma trique exige d'être libérée ; je résiste et patiente encore un peu. Deux de mes doigts s'amusent avec l'hémoglobine et le dirigent sur son clitoris. Je l'excite, humidifie chaque partie de son sexe et observe son corps réagir quelque peu. J'esquisse un sourire satisfait. J'abaisse mon pantalon puis mon boxer, mon sexe tressaute, je le recouvre d'un préservatif et la pénètre, lubrifiant sa muqueuse grâce à son sang. Ma queue se durcit au contact du liquide poisseux. J'envoie plusieurs coups de reins, ses mains s'accrochent aux rebords de la table, et l'excitation m'arrache un léger râle de plaisir. Son cœur menace de céder, je le sens, alors je m'arrête et attrape en vitesse le chalumeau. Je cautérise ses plaies ; des grognements s'extirpent de sa gorge. Mes yeux délaissent la petite souris du soir pour s'attarder sur le dégradé d'orange qui brille devant moi. Fasciné, j'approche la flamme près de sa cuisse et la brûle sur toute sa longueur et sa largeur.

Maintenant, elle est presque parfaite.

Je saisis l'aiguille et marque ma proie. Après une ultime timide jouissance, elle succombe. Le latex retiré, je me soulage sur sa brûlure fraîche, galvanisé par son corps inerte. Une fois assouvi, j'essuie le reste de mon exaltation luisante avec sa robe découpée. Je remonte mon cargo puis le reboutonne. Frustration si familière : la petite souris n'a, encore une fois, pas tenu jusqu'au bout. Je javellise sa chair, m'assurant de ne laisser aucune trace de mon passage. Comme dernier rituel, je photographie la scène alléchante, détache ses liens, puis charge le corps dans le coffre. Un dernier regard vers le garage pour vérifier l'impeccabilité des lieux, et je le quitte. Je pars, le moteur vrombit, l'excitation demeure, mais s'avère bien différente.

Ce soir, je joue un tout autre jeu…

Une trentaine de minutes plus tard, je me gare devant le loft. J'enveloppe mon offrande dans un drap maculé et la jette aux pieds de l'escalier métallique. J'aimerais attendre l'aube pour savourer sa découverte ; l'alarme de ma montre m'arrache à cette idée. Je remonte dans la voiture, non sans un dernier regard vers le corps échoué au sol.

La chasse est de nouveau ouverte.

CHAPITRE 11

Elaïa, Nice, présent

Un grondement de frustration calcine mes cordes vocales alors que j'envoie valser le dossier dérobé dans le cabinet d'avocats. Rien. Aucune information ne me permet de valider mes suppositions, mes certitudes. Si mon bourreau est une ombre au-dessus de ma tête, Simon Davis est un fantôme dont toutes les données ont été rendues confidentielles, voire effacées.

Comme moi…

J'ai été effacée pour que personne ne retrouve ma trace. Pour que personne ne remonte à la source de mon histoire. Après avoir retiré mes lentilles noires et déroulé la serviette de mes cheveux tout juste débarrassés de leur teinture noire, je reprends place, sur mon lit, devant mon ordinateur.

— Il y a toujours des traces, murmurai-je face à l'écran, elles ne sont simplement pas visibles à l'œil nu…

Dans mes fichiers, j'ouvre le dossier crypté par un informaticien et parcours mes données. Mon histoire a été remaniée pour dissimuler mon arrivée à Nice et mes actes passés. Toutefois, on ne change pas la vérité : on ne peut que la reformuler. Ainsi, les preuves, bien que factices, tendent à rendre le récit crédible.

Aussi infime soit-il, chaque détail compte. Dans mon historique, ma spécialité littéraire en langues et cultures de l'Antiquité a été conservée. Un bon inspecteur pourrait retracer cette piste en recensant les lycées de France proposant cette option. Ainsi, il en déduirait mon ancien lieu de vie. C'est d'ailleurs cette discipline qui m'a soufflé le pseudonyme *Hécate* lorsque Carla m'a fait entrer dans l'escorting.

Déesse de la lune, de la magie et des carrefours, liée aux morts, Hécate porte trois visages et unit les Enfers, la terre et le ciel. Sa capacité à regarder dans toutes les directions me rappelait ma propre faculté à changer de rôle sans éveiller le moindre soupçon, tels des masques interchangeables. Je voulais aussi ressentir sa puissance, contrôler mes environnements et imposer ma volonté. La nuit, je devenais sauvage, laissant jaillir la colère qui me rongeait. Le jour, je me fondais dans la masse, invisible ou docile selon les besoins. Lorsque Simon m'a, pour la première fois, surnommée *sorcière*, la satisfaction m'a envahie. Les chaperons se soucient rarement de nos noms nocturnes. Au mieux, quelques sarcasmes ou compliments. Lui a perçu la symbolique. Peut-être est-ce même l'une des raisons de son intérêt à mon égard. Hécate, déesse aux trois visages… n'est-ce pas terriblement alléchant pour un homme comme Simon Davis, qui maudit les masques ?

— Et toi, Simon, quel masque t'est-il impossible à retirer ? soufflai-je, perdue dans mes recherches.

Je parcours mon histoire remaniée, que je connais par cœur, mon regard glissant quelques fois vers les renseignements obtenus concernant Simon. Alors que l'espoir de trouver une faille s'amenuise, un détail retient enfin mon attention. Dissimulé dans le flot d'informations, le contrat stipule que tout acteur entrant dans la *Chambre* doit donner son consentement.

« Ledit contrat assure que chaque partie ne pourra, une fois signé, revenir sur les motifs de leur alliance ponctuelle. Les activités exercées dans le cadre de la Chambre ont une dimension thérapeutique, permettant à chaque participant d'explorer et d'apaiser des maux ne pouvant être soulagés par voie médicamenteuse. »

Thérapeutique.

Voie médicamenteuse.

Rien de ce qui se produit dans la *Chambre* ne se réalise dans une dimension de soin. Au contraire, ce lieu détruit l'âme de celle qui passe le pas de la porte. Qui a lu ces si petites lignes ? Quelle escorte aurait signé après la lecture de cet alinéa ? Aucune. Roxie encore moins.

Des malades, elle en a bien trop supporté pour risquer de se confronter à un nouveau. Cependant, lorsque mes yeux tombent sur la somme rétribuée, avec bien trop de zéros pour une nuit passée dans la *Chambre*, un soupir attristé s'échappe de mes lèvres.

L'argent rend terriblement aveugle.

Lorsque j'examine de nouvelles pages du dossier volé, je remarque que les termes *« thérapeutique »* et *« voies médicamenteuses »* reviennent à plusieurs reprises. Comment le sadomasochisme pourrait-il être justifié comme une forme de thérapie ? Comment pourrait-on voir dans la sexualité violente un remède à une éventuelle maladie ? Le cannabis peut encore être toléré, mais la maltraitance sexuelle n'a aucun caractère curatif. D'autant que Simon déteste le contact.

Un grognement brûle ma gorge, je m'agace.

— Ça n'a aucun sens !

Alors que l'irritation bouillonne et se transforme en un feu liquide parcourant mes veines, je me fige. Est-ce que ces contrats lui assureraient de sévir en tant que le Marqueur en toute impunité ? Si oui, aurait-il comme unique obligation de laisser en vie les escortes qui passent la porte de la *Chambre* ?

Carla…

Carla est morte. Il ne l'a pas épargnée. Au contraire, il s'est acharné sur elle. C'est peut-être la faille dont j'ai besoin. Sa confession suffira comme preuve. Cela rendrait le contrat caduc. Bien sûr, ce ne sont que des suppositions. Encore et toujours des hypothèses faiblardes, sans réels fondements. Malheureusement, c'est tout ce que j'ai pour l'instant.

Elle était moi.

Il l'a tuée parce qu'il voulait ôter la vie à Hécate. À défaut d'avoir l'originale, il s'est vengé sur la copie conforme. Ce qu'ils ignorent, c'est qu'Hécate représente la copie de Carla, alias Camélia. C'est grâce à elle que j'ai construit mon plan et qu'il a pu être un succès. Mon amie m'a fait entrer dans le monde de l'escorting, puis je suis devenue elle, tout en choisissant d'évoluer sous le nom d'Hécate.

Sa voix, sa gestuelle, son attitude, sa démarche. J'ai tout appris d'elle. J'étais son miroir et non l'inverse. Telle une obsession, lorsqu'elle s'infiltrait dans mes pores, il m'arrivait de cligner des paupières dans le rythme imposé par l'anatomie de Carla.

Je suis complice.

Parce que je suis devenue elle, je l'ai faite mourir. En m'attirant les foudres de Simon, j'ai offert à la faucheuse l'âme de mon amie.

Il payera.

Si, à l'heure actuelle, je n'ai que des yeux pour l'associer au Marqueur, je peux me raccrocher à ces faits-là. Simon Davis a tué Carla parce qu'il voulait me tuer, moi.

Il a visé le mur.

Je secoue la tête lorsque mon esprit décide de contredire chacune de mes hypothèses. Je refuse de repartir à zéro. Je refuse d'émettre la possibilité de m'être trompée. Simon Davis est le Marqueur. Simon Davis a tué Carla. Personne d'autre.

Ses yeux.

Je frotte les miens, tandis qu'un soupir traverse mes lèvres pincées, la pulpe de mes doigts massant mes tempes. Je ne supporte plus ses yeux tant leur brillance émeraude me brûle les entrailles et me coupe le souffle. Ils m'arrachent, nuit après nuit, des sueurs froides et des frissons d'effroi. J'ai le cerveau en ébullition et l'esprit qui commence à dérailler. Lorsque je rouvre les paupières, mon regard s'arrête sur l'heure affichée sur mon écran : 2 h 10.

Cinq jours.

Cinq jours qu'il ne se plante plus au bas de mon immeuble. Cinq jours que Simon Davis a arrêté de m'épier sans aucune discrétion. C'était ma petite vengeance personnelle de le voir, dans la pénombre, attendre avec désespoir que sa sonnerie résonne, que ma voix porte jusqu'à ses oreilles.

J'avais juré que jamais je ne lui offrirais ma voix.

Il me l'a prise. Parce que Simon Davis prend, n'importe quand, à n'importe qui, mais surtout sans jamais demander l'autorisation.

Pourtant, est-il le seul à être torturé ?

— Ah ! tais-toi ! m'agaçai-je.

Je referme l'écran de mon ordinateur avec plus d'agressivité que je ne l'aurais voulu et décide d'abandonner pour cette nuit. J'attrape le carton au sol, puis dissimule les dossiers à l'intérieur. Je referme la boîte et me dirige dans ma penderie. Je tire l'escabeau d'entre les vêtements et le déplie. Sur la plus haute marche et sur la pointe des pieds, je décale mes paires de talons pour découvrir mon coffre-fort. Je l'ouvre, écrase la boîte et l'y insère. Le verrou enclenché, je redescends avant de récupérer mes affaires éparpillées entre la chambre, le petit hall et le salon. Je lace mes Converses, enfile mon sweat-shirt avant de quitter l'appartement d'Hécate.

À peine ai-je passé le pas de mon appartement que je me verse un thé glacé sans fruits, sans sucre, mes jambes me guidant d'instinct vers le balcon. Collée contre le petit recoin de mon extérieur, j'observe les alentours dans l'espoir de le voir apparaître. D'une œillade furtive vers l'heure indiquée sur mon four, je m'impatiente alors qu'il affiche plus de deux heures trente.

Qui torture qui maintenant ?

— Bon sang, tais-toi, maugréai-je dans un chuchotement.

Alors que je m'autorise une longue gorgée de thé, un vrombissement retentit dans la nuit quiète. Une pointe d'espoir, un peu trop imposante à mon goût, pique ma poitrine.

Je jette un nouveau regard vers l'horloge de mon four et, lorsque la portière claque, je ne peux réprimer un sourire de satisfaction.

Il est là. Pile à l'heure.

Je m'autorise un léger balancier vers l'avant, une bulle d'excitation éclatant dans mon estomac. Cinq jours, pas un de plus. Ce soir, je vais confronter Simon Davis. Ce soir, j'obtiens sa confession.

Peu importe les risques et les conséquences.

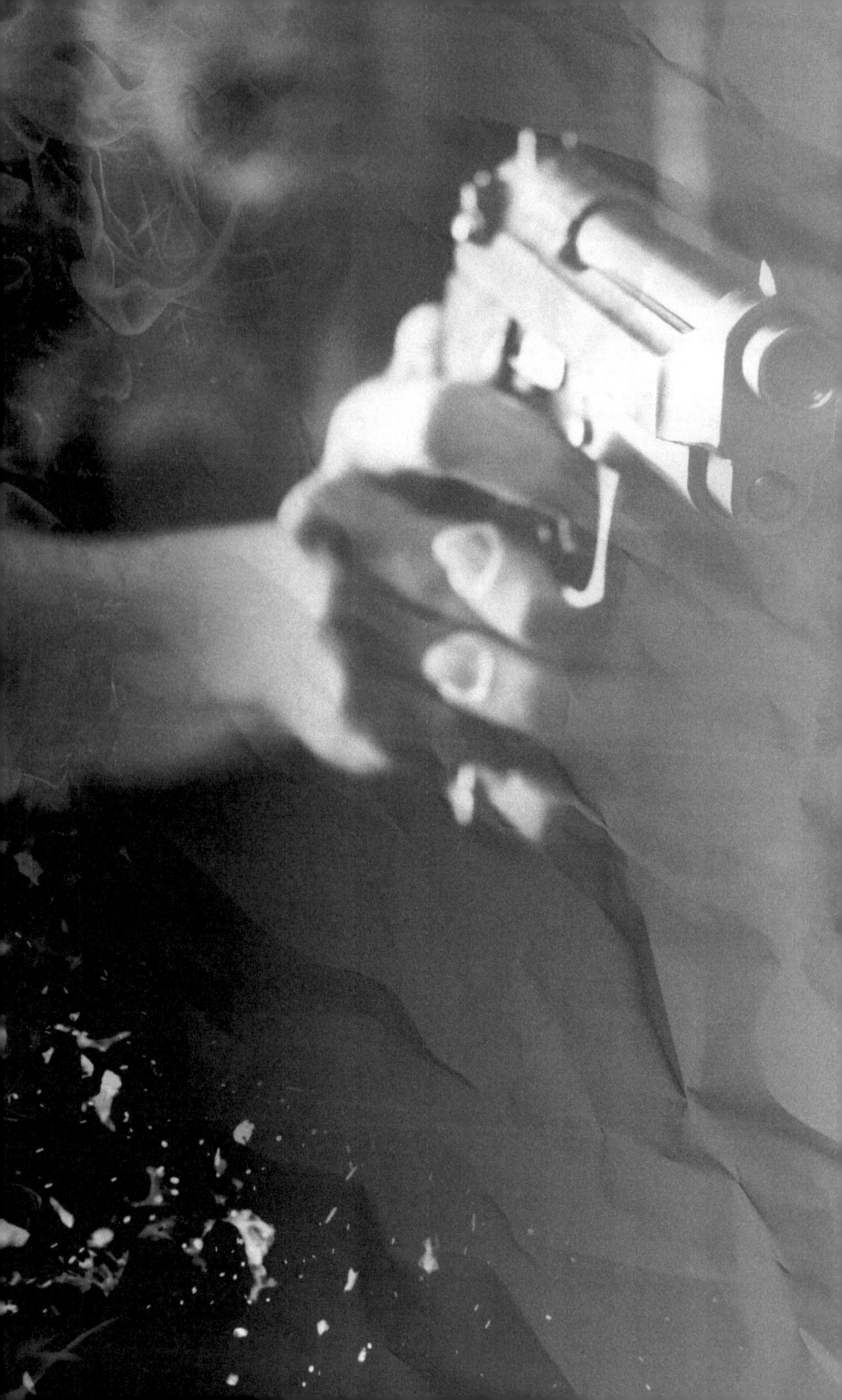

CHAPITRE 12

Simon, Nice

Cinq jours. J'ai tenu cinq longs jours éloigné de sa résidence. Comme si je cherchais à me prouver qu'elle n'était plus une obsession, que son mensonge et mon tir avaient annulé tout mon intérêt pour elle. Pourtant, tandis que j'observe Victor se faufiler en douce chez Roxanne depuis cinq jours, un sentiment étrange me picore l'estomac. Plus il s'intéresse à elle, plus je me demande pourquoi, moi aussi, je ne pourrais pas profiter de celle qui hante mon esprit.

Manipulatrice.

C'est tout ce qu'elle est. Malgré tout, je suis là, j'attends avec une impatience dévorante qu'elle cède à son tour et que mon foutu téléphone vibre. Je veux la confronter et la maudire pour ses mensonges. Je veux la confronter pour qu'elle comprenne que je n'ai pu me résoudre à lui tirer dessus. Peu importe le ressentiment que j'éprouve à son égard, elle ne pouvait pas mourir. Souffrir, oui, mais pas mourir. Est-ce si malsain de vouloir la faire souffrir ? Pas comme dans la *Chambre*, mais d'une nouvelle manière. La torturer, lui faire mal comme son mensonge m'a fait mal. Hécate est à brûler vive sur le bûcher, mais Elaïa… Je veux lui broyer le cœur comme le mien s'est fissuré quand son masque est tombé. Mais je crois qu'au-delà de la haine que j'aspire à lui cracher au visage, je veux comprendre pourquoi elle a un tel impact sur mon esprit. Jamais une femme n'avait pu déranger mon esprit. Du moins, pas de cette façon.

Jade…

Je balaye le visage qui tente de s'installer, refusant de m'enfoncer dans le passé.

Mon portable vibre, m'extorquant un élan d'espoir, trop rapidement chassé par un feu ravageur qui calcine mes organes un à un.

+33 688 322 146 : J'ignore vraiment comment tu fais pour les préférer habillées.

+33 688 322 146 :
Je veux dire, celle-là, à poil, c'est quelque chose !

+33 688 322 146 :
Dommage que tu ne puisses pas l'utiliser.

Mes jointures blanchissent autour de l'écran, j'inspire pour ne pas envoyer un énième téléphone à la casse. En quelques semaines, j'en suis déjà à mon troisième. Si mes finances ne sont pas à plaindre, j'aimerais mettre mon argent ailleurs. Il me faut un self-contrôle colossal pour ne pas l'exploser contre l'asphalte.

+33 688 322 146 :
Moi, en revanche, je peux m'en servir à ma guise.

Je l'imagine sans grande difficulté avec une trique déjà bien dressée. Au-delà de son appétit meurtrier, il a toujours eu cet appétit sexuel écœurant. Un rien l'excite, et le pire est qu'il épouse et se délecte de cette appétence sans l'ombre d'un remords. Après tout, ce ne sont toutes que des femmes à mutiler et à baiser. Elaïa a peut-être une place particulière, elle n'en reste pas moins un trou à fourrer, un corps à brûler.

+33 688 322 146 :
Je me suis peut-être déjà faufilé sans qu'elle le remarque. Imagine, tu étais là, à quelques mètres, à surveiller sa résidence, alors que j'étais déjà chez elle.

+33 688 322 146 : En elle.

+33 688 322 146 :
Et le plus jouissif, Simon, tu sais ce que c'est ? Tu ne peux rien y faire. Parce que la règle est claire. Ma propriété, mes décisions.

+33 688 322 146 :
J'espère que tu la respectes encore aujourd'hui. Parce que tu le sais, n'est-ce pas ? Si tu la touches…

Provocateur, son message reste sans point final. Je pourrais répondre, mais je sais que mon message ne partirait plus. Il a assez joué avec moi pour cette nuit. Même si j'envoie la conversation à Victor, elle ne sert à rien. Il a toujours adoré les cache-cache. Si le voyeurisme m'excite, lui, c'est l'épiage qui l'enflamme. Je parierais même qu'il n'est pas loin, insaisissable, et qu'il s'en délecte. Excédé, je frappe du pied le pneu et fourrage mes cheveux avec rage.

— Ce pneu n'a rien demandé, résonne alors la voix d'Elaïa dans mon dos.

Je me fige, expire et grince des dents.

— Rentre chez toi, ordonnai-je sans lui accorder un seul regard.

Elle traverse la route qui nous sépare, puis réplique avec le même ton :

— Je n'aime toujours pas les ordres.

Désobéissante, elle poursuit son chemin. Je marmonne, mais ne peux pas m'empêcher de la suivre. Je fais signe à Tara et Micah, dissimulés dans une voiture à quelques mètres plus loin, que je m'en occupe. Ils acquiescent et restent faire le pied de grue aux alentours de la résidence.

Quarante minutes plus tard, nous sommes sur la Promenade. Contrairement à d'habitude, elle ne s'installe sur aucun banc, mais emprunte les premiers escaliers pour rejoindre la plage. Nous marchons sur les galets durant quelques mètres avant d'arpenter la partie sableuse. Elle tire finalement une grande serviette de son sac et l'étale proche de l'eau. Elle s'y installe en tailleur. Consciente de ma présence, ses doigts tapotent la place à ses côtés. Elaïa ne m'accorde ni un mot ni un regard et n'insiste pas dans son invitation. L'hésitation n'est que furtive avant que je prenne place. Je remonte mes genoux contre mon torse, mes bras les enserrant.

Le silence forme une bulle autour de nous. Si elle est bercée par la musique qui pulse dans ses oreilles, je me surprends à m'apaiser au bruit du remous des vagues qui viennent s'échouer. J'ignore combien de temps s'écoule avant qu'elle ne retire son casque et porte son regard vers le ciel. Je l'imite.

— Pourquoi l'as-tu tuée ? s'enquiert-elle d'un ton monocorde.

— Il va me falloir une précision quant au meurtre que tu me reproches.

— Carla.

Ce n'est pas moi. Seulement, les mots ne sortent pas. Même si je me défendais, elle ne me croirait pas.

— C'est parce qu'elle mentait cette nuit-là ? Parce que tu savais qu'elle n'était pas moi, donc c'est l'inévitable sentence pour celles qui mentent, la mort ?

Ce n'est pas moi.

Son ton devient plus dur, sa colère allume une sensation plus que désagréable dans mes entrailles. Toutefois, je reste mutique. Que pourrais-je bien dire, mis à part : ce n'est pas moi ? Je ne pourrais ni argumenter ni défendre ma peau. Elle devrait se satisfaire de cette réponse et n'en serait que plus frustrée.

— Elle avait deux frères. Eliott et Gaby. Elle cumulait deux travails pour aider sa mère et son père est décédé au front. Sa mère…

— Arrête ! la coupai-je, la nausée retournant mon estomac.

— Pourquoi ? Tu culpabilises parce que c'était une vraie personne que tu as tuée. Pauvre de toi !

— Parce que ce n'est pas moi ! Je t'ai déjà dit que je tue pour protéger, pas pour le plaisir.

Je me mords la joue alors qu'elle secoue la tête de désapprobation. Évidemment, elle ne croit pas un mot.

— Tes mains ne sont pas sales, elles sont pouilleuses, ensanglantées, elles sont…

— Ça suffit ! sifflai-je en m'empressant de vider le contenu de la bouteille de gel entre mes paumes.

Son rire amer s'évanouit dans les airs, je n'ai pas besoin de lire ses yeux pour savoir qu'il est mauvais.

— Vas-y, lave-les autant que tu veux, ça ne changera rien. Tu peux être aussi propre que tu le veux, tu es pourri de l'intérieur.

Excédé, je me jette sur elle, son dos percute le sable la seconde suivante. J'enjambe son corps, presse ses hanches aussi fort que j'enserre sa gorge. Son sourire éclate sur son visage, elle ne cherche pas non plus à se débattre. La colère pulse contre mes tempes avant que l'ensemble de mon corps se tende. Ses ongles se plantent dans ma taille. Plus mes doigts marquent sa peau, plus les siens pressent ma chair.

— L'erreur, souffle-t-elle, les yeux fermés, les battements de son cœur accélérés par le manque d'oxygène. C'est l'erreur qui affaiblit l'humain et toi, tu n'arrêtes pas d'en commettre.

Je la relâche. Elle tousse sans ouvrir les yeux. Ses mains quittent ma peau pour effleurer son cou malmené. Je songe à instaurer une plus grande distance entre nous lorsque passé et présent se confondent. L'expression qu'Hécate, seule, employait ne m'avait jamais troublé, malgré l'écho du souvenir qu'il imposait à mes pensées. À cet instant, j'entends avec clarté la voix d'Elaïa derrière ces mots. Une hypothèse empoisonnée s'impose alors brutalement à mon esprit.

C'est impossible… elle est morte…

Une seule personne répétait cette expression comme une consigne à suivre, un mantra duquel il ne fallait pas se détourner.

Une seule et unique personne. Elle est morte. Disparue depuis des années.

Le plus petit détail nous sera utile…

Et si c'était ça, le détail qui nous manquait ?

Elle est morte…

Et s'il n'était pas seul durant la captivité d'Elaïa ?

Non… Impossible. Elle. Est. Morte.

— Regarde-moi, ordonnai-je, la surplombant toujours.

Mutique, elle refuse de répondre à mon autorité.

— Elaïa, regarde-moi.

Déterminée à ne pas flancher, ses yeux restent clos. Irrité, j'abandonne tout de même ma position et me réinstalle, agité, à ses côtés.

Les yeux.

Mes yeux ont toujours été un problème pour elle. Elaïa les analyse, les détaille avec une intensité inégalable. Avant, je pensais qu'elle cherchait à comprendre ce qui se passait dans mon esprit. Maintenant, je crois qu'elle n'avait que ça. Des yeux. Aucun autre détail ne lui permet de reconnaître son agresseur, si ce n'est le regard.

Il n'a pas les yeux verts.

Des lentilles. *Il* est allé jusqu'à devenir *moi* pour s'assurer de mon incrimination. Mes dents grincent tandis que ma tête, alourdie par la furie ainsi qu'une pointe de culpabilité, s'abaisse. Dans un souffle lointain, presque inaudible, je l'implore de me regarder une dernière fois, en vain. Stoïque, elle maintient sa position allongée, les yeux férocement fermés. A priori, avec elle, il n'y a qu'une seule méthode qui fonctionne : nous pousser au bord du précipice.

Dans ce cas…

Discrètement, je tire mon arme de mon dos et la pose dans sa main échouée sur la serviette. Sans un regard à son attention, je la devine ouvrir les yeux. Ses doigts agrippent la crosse, mais son corps n'esquisse encore aucun mouvement.

— Vas-y, déclarai-je. Tue-moi. Je ne me débattrai pas. À bout portant, tu as peu de risques de te louper.

Peu à peu, elle se redresse. Mon cœur s'emballe face à ses tergiversations.

La mort ne m'a jamais effrayé ; je la côtoie depuis assez longtemps pour être capable de la regarder dans les yeux. Pourtant, son hésitation perdure, souffle un vent d'espoir, comme si la vie voulait encore me garder auprès d'elle.

Sans un bruit, la tête baissée, elle quitte la serviette, prend position face à moi et réduit, autant que cela est possible, la distance qui nous sépare. À genoux, effleurant presque les miens, le métal froid de l'arme caresse ma gorge dans un mouvement tout autant diabolique que torturé. Avec attention, je suis chacun de ses gestes, ses yeux, obstinés, ne s'ouvrent pas. Enfin, j'agis, mes doigts glissent jusque sous son menton.

— Il y a une condition, murmurai-je en relevant son visage. Tu dois me regarder dans les yeux. Regarde-moi et tue-moi, Elaïa, c'est tout ce que je te demande.

Sa poitrine se soulève avec effort, son cœur s'agitant dans une étrange frénésie. Mes démons dansent dans mon esprit pendant que mes doigts flânent sur sa peau. Ils la veulent soumise, tandis que moi, j'aspire à me purifier dans un lavage intensif. Chaque désir difficilement réprimé, d'un geste presque tremblant, mal assuré, je replace derrière son oreille une mèche de cheveux que le vent malmène.

— Regarde-moi, Elaïa, l'implorai-je. Fais comme d'habitude et lis en moi.

La pulpe de mon index étudie la cicatrice qui redécore son oreille alors qu'elle me refuse toujours le contact visuel.

Une marque de plus sur son corps. Seulement, cette fois, j'en suis l'unique responsable. Soudain, face à cette évidence, ma colère s'estompe pour laisser place à une émotion plus pénible.

Nous survivons. C'est ce que nous avons toujours fait, elle et moi. La douleur rythme notre quotidien et on s'efforce de la garder sous contrôle. Hécate représente son fardeau, le Marqueur est le mien. Mon pouce poursuit son voyage sur ses paupières, puis descend sur ses taches de rousseur qui parsèment ses joues. Une bulle de chaleur s'invite dans mon bas-ventre lorsque je m'approche dangereusement de ses lèvres. La réponse ne se fait pas attendre : elle enfonce, féroce et menaçante, l'arme dans ma chair.

J'ignore sa menace muette et poursuis ma descente jusqu'à la lisière de son décolleté. Face à mon contact téméraire, ses paupières s'ouvrent enfin. Les démons m'ordonnent de palper sa chair tendre, bonne à abîmer, mais, déterminé à ne pas céder, ma paume s'écrase simplement contre son cœur. Soudain, la réalité de l'instant me gifle de plein fouet. Alors que son cœur s'agaçait auparavant, maintenant, il bat au même rythme que le mien. Cette symbiose, inédite, me déstabilise. Perdu dans l'incompréhension du moment, mon regard harponne le sien. Je le sais, il n'y a pas plus létal que le précipice dans lequel Elaïa cherche à me pousser. Pourtant, je m'y jette moi-même, convaincu, du moins à cet instant, que la chute peut être amortie.

— Je n'ai pas tué ton amie, déclarai-je, ferme.

Furtifs, ses sourcils se froncent, le doute s'installe dans son esprit. Je reconnais la petite faille qui se forme en elle et m'y engouffre un peu plus.

— Tu as raison, je commets beaucoup d'erreurs. Surtout

ces derniers temps. Encore plus lorsqu'il s'agit de toi. Mais ce crime-là, Elaïa, ne m'appartient pas.

Terrée dans le mutisme, je lui remémore sa toute dernière provocation dans l'espoir que la fissure, en elle, s'agrandisse.

— Tu peux cambrioler tous les cabinets d'avocats que tu veux. Tu n'accèderas pas à mon histoire. Tu n'obtiendras de moi que ce que je veux te donner. Peu importe combien tu fouilles, peu importe ce que tu penses comprendre. Nous partageons un point commun, toi et moi : il n'y a pas plus experts que nous en dissimulation de vérités.

— Je te hais, Simon Davis, jure-t-elle sans hausser le ton. J'aurais aimé ne jamais te rencontrer.

— Le déplaisir est sincèrement partagé, répliquai-je, un rictus involontaire dressé sur mes lèvres.

Brusquement, elle relâche l'arme au sol, attrape son casque puis son sac et, sans plus de cérémonie, elle m'abandonne sur la serviette.

— Reste loin de moi, exige-t-elle, sévère, ou c'est moi qui viserai ta gorge. Sans plus aucune hésitation.

Elle quitte la plage tandis que mon intérêt se déporte vers l'horizon. J'ai pris l'habitude de ne plus suivre les ordres féminins, et ce, depuis des années. Elaïa Benson n'échappe pas à cette règle.

Je serai toujours là, dans l'ombre.

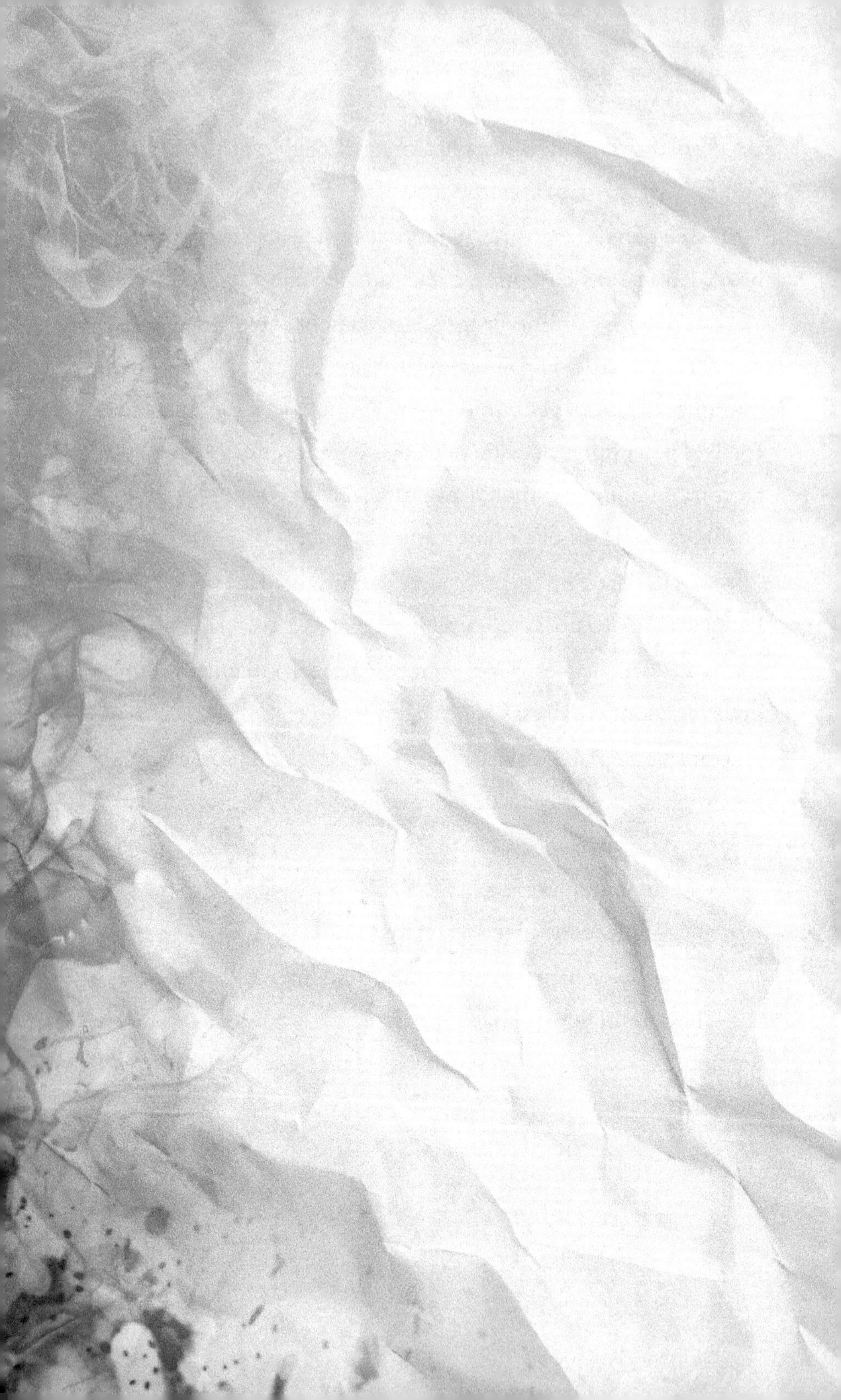

CHAPITRE 13

Elaïa, Nice

Je salue Marc, le bibliothécaire, avant de m'installer à l'une des tables du lieu d'études universitaires. J'ouvre mon ordinateur et tente d'écrire mon commentaire de texte sur *Naïs Micoulin*[2] sans y parvenir. Trop de choses en tête. D'abord Roxie et ses tentatives de conversations que j'évite depuis que nous avons quitté la *Chambre*. Ensuite Victor et ses secrets, ses manipulations ainsi que sa trop grande proximité avec Roxanne. Puis Simon. Simon Davis et l'énigme qu'il représente.

Ses yeux verts, vert émeraude.

Je soupire, ma tête retombe entre mes bras croisés. L'épuisement paralyse l'ensemble de mes muscles.

Plus d'une semaine que je m'autodétruis. Mes nuits n'existent pas, mes journées sont chaotiques tandis que mes repas n'ont plus rien d'humain : de simples heures sur l'horloge. J'active le mode robotique, obnubilée par un seul but : terminer mon plan, peu importe les dégâts.

---

2 Recueil de nouvelles d'Émile Zola paru en 1883.

À quatre heures du matin, je me lève, résignée à trouver le sommeil. Sous la douche, recroquevillée et agressée par les jets, j'espère que les images — toutes plus douloureuses les unes que les autres — disparaîtront. Je m'habille, resserre toujours plus le scotch autour de mes cuisses, camouflant ma maigreur sous un jean large. Je maquille mon visage, efface les traces, recommence encore et encore, tandis que les cernes grises émacient mes joues.

Je fuis la cuisine, mais craque pour un thé glacé insipide aux alentours de cinq heures du matin. Je déambule ensuite sur la Promenade des Anglais à cinq heures trente, un livre à la main pour étouffer les voix qui se déchaînent sous mon crâne. Mon quotidien demeure sous l'étroite surveillance de Victor, du moins lorsqu'il ne se perd pas entre les cuisses de ma meilleure amie. Les cours deviennent impossibles à suivre, je sombre par intermittence dans un sommeil brutal, me réveillant en panique, la poitrine compressée, le cœur en lambeaux.

Durant la pause déjeuner, je fuis la cafétéria, me réfugie dans la bibliothèque, puis rentre. Nouvelle douche, recroquevillée, toujours à supplier les voix de se taire. Une heure de course, le ventre vide, surveillée encore par Victor, priant pour un silence qui ne vient jamais. Le retour dans mon appartement est un rituel de survie, pénible, suffocant. Douche encore, évitement de la cuisine toujours, puis abandon sur le tapis du salon, le casque sur les oreilles, le plafond comme seule compagnie contre mes tourments.

À une heure du matin, je rejoins l'appartement d'Hécate,

tente de me distraire avec les infructueuses recherches concernant Simon. Deux heures du matin sonnent, sur le balcon, je fixe l'écran de mon téléphone, me maudissant d'attendre un appel qui ne viendra jamais. Même s'il arrivait, je ne répondrais pas. Je me résigne aux alentours de deux heures quarante-cinq du matin, mode avion activé. Je m'enfonce dans mon lit, les yeux fermés, aussitôt rouverts. Les visages déçus et en colère de ceux qui me sont chers envahissent mon esprit. Enfin, durant plus d'une heure, mes bourreaux se succèdent dans mon esprit, victorieux face à l'emprise qu'ils ont sur moi.

Puis, comme une douloureuse rengaine, à quatre heures, je capitule et recommence.

Neuf jours que la torture et les tourments se répètent. En vingt-deux ans, je crois n'avoir jamais vécu une telle douleur. Neuf jours. C'est long, surtout lorsqu'on s'enfonce heure après heure. Arthur avait raison, mon obsession me bousille ; Marie aussi, mon cœur noircit un peu plus à chaque instant.

Protéger, tuer, avancer, c'est le plan. Mais les imprévus me déséquilibrent. À force de trop me pousser moi-même au bord du précipice, je chute et rien ne semble assez solide pour me retenir.

« Tu vas toujours bien, c'est bien ça le problème. »

Cette fois, je vais mal et j'ignore comment remonter la pente.

Une main presse mon épaule, je sursaute. Un jeune homme inconnu me rattrape in extremis et je me réinstalle sur la chaise, le malaise empourprant mes joues.

Je n'aime pas attirer l'attention.

— Je ne voulais pas t'effrayer.

Je hoche la tête, ravalant mon air suspicieux et le laisse s'installer à mes côtés.

— Je suis Micah, Micah Torres.

— Enchantée, Micah, Micah Torres.

D'après les livres qu'il dépose sur la table, il est dans le même cursus littéraire. Toutefois, il n'assiste jamais à mes cours, du moins, je ne l'aperçois jamais dans l'amphithéâtre. Il me tend alors un papier, je l'attrape du bout des doigts avant de le lire.

« Micah Torres, le nouvel arrivant, sera tutoré par Elaïa Benson pour les deux prochaines semaines afin de s'intégrer comme il se doit à l'université. »

Mes lèvres se pincent en une ligne fine lorsque je découvre, sans grande surprise, le responsable de cette décision.

Victor.

Il sait pourtant que je me méfie des nouvelles têtes, est-ce sa manière de punir l'existence d'Hécate ?

Un chien de garde.

Victor Rivaux m'a mis un foutu chien de garde aux fesses. Être surveillée presque vingt-quatre heures sur vingt-quatre par lui-même ne suffisait pas, il fallait qu'il ajoute un problème supplémentaire.

Inenvisageable.

Je range mon ordinateur à la va-vite et me dresse sur mes jambes.

— Excuse-moi, marmonnai-je à l'attention de Micah.

Sans plus de cérémonie, je quitte la bibliothèque. D'un pas déterminé, je longe le couloir principal de l'université avant d'enjamber les marches deux par deux pour me rendre à l'étage administratif. Arrivée au premier, j'inspire pour calmer la pression qui menace de se disperser sauvagement dans mes muscles. Même si Victor a conscience de mon identité nocturne, je préfère éviter de libérer Hécate en plein jour.

Je me présente devant la secrétaire et exige de m'entretenir avec l'adjoint. Elle m'accorde une moue dubitative, mais se résigne puis décroche son téléphone. Elle attend ensuite que ce fichu adjoint daigne répondre.

— Elaïa Benson souhaite vous rencontrer.

Elle opine puis raccroche. Elle m'invite à m'asseoir. Je m'exécute et observe les minutes s'égrener. Tandis qu'il prend son temps pour me recevoir, la colère se diffuse sous ma peau, dans mes veines. Je crois que, si Victor avait été le Marqueur, je n'aurais pas eu la même hésitation pour lui enfoncer une balle entre les deux yeux.

Maintenant, j'ai besoin de lui.

Je dois voir avec Maddox comment appliquer mon plan, car il connaît bien mieux Rivaux, Davis que moi. D'autant que les dossiers volés ne m'ont apporté aucune indication sur la teneur de leur relation. Cependant, Victor représente un dommage collatéral dont je ne me soucie guère.

La porte de son bureau s'ouvre enfin, un étudiant le remercie infiniment pour son écoute. Je suis écœurée par la situation,

Victor Rivaux n'écoute personne si ce n'est lui-même. Son regard tombe sur moi et l'instant d'après son masque d'impassibilité s'ajuste. Tout le monde porte un masque, Victor ne fait pas exception à la règle. Son masque s'avère cependant plus complexe que je ne le pensais. Pour réussir, je dois le comprendre et le briser. J'inspire puis me lève, Hécate doit rester endormie, mais je crois surtout que c'est moi, Elaïa, qui ne dois pas exploser.

Je m'installe dans le fauteuil, il ferme la porte derrière moi, puis contourne son bureau. Il est à peine assis que je dépose le papier sous ses yeux.

— C'est non.

— Ce n'était pas une proposition.

— Allez-vous me suivre dans toute l'université pour vous assurer que ce petit poussin subitement égaré trouve bien son chemin à mes côtés ? tranchai-je, d'un ton dédaigneux.

Reste calme, Ela.

— J'ai défendu votre cause auprès de la première commission pour l'entrée en seconde année de master. Malgré vos notes excellentes à l'écrit, vos notes orales pourraient vous coûter votre place. J'ai proposé une alternative au doyen qui a accepté. Vous aiderez donc Micah Torres à s'intégrer et à rattraper les cours depuis le début de l'année. Ce tutorat vous permettra de compenser vos lacunes en expression orale. Ainsi, cela vous assurera votre place en dernière année.

Ma langue claque contre mon palais, je me mords la joue presque au sang pour ne pas surréagir.

— Défendre, servir et protéger, murmurai-je à peine audible, les yeux ancrés dans les siens.

Il reste imperturbable, néanmoins, je note son mouvement de déglutition. Je ravale mon sourire satisfait et renchéris.

— Aux dernières nouvelles, vous êtes adjoint dans une université, pas instructeur dans les forces de l'ordre. Je doute que ce leitmotiv soit utilisé ici. Je vous l'ai pourtant déjà dit, je n'ai pas besoin de votre protection.

Un rire acide, plein de condescendance s'échappe de mes lèvres, je me sens partir. J'enfonce mes ongles dans mes paumes pour garder le contrôle, mais il s'avère fragile.

— Expliquez-moi ce que vous gagnez à me défendre sans relâche alors que je vous supplie de ne rien faire.

Crac.

— Mais peut-être est-ce ça toute la subtilité de l'histoire. Je vous supplie, telle une soumise et ça vous excite. Je supplie d'un côté et vous tiens tête de l'autre. Vous prenez votre pied de cette manière, monsieur Rivaux ? C'est ça votre plaisir à vous ? Voir les étudiantes ramper à vos pieds, et puis après, quoi ? Quand elles sont affaiblies et perdues, vous arrivez en preux chevalier et les sauvez ?

Crac.

Je m'assieds au bord de mon fauteuil et laisse apparaître ce masque sinistre qui transforme mon visage en une image bien plus sombre. Je sens mes pupilles s'élargir sous l'effet de la rage, et, pour mon malheur ou le sien, il n'y a personne pour me ramener à la réalité.

— Est-ce la méthode que vous avez utilisée avec Roxanne ? Vous lui promettez une protection illimitée, vous la mettez en confiance, puis vous la faites supplier pour une bonne baise ? Vous la faites ramper puis, quand elle touche le fond, vous la manipulez, lui promettant que tout ira bien.

— Assez ! gronde-t-il. Tu es dans l'enceinte d'une université, assise face à ton adjoint. Ici, il y a Elaïa et monsieur Rivaux. Laisse Hécate hors de ce bureau.

S'il croit que cela m'apaise, il se trompe, il ne fait qu'attiser le feu de ma rage. D'un bond, je me lève et contourne le bureau. Mes ongles s'enfoncent dans ses accoudoirs tandis que je pousse son fauteuil jusqu'au mur en l'emprisonnant. Nos regards se croisent, mon souffle haletant de colère se mêle au sien. La hargne s'étire sur mon visage alors que je perds tout contrôle.

— J'ignore quel était ton plan, Victor et j'ignore ce qui se trame dans cette *Chambre*, mais je te jure que, maintenant, il n'y a plus d'Elaïa ni d'Hécate. Non, il n'y a que moi, un parfait mélange des deux et je suis en colère, Victor. Très en colère. Depuis le temps que vous me tournez autour, tu devrais pourtant le savoir. Il ne faut jamais, ô grand jamais, me mettre en colère. Ce n'est pas parce que tu la baises que tu es intouchable. Sache que, pour protéger ma meilleure amie, je suis prête à tout, même à lui arracher le cœur.

Je griffe son menton avant de planter mes ongles dans sa mâchoire. Le brasier de mes pupilles se lit à la perfection en miroir dans les siennes. Voilà, maintenant, Victor Rivaux est aussi en rogne que moi. C'est exaltant comme une ultime partie de poker. Celle où chacun n'a plus qu'une seule chance de s'en sortir vainqueur.

— Et bientôt, poursuivis-je d'une voix profonde, c'est le tien que j'arracherai. C'est toi qui me supplieras et c'est moi qui te baiserai. Ne te fais pas d'illusions, je te ferai ramper sans jamais te promettre une protection. Non, moi, je te promets une mort lente et douloureuse. Je buterai ton cœur morceau par morceau, je te briserai comme tu l'as brisée et je m'assurerai que Simon soit spectateur de chaque étape. Une pierre, deux coups comme on dit.

Il attrape mon poignet, son regard se voile et a le mérite de me déstabiliser. Il baisse la tête et soupire.

— Je tiens à elle, Elaïa. Je ne devrais pas et tu n'imagines pas combien cela m'est interdit, mais c'est la vérité.

Je m'écarte et me libère de sa prise. Il se lève et me fait face, le torse bombé d'une étrange assurance.

— Je ne cherche pas à gagner ta confiance de cette manière, j'ai conscience qu'il me sera très difficile, voire impossible, de l'obtenir. Cependant, ce que je te dis là est la plus honnête et sincère des vérités. Ce n'est ni de la manipulation ni une tentative de déstabilisation. Je ne pourrai jamais revenir sur mes décisions et mes agissements, mais j'essaye, Elaïa. J'essaye de me rattraper, mal très certainement, mais je le fais parce que je me suis pris d'affection pour elle, et ce, quels que soient les risques et les conséquences.

Je recule, hébétée par ses mots.

Peu importe les risques et les conséquences.

Il n'a pas le droit de me faire douter. C'était clair pourtant, Maddox était sérieux, Victor Rivaux et Simon Davis étaient des enfoirés de première, ils étaient dépourvus de sentiments et d'émotions. Leurs cœurs ne battaient pour personne, si ce n'est pour eux-mêmes. Mais voilà que, plus je découvre Simon Davis, plus le doute s'installe. Et maintenant, Victor ne ment pas. Figé devant moi, ses yeux ancrés dans les miens, il n'y a aucune once de mensonge dans son regard. Alors pourquoi faut-il que tout s'effondre au moment où je m'y attends le moins ? Ce sont les méchants dans l'histoire, dans celle de Roxie, dans celles de Nox et d'Aria. Ce sont les méchants dans la mienne. Cela ne peut pas en être autrement. Alors pourquoi ? Pourquoi ai-je cette atroce sensation de me planter sur toute la ligne ? Il entrouvre la bouche en s'avançant vers moi, je recule un peu plus, la main levée pour l'interdire de s'approcher.

Je dois partir, je dois sortir d'ici ou je vais exploser.

CHAPITRE 14

Elaïa, Nice

Je dévale les escaliers à toute vitesse, trébuche à plusieurs reprises, me raccroche de justesse à la rambarde. Une fois au rez-de-chaussée, j'accélère encore.

Sortir.

Je dois sortir.

J'essaie de maîtriser ma respiration saccadée ainsi que l'élan furieux qui me pousse à tout faire voler en éclats. Je m'élance vers les escaliers extérieurs lorsque des doigts, prisonniers d'un plâtre, s'enroulent autour de mon bras. Je pivote, croisant, dans le mouvement, le regard de Cam. Ses paumes se posent sur mes épaules, sa tête s'incline sur le côté, comme s'il me disséquait.

— Tu as une sale tête.

Sans blague !

Sa franchise abrupte a le mérite d'apaiser, un instant, la tempête en moi. Sans un mot, sa main glisse dans la mienne, il m'invite à m'asseoir à ses côtés. Sans opposer de résistance, je m'installe sur les marches. Enfin, assise, je dissimule mon visage entre mes paumes, mes mains fourragent mes cheveux, les rejetant en arrière. Un souffle, lourd, m'échappe.

« Je tiens à elle. »

Il l'a malmenée dans la *Chambre* aux côtés de Simon. Il ne peut pas tenir à elle. Depuis le départ, il la manipule et l'oblige à se plier à toutes ses exigences. Il ment.

« Tu n'imagines pas combien cela m'est interdit. »

Qui es-tu, Victor Rivaux ? Pourquoi cela t'est interdit ? Cette affection qu'il prétend éprouver à l'égard de Roxie, pourrait-elle devenir dangereuse si Simon l'apprenait ? Après tout, malgré les doutes qui s'amoncellent dans ma tête, une certitude reste fixe : Simon hait Roxie du plus profond de son âme.

— Parle-moi, m'implore Cam, m'arrachant de mes pensées. Je ne suis pas Arthur, j'en ai conscience, mais…

— Ça n'a rien à voir.

— Est-ce parce que tu crains que ma parole se délie avec Roxie ? Est-ce parce qu'il est, pour toi, indispensable qu'elle reste dans l'ignorance ?

L'assurance avec laquelle Cam s'exprime prouve que quelqu'un a craqué et lui a livré mes secrets. Puisque Roxie choisit désormais Victor pour se confier, il ne reste qu'un seul coupable possible. *Arthur Robin, je vais te tuer.*

— Ne lui en veux pas, Ela, chuchote-t-il. Je suis bien meilleur détective que tu ne le penses et j'ai des yeux pour observer. Il se serait tu, j'aurais quand même trouvé des réponses à mes questions.

— Ne fais pas ça, le suppliai-je.

— Ne pas faire quoi, Ela ? Essayer d'être un ami et t'épauler dans tes conneries ?

Je le toise du regard. Ce ne sont pas des conneries, ce sont des stratagèmes pour arriver à mes fins. Ce sont des méthodes de protection, discutables, certes, mais des méthodes qui fonctionnent. Du moins, jusqu'à présent.

— Ne t'en mêle pas. J'ai commis l'erreur d'impliquer Arthur, je ne reproduirai pas la même erreur avec toi.

— Donc, pour protéger tes proches, tu les repousses et tu agis seule ?

Il secoue la tête, désapprobateur, puis, d'une voix calme mais profonde, il renchérit :

— Les plus grands combattants avaient tous une armée derrière eux. On ne gagne pas une guerre sans équipe.

— Tu n'as aucune conscience du danger qui rôde.

— Non, c'est vrai. Roxie et moi, nous n'avons pas vécu un centième de ce que toi tu as enduré. La méfiance fait partie de ta personnalité et je l'accepte. En revanche, je refuse que tu te mettes en danger sans filet de sécurité. Depuis que tu es revenue de ta soirée, disons… mouvementée, je t'observe et vois tes rouages fumer. Tu vas faire une connerie, Ela, et tu as conscience que c'en est une.

Résolue, je me tourne vers lui. Après notre dispute, Arthur

a partagé une partie de mes antécédents avec Cam. Il savait que l'ignorance de Roxie était indispensable. Toutefois, il ressentait le besoin de se libérer du poids du secret. Je comprends sa confession, mais il a entraîné mon ami dans une histoire qui pourrait lui coûter la vie. Malgré la confiance que je lui accorde, le risque s'avère trop grand. Je n'ai pas le luxe d'empiler les complications, pas avec Roxie déjà prise dans ce jeu.

Devant mes lèvres scellées, les siennes s'incurvent discrètement. Sa tête s'incline, son corps se penche vers moi, puis, dans un murmure, il me confesse :

— Hécate est un joli nom de scène.

Bien qu'inspecteur de qualité, Cam n'a pas pu obtenir cette découverte seul. C'est décidé, Arthur va mourir. Puisqu'il connaît mon identité nocturne, je dois maintenant constater à quel point il s'est renseigné sur cette vie nocturne que Roxie et moi partageons.

— Simon ? m'enquerrai-je avec prudence.

— Détesté par Roxie, ricane-t-il. Sinon, à tes yeux, il semble être une cible d'un projet plus grand que j'ignore.

— Tu sais donc… pour Roxie.

— C'est une mauvaise menteuse, nous le savons, aussi bien toi que moi. Je l'ai découvert quelques semaines après l'une de nos soirées jeux étrangement avortée. Et puis, tu l'évites depuis plus d'une semaine. Depuis cette fameuse nuit où tu as récolté cette jolie égratignure.

Il fuit mon regard un instant, se perd dans l'horizon niçois avant de reprendre, d'une voix tantôt triste, tantôt interrogative.

— Tu ne vas pas y aller de main morte lorsque tu décideras de passer à l'action, n'est-ce pas ? Tu ne laisseras à Roxie aucune marge de manœuvre…

— Que sais-tu sur Victor ? éludai-je, plus froidement que je ne l'aurais voulu.

Il me scrute à son tour. Dans son regard, je lis l'ombre d'un savoir qui semble m'échapper encore. J'ai pourtant rassemblé chaque pièce du puzzle autour de Victor Rivaux. D'ailleurs, cet homme me servira bien plus qu'il ne l'imagine. Ma haine pour Simon est profonde, toutefois, celle que j'éprouve envers Victor la dépasse, surtout ces derniers jours. Je me doutais de son manque de fiabilité, sans réellement mesurer l'ampleur de la vérité qu'il dissimule. Victor Rivaux est un véritable pourri. Jadis insignifiant, il devient, aujourd'hui, une cible de choix.

— Il couche avec Roxie, chuchote-t-il, prudent. Il est également ami avec Simon, mais tu le sais déjà.

Redoutant ma réaction, il me détaille avec intensité avant de poursuivre sur un ton plus bas.

— Elle tombe amoureuse de lui, Ela. Vraiment amoureuse.

Je ravale ma déception et garde mon masque impassible en place sur mon visage. Rien de ce qu'il me dit n'est une découverte. Je veux la vraie identité de Victor. Je veux son cœur ainsi que son masque sur un plateau d'argent et chacune de ses failles sur un plateau d'or. Cam, suspicieux de mon imperturbabilité, s'apprête à renchérir lorsque ma meilleure amie apparaît devant nous. L'air se charge en tension électrique, Cam tente, avec un large sourire tendre, de décontracter l'atmosphère. Je me contente de lui jeter un regard dénué d'émotions, il soupire. Mal assurée, Roxie prend la parole, son regard fuit le mien avant de s'y accrocher.

— Ela, peut-on parler ?

J'attrape l'anse de mon sac, la serre avec férocité. Je me lève et envisage de m'échapper lorsqu'elle m'en empêche. Dans un lourd silence, je l'implore de ne rien dire. Cam a raison, je deviendrai bientôt l'arme qui percera le cœur de ma meilleure amie. La blesser n'a jamais été dans mes plans, néanmoins, au regard des derniers événements, pour la protéger, je n'ai trouvé que cette solution.

— Juste une minute, me supplie-t-elle, la peine déjà bien installée dans son ton. Je sais que je n'aurais pas dû…

D'un rapide coup d'œil à l'intention de Cam, je m'excuse sans qu'aucun mot ne traverse mes lèvres. Il comprend, mais, sans lui laisser le temps de réagir, je réplique.

— Que tu n'aurais pas dû quoi ? Baiser avec l'adjoint ?

— Ce n'est pas ce que tu crois ! Je… je le manipule.

La méprise, moins contrôlée que je ne l'aurais voulu, brûle ma gorge puis éclate dans l'air déjà toxique.

— Je me sers de lui ! insiste-t-elle.

— Mais c'est qu'elle est presque convaincante, dites-moi, me marrai-je avec dédain.

— Je te l'ai déjà dit ! je suis devenue une alliée de Victor pour te protéger de Simon !

Oubliant presque la présence de notre ami commun, elle se focalise sur moi, la détermination mêlée à la tristesse voilant ses iris noirs. Mes ongles s'enfoncent lentement dans mes paumes et j'inspire longuement. Je n'ai plus le choix. Je vais devoir tout briser maintenant.

C'est trop tôt…

Je ne peux me résoudre à la perdre, pas maintenant, mais le choix me manque. Elle m'impose la rupture.

C'est trop tôt… Roxie…

Ma tête s'abaisse, des aiguilles aiguisées me déchirent la gorge alors que je ravale ma douleur. Cam semble comprendre le cheminement de mon esprit, sans attendre, il enroule sa main autour de mon poignet, exerce une pression puis murmure :

— Ne fais pas ça.

Mes excuses sont inaudibles, peut-être même qu'elles ne sont que mentales. Roxie n'aurait jamais dû s'allier à Victor. Depuis, mes nuits sont rythmées par la résonance de la balle qui égratigne mon oreille avant de percuter le mur. Mes cauchemars ressassent le refus de la mort de m'emporter avec elle. Mon esprit tourne en boucle sur les derniers mots soufflés par Simon avant qu'il ne tire. Quand enfin le bruit de la balle et le visage de Simon désertent ma vie nocturne, le Marqueur prend vie.

Ce même rêve horrifique, nuit après nuit, qui m'arrache celle qui m'est la plus chère ; Ashe. Il me prive de ma meilleure amie, parce qu'impuissante, je ne réussis pas à la sauver. Elle s'est stupidement alliée au monstre que je pourchasse et que j'ai été incapable de tuer lorsque l'occasion s'est présentée à moi.

J'ai toujours vécu dans le danger ainsi que dans la survie. Depuis mes six ans, la maltraitance et le harcèlement berçaient mes jours puis mes nuits. Puisque la vie a décidé de me mettre au défi de résistance et de résilience, c'est ensuite le Marqueur qui brûlait ma peau. Aujourd'hui, Roxie est mon nouveau fardeau. Elle m'a vendue à Victor, me contraint à la détruire pour assurer sa protection. Cam m'implore de ne rien faire, mon esprit me promet que c'est la meilleure solution, mon cœur, lui, sait qu'il finira par céder. L'instant se fige et, tristement, mes yeux se lient une ultime fois à ceux de Cam. Enfin, le regard fuyant, il me relâche, résigné.

Elle comprendra.

Roxie me comprendra, du moins, je l'espère. Et, lorsque le danger aura disparu de nos vies, je me rattraperai pour chaque blessure que j'aurai moi-même entaillée sur sa peau.

— Tu m'as vendue, Roxanne. C'est tout ce que tu as fait. Tu n'as protégé personne. Tu te caches derrière cette excuse pour soulager ta culpabilité d'être une amie de merde.

Ses larmes coulent sans attendre. Une lame invisible et acérée se plante dans nos deux cœurs, pourtant je suis la seule à tenir le manche. Je tourne et retourne le couteau dans la plaie suintante, m'assurant d'agrandir le fossé entre nous.

Pour la protéger… elle comprendra.

— Simon n'était pas seul dans cette pièce, tranchai-je. Tu maudis l'un et espères qu'il brûle en enfer tandis que tu laisses l'autre te baiser pour se faire pardonner des sévices qu'ils ont été deux à t'infliger.

Avant de la quitter, j'assène le coup fatal. Celui qui, j'espère, l'animera d'une haine si intense qu'elle décidera de tirer un trait sur notre amitié.

Juste le temps qu'il meurt…

— Tu n'es pas une amie dans cette situation, Roxanne. Tu es une pute qui est prête à tout pour sa dose de bites. J'espère qu'à la fin, la paie est vraiment bonne.

La mort ne m'emporte pas. Jamais. Mais peut-être est-ce parce qu'elle a toujours vécu en moi. Aujourd'hui, je la sens, comme un tatouage que l'on aurait encré sur chacun de mes os.

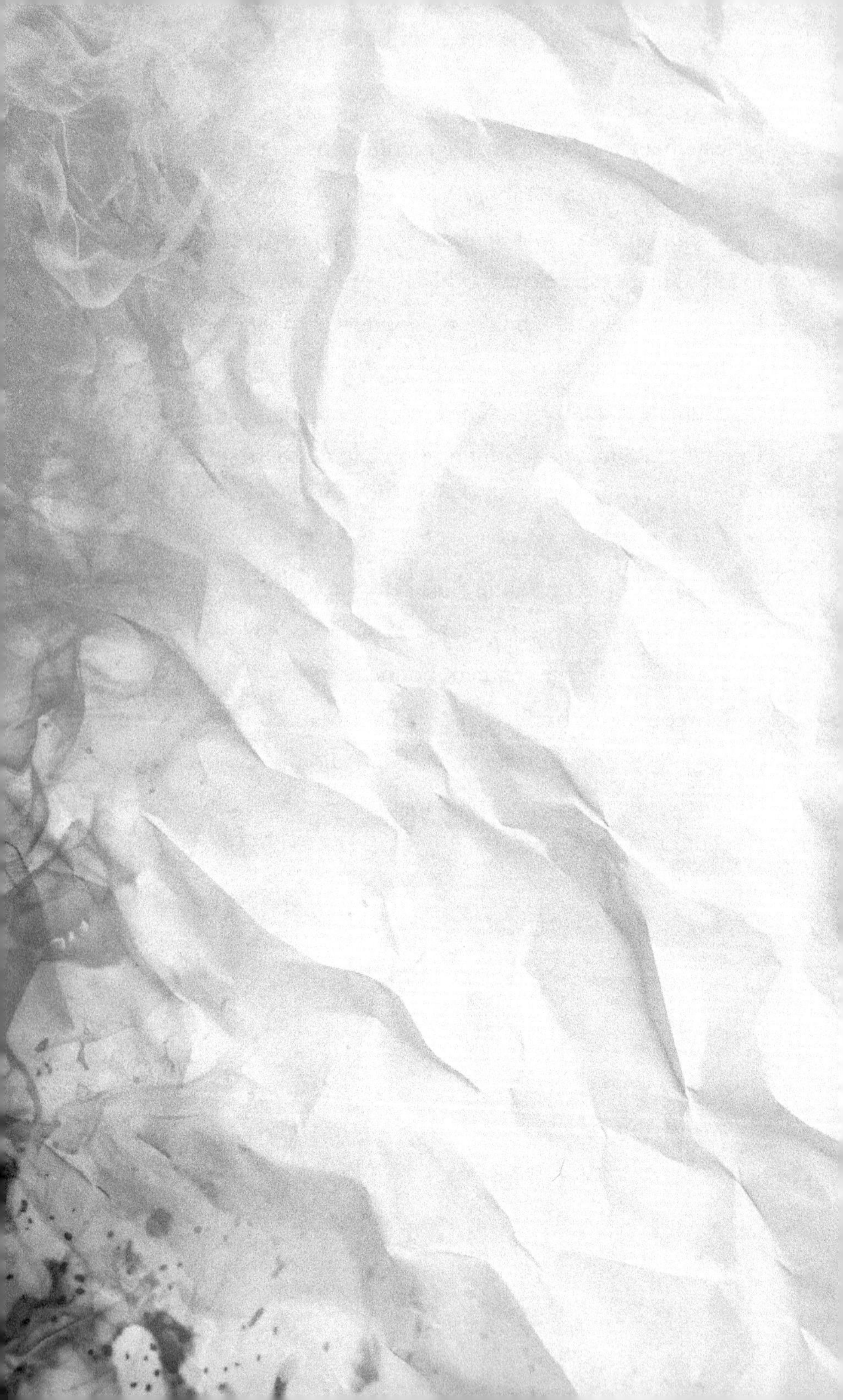

CHAPITRE 15

Victor, site du RAID

L'arrière de mon crâne tombe contre le dossier de mon fauteuil. Un soupir plus tard, mon intérêt se déporte vers l'écran de mon téléphone, vierge de toute notification. Les messages envoyés à Roxanne restent sans réponse. Simon m'a informé d'une forte dispute entre les deux amies. J'ai ressenti un besoin viscéral de sécher ses larmes. Cependant, elle m'ignore. Comment lui en vouloir ? Je suis l'une des raisons du chaos qui l'entoure. Bien que les propos d'Elaïa soient corrosifs, ils n'en restent pas moins véridiques. Mes actions blessent Roxanne, pourtant je l'abîme et tente de la soigner ensuite. Je joue le sauveur dans une histoire où je porte le masque d'un bourreau, qui plus est, qui a interdiction de s'approcher de celle qui nous sert d'indic.

Tara entre dans mon bureau, mettant ainsi fin à mes ruminations. Nonchalante, comme à son habitude, elle s'avachit dans le petit canapé et, du coin de l'œil, m'étudie. Un discret, mais espiègle sourire se dessine sur ses lèvres.

Je déteste tous leurs foutus sourires insolents à la con. Je grogne, elle s'esclaffe.

— Tu devrais en parler avec Dubois, déclare-t-elle.

— Je n'ai rien à dire.

— Victor, souffle-t-elle, plus sérieuse, c'est humain. On ne rencontre pas tous l'amour sur Tinder ou en boîte de nuit.

Ses propos m'arrachent une grimace désapprobatrice.

— Tu devrais vraiment revoir tes connaissances en relations amoureuses, grommelai-je.

— Ce que je veux dire par-là c'est que…

— Je sais, la coupai-je.

— Es-tu sûr ? Parce qu'on ne dirait pas. C'est une indic, certes. Mais c'est avant tout une femme. Un joli petit bout de femme.

— On l'a blessée, Tara. On l'a détruite et on est en train de briser sa relation avec Elaïa.

— Tu cherches des excuses pour repousser la réalité.

— Je ne peux pas être retiré de l'affaire.

— Tu ne le seras pas. Simon ne retournera pas en taule parce que tu as le malheur d'apprécier ton indic.

Je me frotte le visage, accablé. Je n'entrevois plus de bonnes issues. Deux mois que nous opérons sur le terrain et, alors que nous devrions avoir enfin des preuves concrètes pour coincer notre ennemi, tout s'effondre, hors du plan. Devant mon scepticisme, Tara s'avance jusqu'au bureau, ses paumes s'y apposent, son regard emprisonne le mien, sérieux.

— Nous sommes, Micah et moi, sur le terrain pour renforcer les lignes défensives, pas parce que notre indic a fait flancher ton petit cœur ni parce que Simon a tiré sur Elaïa.

— Nous étions tous contre ce rapprochement, moi le premier. Vous êtes sur le terrain parce que je suis incapable d'effectuer mon travail correctement et que Simon…

— Simon n'a pas les mêmes codes sociétaux que nous, Victor. Tu le sais, Dubois le sait et nous aussi. Quant à toi, au risque de me répéter, tu es humain avant d'être policier.

Dès mon entrée à l'école de police, à dix-huit ans, j'ai assumé fièrement mon lien étroit avec Simon. Les jugements ne m'effrayaient pas. Bien sûr, ce choix m'a contraint à travailler plus dur. J'ai dû, avec certains instructeurs, faire preuve d'excellence. Parce que, pour beaucoup d'entre eux, j'étais ami avec un tueur en série, on ne m'autorisait aucune erreur. Lorsque j'ai commencé à travailler aux côtés de Dubois et Lebrun, je n'étais plus perçu comme l'ami dérangé de Simon Davis. J'étais Rivaux, le policier major de sa promotion, celui dont l'avenir était prometteur. Dubois m'a poussé à entrer au RAID et m'a promis qu'un jour, j'aurais les cartes en main pour venger la condamnation à tort de Simon. Défendre, servir et protéger ont toujours été des leitmotivs pour moi, mais la vengeance nourrissait bien plus encore ma détermination à réussir dans les forces de l'ordre. Aujourd'hui, la confiance sans faille qu'ont Terrence et Tara envers moi est mise à mal. Le comportement de Simon ainsi que le mien rendent la situation fragile et instable. J'ai de l'affection pour notre indic, ce qui ne devrait pas exister, et Simon a tiré sur notre unique témoin, détenant des informations capitales concernant la traque du Marqueur. Me ramenant dans le présent, Tara reprend la parole.

— Peut-être pourrions-nous changer de méthode d'approche.

Méfiant, j'arque un sourcil, mais, d'un bref mouvement de la main, je l'invite à poursuivre sa pensée.

— Simon et Elaïa reviendront l'un vers l'autre. Ce n'est qu'une question de temps. Nous pourrions envisager de les laisser vivre un instant et…

— Tu es totalement inconsciente ! scandai-je. *Il* va en profiter et leur tomber dessus.

— On pourrait les laisser de côté, m'ignore-t-elle, et se préoccuper de renforcer notre lien avec Roxanne. Pourquoi ne pas se servir également de Camille ? Il ne sera pas en danger, c'est un homme. D'après les rapports de surveillance de Simon, Elaïa serait peut-être plus susceptible de se livrer à Camille ou à Arthur. Quant à Roxanne, on lui dit tout.

J'écarquille les yeux, abasourdi par ce qu'elle propose. Je refuse que Roxanne soit pleinement intégrée à cette traque, si son physique n'est pas totalement du goût du Marqueur, la mettre dans la confidence reviendrait à lui coller une cible dans le dos. L'espièglerie au bord des lèvres, Tara presse mon avant-bras.

— Tu dois vraiment parler avec Dubois.

— Tara !

— Écoute, Victor, tu l'aimes bien. Tu peux continuer de le nier dans l'espoir que ça se tasse ou tu acceptes ton sort.

Simon la déteste, mais il ne vit que pour ton bonheur. Si c'est Roxanne qui te rend heureux, alors il fera un pas de côté. Quant à la mission, ça n'empêche rien. Elle deviendrait ta protégée, officiellement. Tu consoliderais ton lien avec elle en tant qu'humain et policier sous couverture.

— Je détruirais surtout définitivement sa relation avec Elaïa. Roxanne a été claire et, sur ça, je suis du même avis qu'elle. Simon et Elaïa passeront toujours en premier pour nous.

— Elaïa a une idée derrière la tête. Elle se sert de toi comme excuse dans sa rupture forcée avec Roxanne pour mettre en place un stratagème. C'est là que Simon intervient, si on les laisse se battre tous les deux, il obtiendra peut-être des indices sur ce qu'elle envisage de faire. Toi, tu panses les plaies de Roxanne et on les récupère toutes les deux par la suite dans notre équipe.

— Donc on les manipule encore.

— Non, pas Roxanne en tout cas. J'insiste, elle, on lui dit tout. En revanche, Elaïa a besoin d'être manipulée, surtout depuis qu'on sait qu'elle est Hécate. Elle a l'avantage d'avoir Maddox de son côté et ça, c'est un problème. Donc, si on la manipule le jour, son lien avec Maddox pourrait en pâtir, la nuit.

— Simon refusera de raconter son histoire à Roxanne.

— Dans ce cas, on lui raconte l'histoire d'Elaïa et la raison de ta présence. Simon finira par en parler avec elle. Et il se livrera à elle lorsqu'il verra qu'elle fait partie intégrante de ta vie. Il l'acceptera lorsque tu admettras qu'elle est bien plus qu'une simple indic.

— Encore faudrait-il qu'elle m'accepte avec ce lot de conditions.

Fière de mon aveu et confiante, elle m'adresse un clin d'œil suspect. Je soupire puis me résigne. Son plan n'est pas totalement déplorable. Roxanne serait prête à se mettre en danger pour Elaïa. Toutefois, Elaïa deviendrait enragée et ça pourrait tourner au fiasco. Cette mission est un désastre depuis le départ alors, un peu plus ou un peu moins, qu'est-ce que cela changerait ? Je me lève et contourne Tara. Je quitte le bureau et rejoins celui de mon chef. Espérons qu'elle ait raison, sinon je perds tout.

***

Trois minutes et cinquante-huit secondes, c'est le temps depuis lequel je suis installé face à Dubois. Patient, il ne me pousse pas à me livrer. Il se concentre sur ses tâches administratives sans m'accorder un seul regard. Je le sais, il me surveille, attendant le moment où je me déciderai à sauter le pas de la confidence.

— Je ne peux pas perdre ma place, cédai-je enfin. Et Simon ne peut pas retourner en prison.

Il dépose son stylo et croise ses doigts contre sa bouche.

— Rien ne se déroule comme prévu. Elaïa ne parle pas, Roxanne nous met des bâtons dans les roues et Simon est ingérable. Je suis conscient de ma part de responsabilité dans ce chaos, mais je refuse de perdre ma place dans cette affaire. J'ai travaillé dur pour en arriver là, j'ai toujours fait preuve de professionnalisme. J'ai toujours respecté les ordres et n'ai, jusqu'à présent, jamais failli à mes missions. Depuis douze ans, je réalise mes tâches sans discuter pour qu'enfin le monde reconnaisse l'innocence de Simon et que cet enfoiré paye pour ses crimes. J'accepte de rendre mon insigne et de démissionner après toute cette histoire, j'accepterai chacune des condamnations, mais je dois garder ma place jusqu'à la fin de ce chapitre.

— Ne t'arrête pas en si bon chemin, Rivaux, je suis un vrai passionné des ronds de jambe, raille-t-il, un rictus aux lèvres.

— Tara a eu une idée qui pourrait nous permettre de…

Il claque sa langue contre son palais et arque un sourcil. Je m'arrête net, mes lèvres se pincent.

— Nous parlerons de cette idée après que tu m'aies dit pourquoi tu es réellement dans mon bureau.

La tête basse, je tremble à l'idée de l'issue. J'ai toujours aimé mon métier, plus qu'un choix de vengeance pour Simon, c'est une vocation. Je sacrifierai mon insigne pour lui, pourtant l'idée de perdre ma place au RAID me terrifie. Je veux tout confesser, rejoindre Roxanne, me délivrer de ce poids sur mes épaules ; je me tais. Les mots d'Elaïa tournent en boucle. Héros en façade, lâche en actes. Je suis un idiot.

— J'ai rencontré ma femme sous couverture, se dévoile-t-il, impassible. Pire encore, elle était la principale suspecte dans l'affaire. Ce n'était pas celle que nous devions protéger, mais bien celle que nous devions abattre. Je te laisse imaginer mon état lorsque j'ai senti tous ces sentiments déferler en moi. Pendant des années, j'avais fait preuve d'une loyauté sans faille envers mon travail. Je n'ai jamais douté de mes décisions. Même quand elles étaient mauvaises, je les assumais. J'apprenais et grandissais constamment. Puis, elle est arrivée et a tout renversé. Mes certitudes, mes savoirs, mes croyances. Je me suis tu, j'ai choisi mon travail et j'ai malmené cette femme jusqu'au jour où un de mes anciens collègues lui collait son arme contre la tempe. Instantanément, tout a explosé en moi, j'ai cru que j'allais perdre la seule personne qui faisait réellement battre mon cœur. Je me suis interposé, et j'ai anéanti un travail de presque deux ans.

Il sourit tandis que mon souffle se coupe devant sa confession. Il attrape le cadre photo qui trône sur son bureau et le tourne vers moi.

— Aujourd'hui, je suis le père de quatre magnifiques enfants et je suis éperdument amoureux de ma femme, comme depuis le premier jour.

— Était-elle coupable ? ne puis-je m'empêcher de demander.

Il acquiesce.

— Quelques jours après que j'ai saccagé l'opération, elle s'est livrée. Elle était bien coupable, mais pas de tous les crimes dont nous l'accusions. Elle a été condamnée, j'ai été rétrogradé et j'ai dû refaire mes preuves pour en arriver là où j'en suis aujourd'hui.

Ses doigts caressent son alliance, ses yeux chocolat fixent les miens.

— J'ai toujours été connu pour mes décisions controversées. Je ne compte plus le nombre de fois où on a essayé de me réduire au silence, le nombre de fois où on m'a privé de mon insigne pour me la rendre ensuite. Je protège, sers et défends, Victor. Seulement, derrière ces termes, il y a aussi des humains avec des opinions divergentes et des croyances profondément ancrées. Certains se battent pour la veuve et l'orphelin, d'autres pour la paix dans le monde, puis il y a nous. Ceux qui ont choisi cette voie pour des raisons émotionnelles. Ceux qui agissent avec leur cœur en oubliant parfois la raison. Cela ne fait pas de nous des incompétents ni des hommes déloyaux face à notre mantra. Cela fait de nous des humains avec des sentiments.

Le tiroir de son bureau couine, il découvre un dossier qu'il me tend, le cœur serré, je lis le nom inscrit.

«Simon Davis — Le Marqueur»

Je connais ce dossier sur le bout des doigts. Pourtant, je l'ouvre et y laisse un énième morceau de mon palpitant. Je relis chaque page avec la même douleur que lors de la toute première lecture.

— L'amour que l'on porte aux autres n'est pas une faiblesse, c'est le moteur de notre excellence. J'ai défendu corps et âme une femme coupable et, aujourd'hui, je suis à la tête du RAID. Je pense pouvoir te garantir ta place dans une affaire où tu veux venger un innocent et protéger une femme.

— Je… je crois que j'éprouve des sentiments pour elle.

Il sourit et le poids sur mes épaules disparaît presque aussi instantanément. C'est finalement dans le chaos que les flammes sont les plus belles. Roxanne Mesnil est l'une d'entre elles. Je compte bien me brûler, peu importe les risques et les conséquences.

CHAPITRE 16

Victor, Monaco

Ma conversation téléphonique avec Simon terminée, je soupire, tête baissée, lourde de déception. Tara avait tort, du moins en partie. Mon meilleur ami souhaite peut-être mon bonheur, mais il ne supporte pas que je puisse apprécier Roxanne. Si échanger avec Dubois m'a soulagé, la discussion avec Simon a eu l'effet inverse. J'ai à peine délaissé mon téléphone qu'il vibre à nouveau.

Simon :
Je ne l'aime pas.

Victor :
J'ai compris les cent premières fois.

Simon :
Je ne l'aime pas du tout.
Et je ne lui fais pas confiance.

Victor :
Simon ! j'ai compris.

Simon :

Mais c'est d'accord.

Je me redresse et lis à de multiples reprises son message, attendant qu'il change d'avis et le supprime, mais rien ne se passe. Le message reste là devant mes yeux et mon pouls s'emballe.

Simon :

Je te préviens, je ne coucherai plus avec elle dans la Chambre. Une fois c'est suffisant. Elle est bien trop insupportable pour prendre pleinement son pied. Et pour l'instant, pas un mot sur mon passé.

Victor :

Merci.

Simon :

Ne me remercie pas, je vais lui faire vivre un enfer.

Je m'apprête à râler lorsqu'un nouveau message apparaît, m'arrachant un rire aussi franc que soulagé.

Simon :

Et je ne sais pas si je te l'ai déjà dit, mais je ne l'aime pas.

Je n'aurais jamais dû douter de lui. Tara avait vu juste, Simon accepte tout pour mon bonheur, même s'il s'agit de Roxanne. Sans attendre, je quitte le canapé, saisis mes clés et fonce vers le garage. Un instant plus tard, je suis derrière le volant, lancé vers Nice.

Je dois la voir.

À la cinquième tentative, le déclic retentit. J'entre dans le hall de l'immeuble, gagne l'ascenseur et presse son étage. La cage de fer s'élève, mon sang bout. Crainte et désir s'entrelacent, mon cœur cogne si fort qu'il menace de s'arracher. Peut-être me rejettera-t-elle, peut-être que sa dispute avec Elaïa scellera notre fin. Qu'importe. Je suis prêt à tout encaisser. Parce que je veux Roxanne Mesnil.

Je frappe trois fois à sa porte. Lorsqu'elle ouvre, ma poitrine se serre ; ses yeux sont rougis, gonflés de larmes. Sans attendre, je franchis le seuil et l'enlace avec force. Elle ne recule pas. Au contraire, ses bras s'accrochent à ma taille, ses sanglots éclatent avec franchise contre mon torse.

— Je suis désolé, murmurai-je, la bouche contre son crâne.

— Elle a été odieuse, pleure-t-elle. Je suis en rogne contre elle. Pourtant, je ne parviens pas à lui en vouloir. Je veux juste réparer mes fautes et la retrouver. Je ne veux pas la perdre, Victor. Je ne le supporterai pas.

— Vous pouvez vous détruire, jamais vous ne vous perdrez.

Sa tête se relève, ses yeux cherchent les miens puis s'y accrochent. Ils brillent d'un éclat mêlé d'espoir et de tristesse. Sans réfléchir, je me jette sur ses lèvres que les larmes ont rendues salées. Ma langue effleure la sienne, s'y attarde.

Roxanne accueille ma proximité sans résistance. Au creux de ma poitrine, l'espoir se dilate, je la soulève et l'entraîne à l'aveugle jusqu'au salon. Nous basculons sur le canapé, Roxanne installée à califourchon sur mes cuisses. Mes mains prennent possession de ses fesses. Une envie impérieuse me traverse, me pousse à vouloir déchirer son vêtement. Malgré l'embrasement de mon bas-ventre, je me retiens. Doucement, je l'écarte de moi, encadre son visage et efface, de mes pouces, les sillons encore humides sur ses joues.

— Je veux te baiser, puis te faire l'amour. Je veux recommencer, sans jamais me lasser. Avant ça, soupirai-je, nous devons parler.

Je flâne un instant sur ses courbes, les grave dans ma mémoire, craignant de les toucher peut-être pour la dernière fois. Un sourire presque triste relève avec discrétion le coin de ma bouche.

— Je devrais profiter de toi maintenant, soufflai-je, perdu. Cette conversation, Roxanne, elle risque d'être rude. Tu pourrais ne plus vouloir de moi. Je pourrais te perdre. Mais je suis prêt à prendre le risque. Cette fois, j'agirai de la bonne manière.

Ses mains verrouillent mes poignets, ses traits durcis par la méfiance. J'inspire, dépose un dernier doux baiser sur ses lèvres, puis presse sur le détonateur. Mon espoir s'apprête à se réduire à néant, les éclats de la vérité trop acérés pour nous garder intacts. J'inspire, craintif, mais déterminé.

— Une rune est dessinée sur la brûlure de ta cuisse. C'est ce que nous appelons un rituel d'appropriation.

— Un… quoi ?

— Tu es devenue la propriété de Simon.

Avec empressement, elle instaure une distance entre nous, ses paumes se plaquent contre son ventre. La nausée tordant les traits de son visage d'ores et déjà écœuré.

— Ce n'est pas une possession totale, puisque le processus d'appropriation de Simon comporte des étapes qui n'ont pas toutes été réalisées. Mais nous reviendrons une autre fois sur ce sujet.

Malgré son teint de plus en plus livide, je résiste à l'envie de retenir les informations et poursuis ma confession.

— Il existe différentes runes. Protection, destruction, héritage et guérison. Bien sûr, il en existe d'autres, cependant, celles-ci sont significatives. Du moins, pour l'histoire. Sur ton corps est gravée la rune de protection.

Un rire nerveux explose dans les airs. Dans une folie furieuse, les yeux de nouveau embués par les larmes, elle relève sa jupe et me contraint à revivre sa réalité.

— Tu appelles ça de la protection ? hurle-t-elle. C'est de la protection pour toi, Victor ?

Ma bouche s'entrouvre, elle ne me laisse aucune possibilité de contre-argumenter et poursuit, enragée.

— Faire signer un accord de consentement. Baiser une fille. L'endormir. La brûler, liste-t-elle, glaciale. C'est de la protection pour toi ?

— Dans mon monde, oui.

Sa mâchoire tombe, ses yeux, stupéfiés par ma réplique, s'écarquillent. La réponse est immédiate, ma joue accuse la sentence, sa gifle irrite ma peau. J'accepte le coup malgré la tension qui s'accumule dans mes muscles.

— C'est une agression, Victor ! Une putain d'agression !

Devant mon absence de réaction, elle devient folle, encore plus déchaînée qu'elle ne l'était déjà.

— Ela avait raison, scande-t-elle, tranchante. J'ai été stupide de croire qu'il y avait du bon en toi. Tu es aussi pourri que Simon.

Parfois, je suis peut-être pire…

— C'est moi, chuchotai-je, le regard fuyant. C'est moi qui ai demandé à Simon de te brûler. Il était contre.

Une rafale de coups s'abat sur moi, ses phalanges percutant mon torse. Des jurons coréens[3] s'échappent d'entre ses lèvres brûlantes de haine. Ses pleurs redoublent de puissance, et, ne supportant plus de la voir lutter contre la souffrance que je lui cause, je tente de l'attirer contre moi. Elle se dégage de ma prise, me hurle de m'éloigner d'elle. J'insiste, conscient que les révélations ne font que commencer.

— Laisse-moi t'expliquer.

— J'ai trahi et vendu Ela alors qu'elle avait vu juste. Je l'ai trahie pour toi ! s'égosille-t-elle, la tristesse éraillant sa voix.

— Nous agissons de cette manière pour elle.

---

3 Pour rappel, Roxanne est d'origine coréenne, née en Corée du Sud.

D'abord prête à mordre, ma confidence se fraye un chemin jusqu'à son esprit. Elle se statufie. Je tente une nouvelle approche, mes doigts cherchant à s'enrouler aux siens. Soupirante, elle refuse mon contact. Mon poing se serre, j'encaisse son rejet, mais n'insiste plus. Du moins, pour l'instant. Elle balaye, d'une main rageuse, les larmes qui ruissellent sur ses joues, puis ordonne :

— Parle. Je t'écoute.

— Dans le cadre de mon travail, j'ai pour mission d'approcher Elaïa. Avec mon équipe, nous avons étudié ta meilleure amie durant de longues semaines avant d'entrer en action. Nous savions que tu étais, avec Camille, la personne la plus chère à ses yeux. Puisque c'est un homme, Camille n'était pas en danger.

— En danger ?

— Toi, oui, ajoutai-je. Tu es une femme de vingt-deux ans. Tu es escorte. Ta meilleure amie est Elaïa Benson.

Doucement, les pièces du puzzle s'imbriquent, le scepticisme marque son visage.

— Tu devais devenir la propriété de Simon. Ainsi, ta vie serait saine. Il n'y avait aucune garantie que cela soit un succès. Comme je te l'ai dit, le rituel n'est pas complété. Toutefois, cela devait sembler le plus réel possible. Je n'ai trouvé aucune autre solution. Malgré les semaines de réflexion, insistai-je, tu dois me croire, Roxanne, il n'existait pas d'autres solutions.

Je m'arrête un instant, cherche dans son regard une lueur

de confiance. Même la plus petite poussière qui puisse exister, à cet instant, suffirait à me soulager. Je ne trouve rien. Si ce n'est sa rancœur et sa peine. Je me détourne une seconde, reprends quelque peu mes esprits puis poursuis :

— Toutes les escortes qui ont foulé le sol de la Chambre ont été marquées de la même manière. Tu as été la première marquée en raison de ton lien avec Elaïa.

— Pourquoi est-elle si importante à tes yeux ? Pourquoi son masque d'Hécate est-il un problème ? Pourquoi étais-je ou suis-je en danger ?

Je déglutis et me raidis. Je savais à quoi m'attendre lorsque j'ai passé le seuil de son appartement. Seulement, l'entendre poser les questions à voix haute me rend plus fébrile que je ne l'aurais pensé. Après quelques secondes de latence, j'inspire, gonfle mes poumons de détermination puis reprends la parole.

— Tu as déjà entendu parler de ce tueur en série qui a sévi et sévit à nouveau dans la région, n'est-ce pas ?

Méfiante, peut-être même en proie au déni, elle acquiesce, sa tête et son cœur luttant contre l'évidence qui se forme à travers mes mots.

— Jusqu'à il y a trois ans, il ne laissait aucune survivante. En 2020, l'hôpital accueillait une victime. Celle-ci a survécu. Cependant, nous pensons, enfin non, nous savons que, dans une volonté de protection d'elle-même, cette unique survivante a caché sa véritable identité dès son entrée aux urgences.

Il était impossible de l'approcher les premières vingt-quatre heures. Le lendemain matin, elle avait disparu de l'hôpital.

Choquée, ses paupières clignent, refusant de faire face à la vérité, sa tête se secoue. Elle recule, accablée, sa poitrine se soulève, sa respiration devenant pantelante. J'avance d'un pas prudent, mais constate qu'elle n'accepte pas cette énième tentative.

— Six mois plus tôt, nous avons enfin retrouvé cette survivante.

— Tais-toi, Victor, m'implore-t-elle.

— Il y a quatre mois, nous avons commencé à explorer la possibilité d'entrer en contact avec elle.

— Victor ! rugit-elle, tais-toi.

Elle s'effondre au sol, sa tête se secoue plus vivement, ses paumes contre ses oreilles, comme pour se protéger des informations que je viendrais encore à dévoiler. Malgré mon mutisme, elle continue de m'implorer d'arrêter de parler. Elle ne pleure plus, non, elle se noie dans la détresse et le désespoir. Lentement, je réduis la distance entre nous et, devant elle, je m'accroupis.

— Elle n'avait pas l'âge, sanglote-t-elle. Elle n'avait pas l'âge… elle n'avait que dix-neuf ans. Elle n'était pas escorte… elle n'avait pas l'âge. Elle n'avait pas… l'âge…

Je tends la main vers son visage puis me ravise, craignant qu'elle refuse encore mon contact. Je lui accorde toutefois le point. Elaïa ne ressemble en rien au type de proie habituelle. Elle n'a ni l'âge ni le physique. Pire encore, elle est vivante. Le

Marqueur ne laisse aucune trace, jamais. Il n'y a que lors de *l'entraînement* que les proies pouvaient survivre.

Lorsque les pleurs de Roxanne se calment quelque peu, je reprends la parole :

— Nous pensons qu'il a repris son activité cette année dans l'objectif de récupérer sa…

— Propriété, termine-t-elle. Il veut récupérer ce qui est à lui.

Elle relève le menton et plante ses yeux dans les miens. J'acquiesce, elle déglutit.

— Simon… il est…

Sans lui laisser la possibilité de me rejeter, j'encadre son visage, essuie ses larmes avant de réfuter sa crainte.

— Si c'était lui, elle serait déjà morte, confessai-je.

— Mais tu as dit que…

— J'ai dit qu'il suivait un rituel d'appropriation dont j'étais l'instigateur.

— Alors c'est toi ?

— Roxanne, regarde-moi.

Elle balaye mes mains férocement. Tremblante, elle se redresse et instaure, entre nous, une distance de sécurité.

— Va-t'en d'ici, Victor.

— Regarde-moi, s'il te plaît.

— Dégage de chez moi !

— REGARDE-MOI ! grondai-je.

Tétanisée, son regard se harponne au mien. Le silence

suffocant s'empare de l'espace entre nous. J'inspire pour reprendre une contenance, elle ravale sa salive avec difficulté. Enfin, elle opine.

— Je connais les rituels parce que nous recherchons le Marqueur depuis des années. Pas parce que je suis lui. Si Simon a un rituel d'appropriation, c'est parce qu'il a été entraîné de la même manière que le tueur. Ainsi, si le Marqueur se montre et tombe sur l'une des proies de Simon, il doit respecter l'une des règles existantes entre eux.

— Une proie ? Des règles ?

Elle se fige et se résigne, elle plonge ses iris noirs noyés de douleur et de larmes dans les miens.

— Le Marqueur n'est pas la résultante d'une pulsion meurtrière. Il existe en réalité un mode opératoire plus ou moins défini. Tu chasses une proie, tu la marques. Si elle survit, elle devient la propriété du Marqueur. L'autre ne peut donc plus ni approcher ni toucher la proie.

— Simon est collé à Elaïa ! aboie-t-elle.

— Là est toute la problématique. Il devait attiser la curiosité du Marqueur sans jamais l'approcher. De mon côté, j'avais pour mission de gagner sa confiance. Puisqu'elle a survécu, elle détient des informations concrètes sur le Marqueur. Du fait de sa captivité particulière, nous pouvons rétablir un nouveau profil le concernant et donc l'arrêter, enfin. Nous activerons ensuite une protection judiciaire officielle afin qu'il ne puisse plus l'atteindre. Ni elle ni ses proches.

— Simon est collé à Elaïa, répète-t-elle, articulant chaque syllabe.

— Il a développé une obsession pour elle. En revanche, je te ferai remarquer qu'elle n'a jamais vraiment instauré de distance entre eux non plus.

— Ne t'avise même pas de l'accuser !

— C'est la réalité, Roxanne, et tu le sais. Il a merdé, mais ta meilleure amie a sa part de responsabilité.

Incapable de supporter plus longtemps sa détresse, je l'attire contre moi. Elle se débat, frappe, tente d'échapper à mon étreinte, mais je tiens bon, refusant de lâcher prise. Tout aussi épuisé qu'elle, je me laisse glisser contre le mur, Roxanne blottie entre mes jambes, sa tête abandonnée contre mon torse.

— Toute révélation entraîne sa conséquence, Roxanne. Garder le secret est une manière de te protéger. Puisque tu as le statut d'indic, du moins jusqu'à maintenant, mes mains sont liées.

— Quelles conséquences ?

— Si le Marqueur découvre que tu connais le lien qu'il entretient avec Elaïa, il pourrait vouloir se servir de toi comme moyen de pression. Cela pousserait ta meilleure amie à revenir vers lui d'elle-même. Vous pourriez mourir, toutes les deux. Insaisissable depuis des années, si nous ne parvenons pas à la protéger et à la faire parler, il sévira encore. Elle est la clé de cette ultime recherche.

— Tu me manipules, tu me forces à trahir Ela, maintenant, en te confessant, je découvre que je peux mourir ?

Je la tourne face à moi, resserre mes jambes et l'installe à califourchon contre mes cuisses. Mes doigts effleurent ses bras avant que mes mains ne prennent possession de son visage.

— Tu ne mourras pas. Elaïa est peut-être l'obsession de Simon, tu es devenue la mienne. Tu m'es interdite, Roxanne. Tenir à toi, éprouver des sentiments… tu es une indic, tu ne devais pas être plus. Pourtant, je succombe. Aujourd'hui, si tu veux de moi, si tu acceptes de me pardonner, je te protégerai du reste du monde. De mon monde.

— Celui de Simon.

— Simon est tout aussi victime qu'Elaïa.

— Jamais je ne croirai ça. Il m'a brûlée. Il m'a marquée. Je deviens sa proie, et tu sais autant que moi que ça l'a excité. Simon n'a rien d'une victime.

Mon cœur pulse d'agacement. Ma mâchoire se serre, mes lèvres se scellent pour retenir ma réprimande. Je comprends sa haine, mais accepte difficilement ses paroles. Mon meilleur ami est une victime, qu'elle le veuille ou non.

— C'est un monstre, ajoute-t-elle.

Furieux, c'est à mon tour de la rejeter. Je tolère et encaisse chaque sentence. En revanche, cette conviction m'est insupportable. Simon n'est pas un monstre. Il a été forcé à devenir mauvais alors qu'il était pur. Il voulait être aimé. Alors, il s'est façonné à l'image de ceux dont il espérait l'amour.

Longtemps, il lui a été répété qu'il ne pouvait pas être aimé tant qu'il serait malade. Ils l'ont rendu sale. Ils ont détruit son esprit et, de victime, il est devenu bourreau. Pour plaire, pour satisfaire, pour obtenir l'amour de personnes incapables d'aimer.

— Je tiens à toi, Roxanne, repris-je. Cette nuit-là, cet instant où mes yeux ont croisé les tiens, j'ai compris que tu serais ma perte. J'entends ta rage, elle est plus que légitime. Je t'ai brisée. Peut-être que Simon était celui qui tenait l'arme, mais c'est moi qui t'ai manipulée. J'accepte chaque douleur que tu m'infligeras, même celle de te perdre. En revanche, je ne tolérerai jamais t'entendre dire que Simon est un monstre. J'en croise depuis que j'ai douze ans et Simon n'en est pas un.

J'attrape mes clés délaissées sur la table basse et les enfonce dans la poche de mon pantalon.

— Je me conformerai à ta décision. Je tairai mon cœur et resterai loin de toi si c'est ce que tu veux. Toutefois, tu ne réduiras pas mon meilleur ami à ce simple mot. Elaïa est tout pour toi, Simon est mon monde, que tu le veuilles ou non.

— Tu cherches à me faire culpabiliser !

Je souris et l'embrasse sur le front. Devant sa porte, j'hésite. J'ai envie d'elle. Néanmoins, je sais aussi quand il est temps pour moi de disparaître.

— Ça, murmurai-je, c'est l'habitude d'Elaïa, pas la mienne.

Elle jure en coréen — du moins, je le suppose — puis me

rattrape par le bras alors que je tourne les talons. Ses yeux se plantent dans les miens et brillent d'une lueur insupportablement douloureuse.

— Je t'attendrai, Roxanne, mais tu as besoin de temps. Et moi, je ne supporte pas de rester là en sachant que je ne peux pas t'avoir.

Elle me surprend en plaquant ses lèvres contre les miennes avant de me laisser partir. Si c'était son baiser d'adieu, il était pire que toutes les tortures que j'ai pu subir dans ma vie.

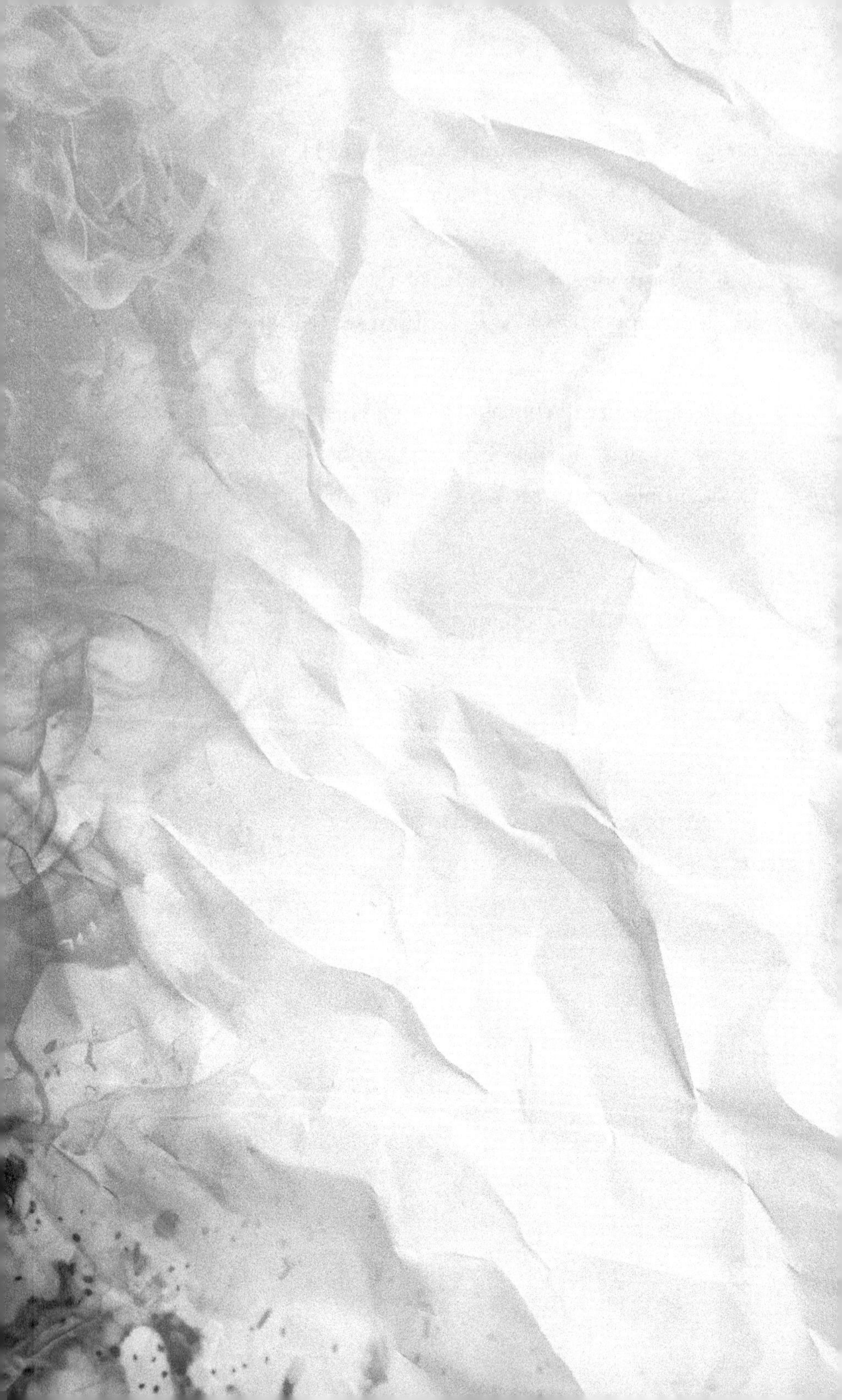

CHAPITRE 17

Elaïa, Nice

Dans une volonté de quitter l'université au plus vite, je rejoins, d'un pas pressé, l'allée des casiers. Du coin de l'œil, j'aperçois Cam au bras d'Apolline. Désintéressé d'elle, son regard se porte sur moi. Longuement, il détaille mon corps, son état frêle, impossible à camoufler. Déterminée à ne pas rester une seconde de plus, je pose le casque sur mes oreilles et détourne les yeux de mon meilleur ami.

J'ai élevé une telle forteresse entre Roxie et moi qu'aujourd'hui, ma relation avec Cam en pâtit. Je dois bien l'admettre, méfiance et solitude dévorent mon âme, petit à petit. J'aimerais leur dire qu'ils me sont chers, que toutes mes décisions visent à les tenir éloignés du danger qui rôde. Seulement, mes lèvres restent scellées ou, lorsqu'elles s'ouvrent, je ne déverse qu'un poison de rancœur et d'épines si acérées qu'elles blessent plus qu'elles ne rassurent.

Soudain, je suis tirée de mes pensées par une prise ferme autour de mon bras. Je me retourne face à mon agresseur, je n'ai pas le temps de réagir qu'elle m'arrache le casque des oreilles.

— Ta moto, maintenant.

Face à sa détermination, mes démons, affamés, sautillent, me hurlent d'exploser. Je m'apprête d'ailleurs à céder lorsque le regard de Roxie, dirigé vers Cam, me canalise puis me contraint au silence. Il réduit la distance entre nous et, sans attendre, pose ses mains sur mes épaules avant de me tourner face à lui.

— Tu vas accepter la requête de Roxie, quelle qu'elle soit et sans rechigner, déclare-t-il, tendre mais inflexible.

— Complotistes, marmonnai-je.

— Si tu t'entêtes à refuser, je n'ai qu'un seul numéro à composer et, dans deux jours, tu n'auras plus seulement Roxie sur ton dos, mais bien Arthur et moi. Agoraphobie bonjouuur ! raille-t-il.

— Je te déteste.

Il dépose un délicat baiser sur mon front avant de m'adresser un clin d'œil malicieux. Un soupir las s'échappe d'entre mes lèvres, je me résigne. Sans plus accorder un seul regard à Cam, et sans attendre Roxie, je tourne les talons. Devant la moto, je lui tends le casque et enjambe l'assise. Elle s'apprête à questionner mon absence de protection, mais je démarre le moteur pour l'en empêcher.

— Où ?

— Nice Étoile.

Elle entoure ma taille et les roues vibrent contre l'asphalte.

Je déglutis devant l'enseigne du *Starbucks* et lui adresse un regard assassin lorsqu'elle commande une part de *carrot cake* ainsi que deux *Refresha*. À peine installée, elle pousse l'assiette face à moi.

— Mange.

— Certainement pas.

— Tu as maigri.

— C'est ta méthode pour qu'on revienne sur ce qui s'est produit ? Elle est merdique, Roxanne.

Utiliser son prénom complet me permet d'ériger un mur entre nous et, à détailler ses prunelles voilées de peine, elle déteste ma technique. Ne se laissant pas plus atteindre par ma froideur, elle me surprend par son assurance plus que débordante.

— S'il te plaît, Ela, essaye.

Je calcule les calories présentes dans la part de gâteau sous son regard insistant. Si internet indique que la part fait huit cent quinze kilocalories, dans ma tête, ce chiffre se multiplie par cent.

— Qu'est-ce que tu cherches à faire ? m'agaçai-je.

— À ce que tu te libères de ces démons qui t'empoisonnent et qui t'empêchent de voir ce qu'il y a de bien et de bon autour de toi.

— Comme toi, peut-être ?

— Oui. Comme moi. J'ai commis des erreurs et tu as été la pire des garces, donc, maintenant que c'est dit, passons à l'étape suivante. Tu me racontes un bout de ton passé et je te raconte quelques-uns de mes mauvais secrets.

— Ça ne changera pas la réalité ni ne me fera regretter mes mots.

Ses yeux roulent dans ses orbites, consciente que je n'y mettrai aucune bonne volonté. Devant sa détermination sans faille, je cède. En réalité, je flanche parce que, malgré ma volonté de la protéger, ma meilleure amie me manque déjà.

— J'ai toujours été forcée, déclarai-je, impassible. Il n'y a pas un jour où je pouvais manger comme je le souhaitais. Puis, à ses yeux, comme ce n'était pas suffisant de dicter mon alimentation, Catherine s'est également mise à diriger ma digestion.

Elle tente de masquer sa peine, je la ressens comme une pointe piquante s'enfonçant dans ma cage thoracique.

J'ai horreur de la pitié.

— La première fois, j'avais six ans. J'ai eu le malheur d'avaler deux gâteaux pour le goûter. Tiffany en avait le droit, alors pourquoi pas moi ? La sentence est immédiate. J'ai été privée de repas et, disons, elle s'est assurée que mon estomac reste vide. Puis, d'un acte isolé, c'est devenu un rituel. Chaque soir, je mangeais des calories et je les vomissais sous son regard attentif.

Ses yeux s'écarquillent devant l'absence d'émotion avec laquelle je raconte mon passé.

— Oh ! Ela…

Je grimace face à sa réplique et poursuis. J'étais persuadée jusqu'à aujourd'hui que raconter mon histoire serait insupportable, pourtant mon corps semble s'apaiser à mesure que la vérité éclot.

— Je voudrais le manger ce foutu gâteau. Je pense même être tout à fait capable de l'avaler. Seulement, j'ai conscience des conséquences de cette ingurgitation. La nourriture ne gagne pas, jamais. Catherine et Tiffany remportent la mise. À chaque fois.

Elle attrape ma main et entremêle nos doigts. Ses larmes aux coins des cils, elle les ravale et murmure, inquiète de ma réaction :

— Tu as besoin d'aide, Ela, ta maigreur est de plus en plus visible. On… on dirait que tu vas te briser au moindre choc.

— Je sais.

— Tu devrais aller voir une psychologue.

De ses doigts libres, elle ouvre son sac et en sort une petite carte de visite. Elle me confesse avoir déjà songé à une thérapie, mais la crainte de ma réaction l'a jusque-là empêchée d'en parler. Quelques jours plus tôt, dans sa boîte aux lettres, entre les prospectus publicitaires, elle a découvert cette carte de visite. Elle y a vu un signe du destin. Sans laisser les émotions me submerger, malgré la tension qui raidit mes muscles, je grave mentalement le nom inscrit, *Agathe Bigot*, sans tendre la main pour prendre la carte. Loin d'être prête à accepter l'aide et à le signifier à voix haute, je secoue la tête, mes dents mordillant l'intérieur de ma joue.

— Ils vont m'enfermer, soufflai-je. C'est une sonde qui m'alimentera. Je refuse qu'elles gagnent à ce point. Je refuse de devenir une bête de foire qu'on dévisage dans la rue.

— Tu ne seras jamais une bête de foire. Tu n'en as jamais été une.

— Tu n'as aucune idée de ce que tu dis.

Les souvenirs m'assaillent puissamment, mes émotions s'intensifient, la douleur du passé nourrissant mes démons, satisfaits, presque victorieux. Sa main libre glisse sous mon menton, m'obligeant à plonger mon regard dans le sien. J'essaie de me soustraire à cette douce emprise, mais elle ne me laisse aucune échappatoire.

— Parfois, pour survivre, marmonne-t-elle, comme si elle se répondait elle-même, nous agissons mal pour faire le bien.

— Tu pourrais comprendre alors… murmurai-je en retour, presque inaudible.

Ses yeux se plissent, la confusion brouille ses traits. Incapable d'ajouter un mot, je détourne le sujet.

— J'y réfléchirai. Pour la psychologue, j'y réfléchirai.

Un timide sourire s'étire sur ses lèvres lorsque, pour la rassurer, j'attrape la carte qui jonchait la table. Elle a envie de me croire, mais elle me connaît. Que je le veuille ou non, c'est la dure réalité. Les « j'y réfléchirai » sont comme les « on verra ». Ce sont des « non » que l'on recouvre de « peut-être » pour laisser la naïveté souffler de l'espoir dans l'esprit des gens.

Mensonge ou manipulation ? À ce stade, j'ignore lequel me définit le mieux. Roxie, les genoux serrés contre elle, fixe l'horizon d'un air absent. J'observe son profil ; ses traits, tirés par un tumulte d'émotions, ne peuvent être ignorés. Ma meilleure amie maîtrise, tout compte fait, l'art du mensonge avec bien plus d'habileté que je ne l'aurais cru. Son désir de percer les secrets de mon passé n'a rien d'innocent. Au contraire, il est la preuve, douloureuse, mais irréfutable, qu'elle a choisi son camp. Celui de Victor. Son bourreau. Elle s'est alliée à lui et mes tentatives pour la protéger n'ont fait que précipiter sa chute. Mes mots, censés la tenir à distance, l'ont poussée tout droit dans ses bras. Désormais, elle fonce tête baissée vers le danger. Contrairement à moi, elle n'a pas la moindre idée de l'ampleur de ce qui l'attend. Son soupir me détourne de son profil et me ramène au présent. Je lève les yeux vers le ciel, déjà englouti par l'obscurité hivernale qui s'abat sur nous.

— Il est flic, confesse-t-elle d'un ton monocorde.

Ses mots me transpercent comme une lame qui écorche ma peau couche après couche. Il n'existe que deux entités que j'exècre avec une égale férocité : les forces de l'ordre et le Marqueur. Elle baise avec l'un et s'allie avec l'autre. Elle ne cesse de me donner des balles pour lui tirer dans la gorge.

Ses yeux, Ela.

Stop ! hurlai-je en silence. Un problème après l'autre. Pour l'instant, je me dois de briser définitivement mon lien avec Roxie. Ainsi, elle s'éloignera d'eux. Elle les accusera de notre séparation. J'en suis persuadée. En revanche, son attirance charnelle pour Victor risque d'être un obstacle tenace. Je dois frapper fort. Plus fort encore que la dernière fois.

— M'as-tu entendue ? m'arrache-t-elle de mes songes.

Bien sûr, traîtresse.

Voilà que les démons s'agitent. Je les tiens en laisse, encore un peu. Je dois jouer le jeu, déverser ma colère avec stratégie et intelligence. Je dois aller à l'inverse de mes habitudes, ne pas céder à l'impulsivité et à l'impatience. La plaie doit tirer, se rouvrir et saigner. Lentement, avec une froide cruauté.

Je dois la faire fuir, coûte que coûte.

— Je sais que tu n'aimes pas les forces de l'ordre, Ela. Mais il a pour mission de protéger. Nous protéger, nous.

Incapable de retenir mon venin, un rire acide embrase mes cordes vocales avant d'empoisonner l'air. Victor Rivaux ne protège que deux choses : son cul et celui du Marqueur.

Ses yeux.

Tais-toi ! vociférai-je à mon esprit vicieux.

— Explique-moi en détail comment il t'a protégée dans la *Chambre* ? lui rappelai-je, incisive. Les larmes et les spasmes de peur quand tu en es sortie, c'était pour le spectacle ? C'était un stratagème de protection ?

— Tu t'es bien grimée en une escorte pour me protéger.

— Tu oses faire une comparaison de son crime et du mien ? me marrai-je, amère.

Ses épaules s'affaissent, lourdes de culpabilité et de peine.

Mes poings, dissimulés dans les poches de mon *bombers*, se serrent, mes ongles arrachant presque la chair de mes paumes.

— Tu es naïve, Roxanne, pas stupide. Ces hommes sont pourris. L'un autant que l'autre. L'insigne ne l'immunise pas contre l'immondice. Au contraire, raillai-je, ça le protège. Ça lui permet d'être le plus intouchable des salopards.

— Tu te trompes Ela, murmure-t-elle, accusant ma hargne avec difficulté. Il commet des erreurs, des erreurs impardonnables, mais il n'est pas aussi mauvais que tu le crois.

Je le réalise maintenant. J'ai perdu. À la seconde où ses yeux se sont posés sur lui, je l'ai perdue. Mon esprit, furieux, cherche un moyen drastique pour la détruire. La séparation mentale entre démons et stratagème devient brumeuse. Soudain, aliénée par la colère, étouffée par la volonté de faire mal, une idée s'illumine au creux de mon esprit.

— Tu es éprise d'un homme dont le cœur est déjà pris. Il ne t'aimera jamais.

Devant son incompréhension, un rire calculateur éclate. La culpabilité grignote mes entrailles tandis que ma haine alimente mon esprit vengeur. Je déplie mes jambes, pose un pied au sol, l'autre glisse sous mes fesses. Je me tourne vers son profil et déverse du sel sur sa plaie fraîche de nouveau rouverte.

— Simon ne supporte pas le contact. S'il tolère celui de l'homme, il se nettoie tout de même les mains après une simple poignée de mains. Quant aux femmes, si elles ont le malheur de le toucher, il ne répond plus de rien. Victor est le seul rempart debout entre lui et ses crimes. La *Chambre* comme unique lieu d'assouvissement. Et, sans surprise, seul Victor l'accompagne, seul lui peut le toucher sans que le contact lui soit insupportable. Ils ne sont pas amis, Roxanne. Pas seulement. Ils sont amants ou amoureux. Utilise le terme que tu souhaites, mais ouvre les yeux. Tu t'es entichée d'un homme qui ne t'aimera et ne te protègera jamais. Tu n'es qu'un pion. Un vulgaire pantin. Tu l'as toujours été et tu le resteras.

Ses larmes coulent, je frappe encore. Je l'avais dit, Victor me serait utile. Si ma meilleure amie est son pantin, il est désormais le mien. À cet instant, il n'est plus un obstacle dans ma volonté de la protéger, il est mon levier.

— Tu n'es rien.

Je suis anesthésiée, les démons ont pris le relais, alors je les laisse l'anéantir. Je souffrirai plus tard. Pour une fois, ils servent ma cause. Roxie s'éloignera de Victor, de Simon et de moi. Le danger ne rôdera plus autour d'elle. Il le faut.

— Il tient à moi. Mais ça, tu ne peux pas le comprendre. Tu es bien trop effrayée par l'amour, sanglote-t-elle, meurtrie.

Mon ricanement, vil et empoisonné, s'échappe de ma gorge, irritée par les aiguilles acérées qu'il libère.

— Donc, tranchai-je, sarcastique, tu n'es pas seulement naïve, mais aussi profondément stupide. T'avoir dans son lit n'est qu'une mascarade. Un jeu pour que tu n'ouvres la bouche que pour le satisfaire.

— Tu es injuste et éloignée de la réalité, réplique-t-elle, en manque de repartie.

— J'essaye de t'ouvrir les yeux, Roxanne. L'amour que tu ressens pour lui est absurde, mais, de toute évidence, sincère. J'en suis navrée. Lui, Victor Rivaux, ne t'aime pas.

Mes mots tranchent sa peau, parcelle après parcelle, mes organes s'enflamment d'une noirceur que je retenais depuis si longtemps. Je reconnais déjà l'arrière-goût de culpabilité qui s'infuse dans mes veines. Pourtant, la douce mélodie que me chantent les démons a une saveur étrange. Presque addictive.

Je hais cette version de moi.

— Il ne t'aime pas, répétai-je, il est amoureux de Simon, uniquement lui.

Sa main, rageuse, balaye les larmes qui ruissellent sur ses joues et, déterminée, elle me relance :

— Embrasser Simon était également une méthode de manipulation ?

Mes ongles griffent avec plus d'intensité mes paumes, j'enrage.

— Regarde-toi, Ela ! Tu reproches à Victor de se servir de moi. Tu es en colère parce que j'ai le malheur de coucher avec lui, mais toi, toi tu te dédouanes de tout. Ça non plus, ce n'est pas de la protection. Ce n'est qu'une vicieuse manipulation.

— Ce baiser n'était peut-être pas prévu au programme, admis-je, cependant, il m'a permis d'obtenir ses failles. Fêlures que je compte bien utiliser au moment voulu. Quant à la création d'Hécate, elle a un objectif précis que tu t'évertues à mettre à mal jour après jour. Depuis qu'il t'a mise à genoux devant lui, il n'y a plus rien qui compte à tes yeux que Victor.

— Alors, explique-moi ! hurle-t-elle, la colère dilatant ses pupilles. Explique-moi ton plan, mets-moi dans la confidence.

Ses mains s'accrochent à mes épaules et son regard, criant de peine, harponne le mien.

— Laisse-moi t'aider, Ela. Tu me répètes sans arrêt de m'éloigner de lui parce qu'il est mauvais, mais sans explications, comment suis-je censée comprendre comment agir ?

Son discours a presque de quoi me faire éclater de rire. J'ai dû défoncer la porte de cette maudite Chambre, y laisser un morceau de mon âme, simplement parce qu'elle n'a pas eu le cran d'ouvrir la bouche et de me confier la vérité. Nous n'en serions pas là si elle avait su rester à sa place. Nous n'en serions pas là si Victor ne l'avait pas séduite avec ses sourires de serpent pour mieux la mettre dans son lit.

Bordel ! Que je le hais !

— Je suis là, Ela ! gronde-t-elle, ses mains secouant mes épaules comme pour me réveiller d'un cauchemar. Malgré tes mots impardonnables, ton comportement inexcusable et ton attitude invraisemblable, je suis là. Malgré l'impression de ne plus te reconnaître, je suis là. Je suis là, sanglote-t-elle, mais… mais tu ne me vois pas. Je crois même que tu n'essaies pas de voir tout ce que j'entreprends pour toi !

Furieuse, je dégage ses mains et instaure une distance entre nous.

— Je ne t'ai rien demandé, Roxanne ! Tu étais la première à supplier Hécate de les détruire. Pourtant, dans mon dos, tu me trahissais, jour après jour, et ce, peu importe le nom que je portais !

Je reprends le contrôle sur moi-même, ma vulnérabilité m'explosant en pleine face. Toutefois, la colère bien installée en moi m'aide à maintenir le cap.

— Tu n'as aucune conscience des règles ni des conséquences du jeu que tu souhaites intégrer. Tu me reproches mon identité et mes secrets, mais si tu perds, Roxanne…

— Qu'est-ce que je risque ?

— La mort ! explosai-je, imposant un lourd silence.

Elle doit cesser de se mêler de mon histoire. De toutes les douleurs que j'ai encaissées dans la vie, la possibilité de la perdre m'est la plus insupportable.

— Ela, pleure-t-elle, tu te trompes de cible. J'ignore peut-être le danger autour de moi, mais toi, tu ne cherches pas seulement à punir ces hommes dans la Chambre. Je sais que c'est plus profond. Je te connais. Je sais qu'il y a autre chose, et tu refuses de me le dire. Ça, Ela, ça me tue.

Excédée et trop vulnérable, risquant presque de m'effondrer devant elle, je rassemble mes dernières forces. J'attrape mon casque et tourne les talons. Je ne peux pas la raisonner. Pour la sortir de cet enfer, je dois détruire Victor Rivaux. Je n'ai plus le choix. Encore un contretemps, encore une maudite étape imprévue sur un chemin si durement planifié.

— Ela ! s'il te plaît !

Sa main tente de me retenir, dos à elle, je ravale ma souffrance et fais volte-face une dernière fois.

— Tu sais pourquoi je ne te confie jamais rien, Roxanne ? Tu es incapable de garder les secrets. Tu as choisi ton camp. Non seulement tu as perdu le droit d'avoir mes confidences, mais tu as également perdu toute ma confiance.

Sans attendre, d'un pas précipité, je m'éloigne. Son cri, déchirant l'air, me brise. Elle m'appelle, m'implore, mais je ne cède pas.

— Démerde-toi pour rentrer, sifflai-je.

Je déguerpis, puis, lorsque sa peine n'est plus audible, je cesse mon avancée. Soudain, la rage se transforme en une souffrance brute. Je hurle, à m'en calciner les poumons. De toutes les cibles que je devais viser, j'ignorais que c'était mon cœur qui morflerait le plus et en premier.

Simon ne m'a peut-être pas tuée dans cette *Chambre*, j'ai pourtant l'impression d'avoir une balle logée dans la gorge.

CHAPITRE 18

Elaïa. Nice.

Pour elle. J'ai pris ce rendez-vous pour ma meilleure amie. Si Cam et Arthur ont été ravis de ma décision, ils ont regretté mon choix de ne rien dire à Roxie. Je n'ai cependant aucun doute, Cam se chargera de **le** lui dévoiler. Après notre dispute, je n'ai eu de cesse de faire tourner la carte de visite entre mes doigts. Dans la nuit, j'ai flanché et appelé le numéro indiqué. Le matin suivant, la psychothérapeute me rappelait. Peut-être est-ce un moyen de faire taire la culpabilité d'avoir détruit ma meilleure amie une seconde fois.

Garée devant le cabinet, les yeux rivés sur la plaque en métal doré, je reconsidère mon choix. Sur internet, les avis étaient tous positifs. Agathe Bigot, psychothérapeute depuis plus de vingt ans, est, semble-t-il, l'une des thérapeutes les plus appréciées de la région. En y repensant, je note l'étrangeté des avis. Ils paraissaient tous récents. Comme si les Niçois avaient tous eu besoin, le même matin, de faire un tour chez la psy.

J'hésite. Tout est bon pour trouver une quelconque excuse afin de ne pas traverser ce trottoir et pénétrer dans l'antre de la vulnérabilité. L'alarme sur mon téléphone vibre. C'est le moment. Deux choix s'offrent à moi, j'entre ou je rebrousse chemin. Chaque décision entraîne une conséquence et, aujourd'hui, aucune ne me plaît. Je pourrais prétendre encore un peu, comme depuis des mois. Je m'installerais face à elle, feindrais l'intérêt, payerais une fortune puis ressortirais en ayant évité les conséquences des deux options, sans m'être réellement confiée. Oui, je pourrais, mais étrangement, l'envie de me livrer picore mes entrailles. Enfin, *l'envie* est un bien grand mot. Peut-être est-ce plutôt la curiosité. Je ne crains rien, pas vrai ? Elle sera possiblement utile… Peut-être qu'elle…

Ela ! Bon sang ! Décide-toi !

J'entre.

Mon esprit fume, incapable de calmer la panique qui l'assaille. Assise dans cette salle d'attente qui me semble trop étroite et sinistre, je tente d'apaiser les battements de mon cœur qui menacent de m'envoyer sous terre. Mon intérêt voyage du tapis à poils longs recouvrant une bonne partie du parquet ancien jusqu'à se focaliser sur les murs décorés de tableaux modernes. Je crois reconnaître un Kandinsky[4]. Je ne suis pas une grande amatrice d'art, excepté la photographie. Du moins, celles de Félix, l'un de mes chaperons. En art visuel, mes goûts se rapprochent des siens. En réalité, je n'aime pas Kandinsky ni même les peintres de l'abstrait. Ils

4 Peintre russe abstrait du 19e et 20e siècle

me forcent toujours à analyser chaque trait, chaque couleur choisie. Viennent alors des dizaines, puis des centaines de questions qui brouillent mon esprit.

Voilà pourquoi j'aime les livres. Il y a un début, un milieu, une fin. Dans les bons livres, on ne les referme pas avec plus de questions qu'on en avait au départ. Et si… et si cette psychothérapeute avait choisi précisément ces œuvres pour pousser les gens à réfléchir. L'art pousse à l'émotion et au ressenti. Dans la psychologie, c'est pareil.

Je n'ai pas le temps de m'attarder sur cette nouvelle supposition que la porte s'ouvre.

Ah non ! J'ai compris. Ces œuvres sont là pour occuper l'esprit des fuyards comme moi. Ceux qui, même en ayant pris rendez-vous, s'imaginent pouvoir prendre la tangente une fois dans la salle d'attente.

Qu'est-ce que c'est vicieux !

Ou bien joué, ça dépend comment l'on considère l'hypothèse.

— Elaïa, bonjour, me sourit-elle en m'arrachant de nouveau à mes rêveries.

En retour, je lui adresse un sourire crispé. Je hoche la tête en guise de salut.

Nous rejoignons son bureau et, de nouveau, à peine installée, je cherche la fuite. Mes yeux analysent la pièce avec minutie tout en évitant son regard. C'est un cabinet qui force l'apaisement. Le vert bouteille décore les rideaux ainsi qu'un pan de mur entier. Il paraît, lorsqu'on étudie les couleurs, que le vert est **la** couleur de l'espoir.

Bien vu, madame la psy ! Maintenant, c'est certain, plus personne ne voudra se tirer une balle après avoir vu vos rideaux verts d'espoir. Derrière elle, sont accrochés des dessins d'enfants. Là, cette fois, c'est pour nous prouver toute sa sympathie et sa bienveillance. Chouette ! Les enfants l'aiment bien, alors pas de panique ! Toi, petit adulte insignifiant, tu l'aimeras aussi.

Je grimace, je déteste les psychothérapeutes.

Quelle idée d'être venue ici ! La fierté se dessine sur mes lèvres. J'ai enfin trouvé une faille dans sa décoration trop parfaite. Du jaune. Dans la colorimétrie, si le jaune est une couleur lumineuse, elle est également signe d'infidélité. Gare à vous si votre moitié vous offre des fleurs jaunes : il ou elle a sûrement trempé son biscuit dans un autre lait.

Ela ! Concentre-toi.

— Elaïa, soufflai-je sans la regarder, vous m'avez appelée Elaïa.

Du coin de l'œil, je capture son acquiescement.

— C'est une méthode pour mettre à l'aise le patient. Le prénom est plus intimiste. Le vouvoiement garde la distance, mais le prénom joue son rôle de sympathie et de bienveillance.

— Cela vous dérange ?

— Ça dépend, raillai-je, joue-t-on le même jeu ?

La sympathie s'ourle au coin de sa bouche, elle opine.

— Agathe, réplique-t-elle pour consentir verbalement à ma demande.

— Je déteste vos rideaux, Agathe.

— Pour quelles raisons ?

— Avez-vous sciemment réfléchi aux couleurs ? éludai-je. Parce que le jaune est une terrible erreur.

— Vous trouvez ?

— Et les dessins, détournai-je la conversation, mon Dieu ! On dit merci, on s'extasie devant des bonhommes en bâtons alors qu'on rêve de les foutre à la poubelle.

Elle rit et change d'attitude, preuve qu'elle a cerné l'enclenchement de mon mécanisme de défense. Il faut dire qu'il n'est pas particulièrement discret. Ses doigts tapotent sur son clavier et mes yeux dérivent sur ses mains en mouvement.

Sommes-nous tous faits de la même curiosité ? Sommes-nous tous en train de nous demander ce que le thérapeute développe comme idée sur son écran ? Je suis certaine qu'elle me diagnostique folle et bonne à enfermer. Elle n'aurait pas totalement tort. Je deviens escorte pour traquer un tueur psychopathe. Je détruis le cœur de ma meilleure amie pour, soi-disant, la protéger. Enfin, je suis presque capable de me faire vomir après avoir bu deux verres d'eau par peur de grossir par l'opération du Saint-Esprit. Si ça, ce n'est pas la définition de la folie, j'ignore ce que c'est. J'oubliais, la masturbation devant celui que je pense être mon cauchemar depuis trois ans. C'est la folie, oui, c'est certain, je suis folle.

Elle se détache de son écran et plonge ses yeux d'un bleu aussi intense qu'un océan un jour de tempête dans les miens.

— Nous pouvons discuter de mes choix de couleurs et des dessins derrière moi si vous le souhaitez, ou alors nous pouvons échanger sur la raison de votre présence ici.

— C'est curieux, me dérobai-je, internet dit que vous êtes très demandée, pourtant j'ai eu un rendez-vous dans les soixante-douze heures.

— Je sais reconnaître une urgence lorsque j'en vois une.

Ouch ! Ça, c'est douloureux. C'est donc ça qu'elle pense de moi : un cas désespéré.

— Bien, soupirai-je, je vous propose plusieurs problématiques et…

— Elaïa, me coupe-t-elle avec douceur, nous étudierons chacune de vos problématiques, cependant, je pense qu'il serait intéressant de commencer par celle pour laquelle vous avez pris rendez-vous.

Je grimace, acculée. Je pensais poursuivre mon petit manège durant les trente prochaines minutes. Un nouveau soupir s'arrache de mes lèvres, mes ongles élargissant les mailles de mon pull tandis que mes joues rougissent d'un malaise plus qu'évident.

J'ai des TCA[5].

— Avez-vous été diagnostiquée ?

Mon rire nerveux embaume la pièce. À six ans, j'ai compris que l'alimentation allait être un combat. À huit, c'est ma

5 Troubles du comportement alimentaire

tête qui a décidé que ça deviendrait un calvaire. À dix-sept, j'ai choisi de ne jamais dépasser les quarante kilos. À vingt-deux, je me débats parce que je jongle entre quarante et quarante-cinq kilos.

— Il n'y a pas besoin d'être médecin ou d'être diagnostiquée lorsque les symptômes et les traumatismes sont évidents. On m'a appris à me faire vomir à l'âge de six ans, on m'a expliqué comment manger des calories et non de la nourriture. On m'a appris à courir plus qu'à me nourrir, puis on s'est assuré que, devant le miroir, je sois incapable de voir autre chose qu'un tas de graisse immonde.

— Qui est ce «*on*»?

— Catherine, principalement, répliquai-je d'un ton froid, mais monocorde. La matriarche de ma famille adoptive. À six ans, après avoir mangé deux gâteaux au goûter, elle a enfoncé ses doigts avec une telle violence dans ma gorge **que** j'ai bien cru qu'elle allait m'arracher l'œsophage à mains nues. À six ans et demi, c'était parce que j'avais eu le malheur de demander un autre morceau de pain. À sept ans, il me semble que c'était parce que j'avais accepté une part de gâteau d'anniversaire à la récréation. Tiffany, ma sœur adoptive, s'était donnée à cœur joie de le répéter à Catherine. Ce jour-là, c'était la première fois qu'elle me frappait. C'est souvent mon ventre qui a souffert, intérieurement et extérieurement. Les ecchymoses ne se voyaient pas, c'était parfait pour rester discret, puis c'était aussi l'estomac qu'elles aimaient malmener l'une et l'autre. Privation, vomissements, malnutrition, dénutrition, j'ai même eu un malaise à la suite d'une déshydratation.

Je ris, amère. Je me souviens de ce jour-là, Catherine m'avait violentée pour que je reprenne conscience. Tiffany m'avait traitée d'idiote trop fragile. J'ignore encore comment j'avais réussi à être déshydratée. Je suppose que, quand le corps encaisse tout un combo de traumatismes, il finit par céder pour une futilité. Simplement parce que cette futilité représente l'attaque de trop.

— Les coups ne me dérangeaient pas, murmurai-je tandis qu'elle se tourne vers son écran. Je veux dire, je n'apprécie pas de devoir justifier des côtes cassées par des chutes à répétition dans les escaliers. Mais les coups étaient supportables. Encore aujourd'hui, les coups n'ont pas d'impact sur moi. Ce n'est pas douloureux comme on peut l'entendre. C'est quand on joue avec mon esprit que les choses se corsent.

— Que voulez-vous dire ?

— Regardez-vous dans un miroir et, tous les jours, même toutes les heures, répétez-vous sans discontinuer que vous êtes grosse et monstrueuse. Votre corps saura que vous avez tort, mais votre tête finira par se convaincre de la véracité des propos. Quelqu'un m'a un jour dit : *ta tête n'a peut-être pas faim, mais ton corps crève la dalle*. Il n'y a rien de plus vrai. Ma tête finira par tuer mon corps.

— Votre tête est la tour de contrôle. Pour affaiblir quelqu'un, on attaque son corps. Pour le dominer, on manipule son esprit. Cette femme s'est servie des deux pour vous rendre docile.

— Puis-je guérir ? Je veux dire, la maladie restera, je le sais. Une fois qu'on est anorexique, on l'est pour toujours, même quand on va mieux. Mais puis-je reprendre le contrôle de ma tête ?

— Ça dépend de votre détermination.

— Mes amis craignent pour moi, c'est suffisant, non ?

— Elaïa, vous pensez-vous stupide ?

Je secoue la tête à peine sa question jetée dans les airs.

— Alors vous avez votre réponse.

J'ai pris rendez-vous pour Roxie, j'ai prévenu Cam et Arthur pour les rassurer, mais surtout, je suis entrée dans ce bureau pour moi. Elle est là, ma réponse. Ils ont été le déclic, et je suis l'unique solution à mon propre problème. Aujourd'hui, je me fais une promesse : je reprendrai le contrôle, pour eux, mais avant tout pour moi.

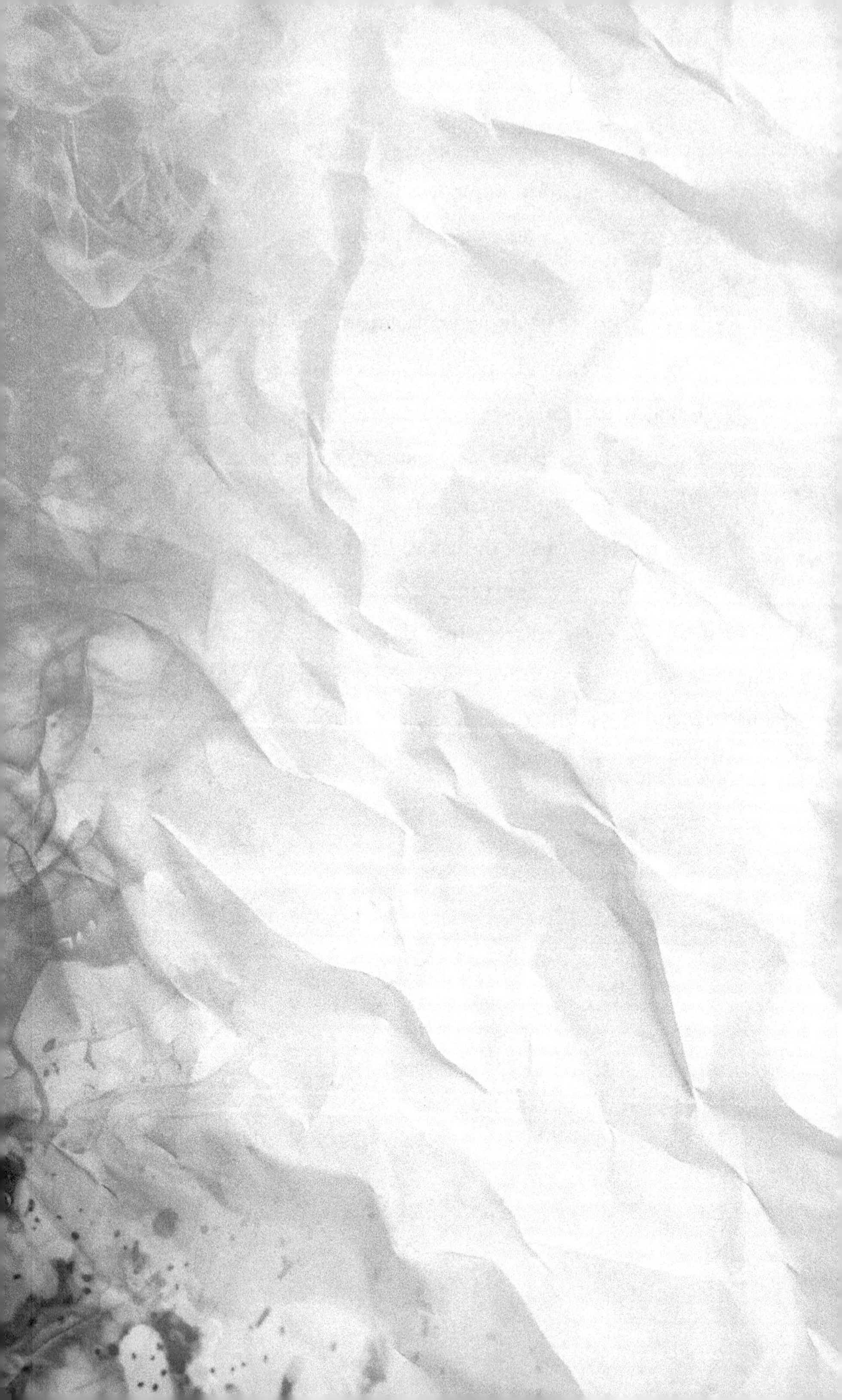

CHAPITRE 19

Victor, site du RAID

Je baille à m'en décrocher la mâchoire, puis je m'étire avant de retomber contre le dossier de mon fauteuil. Je tapote à deux reprises sur l'écran de mon téléphone et constate, sans la moindre surprise, que, hormis les notifications de Simon et quelques comptes rendus de Micah, aucun message de Roxanne n'apparaît. Une semaine que je lui ai exposé une grosse partie de la situation et je n'ai toujours aucun retour.

Finalement, il n'y a pas que Simon qui doit gérer ses obsessions. Roxanne en est devenue une pour moi. Je n'ai cependant pas le temps de m'attarder davantage sur le sujet, ma porte s'ouvre. Sans gêne, Tara s'avachit sur le canapé tandis que Micah récupère sa large dose de caféine froide dans mon mini-frigo. Il s'installe à moitié sur l'électroménager, lâchant une œillade sévère à l'attention de Tara qui ne cache plus son hilarité.

— On m'explique ?

— Monsieur rencontre quelques difficultés à suivre Elaïa, se marre Tara, les yeux rivés sur l'écran de son téléphone.

J'arque un sourcil à l'attention du blond qui soupire face à l'évidence.

— Ingérable, articule-t-il, désabusé. Elle est tout bonnement ingérable. Tu savais qu'elle séchait un nombre incalculable de cours ?

Mes yeux se plissent, les statistiques d'absentéisme ne montrent aucune absence en ce qui concerne Elaïa. Je suppose que quelqu'un signe pour elle.

— Non, poursuit-il, conscient de ma déduction, personne ne signe pour elle. Elle pointe à l'entrée, reste quelques minutes de cours, puis s'évapore avant de reprendre sa place une dizaine de minutes avant la fin du cours. Le temps que je la suive, sa moto a déjà disparu du parking.

— Pour sa défense, les amphithéâtres sont tellement bondés que les maîtres de conférences ne remarquent rien, réplique Tara. Elle est réglo pendant les travaux dirigés.

— Tu vas t'y coller alors, tranchai-je. Tu la cuisines pendant les TD.

— Victor… on doit rester discret.

Mon poing s'écrase contre le bureau. Je ne supporte plus cette teigne. Entre ses menaces, sa double personnalité, ses disparitions incessantes, elle n'est plus intouchable, mais insaisissable et ça me gonfle. Je ne peux pas gérer les démons de Simon, mes obsessions, la protection de Roxanne et cette tête de mule d'Elaïa. Elle va parler et je me contrefous de la discrétion. Qu'elle le veuille ou non, je vais finir, moi-même, par lui charcuter le cerveau. Les traumatismes ne justifient pas l'égoïsme et la connerie. Elaïa Benson est l'être le plus égoïste que je n'aie jamais rencontré.

— Je ne comprends pas pourquoi elle déteste autant les forces de l'ordre, s'amuse Tara pour détendre l'atmosphère, elle serait un excellent agent de terrain.

— Ne m'en parle pas, râle Micah. Sous couverture, personne ne la remarquerait.

Je grince des dents, Tara se redresse, ses jambes au sol, elle m'observe les lèvres pincées.

— Elle finira par s'allier à nous, Victor, on s'y prend mal, c'est tout.

— Et pourquoi ne pas tout lui dire finalement ? renchérit Micah.

Je ris jaune.

— À cause de son lien avec Maddox. Nous risquerions aussi qu'elle se remette en chasse pour retrouver le Marqueur.

— Tu as bien dit qu'elle semblait avoir gardé secrets les papiers de la Chambre et son rapport plutôt ambigu avec Simon, riposte Tara. Ce n'est pas parce qu'un contrat la lie à Maddox qu'elle l'honore pleinement. De toute évidence, c'est une solitaire.

— C'est bien le problème. Supposons qu'on lui offre chaque information que nous détenons, qui te dit qu'elle ne va pas nous pondre un énième stratagème pour se servir de nos données pour tout planter et faire cavalier seul ?

— Et pourquoi ne pas la laisser chercher le vrai Marqueur ? intervient Micah.

— Et si nous la ratons au moment où elle le retrouve ? Elle nous sème sans discontinuer. Admettre que Simon n'est pas celui qu'elle cherche désespérément, c'est laisser la chance au Marqueur de la capturer, réplique Tara. Et je doute que, cette fois, il la laisse en vie. On doit la protéger, pas s'en servir d'appât. Notre boulot est de la faire parler pour engager de façon officielle la protection des témoins et mettre le Marqueur derrière les barreaux une bonne fois pour toutes.

La porte de mon bureau s'ouvre à nouveau sur le regard sévère et dur de mon chef. D'un signe de tête, il nous ordonne de le suivre. Nous nous exécutons sans ciller et rejoignons l'autre côté de l'enceinte administrative. Un dossier attire mon attention dès l'instant où nous pénétrons dans son bureau.

« Vérification Cagnes-Sur-Mer 2016. »

Tara se presse pour s'installer à sa place favorite : sur le canapé. Micah s'écrase, éreinté par sa journée de surveillance dans le fauteuil. Je reste debout contre la porte refermée. Dubois visse son regard au mien et tend le fameux dossier à Micah. Malgré son teint hâlé, il devient livide et déglutit avant de transmettre le document à Tara, qui perd presque instantanément son sourire. Les bras croisés contre le torse, je refuse le dossier et fais signe d'un mouvement du menton à mon chef pour qu'il parle. Il s'avère évident que l'information contenue dans ce feuillet cartonné ne va pas me plaire.

— Tu es de surveillance, m'annonce-t-il.

J'acquiesce sans poser de questions.

— Simon Davis.

Un pli méfiant creuse mon front et une contrainte écrasante envahit ma poitrine. Tara insiste pour que je lise les documents, je lutte contre l'angoisse qui m'étreint avant de céder à la pression. Ma bouche s'ouvre en un souffle haletant, mes poumons semblent se figer et je parviens à peine à déglutir. D'un pas hésitant, les doigts crispés sur le dossier, je m'effondre dans le fauteuil, submergé, totalement écrasé par la révélation terrifiante que mes yeux découvrent.

— Elle est morte.

— Nous avons vérifié à cinq reprises, déclare Dubois.

— Elle est morte, répétai-je sans quitter le dossier des yeux.

— Les clichés ne sont pas trafiqués. L'hypothèse est qu'il est peut-être resté inactif pendant deux ans parce qu'elle était revenue.

— Elle est morte en 2012, sous mes yeux. Elle ne respirait plus.

— Es-tu sûr de ce que tu as vu ? tente Tara avec une douceur inédite.

Un rire acerbe s'extirpe de ma gorge. De tous les monstres connus, c'est peut-être celui-ci qui me terrifie réellement. Un malade dans nos rues ne suffisait pas, il en fallait un deuxième. Ces gens-là ne sont pas des tueurs de bas étage, oh non ! c'est l'élite. Tels des gourous, ils pourraient bâtir des armées de psychopathes sans perdre une once d'énergie. Si le Marqueur est intraçable, elle, elle est, semblerait-il, immortelle.

— Cinq. Elle a reçu cinq coups de tisonnier. On ne respire plus après cinq coups de tisonnier, on ne vit plus après cinq coups de tisonnier, on ne…

— Je suis désolé, Victor, balbutie Micah à mes côtés.

— Elle est morte, Terrence ! hurlai-je. Morte ! Il est devenu un tueur à cause d'elle et tu es en train de me dire qu'elle a survécu tandis que lui sombrait jour après jour ! Tu es en train de me dire qu'il essayait de nettoyer ses mains ensanglantées sans succès alors que, toutes ces années, elle respirait tranquillement ! Vérifie encore !

— Victor…

— Vérifie ! Il ne retournera pas en taule. Elle ne gagnera pas. Elle est morte.

— La vérification est inutile. Elle est bien vivante.

— Il va disjoncter ! Je refuse qu'il soit au courant. Il va totalement vriller et plus personne n'aura aucun contrôle sur lui. Il ne retournera pas à l'ombre.

— Il n'y retournera pas, tu as ma parole, tranche Dubois avec fermeté, mais j'ai besoin de la tienne.

Je secoue la tête, il va sombrer. Les crises de ces derniers mois ne sont que de petits incidents à côté de ce qui m'attend si je lui annonce cette nouvelle réalité.

— Il y aura des corps et nous nous chargerons de les faire disparaître, poursuit-il, toutes les têtes de la liste de suspects peuvent tomber, je m'en fiche.

— Pas de femmes, répliquai-je, désemparé. Tu sais très bien que c'est impossible, pas avec cette information. Il va se croire obliger de redevenir… lui… le…

Je suis incapable de formuler l'évidence. Les larmes embuent mes yeux sans que je ne puisse les contrôler. Mes dents mordent ma lèvre avec une telle force que le goût métallique du sang remplit ma bouche. Le dossier entre les mains, je tourne les talons. Avant que je ne m'échappe du bureau, Dubois m'interpelle, le regard douloureux.

— J'assure ses arrières et les tiens, Victor, mais pas de femmes ou je ne pourrais plus rien faire.

Sans rien répondre, je quitte le site. Il me demande de mettre une bouteille d'alcool sous le nez d'un alcoolique et de lui ordonner de ne pas craquer. Il espère que, malgré les proies là dehors, le Marqueur qu'est Simon ne reprenne pas ses mauvaises habitudes. Avant, j'aurais dit que c'est possible. Maintenant, avec *elle* de retour, ça relève de l'impossible.

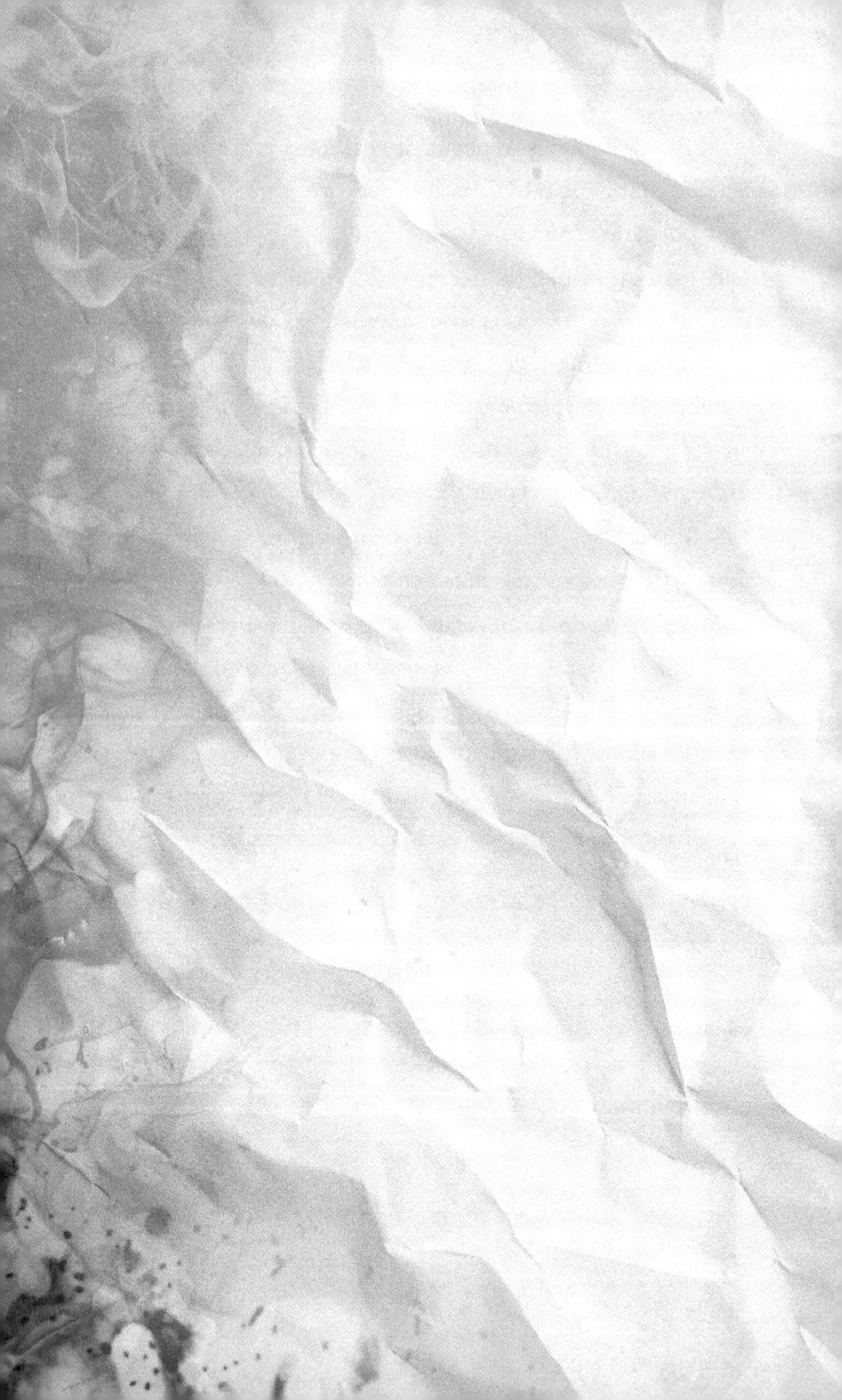

CHAPITRE 20

Simon, La Gorra, janvier 2010

Mes yeux détaillent l'obscurité tandis que l'on s'enfonce un peu plus sur les chemins forestiers. Je tire discrètement mon portable de ma poche, me détourne de mon observation et réalise qu'il n'y a plus aucun signal. Mes sourcils se froncent devant l'étrangeté de la situation. Je dissimule mon portable et je l'observe. Ses cheveux sont tirés en une longue queue de cheval et ses ongles sont manucurés d'un rouge intense.

Il paraît qu'elle est jolie, du moins, c'est ce qu'il me répète jour après jour. Moi, je crois que je commence à la trouver laide, si tant est que je l'aie un jour trouvée jolie. Mes yeux se perdent sur les traits de son visage lorsqu'elle m'accorde une œillade furtive avec ce sourire qui me hérisse le poil.

— Pose-moi ta question, Simon, je t'y autorise.

Elle a une voix si douce qu'on y verrait que du feu. Du moins, c'est ce que Victor m'a expliqué. Elle utilise la douceur, la tendresse et la délicatesse pour manipuler mon esprit, mais rien de tout ce qu'elle projette n'est vrai.

— Pourquoi est-ce que l'on n'est que tous les deux ?

Ses phalanges se serrent autour du volant, je me mords l'intérieur de la joue tout en priant pour que mon inquiétude ne trahisse pas le timbre de ma voix.

Mauvaise question, Simon.

— Je suis content, reprit-je après m'être raclé la gorge, nerveux. Je suis content de n'être qu'avec toi, mais c'est juste que d'habitude vous êtes tous les deux ou on est tous les trois.

Ses doigts se détendent autour du volant et l'oxygène reprend sa route vers mes poumons. Elle ralentit un instant, tourne plus franchement sa tête vers moi et m'adresse un immense sourire.

— J'ai une surprise pour toi et j'avais envie que nous la partagions ensemble.

Le soulagement s'infiltre dans mes organes. Je ne suis pas celui qui reçoit beaucoup de cadeaux, alors, même si la voix de Victor me hurle de me méfier, je me détends. Toutefois, l'apaisement est de courte durée quand elle emprunte un long chemin de terre. Je teste ma mémoire trop souvent défaillante et prévois les décors que nous allons rencontrer sur la route.

Un arbre penché sur la droite, dont le tronc est marqué d'une large croix rouge.

Elle tourne et nous dépassons l'arbre en question. Je déglutis, mais ne panique pas.

Un petit ponton.

Un petit ponton. Mes ongles agrippent mon jogging et ma poitrine s'oppresse quelque peu.

Une croix posée sur le bord du chemin en hommage à une personne ayant perdu la vie dans un accident de la route.

Une croix…

Je ravale la boule de nerfs qui s'était formée dans ma gorge et me précipite avec autant de discrétion que possible sur mon téléphone. Les doigts tremblants, j'ouvre la dernière bulle de conversation et remonte sur les messages d'il y a une semaine. Quand mes yeux lisent chaque mot, je me décompose, le sang quitte mes organes, mes poumons se rétrécissent et mon cœur s'emballe dans une danse douloureuse. Je cherche à me rassurer et prie en silence pour qu'elle ne tourne pas à gauche. Malheureusement pour moi, quand elle dévie vers la gauche, je m'effondre. Au bout de ce chemin, il y a une cabane abandonnée.

C'était notre secret, celui que je gardais avec Victor depuis plusieurs mois. La première fois qu'on y est allés, je pensais trouver un squat parfait pour disparaître des heures par-ci par-là pour fumer mes joints et avaler quelques bouteilles d'alcool sans que papa me rappelle à l'ordre. Finalement, c'est devenu notre repaire pour expérimenter des choses moins chaotiques que celles de mon quotidien. La semaine dernière, la copine actuelle de Victor a accepté de nous rejoindre. C'était particulier, mais je crois que l'observer s'occuper d'elle était plutôt agréable. Ils m'ont proposé de jouer avec eux, seulement à la seconde où mes mains étaient sur elle, l'envie de la brûler et de la marquer n'a eu de cesse de gonfler en moi. J'ai reculé, pris de panique, mais, contre toute attente, la voix de Victor a réussi à m'apaiser. Du moins, assez pour essayer de nouveaux jeux, mais pas suffisamment pour éteindre la totalité de ma monstruosité. Quand c'est devenu trop difficile et que l'envie d'utiliser le briquet a été trop intense, j'ai quitté la cabane. J'ai soulagé mon désir avec ma propre chair. C'est ce qui arrive quand je ne termine pas avec une femme. C'est mon corps qui doit supporter les conséquences. Ça a toujours été la règle et, même si elle me fait du mal, je m'applique à la respecter.

Je suis tiré de mes pensées au moment où elle coupe le moteur à quelques mètres de l'entrée de la cabane. Mes ongles s'enfoncent dans ma cuisse lorsque j'aperçois de la lumière. S'ils passent leur temps à me dire que la sensation qui tord mon estomac est due à de l'excitation, je jurerais qu'à cet instant c'est tout autre chose. Puis, sous mon crâne, revient la voix hurlante de Victor. Je sursaute lorsque sa main se pose sur ma joue. Je regrette ma réaction lorsqu'elle plante ses griffes dans ma mâchoire.

— J'en ai plus qu'assez que tu sur-réagisses. Ces derniers temps, c'est à peine si on peut t'approcher.

— Je sais, excuse-moi.

La gifle inflige à ma tête une secousse telle que mon front embrasse la vitre. Je grimace, mais ravale le sanglot qui naît dans ma gorge.

— Les excuses sont pour les faibles, Simon, ne retiens-tu donc jamais les leçons ?

J'acquiesce, tête baissée, mon poing se serre, la colère et l'envie de me laver me brûlent les entrailles. Le contact est de plus en plus insupportable, surtout depuis qu'il m'a… depuis qu'il a décidé de… enfin… disons que la dernière punition était plus sauvage que les précédentes. Elle quitte la voiture, la contourne puis m'ouvre la portière. Je sors et la suis d'un pas lent. Devant la porte d'entrée, elle se tourne vers moi et encadre mon visage.

— Sais-tu ce qui affaiblit l'humain ?

— L'erreur, annoncai-je plein de fierté et d'assurance.

Satisfaite de ma réponse, ses lèvres se déposent sur les miennes. Malgré la répulsion que le contact engendre, je respire de nouveau, soulagé par son baiser.

Elle m'aime.

Je commets des erreurs qui nous affaiblissent et je dois en subir les conséquences, mais elle m'aime. C'est pour ça qu'elle est aussi exigeante avec moi. Son amour a des conditions et je dois toutes les remplir pour pouvoir être pleinement accepté tel que je suis. Le sourire que j'arborais s'évapore à la seconde où elle pousse la porte de la cabane. Je me fige, mon cœur tombe à mes pieds, mon estomac se tord avec violence et la nausée grimpe avec une telle rapidité que je dois ravaler les prémices de l'écœurement. Mes larmes coulent malgré moi sur mes joues. J'ai toujours détesté les surprises et aujourd'hui plus encore.

Les règles sont claires, lorsque l'on choisit nous-mêmes une proie, elle devient la nôtre, c'est au premier marqueur que reviennent tous les droits. Nous devons suivre ses exigences sans discuter. La seconde règle est que le rituel de marquage n'est valide que si la proie est une femme.

— Ce n'est pas une femme, parvins-je à articuler.

— Pourtant c'est avec lui que tu expérimentes nos jeux, n'est-ce pas ? Pourquoi ne pas aller jusqu'au bout dans ce cas ?

— Ce n'est pas une femme, sifflai-je, noyé dans un flot de colère et de détresse.

— J'ai choisi ma proie, Simon, et ce soir, c'est un homme.

Je me décompose, ma tête se détourne d'elle et mes yeux s'attachent aux siens.

— Ne lui fais rien, s'il te plaît.

Son sourire s'élargit, ses iris pétillent d'une lueur intense et lumineuse. Je me maudis de ne pas comprendre les émotions qui traversent les humains. Celle qui passe dans ses yeux est illisible, toutefois, je connais ses habitudes et j'ai bien trop conscience que je n'y échapperai pas. Ce soir, elle va le blesser.

Sa paume caresse ma joue avec une délicatesse trop exagérée pour être sincère.

— Tu vois, Simon, là est ma surprise, murmure-t-elle, ses lèvres contre mon lobe. Moi, ce soir, j'observe. Toi, tu agis. J'avais pourtant été très claire avec toi depuis le début. Nous ne sommes que deux à pouvoir te toucher et il ne fait pas partie de la liste.

Gonflé par une assurance dont je m'ignorais doté, je balaye sa main avec violence et la foudroie du regard.

— Je refuse.

Instantanément, je me retrouve projeté contre le bois de la cabane, l'empreinte de ses phalanges probablement imprégnée sur mon visage.

— Je ne t'ai pas demandé ton avis. Ma proie, mes règles.

Je voudrais répondre, mais le grognement qui résonne dans la pièce me paralyse. Elle se détourne de moi et brise la distance avec sa proie.

— Bonsoir, Victor.

Tandis que ses doigts s'approchent du visage de Victor, je sors de ma tétanie et hurle en larmes :

— Ne le touche pas ! Laisse-le tranquille !

Sans attendre, elle délaisse Victor et, avec une violence sans précédent, sa main s'enroule autour de mon cou, puis le presse. Mes ongles griffent sa chair, je me débats tandis que l'asphyxie me contraint à réduire mes mouvements. Je suffoque, le mugissement de Victor me parvient aux oreilles.

— Relâche-le, salope !

— Regardez-moi ça, ricane-t-elle, de vrais petits tourtereaux, c'en est écœurant. Crois-tu qu'il t'aime ? Il se sert de toi, mon amour.

Les surnoms. Ça aussi, c'est une méthode de manipulation d'après Victor. Utiliser des mots doux pour embrouiller mon esprit et, malheureusement, ça a toujours bien fonctionné. Mon amour, c'est comme si j'étais le centre de son cœur, puisque l'amour y bat à plein régime. Mon amour, quand elle m'appelle comme ça, je sais qu'elle m'aime, malgré ma maladie, malgré mes erreurs, malgré le monstre que je suis. À cette pensée, mes bras retombent, ballants, contre mon corps, et elle desserre sa poigne autour de mon cou. L'air revient lentement faire fonctionner mes poumons. Je toussote tandis qu'il s'égosille de nouveau.

— Tu n'es rien qu'une cinglée, connasse !

Il se débat, elle sourit et moi, je me sens partir.

— Laisse-moi te prouver qu'il ne t'aime pas comme je t'aime, mon amour. Laisse-moi te montrer qu'il ne t'a jamais aimé et qu'il ne t'aimera jamais.

J'acquiesce d'un signe du menton tandis qu'il se débat avec les cordes qui lui lacèrent la peau. Sans plus attendre, elle sort son téléphone et fait défiler plusieurs photos et messages. Les images le montrent dans divers endroits, toujours avec une fille différente au bras. Techniquement, je connais son insatiabilité sexuelle, donc ça ne me surprend pas vraiment, même si mon cœur se pince devant la quantité de nanas qu'il utilise. Le plus douloureux reste les conversations où il ne cesse de répéter qu'il se contrefout de moi, qu'il n'éprouve que de la pitié à mon égard et que je lui suis utile, lui servant d'alibi quand il doit jongler entre plusieurs filles. Ce qui manque de me faire perdre pied est ce dernier message.

« Ce n'est pas un homme, c'est un monstre. Il est stupide de croire que je pourrais l'aimer une seule seconde. »

Mon regard se détourne de l'écran et le détaille. Ses yeux s'arrondissent, il se fige, il semble totalement abattu. Tandis que mes larmes ont cessé de couler, ce sont les siennes qui se mettent à se déverser.

— Elle ment et, au fond de toi, tu le sais, chuchote-t-il. Je t'aime peut-être mal et avec maladresse, mais tu sais que c'est sincère.

Le visage fermé, je casse la distance entre nous. Elle se plante derrière moi, son souffle caresse ma nuque, l'une de ses mains glisse dans ma poche pour récupérer mon briquet et, de l'autre, elle place un tisonnier dans ma paume.

— Maintenant, susurre-t-elle, rends-moi fière, mon amour.

J'esquisse un sourire insolent, les yeux braqués dans ceux de Victor. Mes doigts serrent le tisonnier. Il déglutit sans pour autant briser notre lien. J'inspire, craque mes cervicales et mordille ma lèvre inférieure avant de l'humidifier. J'arme mon bras, elle exhale d'excitation dans mon dos, mon sourire s'élargit.

En une fraction de seconde, je me tourne et enfonce d'un coup sec le fer dans son ventre. Elle hoquette de surprise, s'écarte en titubant. Sa morgue disparaît tandis que mon assurance s'accroît. Je l'oblige par mes déplacements à se reclure dans le coin de la cabane. Je presse son corps contre le mien et lui murmure, en déchiquetant sa chair une nouvelle fois :

— J'ai choisi ma proie et, ce soir, c'est une femme.

Je retire l'arme, elle s'effondre, des bulles de sang la font suffoquer. Je m'accroupis. Cette fois, je plante le fer dans son épaule. J'ignore pendant combien de temps je m'acharne sur son corps, mais mon sexe frappe contre mon boxer, durci par l'excitation de l'instant. Puis la voix de Victor me ramène à la réalité.

— Tes mains sont sales, Simon !

Le tisonnier frappe le sol, mon regard le foudroie la seconde suivante.

— Elle ne pourra plus rien nous faire, reprend-il un ton en dessous.

— Je l'ai tuée.

Il acquiesce, je détaille mes mains ensanglantées quelques secondes avant de le libérer de ses cordes. Tandis qu'il récupère les clés de la voiture, j'observe le corps inerte gisant au sol.

J'ai tué quelqu'un.

Je l'ai tuée.

Je suis un monstre.

Elle avait raison.

Personne n'aime les monstres.

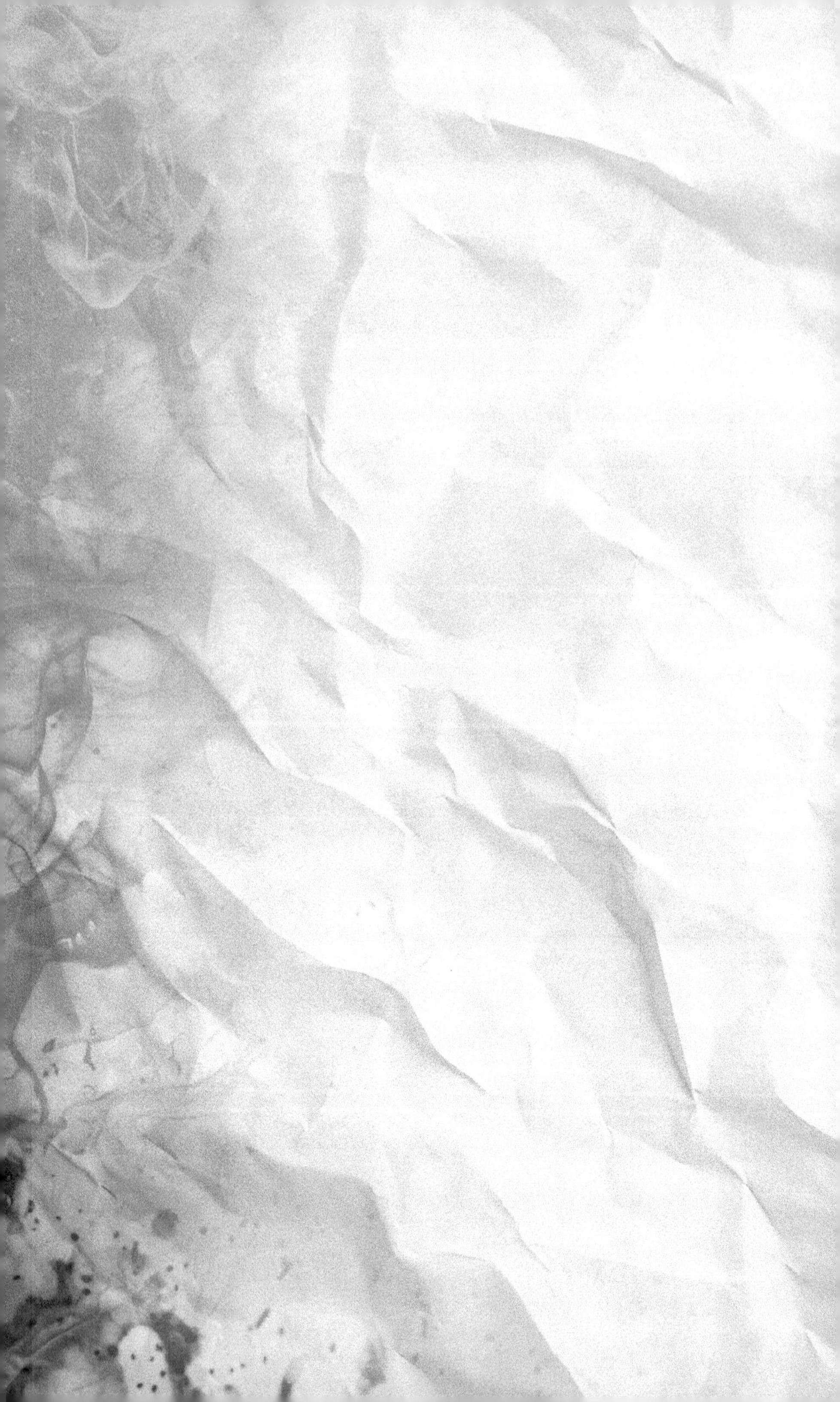

CHAPITRE 21

Simon, La Gorra, présent

Elle est vivante.

Personne ne survit à autant de coups de tisonnier. Pourtant, elle respire toujours. La révélation a eu un effet immédiat. Les photos étaient à peine sous mes yeux que tout a implosé. Plus rien ne fonctionnait correctement et la sentence est tombée. Mon corps ressent encore les conséquences du chaos. Me voilà de retour à la case départ. Les barreaux de la cage se sont de nouveau refermés et le mécanisme s'est enclenché comme si la nature reprenait enfin son droit.

Les mégots s'accumulent sur le terrain devenu boueux, tandis que mes yeux détaillent la cabane, bien plus délabrée que lors de ma dernière visite. Pourtant, ce n'est pas si loin. Du moins, dans mon esprit, c'était hier. J'avais quinze ans et j'oubliais la douleur à l'aide de plusieurs bouteilles d'alcool volées dans le restaurant de mon père. Je me souviens parfaitement des brûlures que j'infligeais à mon corps. Plus ma chair se carbonisait, plus mon érection grandissait comme un foutu malade.

Un monstre.

Je l'étais bien avant mes quinze ans, seulement, cette nuit-là, je constatais que j'en étais un bien plus affreux. Malade, monstrueux, devenu meurtrier. Ils m'aimaient, je les trahissais et elle mourait. Ainsi se passent les événements lorsque je participe. Je me souviens aussi avoir, pour la toute première fois, malmené une proie en solo. Comme mon épiderme brûlé ne suffisait pas à apaiser les démons assoiffés, j'avais chassé et jeté mon dévolu sur une femme insignifiante. J'étais, cette nuit-là, devenu comme eux. J'étais enfin comme ils attendaient que je sois. Le vrai monstre sans empathie, sans émotion.

J'étais le Marqueur. Je prenais sans demander l'autorisation.

Blonde, quelques reflets caramel, svelte, petit format, elle était la proie parfaite à mes yeux. Je me rappelle l'avoir attachée alors qu'elle somnolait encore sous l'effet du chloroforme. Elle s'était réveillée sous la torture que je lui infligeais pour assouvir les besoins de mon esprit et de mon entrejambe. Tout son corps tremblait sous mes assauts. Je suivais à la lettre chacune des étapes du rituel. Ses hurlements traduisaient son excitation et faisaient gonfler la mienne. Je prenais même des initiatives inédites. Coups de ceinture, cire de bougie pour les irritations, sac en plastique pour l'asphyxie et mon éternel briquet-tempête pour les marques. J'exultais à mesure qu'elle perdait conscience. Puis, les runes tracées sur son corps et ma semence éparpillée sur sa chair abîmée, je suis resté figé devant la beauté inerte face à moi. J'ai même attendu pendant plus d'une demi-heure qu'elle se réveille pour ressentir sa terreur, écouter ses suppliques et sa volonté de recommencer.

Parce que c'était ça, la réalité. Elles le voulaient toutes.

Chaque petite souris capturée attendait avec impatience qu'on s'occupe d'*elle*. Moi, je les préférais silencieuses, comme lui. Tandis qu'*elle* les préférait criardes. Cette nuit-là, je la voulais gueularde juste pour la rendre fière, juste pour qu'elle me pardonne mes erreurs. Je voulais l'entendre s'époumoner pour récupérer l'amour que j'avais perdu. Cette nuit-là, *elle* avait enfin gagné.

Comme ce soir.

Ce soir, *elle* a encore gagné. Masque enfilé, système de localisation désactivé, mode avion enclenché, rien ne peut me détourner du chaos. Victor n'est jamais revenu ici après *sa mort*. Avant mon incarcération, j'y retournais toutes les semaines. Ce qu'il ignore, ce secret que je garde depuis des années, est l'hésitation qui m'avait morcelé après avoir lu les mots inscrits sur le message dont je me souviens chaque syllabe :

« Ce n'est pas un homme, c'est un monstre. Il est stupide de croire que je pourrais l'aimer une seule seconde. »

J'avais hésité. L'espace d'une seconde, *elle* avait pris tout le pouvoir. Je ne percevais plus mon meilleur ami sur cette chaise, je voyais une proie à soumettre puis à détruire.

Je balance la fin de ma clope et contourne la voiture. J'ouvre le coffre, la victoire érigée sur mes lèvres.

Parfaite petite souris.

Assoiffé de destruction, j'ai choisi une proie bien différente de mes habitudes. Brune aux iris plus noirs que mon âme. Une copie presque conforme de ma sorcière.

Impatient, je jette le corps de la proie sur mon épaule et claque le coffre. J'entre dans la cabane et la dépose sans beaucoup de délicatesse sur le meuble. Pour ne prendre aucun risque, je recouvre ses paupières d'un large et épais foulard. Je ne lui enlève que le strict nécessaire et attache ses poings, puis ses chevilles à la table. Je tire ma ceinture et effleure les parties nues de son corps. Contrairement à ma sorcière, cette petite souris n'est pas marquée, je suis donc libre de lui asséner n'importe quels sévices. Ma trique se réveille à cette unique pensée. Je m'apprête à infliger un premier coup de ceinture lorsque sa voix me fige.

— *Tu prends à n'importe qui, n'importe quand, sans demander l'autorisation.*

Je secoue la tête et arme mon bras quand elle insiste, puis me paralyse une nouvelle fois.

— *Tes mains sont donc aussi ensanglantées que je le pensais.*

Mon visage se referme, marqué par une angoisse croissante. Mes paupières clignent frénétiquement, comme si elles tentaient avec désespoir de chasser cette vision troublante. En même temps, mes doigts commencent à trembler légèrement, trahissant un état de nervosité qui envahit peu à peu mon corps.

— *La tête ou la gorge ?*

— Ferme-la ! beuglai-je en relâchant la ceinture.

Je retire le masque, fourrageant mes cheveux, m'arrachant certainement une bonne poignée par la même occasion.

— *Lave-toi les mains, Simon, je n'ai jamais rien vu d'aussi sale.*

— Sors de ma tête ! hurlai-je face au corps pourtant inerte de la proie.

« Tic-tac, Simon, bientôt, je vais reprendre mon jouet. »

D'un geste brusque, j'envoie valser chaque objet qui me tombe sous la main. Mes poumons se gonflent de cris intenses et ma gorge les recrache dans une lancinante torture. Je récupère la ceinture gisant sur le sol et m'élance vers le corps. J'arme mon bras, mais le coup refuse de partir. Je soupire et laisse retomber mes paumes de part et d'autre de la femme.

— Tu es sa propriété et j'ignore comment te protéger, murmurai-je comme un besoin viscéral de confier ce lourd secret.

« Tu devais viser la gorge, Simon. C'était pourtant simple. »

— Je ne pouvais pas, putain ! Te détruire, te haïr, te blesser encore et encore, je le ferai sans difficulté. Mais te tuer… je ne pouvais pas m'y résoudre.

« Maintenant, tu m'obliges à te tuer. »

— Tu te trompes, Elaïa… je crois que tu n'en as même pas envie…

Mes genoux cèdent à la pression et je m'écroule. Je me recroqueville, les bras croisés enserrant mon torse.

— Tue-moi. Je t'en conjure, libère-moi.

D'une main tremblotante, je m'empare de mon portable et désactive le mode avion. Sans grande surprise, aucune barre de signal ne se dessine et me condamne à revenir sur cette décision d'appeler Victor. Il ne me pardonnera jamais de l'avoir choisi, elle, ce soir. Il me tournera le dos et je perdrai son amour. J'abandonne le téléphone à mes côtés et ne retiens plus mes larmes.

— Je voulais juste qu'ils m'aiment…

Une heure plus tard.

J'enroule mes doigts autour de mon sexe et me masturbe. Mes yeux courent sur l'ensemble de la brûlure, puis sur la totalité du corps de la femme endormie. Entre le GHB et le chloroforme, elle n'a pas ouvert les yeux une seule fois, n'a émis aucun son, ni n'a gesticulé. Si j'apprécie la soumission, celle-ci n'a rien de satisfaisant ou d'excitant. Je peine même à me soulager pleinement malgré une trique évidente. Je détourne le regard, balance la tête en arrière et crée des images bien différentes dans mon esprit me permettant de terminer ce foutu rituel le plus vite possible.

Ses lèvres.

Mon membre durcit un peu plus.

Ses seins.

Un gémissement s'arrache de ma gorge.

Sa bouche.

Des spasmes contractent mes abdos.

Ses yeux.

Je me stoppe puis réduis le rythme de masturbation et me délecte mentalement de ce regard qui m'aspire tout autant qu'il me fait enrager. Mes doigts caressent avec plus de lenteur ma verge tandis que ma main devient la sienne. Un nouveau gémissement traverse la barrière de mes lèvres. Je raffermis ma prise sur mon sexe, puis accélère de nouveau. Quand les flammes de plaisir embrasent mon être, j'ouvre à nouveau les yeux et gicle sur la brûlure dans un râle qui embaume la pièce. Je relâche mon membre et m'empresse de désinfecter mes mains avec du gel hydroalcoolique. Mes dents grincent, la nausée tord mon estomac et un nœud de dégoût naît dans ma gorge. Je remonte mon boxer puis mon pantalon avant d'expirer, péniblement. Je saisis tout le nécessaire de soin dans mon sac, puis m'applique à nettoyer sa brûlure. Je retire ensuite chaque trace possible de sperme mélangée aux suppurations. Après l'utilisation de plusieurs compresses désinfectantes, je colle un large pansement. Elle n'aura qu'une toute petite cicatrice, même la rune ne restera pas. Tout comme son corps, sa tête ne se souviendra de rien. Du moins, pas tout de suite. L'amnésie est difficilement contrôlable et chaque humain réagit différemment, toutefois, j'ai quelques mois de tranquillité assurés.

Je la détache et la rhabille. Avec délicatesse, je l'enveloppe dans son étole et la plaque sur mon épaule. Dans la voiture, je l'installe sur la place passager tout en resserrant le foulard sur ses yeux. J'attache sa ceinture et prends place derrière le volant. Je réalise que je pleure lorsqu'une larme s'échoue sur mon t-shirt. Je l'essuie d'un revers de main agressif avant de démarrer. J'accélère rapidement, même si son sommeil semble profond, elle pourrait se réveiller d'une minute à l'autre et je ne peux plus perdre de temps.

« Tes mains sont donc aussi ensanglantées que je le pensais. »

Mes phalanges blanchissent autour du cuir.

« Brûle-la, Simon. »

Mes yeux fixent un point au loin devant moi, bien évidemment, les démons n'ont pas eu leur dose.

« Détruis-la. »

Elle doit quitter cette voiture au plus vite.

« Elles aiment toutes ça. »

Mes battements de cœur sont irréguliers et erratiques. Mon pied presse l'accélérateur, le compteur explose. En moins de temps qu'il n'en faut pour le dire, je suis près du bar où je l'ai capturée. Après quelques minutes de surveillance, je la dépose sur le banc d'arrêt de bus. Je retire son foulard, m'assure de n'avoir laissé aucune trace de mon passage, puis tourne les talons. Derrière le volant, je réalise que je ne peux ni retourner au loft ni me rendre chez Victor pour l'instant. C'est donc avec une évidence douloureuse que je rejoins mon autre lieu de prédilection.

Elaïa Benson, cette proie qui n'est pas à moi.

CHAPITRE 22

Simon, Monaco

Les liens les plus absurdes représentent toujours les plus logiques à suivre. Du moins, c'est le cas lorsqu'il s'agit de Samuel Bouton. Alors qu'on suivait les traces des hommes, ceux qui étaient d'office complices de près ou de loin de notre cible, il fallait regarder les traces des femmes. Plus particulièrement celle d'Ariane Fleure. Infirmière au centre hospitalier Princesse Grâce à Monaco et collègue de Jules Girard, notre élu du soir.

— Est-ce qu'il t'a donné une liste ? répète Victor, sévère.

— Je vous dis qu'il ne m'a rien donné, je ne connais pas votre type ! hurle Jules pour la énième fois.

Jules Girard est un menteur. Rien de très surprenant lorsqu'on complote avec Samuel Bouton. Las d'entendre toujours les mêmes phrases sortir de leurs bouches, je fais apparaître mon arme puis, sans perdre de temps, je tire dans son épaule. Victor m'adresse un regard de biais que j'ignore. Il devrait s'estimer heureux, je n'ai pas encore visé son front. Surtout que Jules a quelque chose que je veux.

— Vous êtes complètement malade !

J'exècre ses couinements, toujours est-il, je ne peux pas le tuer tout de suite, nous avons besoin de ses vilains petits secrets.

— Arrête de chialer, tu es vivant, fulminai-je.

— Tu devrais envisager d'arrêter les mensonges. Mon ami ne visera pas l'épaule une deuxième fois.

Pour appuyer les paroles de Victor, je brandis de nouveau l'arme devant l'homme. Il déglutit, livide sous l'effet de la douleur. Blessé, son teint se vide un peu plus de son sang. Avec un peu de chance, cela suffira à délier sa langue.

— Ok, ok, j'avoue, il y a un peu plus de six mois, il m'a donné seize mille euros. Il disait que c'était un dédommagement mais je vous jure qu'il ne m'a pas donné de liste.

— Pourquoi un dédommagement ? Qu'est-ce que tu avais fait pour eux ? Pourquoi a-t-il eu besoin d'aller à l'hôpital ? Est-il malade ? déclamai-je.

D'une main brève sur mon épaule, Victor m'interpelle. Malgré mon envie d'insister auprès de notre accusé, je réalise un pas de côté et le laisse prendre le relais.

— Qu'as-tu fait pour lui qui justifierait cette somme ? l'interroge-t-il avec plus de calme. A-t-il demandé que tu dissimules une liste pour lui ?

Jules secoue la tête, péniblement, il déglutit puis accepte enfin de dévoiler ses fautes.

— Il a ramené une femme à l'hôpital, en 2010 je crois. Elle respirait à peine.

Tout en moi s'écroule.

« Mon amour. »

Elle m'aimait et je l'ai tuée. Enfin, jusqu'à aujourd'hui, elle était morte. Peut-être que je le sentais, peut-être est-ce la raison pour laquelle je n'ai jamais vraiment quitté les flammes. Au fond de moi, je savais qu'elle reviendrait me hanter. Parce que le sang sur mes mains ne suffisait pas. Il fallait qu'elle s'assure que ma traîtrise m'empoisonne jusqu'à ma mort.

— Reste avec moi, siffle Victor dans ma direction.

Mes paupières clignent, alourdies par le couperet qui tombe, fatal. Ma poitrine me brûle, une terreur que je ne connais que trop bien s'infuse sous mon épiderme.

— Simon, gronde Victor.

Je déglutis, ma gorge serrée par le nœud qui s'est formé en son centre. J'opine, encore engouffré dans la nébuleuse, puis, avec difficulté, je parviens finalement à me recentrer sur l'instant présent. Rassuré, Victor se focalise de nouveau sur notre torturé et l'invite à poursuivre sa confession.

— On fait des journées interminables, pour des salaires de misère, souffle-t-il, les épaules basses.

— Qu'est-ce que ça peut bien nous foutre ? sifflai-je en retour.

D'un grincement de dents accompagné d'un regard sévère, Victor me condamne au silence. Malgré la rage qui s'amoncelle sous ma peau, dans mes muscles et la crainte qui malmène mon esprit, je m'y plie.

— On est épuisé, reprend Jules, insistant sur sa triste et pathétique vie. Alors, oui, c'est vrai qu'on a fermé les yeux lorsqu'il nous a tendu à la fois une liasse de billets et des papiers d'identité falsifiés. Après un an dans le coma, elle est finalement sortie du service en 2012. Elle devait réaliser de nombreuses séances de rééducation mais elle vivrait.

— Comment saviez-vous qu'ils étaient falsifiés ?

— Elle était mal en point, il était pressé, les papiers étaient usés, préparés à la hâte. C'est la date de naissance qui ne collait pas vraiment à l'allure générale du corps de la victime.

Victime… D'un monstre.

— Son nom ? demandai-je.

— Je ne sais pas, je viens de dire que son identité était…

— Son nom d'emprunt ! grondai-je, fulminant.

Victor m'adresse une brève œillade, remarque mes phalanges blanchies autour de la crosse. Jules déglutit, et, puisqu'il tarde à répondre, j'arme mon bras. Victor s'empresse de s'interposer. Notre accusé tremble, puis jette le nom d'emprunt dans les airs. Dès l'instant où il ricoche contre les murs, une violente torsion agresse mes entrailles.

— Jade Lac.

— Jade, soufflai-je, bouleversé.

Le monde autour de moi vacille, perd de sa netteté. Soudain, je ne vois plus que du rouge, un rouge dévastateur qui envahit mes yeux puis ma conscience. Les battements de mon cœur résonnent dans ma tête, puissants, irréguliers, comme des coups de marteau frappant mes tempes. C'est une implosion, un chaos total. Je suffoque, incapable de reprendre mon souffle correctement, piégé dans ce moment de stupeur qui me broie. Je peux sentir le regard de Victor dévier vers moi, mais je ne le perçois plus. Dans un mouvement robotique, je grille une latte de ma clope et la jette aux pieds de notre détenu. Je m'avance lentement vers lui, alors que j'arme mon bras, la sonnerie du téléphone de Victor retentit. Tandis que Jules implore pour qu'on lui laisse la vie sauve, Victor, le téléphone à l'oreille, s'élance vers la sortie. Je perce l'entre-deux-yeux de notre torturé du soir, laissant ainsi le silence remplacer ses couinements.

Ils sont bien mieux, silencieux.

Devant le corps sans vie de Jules, la bulle embrumée par le souvenir de Jade s'estompe et je me réimplante dans la réalité. La colère sourde court toujours dans mes veines comme un venin brûlant mes organes. Pour autant, la mare de sang à mes pieds suffit à me rendre lucide et quelque peu apaisé.

Je dois reprendre chaque dossier médical, un par un, pour chaque victime. Si elle est revenue, sa marque doit être là, cachée dans les subtilités que seul un œil attentif pourrait déceler. Elle aime bien trop la chasse, le frisson du contrôle et le rituel macabre pour n'être que spectatrice. Surtout si, dès son arrivée à l'hôpital, son identité a été dissimulée ; si elle survivait, elle reprendrait ses activités.

Jade.

Je secoue la tête, refusant de la laisser malmener mon esprit comme par le passé. J'inspire longuement, tire une nouvelle clope de mon paquet puis l'allume. Le bout crépite à peine, que Victor, réapparaissant, se rue sur moi. Son poing, impitoyable, s'écrase contre ma mâchoire. Déstabilisé, je vacille et titube sous la force de l'impact. Sans me laisser le temps de réagir, mon corps est jeté au sol comme un vulgaire sac, le choc résonne dans mes os. Je croise son regard, et c'est là que je comprends.

Ses yeux, remplis de larmes, brillent d'une douleur que je reconnais. Ne cherchant pas à me défendre, je le laisse rugir tel un animal à l'agonie et déchaîner sa fureur sur moi. J'accepte la souffrance qu'il m'impose comme une punition amplement méritée ; il dicte sa justice et je m'y soumets.

— La punition n'a pas suffi, c'est ça ? Il fallait que tu ailles plus loin, que tu me repousses et que tu merdes ! La taule, Simon ! C'est la taule qui t'attend ! Tu peux buter qui tu veux sur cette putain de liste mais pas de femmes ! PAS. DE. FEMMES, articule-t-il, la voix éraillée par la colère.

Il enroule ses poings au col de mon t-shirt, il tire mon corps leste jusqu'à l'étendue pouilleuse.

— C'est ça que tu veux ? Traîner dans le sang et la mort ? Tu veux être eux ? Tu veux leur donner raison, être un monstre malade et antipathique ?

Il s'installe à califourchon sur moi et sa main libre s'arme pour m'asséner un énième coup. Mes paupières se ferment, fatalistes, ma joue se préparant à recevoir sa nouvelle sentence.

Contre toute attente, il retient sa frappe et desserre sa prise. Son souffle haletant caresse mes lèvres, son front bute contre le mien. Ses paumes entourent ma mâchoire précédemment malmenée et ses larmes humidifient mon t-shirt.

— Je ne peux pas, Simon, sanglote-t-il. S'il te plaît, je t'en conjure, bats-toi. Je ne supporterai pas que tu m'abandonnes.

Malgré une envie pressante de me laver, j'enroule mes bras autour de sa taille et colle son torse au plus près du mien. Il retombe contre moi, sa bouche se niche dans mon cou et je le serre aussi fort que je le peux.

— Les démons gagnent, Victor, ils n'ont de cesse de gagner, année après année, bredouillai-je. Tu ne peux pas soigner l'insoignable ni réparer l'irréparable. Tu l'as dit toi-même, je suis cassé et instable. Peut-être que c'est ce qu'il me faut. Derrière les barreaux, le monde serait peut-être en sécurité.

— Arrête !

Je le force à se redresser, essuie ses larmes et entrelace mes mains autour de sa nuque.

— Tu le sais aussi bien que moi, il n'y a ni traitement ni aide suffisamment puissante pour calmer leurs voix. J'ai toujours eu besoin de leur amour et de leur fierté. Maintenant qu'elle est de retour, tout implose. Chaque mur qu'on avait réussi à construire cède.

— Tu as le mien, Simon. Tu as mon amour et celui de ton père, tu as celui de Vincent et même celui de sa fille. Tu nous as, nous.

— Et si ça ne suffisait pas ? Et si tout ce que ma tête et mon cœur voulaient c'était le leur ?

— Tu ne peux pas les laisser gagner avec autant de facilité, pas après t'être battu aussi fort ces dernières années.

— Elle est revenue.

— Et elle mourra, Simon. Je la tuerai de mes propres mains s'il faut. Je refuse que tu cèdes à leur pseudo-amour. Ils sont incapables d'aimer et tu le sais. Ils te voulaient aussi malade et monstrueux qu'eux mais tu n'es rien de tout ça.

Je le repousse, il quitte mes cuisses et je m'assois, les genoux remontés. Je tire le gel hydroalcoolique de ma poche et vide la bouteille.

— Comment as-tu découvert pour la femme ?

— Tara et Micah ont intercepté, sur le canal, une plainte pour agression d'une femme qui correspondait à la description des victimes et dont les blessures impliquaient des brûlures.

— Elle se souvient de quelque chose ?

Il répond par la négative.

— Tu n'as pas fait la totalité du rituel, n'est-ce pas ? Elle n'avait qu'une toute petite brûlure qui ne laissera presque aucune trace. Même la rune était à peine visible et son cou n'avait pas de marque.

Je hausse les épaules. S'il est frustré par mon mutisme, il semble néanmoins se satisfaire de ma réponse.

Elaïa.

C'est elle qui m'a empêché de signer, une fois de plus, mon

pacte avec le diable. Pas même la voix de Victor n'aurait pu interrompre ce rituel, car quand il n'est pas là, son emprise sur mon esprit disparaît. Mais elle… Elaïa Benson s'est infiltrée dans ma tête avec une force implacable. Ma volonté a cédé sous son influence. Je devais satisfaire la pulsion mais sa voix m'a permis d'agir comme dans la *Chambre*. Enfin, dans la *Chambre*, la rune reste visible sur la chair des femmes.

— Ton chef va venir m'arrêter ?

— Non. L'information n'est pas remontée jusqu'à lui. Tu peux remercier Tara et Micah. De toute manière, il semblerait que la police ne suspecte aucunement l'agissement du Marqueur.

Après quelques secondes de latence écoulées, je me relève et il m'imite. Nous nettoyons les dégâts de notre funeste interrogatoire et enveloppons le corps dans un sac avant de le faire disparaître dans le coffre de la voiture. Je termine le nettoyage de l'hémoglobine presque incrustée dans le béton lorsque Victor se colle à l'embrasure de la porte.

— Qu'est-ce que je dois faire ? se désole-t-il. Donne-moi une solution, Simon. Qu'est-ce que je dois entreprendre pour m'assurer que ça ne se reproduira plus ? Je refuse de te perdre.

Je déglutis et mes gestes se figent. Une tension palpable s'installe, ma langue claque doucement contre mes dents avant que je ne me surprenne à mordiller ma lèvre. Un soupir m'échappe face à ma propre pensée. Puis, incapable de lutter plus longtemps contre mon idée, je me résigne.

— Tu dois renforcer la surveillance autour d'Elaïa.

— Simon, ce n'est pas le sujet.

— C'est ma solution, admis-je sans oser le regarder. Tu dois renforcer la surveillance autour d'Elaïa parce que je vais devoir m'en rapprocher, peu importe les risques et les conséquences.

L'atmosphère s'alourdit instantanément avant qu'un rire sec s'arrache de ses lèvres.

— C'est elle, se marre-t-il sans raison, c'est elle qui t'a empêché de faire le rituel. C'est la voix de cette putain de teigne qui a gagné contre leurs voix à eux. Pas la mienne, non, la sienne.

Un léger sifflement brûle ses lèvres avant que sa tête ne s'abaisse, alourdie par un semblant de déception.

— Finalement, tu as raison, la jalousie ne nous réussit ni à l'un ni à l'autre.

J'entrouvre la bouche pour répliquer mais je n'ai aucune idée de ce qu'il raconte. Je n'ai pas le souvenir d'avoir été jaloux ni même avoir évoqué la possibilité de l'être. J'ai conscience d'être un brin possessif, c'est ce que l'obsession fait sur le système cérébral. L'obsession entraîne la possessivité. En revanche, la jalousie découle, il me semble, d'un trait émotionnel fort. J'ai peut-être déjà été jaloux d'une relation de Victor avec quelqu'un d'autre, cependant je ne parviens pas à comprendre le rapport entre l'instant présent et cette jalousie qui remonte à plusieurs années. Je décide de ne rien répondre, je doute d'obtenir une réponse claire d'autant plus que j'ignore quelle question je suis censé poser.

— On doit reprendre tous les comptes-rendus médicaux des victimes depuis 2016, éludai-je.

— Pourquoi ?

— Parce que si elle est vivante, elle était présente à chaque meurtre.

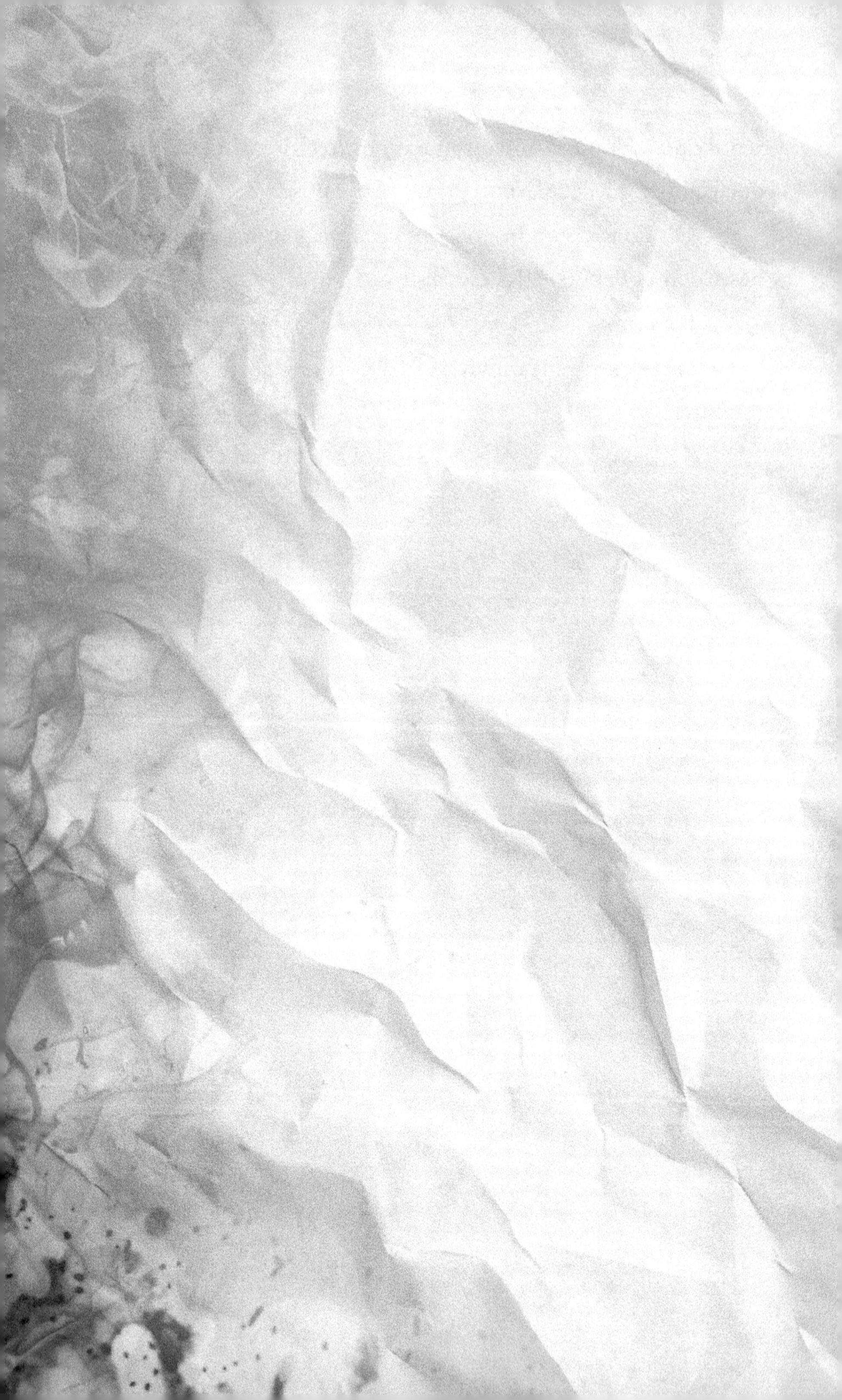

CHAPITRE 23

Elaïa, Nice

La chaise à côté de la mienne se tire et m'arrache à mes songes. Je referme en vitesse mon livre, mes joues rougissant de honte. La jeune femme s'avachit contre le dossier avant de lâcher un râle las. Personne n'a jamais pris place à mes côtés, si ce n'est Roxie durant nos cours en commun. Elle se penche sur mon livre, et je rapetisse davantage.

— Tu vas te régaler, il est aussi dérangeant qu'excitant, s'esclaffe-t-elle en m'accordant un coup d'épaule.

— Pardon ? chuchotai-je en me frottant l'épaule.

J'ai l'impression qu'elle vient de me démolir le bras alors qu'elle n'a fait que me secouer gentiment. Je vais avoir un énorme hématome.

Corps en carton !

— *Credence*, reprend-elle en souriant. Il est génial.

Je me retiens de lui dire que c'est ma troisième lecture de ce livre.

— Tu lis ce genre de livres ?

— Bah ouais ! Qui n'en lit pas ? Mon copain me trouve complètement flinguée du bulbe de lire ça, mais j'adore.

— Flinguée du bulbe ? rétorquai-je, mi-hébétée mi-amusée.

— C'est son expression, faut pas chercher.

— C'est lui qui l'est de penser ça.

Elle lâche un rire franc, m'extorquant dans le même temps un timide sourire.

— Je suis Tara, dit-elle en m'offrant un clin d'œil.

— Elaïa.

— Je sais, t'es la fille qui ne parle jamais, mais qui file les réponses à sa pote.

À mon tour de laisser échapper un rire. J'aime bien la description. Pendant le cours, nous sommes reprises plusieurs fois à cause de nos bavardages incessants. C'est la première fois que je me fais reprendre pour mon comportement. Je n'ai rien écouté de l'heure, préférant laisser Tara penser qu'elle m'a spoliée tout le livre de *Credence.* Je suis le genre de lectrice qui lit toujours le dernier chapitre du livre avant de le lire en entier. Il faut croire que j'aime me faire du mal plus que de raison.

À la fin du cours, je salue Tara, un large sourire imprimé sur mes lèvres. Lorsque je quitte la salle, mon sourire disparaît, mes poings se serrent, l'agacement s'infusant dans mes veines avec intensité. Déterminée à exploser contre mon pseudo adjoint, je prends rapidement le chemin vers l'étage administratif. Au secrétariat, j'aperçois le siège vide de madame Fournier et en profite pour ouvrir sans gêne la porte du bureau.

— Combien ? crachai-je en ignorant l'étudiant installé face à Victor.

— Je suis en rendez-vous, mademoiselle Benson, merci d'attendre votre tour.

— Combien ?

Victor s'excuse auprès de l'étudiant qui, sans surprise, se trouve être Micah, Micah Torres. Il cède à mon insistance et lui demande de repasser dans quelques heures. Micah acquiesce et s'empresse de nous laisser seuls. Je lui claque la porte au nez. D'un geste de la main, il m'invite à prendre place, j'ignore sa proposition et lève un sourcil.

— Combien de quoi ? abdique-t-il.

Je lâche un rire cynique et le foudroie du regard.

— Combien de flics, Victor ! En plus de tous ceux qui vadrouillent autour de mon immeuble depuis plusieurs jours.

Il était évident que Tara n'était pas une étudiante lambda. Ça supposerait que je suis surveillée par deux policiers à l'université en comptant Micah et quatre en-dehors. Victor reste mutique face à mes accusations. Je pensais qu'il essayerait de se défendre avec plus de véhémence. Je décide alors de jouer franc-jeu.

— Au début, je pensais que c'était pour me prendre la main dans le sac.

L'incompréhension se lit sur ses traits, la condescendance se glisse sur mes lèvres, acide, vicieuse.

— J'ai stupidement cru que vous étiez assez intelligents

pour comprendre que j'étais Hécate. J'ai pris des précautions à ce moment-là. Puis, quand j'ai réalisé que tu jouais au con avec Roxanne, c'est que tu ignorais qui j'étais sous le masque.

— Quelles précautions ? Planter chaque personne qui surveillait ta résidence, peut-être ?

— Entre autres.

Je choisis de m'adoucir et de prêcher le faux pour avoir le vrai. Je m'installe sur le fauteuil, gardant tout de même une posture assurée. Je ne voudrais pas qu'il pense me soumettre aussi facilement.

— Écoute, Victor, j'ignore ce que tu cherches, mais sache que pour gagner ma confiance, ce genre de décisions n'aidera pas.

Une mauvaise espièglerie s'étire sur son visage avant qu'un rire ne s'échappe de ses lèvres.

— Je n'ai peut-être pas été assez intelligent pour comprendre que tu étais Hécate, mais je ne suis pas non plus stupide. Tu parles de gagner ta confiance quand nous savons tous les deux que tu ne me l'offriras pas.

— J'ai peut-être changé d'avis.

— Bien sûr, et moi, je suis puceau.

Je ravale mon rire. Il sourit. Sans que je le veuille vraiment, la pression redescend.

— J'aimerais que tu me fasses suffisamment confiance en ce qui concerne mon affection pour Roxanne, reprend-il plus sérieux. Tout comme j'aimerais que tu me racontes la vraie histoire qui se cache derrière ta brûlure, par exemple. Seulement, il semble évident que ni toi ni moi ne pouvons nous fier à l'autre.

Un instant, avant de renchérir, un pli de curiosité creuse mon front. Pourquoi ma brûlure ? Pourquoi s'intéresser à elle ? Ils l'ont vue la dernière fois, j'ai faussé les pistes. Néanmoins, maintenant, ils savent qui est derrière le masque d'Hécate. Donc, puisqu'il protège le Marqueur qu'est Simon, il sait ce que signifie cette brûlure. Alors, pourquoi en parler ? Pourquoi avoir besoin de détails ? Revivre le crime passé de son ami ?

Pourri. Victor Rivaux est un pourri.

Qui plus est, un flic.

Ils ne m'ont pas crue. Ils ne m'ont jamais aidée…

— Tu n'aimes pas Roxanne, éludai-je finalement. Tu te sers d'elle et tu la fais souffrir.

— Parce que je suis amoureux de Simon, n'est-ce pas ?

Je reste de marbre. Une étrange satisfaction s'ourle au coin de sa bouche. Elle lui a tout dit.

Elle l'a encore choisi…

Comment la protéger ? Quelle est la solution maintenant ?

— Tu ne connais rien de mon histoire personnelle, Elaïa, mais tu te permets de la juger.

— Ce que je sais, c'est que tu manipules tous ceux qui t'approchent. Tu feins l'affection pour arriver à tes fins.

— C'est faux, je ne t'apprécie pas.

— Parce que tu as compris que cette manipulation-là ne fonctionnerait pas avec moi. Tu montres même les crocs avec moi parce que tu sais que je peux détruire Simon en un claquement de doigts. Et ça, ça te terrifie.

Simon a toujours été son talon d'Achille, et le restera jusqu'à la fin. Je me redresse, il suit chacun de mes mouvements avec attention. Je laisse mes doigts courir le long du contour du bureau avant de m'approcher de lui.

— Ne serait-ce pas un juste retour des choses ? m'amusai-je. Je veux dire, tu as blessé Roxanne et tu te sers d'elle. Tu as touché à Nox et Aria. Tu mérites que je te torture. Jouer au même jeu que le tien et me servir de ton cœur n'est-il donc pas un juste retour des choses ?

Comme prévu, sa réaction est immédiate. Mon dos est projeté contre le mur, et ses doigts marquent la chair de mon cou sans le serrer. Son souffle haineux caresse mon visage tandis que ses pupilles s'élargissent puis s'enflamment. Je jubile autant qu'il bouillonne.

— Le truc avec toi, Elaïa, c'est que tu te penses invincible. Imperméable aux attaques. J'ai promis à Roxanne de te protéger de la *Chambre*, en revanche, si tu veux jouer à ce jeu, méfie-toi à qui tu t'attaques. Simon n'est pas le seul à savoir faire mal.

— Et comment comptes-tu me blesser ? Tu m'as déjà arrachée Roxie, que peux-tu bien me prendre de plus ? Ma vie ? Mais vas-y, Victor, prends-la !

Mon élan de vulnérabilité pur, incontrôlé et stupidement involontaire le détache de moi. Ses yeux me détaillent, sa bouche s'entrouvre tandis que j'effleure mon cou en grimaçant.

— J'avais vu juste, chuchote-t-il, tu voulais qu'il te tue.

Ses pupilles s'assombrissent, une nouvelle colère naissant dans ses iris.

— As-tu pensé une seule seconde à la douleur que tu infligerais à Roxanne, à Camille ou même à Arthur si tu mourais ?

— Ce n'est pas ton problème !

— La mort n'est jamais la solution, Elaïa.

Je contourne le bureau, sentant que je perds mon assurance. J'attrape mes affaires, mais sa voix m'empêche d'aller plus loin. Il répète encore et encore que mourir n'est pas la solution, qu'abandonner ceux qui m'aiment est un choix égoïste. Je balance mon sac au sol, regrettant d'abîmer mon livre.

— Elle ne veut pas de moi ! explosai-je, je suis invincible et imperméable, Victor, parce que même quand je l'implore, la mort me refuse !

Sans attendre, sa colère se change en pitié. Je crois qu'il n'y a rien de pire que de lire la pitié sur le visage de quelqu'un qu'on méprise.

— En revanche, tu sais qui ne l'est pas ? Roxie ! Tu vas payer, jour après jour, tu payeras pour le danger dans lequel tu l'embarques.

— Il ne lui arrivera rien. Je la protégerai.

Sa réponse trop franche m'embrouille, le doute qu'insuffle

Simon à mon esprit ne suffisait pas, il fallait que Victor s'y mette. Comment peut-il oser dire qu'il l'aime ? Comment peut-il la laisser à proximité du Marqueur et clamer qu'il ne lui arrivera rien. Ce n'est qu'une question de temps avant que Simon la tue.

Ses yeux.

Je musèle ma conscience instantanément.

— Tu dis que tu l'aimes, mais, quand on aime quelqu'un, on ne la brise pas ! rugis-je. Quand on aime quelqu'un, on ne la garde pas à proximité d'un mec aussi instable que Simon. Quand on aime, Victor, on protège ! Et toi, le seul que tu protèges, c'est Simon. Pas Roxie.

— N'est-ce pas ce que tu as fait ? La briser ?

— Parce que tu ne me laisses pas le choix ! Quelqu'un doit bien l'éloigner.

— L'éloigner de quoi ? tente-t-il, d'une voix soudainement plus posée.

Ma mâchoire se serre, mes muscles contractés par la furie et la vulnérabilité. Mes lèvres se scellent. Nos regards se mêlent d'une inédite intensité. Je ne flanche pas. Sa bouche se pince en une ligne fine, il reprend la parole :

— Je sais que tu as peur, Elaïa, mais je peux la protéger. Je peux t'aider aussi, mais tu dois me faire confiance.

Le passé gifle mon esprit avec brutalité. Sans que je parvienne à contrôler mon geste, ma main se plaque sur le côté de ma cuisse, mes doigts la pressent avec férocité. Ses yeux suivent mon mouvement, la nausée m'assaille violemment, je reprends possession de son regard et le fusille. Cette conversation est terminée. Je relâche ma cuisse, récupère mes affaires et, avant de disparaître, je lâche froidement :

— Tu as tort, Victor, je n'ai pas peur et tu ne peux pas m'aider. Personne n'a jamais pu.

CHAPITRE 24

Elaïa, Nice

Je suis réveillée par le bruit d'un moteur que l'on coupe, mes yeux papillonnent quelques secondes avant d'observer tour à tour Simon, puis l'extérieur.

— Où sommes-nous ? murmurai-je, l'anxiété naissant dans mon estomac.

Puisque ma question ne reçoit aucune réponse, je me détourne de la pénombre pour fixer son visage. Figés, ses yeux fixent l'horizon. Mon regard se déporte avec lenteur vers l'extérieur.

Mes paupières s'ouvrent plus grand pour adapter mes pupilles à la faible luminosité et la tétanie atrophie mes muscles. Ma respiration se coupe nette, mon cœur s'agace et menace de s'arracher de ma poitrine. Je déglutis et me débats en mon for intérieur pour ne pas recracher la bile qui taquine dangereusement ma gorge.

Sospel. Un désert de verdure où le signal téléphonique avoisine le néant. Sospel et strictement rien autour pour s'échapper. Sospel et son hangar.

La panique tord mes entrailles, une nouvelle déglutition me rappelle que mon estomac est vide depuis bien trop de jours. Soixante-dix kilomètres et près d'une heure trente de route. C'est le temps qui sépare Nice de Sospel. C'est le temps qu'il lui a fallu pour m'arracher d'un présent chaotique et me ramener dans un passé infernal.

C'est impossible, il ne peut pas faire nuit ; c'était le jour quand nous sommes partis, et au risque de me répéter, il n'y a qu'une heure trente de route. Je parviens à inspirer quelques nuages invisibles d'oxygène et, sans accorder un seul regard au conducteur, je réitère ma question.

— Où sommes-nous ?

— Ne reconnais-tu pas les lieux, Elaïa ?

Mes paupières se ferment, douloureuses, ma gorge se comprime, agressée par des épines venimeuses. Malgré son ton glacial, je note une pointe de cynisme. L'homme qui se tient à mes côtés n'est ni celui que je côtoie à la lumière du jour ni celui de l'obscurité. Non, celui-ci se présente comme le portrait caché de celui qui hante mes pires cauchemars.

D'une œillade furtive, je l'aperçois détourner le regard pour le poser sur mon profil. Ses yeux vert émeraude brûlent puis transpercent ma chair. Je tente tant bien que mal de conserver la contenance qui me reste et refuse de lui accorder un seul regard. Sa tête se penche sur le côté et je devine son sourire s'étirer.

— N'est-ce pas excitant ? susurre-t-il, ses lèvres proches de mon oreille. Toi, moi et notre petit jeu.

Ses doigts effleurent le contour de ma mâchoire ; je n'esquisse plus aucun mouvement et, en apnée, je prie un Dieu auquel je ne crois toujours pas de me sortir de cet enfer.

— Tu sais, poursuit-il d'une voix lourde de sous-entendus, celui où tu t'évertues à me satisfaire de ton silence et où je persiste à te faire hurler.

Je ne peux contrôler mon léger sursaut lorsque sa langue lèche ma chair avant que ses dents ne décident de la mordiller. Un haut-le-cœur me retourne les entrailles, mes ongles s'enfoncent dans le cuir de l'Aston Martin. Incapable d'agir de manière rationnelle, je me détourne de lui et m'acharne sur la portière qui refuse de s'ouvrir. Je frappe la vitre lentement, puis avec plus de férocité. Elle semble incassable tandis que moi, je me brise en mille morceaux.

Son souffle mentholé, tout aussi chaud que nauséabond, caresse ma nuque ; mon épiderme se marque d'une chair de poule douloureuse.

Je ne m'étais pas trompée, Simon Davis est bien le Marqueur.

Depuis le début, je l'avais devant moi, j'ai eu l'occasion de le tuer à deux reprises et j'ai échoué. Perturbée par ses multiples facettes, j'ai cru à sa supercherie. Il n'a jamais été une victime ; il a toujours été mon bourreau.

— Cette nuit, je vais enfin te prendre ta voix.

Il rit et je perds pied.

— Non, en fait, je vais tout te prendre. Ta voix, ton corps et ton âme.

Mes mains retombent sur mes cuisses et je me tourne vers lui. Ma bouche à quelques millimètres de la sienne, j'observe, démunie, son sourire s'élargir d'une manière inédite. Il pose un tissu humidifié sur mon nez et mes lèvres. L'odeur-souvenir du chloroforme imprègne ma chair. Je pourrais me débattre, cependant, dépourvue d'énergie et trop épuisée pour gagner ce combat, je me soumets à sa torture.

Il paraît que quand la mort nous appelle à elle, on voit défiler sous nos yeux chaque moment marquant de notre vie. Seulement, moi, ce n'est pas un diaporama de mon existence qui traîne sous mes rétines, mais le visage de Roxie. Celle pour qui je suis devenue escorte, celle pour qui je me serais battue corps et âme. Celle pour qui je voulais tuer le Marqueur.

Demain, elle sera seule, sans aucune protection.

Je te demande pardon, Roxie, je n'ai pas su te protéger ni te sauver.

Cette nuit, je meurs pour de vrai.

Mes paupières deviennent lourdes et je ne sens presque plus ses mains baladeuses sur moi.

— Ma petite souris favorite, souffle-t-il tandis que l'ensommeillement prend d'assaut mon corps.

On ne gagne pas contre le Marqueur. On se soumet et on encaisse en priant pour que la mort nous emporte vite.

Un électrochoc brutal me ramène à la réalité. Je me réveille en sueur, mon cœur au bord de la rupture, ses battements perforent avec férocité ma cage thoracique. J'essuie d'un revers de main tremblante la terreur dégoulinante ruisselant contre mes tempes, humidifiant mon front. Mes doigts s'agitent contre ma poitrine, la tapotent rapidement. La respiration haletante, j'effleure, incertaine, chaque centimètre de ma peau, m'assurant à chaque toucher qu'il ne me manque aucun membre ni organe vital.

L'analyse réalisée à trois reprises, enfin terminée, mon dos retombe contre mon tapis. Mes paumes, encore frissonnantes, frictionnent mon visage presque jusqu'à l'irriter.

Note à moi-même : Ne plus jamais m'endormir. Ne plus jamais dormir du tout.

La sonnerie de mon téléphone m'arrache un petit cri d'horreur, mon corps de nouveau pris d'une tension terrifiante. Dans un instinct primaire de protection, mes genoux butent contre mon menton, en fœtus, mes paumes, fébriles, se plaquent sauvagement contre mes oreilles. Si la quiétude refait surface, elle est éphémère. Les appels se suivent et se ressemblent tous. La sonnerie résonne quatre fois, il raccroche, laisse quelques secondes, le temps de recomposer mon numéro, puis quatre nouvelles sonneries retentissent.

Je n'ai pas besoin de lire le nom, je sais que c'est *lui*.

Ma Némésis, mon bourreau… mon cauchemar.

Je prie encore ce Dieu qui semble pour le moins inexistant et l'implore pour que tout s'arrête. J'ignore si je supplie pour que ce soient les appels ou ma propre vie qui se stoppent. Je ne suis plus au bord du précipice, je suis en chute libre. Mon corps se désagrège à mesure qu'il absorbe la distance qui me sépare du sol.

Et… le silence s'impose.

Je me mords l'intérieur des joues avec tant de détermination que le goût métallique du sang s'insinue sur ma langue. Je me risque à abaisser les mains de mes oreilles et crains que la cacophonie ne revienne me hanter. Mon doute se vérifie lorsque des coups violents fracassent ma porte.

— Elaïa ! rugit sa voix plus rocailleuse que d'ordinaire.

Les tremblements prennent d'assaut la totalité de mon corps, la chair de poule parsème mon épiderme et mon cœur termine de se faire la malle. J'enserre ma tête, je bouche mes oreilles, mes ongles cherchant presque à transpercer mon crâne, et ravale ma bile.

— Réponds-moi ! Elaïa ! S'il te plaît !

Va-t'en, hurlai-je en mon for intérieur. *Laisse-moi*, le suppliai-je, la bouche pourtant scellée.

Reste loin de moi. Reste loin de moi. Reste… loin… de… moi…

— Je te préviens, si tu ne réponds pas, Elaïa, je fais un carnage !

D'instinct, je ravale le flot de larmes qui chatouillent les bords de mes paupières closes. *Personne… n'a… eu… n'a… et n'aura… mes larmes…*, répétai-je pour moi-même. J'admets qu'en cet instant, pleurer soulagerait mon esprit et mon corps.

Soudain, sans savoir d'où me parvient cet élan d'énergie, un hurlement jaillit du plus profond de mes entrailles.

— Arrrrrrrêttttttttte !

Mes yeux demeurent terriblement secs, un sanglot douloureux s'arrache à la suite de mon cri. Je resserre mes genoux contre ma poitrine et tente de me réduire à l'état de grain invisible. Sans succès.

— Pitié, arrête de frapper, arrête, s'il te plaît… arrête d'exister… arrête de hanter mes nuits… arrête d'être là…, mendiai-je, à peine audible.

— Quand je t'appelle, tu réponds, bordel ! ordonne-t-il, enragé.

— Non, répliquai-je sans voix. Non. Plus jamais.

Quand il appelle, je n'ai aucune obligation de répondre, alors que je lui ai expressément demandé de rester loin de moi. Encore plus lorsque son visage virevolte dans mon esprit comme l'unique masque de mes plus grands tourments. Il n'aime peut-être pas les ordres, mais il semble oublier que si le courage ne me faisait pas défaut, je lui tirerais en pleine tête. Je crois même que cette nuit, je viserais la gorge à plusieurs reprises pour qu'il s'éteigne dans les pires souffrances possibles.

— Elaïa…, m'implore-t-il d'un ton presque aussi désespéré que mon état actuel.

Comment fait-il ça ? Comment peut-il réussir à détourner l'effet premier que sa proximité a sur moi ? J'ai horreur de cet effet et de ce qu'il impose à ma tête.

Parfois, je dis bien *parfois*, à mon cœur.

Dans une pénible lenteur, mes jambes glissent sur le tapis, mes mains abandonnent mes oreilles et je me déplie. J'inspire puis expire afin que mes poumons reprennent un état de fonctionnement acceptable et rampe, littéralement, jusqu'à la porte d'entrée. Arrivée à destination, je reprends ma position initiale. Je regrette de l'admettre, ce n'est plus la position qui m'apporte un sentiment de protection, mais bel et bien la présence de Simon derrière la porte.

Foutu effet de merde !

— Elaïa…, chuchote-t-il, comme conscient que je me suis déplacée jusqu'à lui.

Ce lien mnésique entre nous est tout ce qu'il y a de plus perturbant et incompréhensible. Ma paume se colle contre la porte, une chaleur aussi magnétique qu'insupportable gonfle en son centre.

Comment est-ce seulement possible ?

Il ressent et lit mes mouvements même sans les voir. Il me détraque et ce n'est jamais bon signe. Les papillons dans le ventre, gage de bonnes ondes, ne sont que légendes et mythes. Ce sont en réalité des aiguilles qui nous perforent, nous alertent, nous ordonnent de rester éloignées du danger certain qui rôde autour de nous.

Pourtant, j'hésite à ouvrir la porte. Je me ravise. J'hésite à nouveau.

S'il m'apaise un tant soit peu, je ne me sens pas assez

en sécurité ni assez en forme pour encaisser l'effet de ses prunelles vertes sur moi. D'autant plus que je refuse de lui offrir ma vulnérabilité sur un plateau d'argent. S'il en est déjà conscient et plus ou moins témoin, je n'ai pas besoin de me saboter plus que nécessaire.

— Combien de livres as-tu lus aujourd'hui ?

— Tu devais rester loin de moi…

— Pour ma défense, j'étais au restaurant et non en bas de ta résidence. Et puis, un appel, ça se fait à distance.

— Simon…

— J'étais loin, Elaïa, je te le jure.

J'hésite. Me ravise. J'hésite… puis…

Je soupire, me redressant dans une lenteur éprouvante. Mon dos se colle contre la porte tandis que ma tête retombe entre mes mains, les coudes retenus par mes genoux. Je fixe un point invisible sur le parquet et tente de remettre un peu d'ordre dans le chaos qu'est mon esprit. Les minutes semblent s'allonger lorsque sa voix rebondit à nouveau contre la porte.

— Combien de livres as-tu lus ?

Je garde d'abord le silence avant de céder quelques longues secondes plus tard.

— Je n'y arrive plus… Simon…

— C'est étonnant.

J'ignore si je parle de la lecture ou de mon état, toujours est-il que sa réplique blasée parvient à m'extorquer un léger sourire.

— Tu viens enfin de comprendre que c'était nul, inutile ainsi qu'une énorme perte de temps ?

— As-tu tué ?

— Oui.

— Mais ?

— Je tue pour protéger, me rappelle-t-il après un instant de latence, et je ne tue que de mauvaises personnes. Cependant, ces derniers temps, c'est comme si je ne parvenais plus vraiment à certifier leur statut.

— C'est-à-dire ?

— Ils passent des marchés avec des personnes vicieuses et fourbes, donc techniquement ils sont mauvais.

— Ce n'est pas parce que tu côtoies des grands méchants que tu l'es forcément toi-même. Regarde, tu en es le parfait exemple. Tu es un connard, pourtant Vincent te fréquente et il n'a aucun vice.

— Tu es ravie d'avoir fait cette comparaison, n'est-ce pas ? se marre-t-il.

J'acquiesce, la satisfaction se dressant sur mes lèvres. J'oublie, l'espace d'un instant, qu'il ne peut pas voir ma réaction. Je souffle un oui qui rallume son rire une seconde fois. Un pincement étrange abîme mon cœur tandis qu'une oppression désagréable s'enroule autour de mon estomac. Mon regard, qui flottait dans le vide, se déporte sur le côté comme pour regarder au-delà de la porte qui me sépare de lui.

— À tes yeux, je suis un monstre, murmure-t-il.

Sa propre condamnation fait écho à mes traumatismes passés. J'ai toujours pris soin d'éviter de considérer qui que ce soit comme un monstre. Et je ne suis pas persuadée que Simon Davis en soit un.

« Pour affaiblir quelqu'un, on attaque son corps. Pour le dominer, on manipule son esprit. »

Peut-être qu'il a réellement été une victime dans le passé ? Peut-être qu'on lui a tant de fois répété qu'il était monstrueux qu'il a fini par le croire ?

Simon est laid.

Métaphoriquement laid, puisqu'il s'avère plutôt évident que son physique n'a rien de repoussant, bien au contraire.

Sérieusement, Ela ?

Je tais ma conscience, refusant d'alimenter davantage la bataille interne.

— Es-tu malade ? éludai-je finalement, incapable de contredire son affirmation.

— Plaît-il ?

— Tu ne supportes pas le contact physique, si ce n'est celui de Victor… et encore, avec modération. J'ai lu plusieurs livres sur la phobie du toucher. L'haptophobie, je crois ? C'est la crainte d'être touché. Ceux qui en souffrent peuvent être dégoûtés par la proximité physique.

— C'est le diagnostic qu'avait transmis le médecin à mon père quand j'étais plus jeune. Il s'avère que c'est simplement dû à des traumatismes. Du plus loin que je m'en souvienne, je n'ai jamais apprécié le toucher. Au-delà de cette supposée phobie, j'avais une hypersensibilité tactile. Cependant, ce sont les traumatismes qui ont exacerbé cette problématique, pas la phobie.

Je déglutis et mon cœur s'arrête de battre lorsque ses mots ricochent dans les quatre coins de mon esprit. Je me relève et inspire à pleins poumons. Je glisse mes doigts sur la clé.

Pour valider mon hypothèse, je dois lire dans ses yeux. Ces yeux verts, qui me tourmentent, portent en eux la réponse à une question que la terreur m'empêche de poser. Ma curiosité implose, je dois la poser, peu importe combien la réponse peut être affreuse.

Je déverrouille la porte et, comme s'il avait senti ma décision, il est déjà debout, éloigné de l'embrasure. Mes battements de cœur se rythment aux siens, j'accuse avec violence la vision qui s'offre à moi. Son visage est teinté d'une peine foudroyante.

Il sait.

Il connaît ma question, il est tout aussi terrifié que moi d'émettre la vérité à voix haute. Mes yeux fixent ses poings serrés avant de remonter lentement jusqu'à sa pomme d'Adam, qui s'agite avec anxiété.

Je crains de m'arrimer à ses yeux. Tout compte fait, peut-être que je ne le veux pas. Je ne veux pas voir ses yeux ni lire en eux. Je me détourne, recouvre ma poitrine de mes bras dans un instinct de protection et me focalise sur un point invisible face à moi. L'odeur de son parfum frais se fraye un chemin jusqu'à mes narines et les poils de ma nuque se dressent.

— Pose-moi ta question, susurre-t-il presque contre mon oreille.

Je secoue la tête, une boule de détresse comprime ma trachée.

J'ai déjà la réponse.

Son attitude prouve que mon hypothèse est bonne. Je refuse de l'entendre. Je vais avoir mal pour lui et mon esprit se chargera de m'empoisonner un peu plus.

Simon est mon bourreau. Il n'est pas victime. Il ne peut pas être une victime, sinon que me reste-t-il ?

Ses doigts effleurent avec une délicatesse douloureuse la pointe de mes cheveux et les décalent sur le côté. La pulpe de son index caresse les lignes de mon tatouage, bien malgré moi, ma peau réagit à son toucher.

— Pose-moi la question, qu'on en finisse.

Ses lèvres contre mon lobe m'arrachent un soupir de lamentation. Son ton menaçant dénote avec la crainte qui, je le sais, flambe en lui. Je brise son petit jeu sournois et lui fais face. Mes yeux percutent les siens. Tout se fracasse en moi avec violence. Mon passé et le sien entrent en collision. Je lis en lui tout ce qu'il ne dit pas.

Simon Davis a été victime d'abus psychologiques, physiques, et il survit. Pendant je ne sais combien d'années, il a, comme moi, encaissé la monstruosité des autres. Si j'ai réussi à contenir ma noirceur, lui l'a laissée s'exprimer. Il l'a embrassée et n'a fait qu'un avec elle. Même s'il se débat jour après jour pour la contrôler, ses démons gagnent plus vite qu'il ne les combat. Je suis cassée, mais debout. Lui, il est fracturé et au sol.

— Tu n'es pas un monstre, soufflai-je, les yeux brillants de larmes qui refusent encore et toujours de couler. Ça ne fait pas de toi un monstre.

— Pourtant, c'est ce que je suis, n'est-ce pas ? Malade et monstrueux.

Sa voix rocailleuse s'éraille. S'il garde une attitude froide et menaçante, intérieurement, il s'effondre. J'ignore s'il manipule mon esprit, s'il joue avec mes doutes, mais ce soir, face à moi, je n'ai pas le Marqueur. J'ai un enfant brisé. Exactement le même que cette nuit-là dans le garage. Cette première fois où je nous ai poussés au bord du précipice. Cette première fois où ma tête me hurlait que je me trompais, qu'il n'était pas celui que je pensais.

— Qui ? éludai-je. Qui t'a fait ça ? C'est une femme. C'est forcément une femme. Ce sont elles que tu hais le plus. Alors qui est-elle ? Une prof ? Une amie ?

S'il n'avait rien de chaleureux jusque-là, il devient glacial. Un air implacable étire ses traits.

Putain de masque parfaitement collé !

Il me refuse l'accès à cette réponse et c'est ainsi que ce lien étrange qui nous lie se rompt. Dévorée par la curiosité, aliénée par l'envie de nous pousser encore, quitte à nous faire chuter, j'insiste et presse sur une plaie invisible.

— Qui ? Une belle-mère, une sœur ?

Je secoue la tête, il est fils unique.

Simon reste impassible et refuse de satisfaire ma curiosité. J'ai besoin de savoir. Pourquoi ? Je l'ignore, toutefois, sans cette réponse, la frustration me poussera à le malmener encore plus. Mon besoin de comprendre est là, juste au creux de ma poitrine. Si je ne l'assouvis pas, alors je ne peux pas avancer.

— Qui, Simon ? Une tante, une mère ?

— Oui, réplique-t-il sans émotion, c'est une femme.

— C'est ? m'étranglai-je, tout de même frustrée qu'il joue avec ma curiosité. Elle est encore dans ta vie ? Et tu n'as pas répondu ? Qui est-elle ?

— Je ne veux plus en parler, siffle-t-il, inflexible.

J'entrouvre la bouche, prête à protester, mais finis par acquiescer. Soudain, sans raison, une pulsion m'anime et une mauvaise idée germe. Je lève ma main devant lui. Il marmonne, mais comprend qu'il doit patienter. Je rejoins ma salle de bains et ouvre mes tiroirs les uns après les autres, récupère ce dont j'ai besoin, fouille dans ma chambre, puis m'élance vers mon salon. Il m'arrache un léger sourire quand, en passant dans le couloir, j'aperçois sa moue enfantine qui casse la dureté de son visage adulte.

Dans la cuisine, j'attrape un grand saladier et le remplis d'eau. Maladroite, il y a peu de chance pour que je parvienne à l'emmener à destination sans encombre. Lentement, je fais le chemin inverse et le dépose à ses pieds. Je souris, satisfaite. Le saladier est toujours plein. De mes poches, je sors un savon et une crème hydratante.

— Qu'est-ce que tu fais ?

— Je t'apprends.

Il penche la tête sur le côté et l'hésitation s'empare de ma poitrine avant de la compresser. C'est une erreur, j'agis avec impulsivité et empathie. C'est une erreur parce que, même si la révélation me touche profondément, je n'ai aucune garantie qu'il ne soit pas le Marqueur. Il ne ment pas, toutefois, il sait très bien dissimuler la vérité.

— Remonte tes manches, renchéris-je, en faisant taire les rouages de mon esprit.

Je veux l'aider, du moins pour ce soir. Disons que c'est un petit drapeau blanc temporaire jeté dans l'arène de notre haine mutuelle.

— Elaïa…

— Allez, remonte-les. Mêmes limites et conditions que la dernière fois. Je vais t'apprendre.

— Je n'ai rien à apprendre.

— Tu vas appréhender le contact et je vais t'aider.

— Victor a déjà essayé.

— Victor est un homme et vous vous aimez.

L'amour est un concept inconnu pour lui autant que pour moi. Pourtant, à défaut de savoir le ressentir, je sais le reconnaître.

— Je suis une femme et on se déteste.

— Tu aides tous ceux que tu détestes ?

Dans un premier temps, je hausse les épaules avant de finalement répliquer.

— À défaut de leur tirer dans la gorge, je suppose que oui.

Je lui extorque un rire timide, il cède et retrousse ses manches. Sur le palier de mon étage, je m'installe en tailleur tandis qu'il prend place face à moi, le saladier entre nous. Je reproduis le rituel habituel de nettoyage, puis de séchage de nos mains entremêlées et, pour finir, je fais pénétrer la crème sur nos peaux respectives.

J'écarte un instant le saladier sur le côté et inspire. Après quelques minutes de tergiversations, je me rapproche de lui. Mes genoux effleurent les siens, ses muscles se tendent aussitôt. J'ajuste la distance de sorte qu'aucun de nos membres ne se frôle. Il n'y a que quelques millimètres entre nos jambes, cependant c'est suffisant pour charger l'air d'électricité. S'il sait nos mains propres, ma proximité représente un calvaire pour lui.

— Les démons ne gagnent que si tu les laisses gagner, Simon. Tu crains le contact parce qu'il te fait mal. Ils le savent et s'en servent pour te rendre impuissant. Tu aimes soumettre les gens, donc considère que tes démons sont des femmes à soumettre.

— Je ne suis pas certain que ce soit la bonne métaphore à utiliser.

— Bien, rectifiai-je, alors pense que je suis Victor. Lui, tu ne veux pas le blesser au quotidien, si ?

Un voile étrange assombrit ses iris un instant avant qu'il ne secoue la tête.

— Tu n'es pas Victor. Vraiment pas.

— Je vais te toucher, annonçai-je en ignorant son affirmation. Quand ça devient trop difficile pour toi, préviens-moi. Évite de me violenter pour m'en informer, essaye d'utiliser les mots.

Il déglutit, mais acquiesce. Lentement, je lève la main et approche mes doigts de son visage. D'instinct, la pulpe de mon index redessine le grain de beauté sous son œil. Je remonte contre ses tempes et glisse mes ongles dans ses cheveux.

— Sais-tu ce qui te pèse le plus dans le contact ? murmurai-je, concentrée sur mes mouvements.

— Il finit toujours mal. Une caresse deviendra systématiquement un coup.

Moi non plus je n'avais pas le droit à des caresses, seulement à des coups. Catherine ne perdait pas de temps à jouer les gentilles mères adoptives. Elle frappait, c'est ce qui lui plaisait, sentir mon corps plier sous ses assauts.

— Je peux te toucher, moi aussi ?

Mes paupières clignent, mes dents mordillent ma lèvre et mon cœur s'emballe. Je ramène mes yeux aux siens. Avec timidité, je l'autorise. J'abandonne sa peau et le laisse prendre les rênes. Sa paume se pose avec maladresse sur ma joue et le contact allume presque aussitôt une bulle de chaleur dans ma poitrine. Son pouce flâne sur mes taches de rousseur avant de rapidement tomber sur ma bouche.

— C'est différent, susurre-t-il, son regard immobilisé sur mes lèvres. Avec toi, c'est différent et je ne comprends pas pourquoi. J'ai tout autant envie de te détruire et te faire mal que de panser tes plaies.

La chaleur se diffuse, tombe dans mon estomac avant de s'amuser avec mon bas-ventre. Elle crépite, une avidité intense frustre mes muscles. Je voudrais qu'il hésite moins, qu'il me touche plus et qu'il panse. Oui, alors qu'il y a moins d'une heure, mon esprit était terrifié par sa présence, à cet instant je voudrais lui donner toutes mes plaies, mes cicatrices pour qu'il les efface ou les recouvre de son souvenir.

— Je les entends, depuis la première seconde, souffle-t-il d'une voix lointaine.

Je n'ai pas le temps de le questionner qu'il poursuit sa confession.

— Les démons, rappelle-t-il, je les entends depuis que tu as posé tes doigts sur moi, mais quand ils jaillissent et chantonnent, avec toi, ils patientent et me laissent tranquille. Comme si j'étais autorisé à espérer.

Par surprise, avec une franche autorité, il m'attire sur ses jambes. Elles se déplient pour m'accueillir, je me retrouve à califourchon, ma poitrine collée contre son torse. Ses battements de cœur se mêlent aux miens et la chaleur en moi devient flammes.

— Ça semble si simple et pourtant si douloureux de te toucher, susurre-t-il à quelques millimètres de ma bouche.

Ses mains descendent sur ma taille et l'enserrent. Une petite brise de panique s'infuse dans ma cage thoracique. Son toucher est plus dur et intense. Je devine même le début de son érection gonflé entre mes jambes. C'est à ce moment que tout peut déraper dans son esprit. Quand l'excitation du contact devient trop forte, que la douleur et la soumission deviennent son unique mode de fonctionnement. Je fais taire l'inquiétude et enroule mes mains autour de sa nuque.

— Promets-moi que si ça devient trop compliqué, tu me préviendras.

— Je te le promets, chuchote-t-il.

La seconde suivante, il cède à cette envie qui nous consume tout autant l'un que l'autre. Sa bouche marque la mienne, sa langue s'insinue entre mes dents. Ses doigts s'enfoncent alors dans la chair de mes hanches avant de lentement descendre contre mes fesses. À cet instant, ce ne sont pas ses démons qui brisent le moment, mais les miens. Je me fige avant de m'écarter en urgence de lui. Dans la panique, je me prends les pieds dans le saladier et chute au sol.

— Elaïa ?

« Ma petite souris. »

Je me sens devenir livide.

— Elaïa…

« On va bien s'amuser toi et moi. »

— Va-t'en, l'implorai-je.

Mes yeux tombent dans les siens et mon souffle se saccade de peur.

Des yeux verts, vert émeraude.

— Éloigne-toi, Simon… s'il te plaît…

— Mais Ela…

— Dégage ! hurlai-je, étouffée par les images cauchemardesques.

Capitulant face à mon exigence, il tourne les talons. Devant la cage d'escalier, il m'accorde un dernier regard avant de disparaître. Mes paupières papillonnent tandis que mon corps me brûle comme s'il avait été abîmé une nouvelle fois par les flammes sauvages du passé.

Ma peau calcinée garde encore la mémoire de cette souffrance, tandis que ma tête m'ordonne de penser plus loin, d'analyser les lignes insidieuses qui se dessinent devant moi. Malheureusement, j'en suis incapable. Ses émeraudes brillantes se confondent dans mon esprit avec la lueur sinistre et dévastatrice du Marqueur.

Ils ne font qu'un.

Encore et toujours, malgré les fragments manquants du puzzle, ils restent une seule et même entité dans mon esprit. Avant, j'avais un plan, simple, brutal : le retrouver et le tuer. Mais aujourd'hui, tout semble plus complexe, illisible. Mes certitudes s'effritent.

Ses yeux, Ela.

Je les vois. Je les regarde. Je les analyse.

Mais plus je les scrute, plus ils me renvoient à l'obscurité de mes propres doutes. Là où je cherche des réponses, je ne trouve que des questions. Des zones d'ombre qui ne cessent de s'étendre, me laissant avec de moins en moins de certitudes.

CHAPITRE 25

Elaïa, Nice

— Je suis vraiment désolée, Ela, tu es sûre que cela ne te dérange pas ? s'excuse Marie pour la énième fois.

— Tout va bien, Marie, je gère, répliquai-je, le regard focalisé sur ses fils, s'amusant dans le parc.

Elle s'excuse à nouveau et me remercie encore avant de raccrocher. Un pincement tord mon cœur malgré moi lorsque les yeux d'Eliott trouvent les miens. Chacun traite le deuil de façon unique. Il est propre à chacun. Marie, elle, décide de se perdre dans les heures supplémentaires au travail. Elle ne délaisse pas Eliott et Gaby, mais je crois qu'elle vit difficilement le retour quotidien au domicile, elle prolonge alors ses heures pour retarder la souffrance qui l'assommera une fois la porte d'entrée passée. J'aime passer du temps avec Eliott et Gaby, ils me rappellent combien j'aspirais, enfant, à avoir une vraie famille, celles qui sont aimantes et bienveillantes. Celle de Carla l'est et, même si je ne l'admettrai jamais à voix haute, c'est bien l'unique moment pour lequel je remercie la vie. Parce qu'elle a mis ces cœurs purs sur ma route.

Et maintenant… j'ai brisé cette famille. Carla est morte.

J'inspire et tente de calmer les battements frénétiques de mon cœur. Un dernier regard furtif vers les deux garçons, puis je me concentre sur mon livre. Cette fois, j'ai choisi un style totalement différent. La Dark Romance ne me semblait plus assez intense, pas assez saturée de cette douleur brute que je cherchais désespérément à ressentir. J'avais besoin de quelque chose de plus sombre, de plus cru, quelque chose qui ne laisse aucune place à l'illusion. Mon choix s'est porté sur *Deep Water*[6] et, étrangement, je parviens plus facilement à lire qu'au cours des derniers jours. Pas assez à mon goût, mais je m'en contente. Je tourne la page pour entamer un nouveau chapitre, soudain, un ballon vient s'écraser sur mon livre, froissant le papier. Mon sang ne fait qu'un tour. La colère monte instantanément en moi.

S'il y a bien une chose qui me fait perdre tout contrôle, c'est la maltraitance des livres. Mes doigts se crispent sur les pages abîmées tandis que je relève les yeux, prête à lancer une avalanche de jurons. Avant que je puisse ouvrir la bouche, une tête blonde apparaît devant moi, interrompant ma montée de fureur.

— Je suis vraiment désolée… mon tonton n'est pas vraiment très doué pour viser.

En plus, elle se dédouane.

— Et qui est ton oncle que je lui envoie la facture pour le rachat de mon livre ?

---

6 Thriller érotique de Patricia Highsmith

Elle se détourne de moi et pointe une silhouette au loin. Ma mâchoire tombe et mon estomac se retourne. D'un pas déterminé, je casse la distance entre nous. Plus je m'approche, plus je discerne son sourire insolent. Je lui balance le ballon au visage, mais, bien évidemment, il l'esquive. Je grogne, frustrée, et lui plaque le livre avec violence contre le torse.

— Tu me dois un livre, connard !

— Bonsoir à toi aussi.

— Vous… vous connaissez ? balbutie la blonde en trottinant jusqu'à nous.

L'espièglerie au coin des lèvres, je me détourne de Simon et fais glisser mes mains jusqu'à mes genoux et les fléchis pour m'abaisser à son niveau :

— Je suis vraiment navrée que cet imbécile soit de ta famille.

— Justine, je te présente Elaïa, s'esclaffe-t-il en ignorant mon agacement.

Je m'apprête à rugir de nouveau lorsque les mots de Justine me figent et font disparaître le sourire de Simon.

— Oh ! tu es la jolie fille secrète !

— Le principe d'un secret, Justine, c'est qu'il reste secret ! grommelle Simon.

Justine rougit et plaque ses paumes contre sa bouche. Je déglutis, sans un mot supplémentaire, je tourne les talons. Eliott s'empresse de me coller aux baskets. Je me réinstalle sur le banc et pince les lèvres. Il plante son index sur ma joue et s'amuse à la presser plusieurs fois.

— Tu connais Justine ? murmure-t-il, le rouge aux joues.

Une moue amusée, qui me fait presque oublier la présence de Simon, se dessine sur mon visage.

— Eliott, dites-moi, monsieur, auriez-vous une amoureuse secrète ?

Ses doigts s'entortillent dans son sweat-shirt, il baisse la tête, l'air gêné. Je glisse mes doigts sous son menton et le lui relève. J'arque un sourcil pour l'inviter à tout m'avouer.

— Elle vient souvent ici avec son papa ou son oncle. On s'est parlé une fois, elle me sourit toujours quand j'arrive, mais je n'ose jamais aller vers elle. Je n'ai pas envie d'être le copain malade qu'elle prend en pitié au parc.

— Elle vient souvent avec lui ?

Il acquiesce. J'admets être surprise d'apprendre que Simon prend du temps pour quelqu'un d'autre que Victor. Je me mords la joue, ma pensée est bien trop égoïste, Eliott est en train de me dire qu'il a le béguin pour une fille et je ne me préoccupe que de mes propres ressentiments.

— Propose-lui de jouer au ballon avec toi. Rien ne t'oblige à lui dire que tu sors de l'hôpital.

— Et si elle me dit non ?

— Au moins, tu auras essayé.

— Je suis plus jeune qu'elle, ça va être la honte pour elle.

— Eliott, je ne suis pas certaine que vous ayez beaucoup d'années d'écart et si c'est un problème pour elle, alors elle ne mérite pas ton intérêt.

Il soupire et se pince les lèvres. Je claque mes cuisses et me redresse sous ses yeux écarquillés. J'inspire et lui tends la main. Il cède, enroulant sa petite main autour de la mienne. À mesure que je nous rapproche de Justine, ce sont les yeux de Simon qui me compriment la poitrine. Même si j'évite son regard, je le sens s'attarder sur le moindre de mes mouvements. Je tente de taire ma panique pendant que je réduis la distance entre nous et Justine.

Devant la petite blonde, je pousse Eliott, mais rien ne sort. Justine étire un large sourire et attend que ce petit timide daigne lui poser sa question. Les secondes s'allongent, mais je le sens perdre toute sa contenance.

— Dis-moi, Justine, puisque ton oncle n'est pas très doué avec un ballon, voudrais-tu tenter une partie avec un nouveau partenaire ?

— Avec grand plaisir ! De toute façon, il jouait avec moi parce qu'il avait perdu un pari.

Eliott s'empresse de retirer sa main de la mienne et attrape le ballon des mains de Simon. Justine et lui disparaissent quelques mètres plus loin, je tourne les talons pour rejoindre mon banc quand la main de Simon se referme sur mon avant-bras. Je baisse les yeux sur sa main, il la retire dans l'urgence et l'enfonce dans sa poche de pantalon. Je lui fais pleinement face, attendant qu'il sorte sa bouteille de désinfectant, mais rien ne se produit.

— Tu n'as pas besoin de… de te laver ? ne puis-je m'empêcher de murmurer.

— Si, mais ma bouteille est vide, l'autre se trouve dans ma voiture sur le parking et je refuse de quitter Justine du regard.

— Vas-y, je la garde à l'œil.

Je n'ai pas besoin d'insister qu'il se trouve déjà à l'autre bout du parc pour rejoindre le parking. Gaby court vers moi avec des vers de terre dans les mains. Il les agite devant moi, et je ravale ma grimace de dégoût.

— Tu savais que les vers de terre font partie des sous-ordres des Lumbricina. On peut aussi les appeler des lombriciens. Ils regroupent treize familles et plus de sept mille espèces différentes.

— Fascinant, lâchai-je avec une pointe de sarcasme.

Le point scientifique terminé, il se détourne de moi et retourne à son exploration terreuse. Je jette un œil sur Justine et Eliott, qui ne cessent de rigoler, avant de tourner la tête vers l'état déplorable de mon livre.

Je crois que je pourrais vraiment le tuer pour avoir osé abîmer mon livre. Je n'ai pas le temps de me perdre plus longtemps dans la contemplation de mon ouvrage que l'odeur mentholée de son parfum inonde mes narines. Il s'installe à l'autre bout du banc et tire une cigarette de son paquet. Le cliquetis du briquet m'arrache un sursaut. Il referme le clapet et m'extorque un nouveau spasme de panique. Il y a trois ans, il avait peut-être un chalumeau en main, maintenant tout ce qui contient une flamme peut me rendre folle, surtout ces derniers jours.

— Je te le rachèterai.

Je tourne le visage vers lui et suis aspirée dans la seconde par son regard. J'aurais dû m'en douter. Il me regardait déjà.

— Ton livre, reprend-il en étirant sa fumée dans les airs, je te le rachèterai.

— J'espère bien !

Il sourit. Je détourne le regard tandis qu'il continue l'analyse de mon profil.

— À qui sont ces enfants ?

— Ce sont les frères de Carla.

Le froid qui explose entre nous me pince le cœur. J'entends presque sa déglutition et son regard se désintéresse enfin de moi.

— Je crois que Justine l'aime bien. À chaque fois que je l'emmène, elle espère qu'il sera là.

La satisfaction éclate en moi comme une douce mélodie d'espoir. Leur appréciation est réciproque.

— Le problème, c'est qu'elle me demande toujours comment elle doit l'aborder.

Malgré moi, j'explose de rire. Gaby se retourne vers moi presque aussi vite que Justine et Eliott. Je remercie le ciel qu'il n'y ait personne d'autre au parc, Hécate prend peut-être de plus en plus de place, mais Elaïa a toujours horreur d'attirer l'attention. Ce rire, sonore, aurait attiré l'intérêt de n'importe qui.

— Je suppose que tu te moques.

— Totalement, admis-je en échappant un nouveau petit rire.

— Pourquoi ne demande-t-elle pas à son père, sérieusement ? grommelle-t-il.

— Parce que c'est son père. On ne dévoile pas qu'on a un béguin pour quelqu'un à ses parents, encore moins à cet âge-là.

Il acquiesce vaguement et se préoccupe d'allumer une nouvelle cigarette. Je me surprends à imaginer l'état de ses poumons. Je n'ai jamais vu quelqu'un fumer autant. Je ne serais même pas surprise de le voir en fumer deux en même temps à ce rythme.

— Elaïa… ce qui s'est passé l'autre nuit…

— Une erreur, le coupai-je rapidement, c'était une erreur.

Seuls les rires d'Eliott et Justine parviennent jusqu'à nos oreilles alors qu'une lourde tension pèse autour de nous. Il expulse un nouveau nuage de fumée. Je soupire.

— Écoute, la situation est assez compliquée comme ça et…

— Mais tu en avais envie, non ?

— Simon…

— Ce n'est pas parce que c'est une erreur que ça retire l'envie de l'équation, si ?

— Je pense qu'on devrait convenir de certaines limites.

— Ça ne répond pas à ma question.

— Simon !

— J'écouterai tes limites quand tu auras répondu à ma question.

Nos regards s'affrontent, aucun de nous ne cède, je sens ma patience s'amenuiser. Lentement mais sûrement. Bien sûr que j'en ai envie, tout comme ce jour où je me suis masturbée devant lui. À chaque fois, le désir est là, insidieux. Seulement, cette envie me détourne de mon but, brouille mes certitudes et me fait vaciller. Le regret, lui, s'abat toujours plus vite que l'envie. Chaque fois, je m'imagine succomber pour le Marqueur, et rien que cette pensée me soulève l'estomac. Bien qu'une part de moi maintienne cette croyance, je ne peux nier que, deux fois déjà, il m'est impossible de l'abattre. Et, il faut bien l'admettre, lui non plus ne m'a pas tuée.

Un lien se créé entre nous, c'est indéniable. Pourtant, je refuse d'accepter que le désir en soit la raison. Ce serait absurde et profondément malsain. Même si, par un improbable retournement, il n'était pas l'immonde psychopathe qui massacre les femmes, il reste instable et dangereux. J'aime lire les Dark Romance, je n'ai jamais voulu que ma vie en devienne une, encore moins qu'elle se transforme en une érotique digne de *Deep Water*.

Je me détourne de lui, décidée à ne pas répondre, puis appelle Gaby et Eliott. Avec Justine, ils plaident pour un quart d'heure supplémentaire malgré la pénombre qui tombe sur nous. Dans mon dos, je sens l'insolence de Simon scintiller. Je soupire, puis finis par céder.

— Quelles sont tes nouvelles limites ? me questionne-t-il.

Méfiante, je lui adresse une œillade suspicieuse. Ses iris verts accrochent les miens. Je ne perçois aucune fourberie, toutefois, je ne suis pas stupide. Simon sait manipuler les situations afin qu'elles servent son avantage.

— Tu ne te pointes plus chez moi, tranchai-je. De plus, j'aimerais vraiment que nos contacts se limitent à ceux qui nous sont imposés.

Il s'apprête à protester, je ne lui en laisse pas le temps et renchéris.

— Je suppose que l'on peut s'appeler.

— Cela me paraît raisonnable, accepte-t-il.

Son énième mégot jonchant le sol, il ordonne à Justine de venir. Contrairement à mes deux petits monstres, elle n'essaye même pas de négocier lorsqu'il lui annonce leur départ. Il m'adresse un clin d'œil satisfait, je lui offre un regard blasé, lui extorquant dans le même temps un rire bref. Lorsqu'il a le dos tourné, une moue amusée tord discrètement ma bouche.

— Merci, me murmure Eliott.

Ses yeux brillent d'une lueur qui avait disparu ces dernières semaines. Je la sais éphémère, le poids du deuil retombera bientôt sur ses épaules, cependant, je me satisfais de ce souffle de répit.

Gaby me réclame pour grimper sur mon dos, tandis qu'Eliott reste perdu dans ses rêveries. Nous prenons la direction du parking lorsque mon téléphone vibre. Je retiens Gaby d'un bras et attrape le portable de l'autre, décrochant sans même m'attarder sur le nom qui s'affiche.

— On part du parc, je les ram…

— L'erreur n'enlève rien à l'envie.

Je stoppe mon avancée et me redresse. Plus loin au bout du chemin, malgré la pénombre, je devine ses yeux capturer les miens.

— L'erreur n'enlève rien à l'envie, me résignai-je.

— Me détestes-tu toujours autant ?

— Oui. Je regrette toujours de t'avoir rencontré.

— Le déplaisir est toujours partagé, Elaïa.

Malgré moi, un sourire s'ourle sur mes lèvres. Le lien invisible entre Simon et moi se dissipe l'instant suivant.

— Bonne soirée, Elaïa, la lectrice.

— Bonne soirée, Simon le meurtrier, chuchotai-je pour que les garçons ne posent pas de questions.

Il raccroche et je soupire, c'est à ne plus rien y comprendre. Comment puis-je autant le haïr et pourtant ressentir le besoin incessant d'être à sa proximité ?

— Le meurtrier ? s'étrangle Eliott.

— C'est un tueur de vers de terre, m'offusquai-je.

— Quoi ! hurle Gaby, m'arrachant les tympans par la même occasion.

Je ris en chœur avec Eliott, puis, quand Gaby comprend ma blague, il rit à son tour. Eliott n'insiste pas et se satisfait de mon humour puéril, toutefois, j'ai conscience qu'il m'en reparlera lorsque nous ne serons que tous les deux. J'ignore ce que je pourrai lui dire. Après tout, sais-je vraiment qui est Simon sous son masque ?

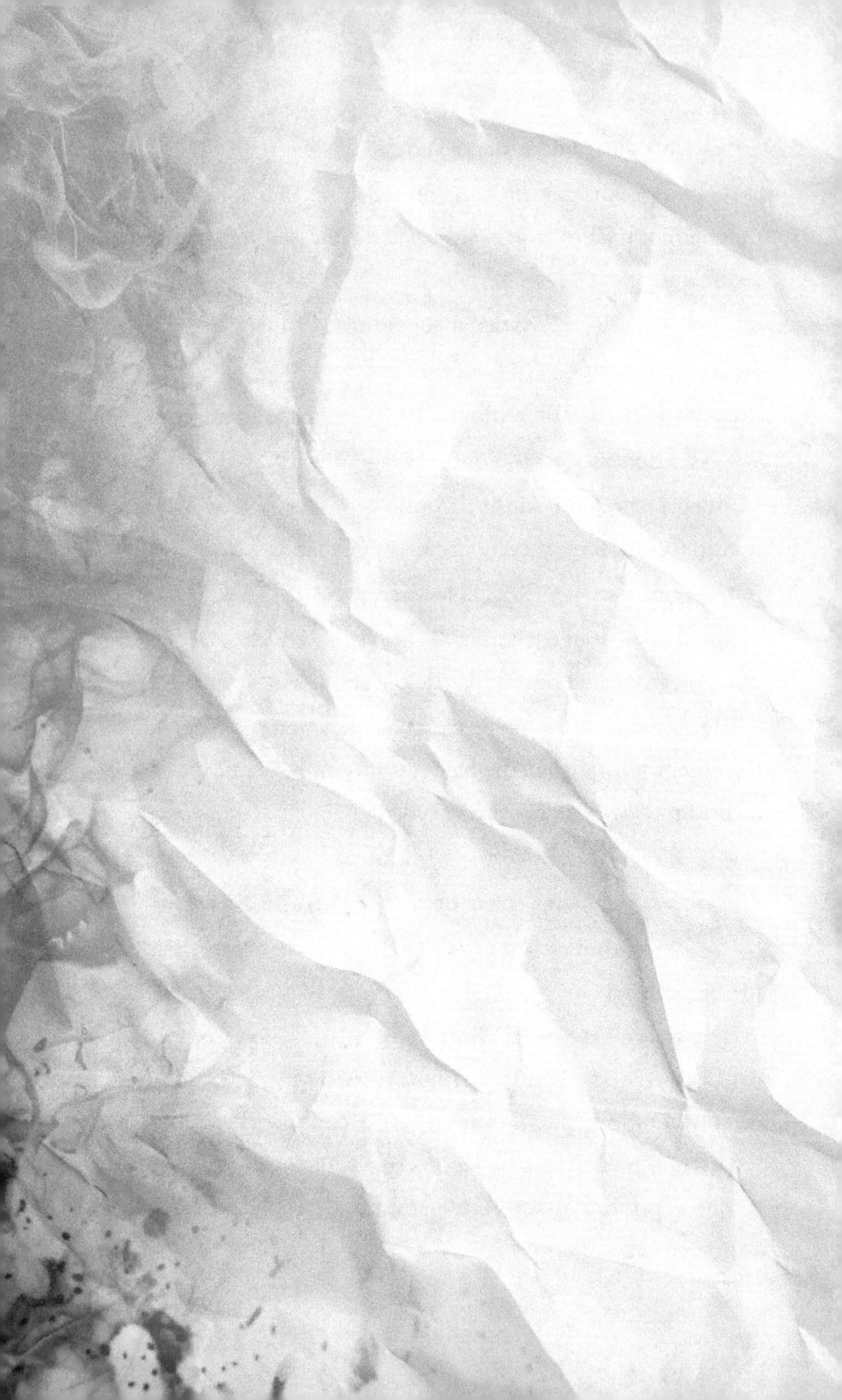

CHAPITRE 26

Simon, Monte-Carlo

Mon sweat et mon jogging enfilés, j'attrape mes clopes avant de filer sur la terrasse. Victor, déjà installé dans un fauteuil, a les yeux rivés sur l'écran de son téléphone. Sans même lever le regard vers moi, il me tend une bière que j'avale à moitié en quelques gorgées. Je tire frénétiquement sur ma clope, conscient que ce ne sera que la première d'une longue série. Toujours absorbé par son écran, il lâche d'un ton sec :

— Tu dois appeler Elaïa.

J'ignore son ordre, concentrant mon intérêt sur ma clope, grillée d'ailleurs en un temps record avant d'en allumer une autre. Contre ma volonté, je jette un coup d'œil à l'heure. Ce n'est ni le moment de mes appels habituels ni le moment idéal pour savoir si elle sera disponible. Un vendredi soir, elle a sûrement mieux à faire que de rester affalée dans son canapé. Même si elle m'a autorisé à l'appeler, le doute subsiste. Nos rapports oscillent sans cesse entre chaud et froid, flirtant toujours avec le bord du précipice sans savoir si nous allons tomber.

— Appelle-la.

Cette fois, il m'adresse un bref coup d'œil avant de soupirer. Je secoue la tête, ce qui lui extorque un haussement de sourcil. Il n'apprécie pas mon rapprochement avec Elaïa. Même si son chef ainsi que toute son équipe l'ont validé pour les besoins de l'enquête, Victor reste réticent. Au-delà des risques évidents, je crois qu'il craint surtout pour moi. Elaïa est manipulatrice et je ne peux pas prétendre que mon lien avec Hécate soit sans danger. Je suis peut-être parvenu à trouver une forme de stabilité, malsaine certes, mais une stabilité tout de même avec Elaïa ; mes rapports avec Hécate restent toujours aussi… explosifs. Le besoin de l'embarquer dans la *Chambre* est encore bien présent malgré le fait que je sache exactement qui se cache derrière son masque.

— Tu as parlé d'elle dans ton sommeil.

Je m'étrangle avec ma gorgée de bière, allant jusqu'à la recracher de surprise. Un sourire froid se dresse sur ses lèvres. Il me balance un mouchoir froissé sortant de sa poche de pantalon, je l'attrape à l'aveugle, perturbé par sa révélation.

J'ai déjà rêvé d'Elaïa. Jusqu'alors, les souvenirs de ses passages étaient clairs : elle était dans la *Chambre*, je la soumets à chacun de mes désirs. Elle n'était, jusqu'à aujourd'hui, jamais apparue dans mes cauchemars retraçant mon passé. Pire encore, je n'ai aucun souvenir d'elle.

Je me souviens toujours d'elle…

Face à ce constat, bien que fébrile, je compose son numéro. La sonnerie retentit dans le vide. La messagerie se déclenche, je raccroche sans attendre. Mon esprit divague alors vers Hécate. Nous sommes vendredi soir, me rappelai-je à nouveau. Hécate travaille les mardis, vendredis et samedis. Et, de rares fois, elle disparaît le jeudi. Je suis tiré de mes songes par la vibration de mon portable. J'écrase mon énième mégot en découvrant le message qui s'affiche :

Elaïa :

Je te rappelle plus tard, si tu ne dors pas.

Hécate ne répond jamais en service. Un presque regret naît en moi après avoir pensé qu'elle puisse jouer la traînée au bras de Maddox. Sans répondre, je range mon téléphone et je ne peux pas m'empêcher de froncer les sourcils face à la fierté marquée sur le visage de Victor. Il sait.

— Roxanne et Elaïa sont ensemble ? m'étonnai-je.

— Une magouille de Camille.

Je dois bien le reconnaître, il a du cran, mais surtout de la patience. Je me moque pas mal des états d'âme de l'imbécile d'escorte qu'est Ashe. En revanche, je reconnais avoir ressenti une légère tristesse lorsqu'elle s'est effondrée en larmes dans les bras de Victor, il y a quelques soirs de ça.

— Ça se passe bien ? demandai-je pour la forme.

— Étrangement, oui. Elaïa a essayé de se casser de l'appartement de Camille à deux reprises. Elles se sont écharpées comme des chiffonnières, mais il semblerait que ça se soit calmé. Maintenant, Roxanne se fait engueuler parce qu'elle ne lâche pas son portable.

— Tu ressembles à un ado prépubère en manque de cul.

— Tu m'emmerdes, Simon, gronde-t-il malgré ses lèvres retroussées.

Je ravale mon amusement. Je ne suis pas tendre avec Roxanne, je lui mène la vie dure et cela ne changera sûrement jamais. Cependant, je ne peux pas nier qu'elle apaise l'esprit de mon meilleur ami. Je suppose qu'il est vraiment amoureux d'elle. Du moins, il s'adoucit en sa présence. Il est patient, attentif et, à mon grand désarroi, il l'embrasse beaucoup. Je dirais même qu'il l'embrasse trop, c'en est écœurant.

Victor aime le sexe. Bien plus que tout être normalement constitué. Il en est même parfois esclave. A priori, cela ne déplaît pas le moins du monde à Roxanne, qui montre, elle aussi, un grand appétit. Je suis certain qu'ils l'ont déjà fait ici, chez moi. À cette pensée, ma bouche se tord en une grimace de dégoût. Un frisson d'aversion parcourt brièvement ma chair. Je ne veux même pas savoir si j'ai raison. Je passerai chaque recoin du loft au détergent.

Roxanne le fait sourire. J'aime lorsqu'il le fait. Son bonheur est tout ce qui m'importe. Tant pis pour moi si c'est grâce à elle. Je m'y conforme. Pour lui.

D'un autre côté, une part de moi les envie. Je crois que j'aimerais être capable de ressentir ce qu'ils ressentent l'un pour l'autre. Avec, bien évidemment, beaucoup moins de baisers et de contacts physiques. Je ne voudrais pas sourire autant que lui non plus, ça rend Victor cruellement con lorsqu'il le fait. Bon. J'aspire simplement à être un peu heureux, ce serait un début.

Devant mon mutisme prolongé, il délaisse son téléphone malgré les vibrations qui se succèdent.

— J'aimerais t'y voir lorsqu'une nana tapera dans ton cœur, m'interpelle-t-il.

— Encore faudrait-il avoir la capacité de tomber amoureux.

— Ça m'emmerderait que ce soit Elaïa. Mais je suppose que vos regards ne trompent pas.

Un soupir s'échappe d'entre ses lèvres. Il répond rapidement à son téléphone avant de renchérir :

— Ça commence toujours par le regard.

J'arque un sourcil, perdu dans l'incompréhension.

— L'amour, Simon. Ça commence toujours par un regard.

— Entre Elaïa et moi ne vit que l'intrigue et peut-être l'obsession. Pas ton délire à la con entre cœur et regard.

Un rire franc éclate dans les airs, il envoie un dernier message, puis fait disparaître son téléphone dans sa poche. Il réajuste sa position dans le fauteuil, me subtilise une clope et tourne son fauteuil face au mien. Le papier crépite, il tire une latte, son air d'interrogateur prêt à en découdre durcit ses traits. Je n'ai rien à cacher quant à mes intentions envers Elaïa. Je ne comprends rien de ce qui se produit entre nous, mais je ne dissimule rien pour autant. Sans plus attendre, il débute son interrogatoire.

— La trouves-tu jolie ?

— Elle est un peu maigre à mon avis.

— Ça ne répond pas à la question.

— Je ne sais pas, probablement, oui.

Il lâche un nouvel écran de fumée, hésite une seconde, puis reprend :

— Essayons autrement. Qu'est-ce que tu préfères chez elle ?

— Physiquement ?

Il acquiesce.

— Ses yeux, ses taches de rousseur et son rire, même si ce n'est pas un élément physique.

— Pas de seins, de fesses ou de bouche à l'horizon ?

— Si, bien évidemment, mais tu m'as demandé ce que je préférais.

J'apprécie ses seins, ils sont relativement bien proportionnés par rapport à son corps. Ses fesses sont bombées. Même si elle favorise la course à pied, elle se rend aussi quelques fois à la salle. Là-bas, elle aime travailler le bas de son corps. Néanmoins, je crois que ce sont ses lèvres qui me captivent le plus. Elles sont pulpeuses et légèrement rosées. J'éprouve souvent l'envie de fondre dessus. De façon plus générale, son visage me semble attrayant. Surtout lorsqu'elle ne porte pas ses lunettes factices bien trop grosses pour sa tête.

— Et mentalement ? s'enquiert Victor.

— Elle est intelligente. Peut-être un peu trop, ça la rend dangereuse. Je reconnais toutefois que cela la rend fascinante.

— Pourquoi ressens-tu le besoin d'être près d'elle ?

Je hausse les épaules, je n'ai aucune réponse à apporter à cette question. Son besoin perpétuel de nous propulser au bord du précipice m'excite tout autant qu'il me terrifie. Elle n'a de cesse de vouloir repousser nos limites communes et individuelles. Je sais bien que cela a un objectif précis, mais j'aime à penser que c'est plus qu'une volonté de prouver qu'elle a raison sur mon identité. C'est magnétique, les éléments peuvent nous écarter sans cesse, nous finissons inlassablement par nous retrouver. Il y a plus qu'une simple envie de découvrir qui se cache sous le masque. On cherche à se comprendre et à s'apprivoiser sans savoir réellement ce que l'on cherche à déterminer chez l'autre.

— As-tu envie d'elle ? Je veux dire, au-delà du besoin de soumettre, as-tu vraiment envie d'elle ?

— Oui et non.

Ses yeux se plissent. Ma bouche se tord furtivement ; certaines données concernant nos rapports lui échappent encore. Tout compte fait, j'ai peut-être des choses à cacher. Alors que je fuis son regard, il se racle la gorge et m'ordonne de répondre. Le sourire qui recourbait ses lèvres disparaît. L'air sévère qu'il n'affichait jusque-là que pour la forme durcit réellement ses traits.

— J'ai… euh…

— T'as… euh… quoi ? s'agace-t-il.

Sa bouche s'entrouvre, stupéfaite. Ma gorge se serre d'inquiétude. Je ne lui mens pas, mais je n'imaginais pas que la conversation prenne cette tournure. Il sait pour notre premier baiser, mais j'ai soigneusement évité de mentionner la partie plus charnelle. Il ignore aussi le rapprochement d'il y a deux nuits. S'il apprenait que nous nous sommes encore embrassés, il deviendrait fou.

C'est une erreur.

Nous en sommes conscients, elle comme moi. Pourtant, ça n'enlève rien au désir qui me grignote les entrailles de jour en jour. Je ne peux pas nier que cette envie devient de plus en plus problématique.

— Oui, j'ai envie d'elle, éludai-je.

Il claque la langue contre son palais et, d'un regard autoritaire, exige le reste. Face à mon silence obstiné, il reformule sa question. Je ne peux retenir un léger soulagement.

— L'as-tu touchée en tant qu'Hécate et en tant qu'Elaïa ?

J'opine. Probablement désespéré, sa main frappe contre son front.

— Tu es vraiment irrécupérable, grommelle-t-il.

— J'ai été pris dans le moment, me défendis-je avec trop de rapidité à son goût.

Il devient tout bonnement livide. De toute évidence, j'aurais dû continuer à me taire.

— Vous avez couché ensemble !

Je réfute sa déduction. Je suis incapable de savoir si j'ai envie d'aller aussi loin avec elle. Cela offrirait bien trop de possibilités à mes démons. La perversion deviendrait incontrôlable. Dans l'état actuel des choses, c'est impensable.

— Alors quoi ?

Je soupire, contraint de devoir dévoiler la vérité. Je laisse l'atmosphère se gorger de tension avant de céder sous la pression de son regard inflexible.

— On s'est embrassés. À deux reprises. Elle s'est aussi touchée devant moi, une fois seulement. Je te rassure, nous avons convenu que c'étaient des erreurs. En revanche, il est clair que l'erreur n'enlève rien à l'envie.

A priori plus blasé qu'en colère, il secoue la tête avant de concentrer son intérêt vers le ciel étoilé.

— Votre relation est incompréhensible.

— C'est ça une relation ? J'aurais plus dit que c'est un bordel sans nom.

Un rire franc s'échappe d'entre ses lèvres et, sous ma grimace, il me gratifie d'un coup d'épaule.

— Je crois qu'il ne peut pas y avoir plus nul que toi en relations humaines.

Cela me semble pourtant évident. Il est inutile de le préciser. Je n'ai pas d'amis si ce n'est Vincent et Victor. Quant aux femmes, mes exemples de relations sont plus que limités. Elisa, la défunte femme de Vincent, est la seule à réellement pouvoir m'approcher.

Jade…

Je secoue la tête, rejetant l'image de cette femme. Elle ne compte pas. Plus maintenant. Je n'ai jamais apprécié m'attacher aux autres. Chaque rencontre éveille en moi ce besoin insatiable de faire tomber leurs masques et de les briser. Pourtant, je l'admets, quelque chose apparaît différent avec Elaïa.

Double personnalité, double identité. Elle a réussi à tromper tout le monde sans le moindre effort. Sans Hécate, Elaïa ne survit pas. Sans Elaïa, Hécate n'existe pas. Il devient alors impossible de jouer avec l'une sans se confronter à l'autre. Et ça, cela la rend tout aussi dangereuse qu'insaisissable.

Pire, cela la rend obsédante.

CHAPITRE 27

Simon, Monte-Carlo

Deux heures plus tard, et comme promis, le prénom d'Elaïa s'affiche sur mon écran. Sous le regard probablement moqueur ou peut-être amusé de Victor, je m'empresse de répondre.

— Combien de livres as-tu lus aujourd'hui ?

— Un.

— La fin t'a-t-elle convenue ?

— Oui. As-tu tué ?

— Non. Est-ce qu'on a une relation ?

Le rire de mon meilleur ami envahit l'air. Mes traits se durcissent de perplexité. Ma question est-elle formulée avec maladresse ? Possiblement. Toutefois, je ne peux m'empêcher de la poser. La remarque de Victor concernant une potentielle relation entre Elaïa et moi ne quitte pas mon esprit depuis le début de soirée.

— Ça dépend de ce que tu entends par relation, reprend-elle après un court moment de latence. Peut-être que je dérange, j'ai cru entendre Victor.

— Non, tu ne me déranges pas.

Pris de panique à l'idée de devoir répondre à sa question, je réagis instinctivement en coupant le micro. Le souffle court, mon regard se tourne vers Victor, cherchant désespérément un soutien. L'angoisse monte en moi, mon meilleur ami devenant mon ultime espoir afin de m'extirper de cette situation plus qu'embarrassante.

— Qu'est-ce que je dois répondre ?

— Ce dont tu as envie.

— Mais je n'en sais rien ! Pourquoi tu refuses de m'aider ? couinai-je comme un enfant, aide-moi, bon sang !

Il avale sa gorgée de bière avant de l'abandonner sur la petite table extérieure. Il plaque ses paumes sur mes joues et, en souriant, il réplique :

— Mon petit garçon devient grand, il va se débrouiller tout seul avec sa question.

— Victor !

— Je viens de faire du sarcasme, m'explique-t-il, mais tu dois réfléchir par toi-même. Qu'est-ce que tu mettrais dans la définition d'une relation ? Qu'est-ce que cela représente, à tes yeux, d'avoir une relation avec quelqu'un ?

Je balaie ses mains, irrité par son absence de soutien. Je presse l'icône sur l'écran pour rouvrir le micro et bougonne sous l'amusement de Victor.

— Je ne sais pas vraiment, me décidai-je à répondre. Victor et Vincent sont mes seuls amis, mais ce sont des hommes.

Toi, tu es une femme et nous sommes loin d'être amis. Donc, avons-nous une relation ?

Les secondes s'égrènent dans le temps sans que sa voix se fasse entendre, seule sa respiration prouve encore sa présence à l'autre bout du fil. J'hésite à insister, la nécessité d'avoir une réponse gonflant sous mon épiderme. L'impatience étouffe ma cage thoracique et me rend de plus en plus mal à l'aise. Elle ne dit toujours rien. Ma jambe commence à tressauter de nervosité, tandis que je me demande ce qui peut bien la retenir de parler. Soudain, me prenant par surprise, un rire éclate à travers le micro. Je tourne la tête vers Victor qui, tout aussi perdu que moi, hausse les épaules.

— Pourquoi ris-tu ?

— Je cherchais une réponse à ta question, admet-elle, et disons que celles qui me sont venues ne sont pas tout à fait valables.

— Nous ne ressemblons à rien qui pourrait correspondre à tes livres ?

Ma patience, déjà fragile, s'effrite un peu plus à chaque instant alors qu'elle instaure un nouveau moment de latence.

— Nous sommes une RND.

— Hein ?

J'arque un sourcil, dérouté, tandis que le rire de Victor résonne contre les murs extérieurs, se mêlant à celui, plus feutré, d'Elaïa.

— Nous sommes une relation non définie, renchérit-elle.

Une R.N.D.

J'entrouvre la bouche, frustré de ne pas obtenir une réponse claire. Puis, peu à peu, mon esprit se met à répéter cet acronyme en boucle, jusqu'à ce que l'idée me paraisse presque séduisante. Une relation qui n'en est pas vraiment une, mais qui nous appartient. Quelques gouttes de haine, une attirance aussi obsédante que toxique, et cette volonté farouche de percer le masque de l'autre. Oui, cette définition de notre lien me plaît. Un léger sourire étire ma bouche alors que j'accepte cette idée.

Le froissement d'un tissu attire mon attention, je devine alors qu'Elaïa vient de changer de position.

— J'ai mangé du pop-corn et un bonbon, déclare-t-elle.

— Du coup, envisages-tu de te faire vomir et courir plus que de raison ?

Victor frappe son front, a priori las, et, sans fournir l'effort de chuchoter, il me réprimande.

— Qu'est-ce que tu es con quand tu t'y mets, ce n'est pas possible !

Je hausse les épaules, confus. Après tout, n'est-ce pas la réalité ? Elaïa n'aime pas manger. Pour elle, chaque bouchée ne représente qu'un amas de calories qui s'accrochent à sa chair et déforment son corps. Je peine à comprendre comment l'idée même d'avaler de la nourriture puisse la faire souffrir au point de se punir ensuite.

Chez moi, on aime manger. On aime les repas préparés

avec soin, on prend plaisir à passer des heures derrière les fourneaux. D'ailleurs, s'il existe une activité qui m'apaise totalement et me donne, l'espace d'un instant, l'impression d'être quelqu'un d'ordinaire, c'est bien celle de cuisiner. Alors, la voir livrer une lutte acharnée devant une simple assiette de légumes me désespère. D'autant plus qu'elle pourrait engloutir un frigo entier sans que cela lui fasse de mal. Au contraire, elle en aurait bien besoin.

— Ce que le monsieur te demande, intervient Victor en hurlant loin du téléphone, c'est si tu es contente d'avoir mangé ça.

— Ce n'est absolument pas ce que j'ai demandé.

— Simon, vraiment, tais-toi, je te jure, ferme-la.

— Ta question est maladroite, m'explique Elaïa avec une étrange douceur. Et non, je n'ai pas prévu de me faire vomir. En revanche, j'irai courir, oui.

— Je t'ai blessée ?

— Non, simplement, ce n'est pas la meilleure des questions pour quelqu'un qui a des troubles alimentaires.

La culpabilité me noue l'estomac, je regrette presque aussitôt mes paroles. Je n'ai sans doute pas une grande connaissance des troubles alimentaires, cependant, j'ai sous-estimé le combat qu'elle mène contre la nourriture. Les excuses me brûlent les lèvres, sans parvenir à les laisser s'échapper.

— Je ferai plus attention la prochaine fois. Mais, ne puis-je m'empêcher d'ajouter, il faudrait peut-être envisager de faire quelque chose par rapport à ça. Je veux dire, tu es quand même sacrément maigre.

Victor secoue la tête à mes côtés et gronde :

— Simon, tu es impossible, bordel ! Tu connais l'expression tourner sa langue sept fois dans sa bouche ?

— Elle n'a aucun sens, ton expression.

— Ouais, eh bien tu devrais peut-être apprendre la définition, ça devient même urgent.

Assistante à notre échange sans intervenir, Elaïa finit par mettre un terme à notre désaccord et propose de mettre le haut-parleur afin que Victor participe à la conversation sans avoir besoin de hurler.

— Comment vous êtes-vous rencontrés ?

— J'ai frappé sa copine, expliquai-je, laconique.

Elaïa et Victor rient en chœur.

— Je lui ai rendu le coup, renchérit Victor. Puis, je me suis aperçu que toutes les filles qui le touchaient devenaient de vrais punching-balls. J'ai cherché à comprendre pourquoi, il a fini par craquer et m'a raconté son histoire. Je ne l'ai plus quitté depuis ce jour.

— As-tu frappé Vincent ?

— Dans ses rêves les plus fous, ricane Victor.

— Je ne l'aimais pas, mais je ne l'ai jamais frappé.

— Pourquoi ne l'aimais-tu pas ?

Parce qu'il était bon alors que moi, j'étais mauvais. Parce qu'ils pouvaient passer du temps ensemble sans qu'un simple toucher détruise l’instant qu’ils partageaient. Parce que Vincent est sain d’esprit alors que moi, je suis un monstre.

Mon mutisme intensifie le regard de Victor sur moi. Il sait tout autant ce que je pense que ce que je tais.

— J’ai toujours pensé que mon père voulait un fils normal et que je ne l’étais pas, confessai-je.

— Mais maintenant, tu es l’oncle de sa fille, renchérit Elaïa. Tu as aussi une bonne relation avec ton père et Vincent, alors ce ressenti n’est plus d’actualité, non ?

— La relation est différente maintenant, mais je suis toujours anormal.

Le besoin de me laver jaillit en moi, difficilement répréhensible face à la tournure de notre conversation. Je combats l’envie de raccrocher pour rejoindre en urgence la douche. Elle n’a rien fait, n’a rien dit de mal, seulement, cette simple conversation me rappelle combien je ne pourrai jamais trouver le répit. Il y aura toujours des démons dansant sous mon crâne au moindre toucher. La *Chambre* existera toujours. Lorsque Victor voudra construire une vraie vie saine avec Roxanne, je me retrouverai seul avec ces souvenirs assassins et ces envies dévastatrices. Face au constat, mes doigts se crispent autour des accoudoirs. Devinant mon malaise, Victor se penche pour presser l’icône qui désactive le micro.

— Je la garde en ligne, vas-y.

Je secoue la tête, je dois réussir à me contenir. Je dois combattre l’envie. Moi aussi, j’ai envie de devenir un bon fils.

Un fils dont mon père pourra être fier un jour. Ce soir, elle ne gagnera pas. Ce soir, je vais rester devant ce téléphone sans céder à la nécessité de me laver et de malmener mon corps.

— Bon, on va faire un test, murmure Victor. Je vais te toucher ; si tu résistes à l'envie de m'arracher les yeux, on poursuit cette conversation. À l'inverse, si ça dégénère, tu te soulages et tu reviens. Ok ?

Les larmes me montent aux yeux. Mon souffle devient chaotique, mon cœur prêt à éclater. J'opine. À peine sa peau frôle-t-elle le dos de **ma** main que je renverse violemment le fauteuil. Je fouille frénétiquement mes poches, vides de tout produit, la panique m'envahit à l'idée de ne pas pouvoir effacer cette brûlure qui me ronge la peau. Sans un mot, il désigne la baie vitrée d'un geste ferme. Je ne proteste pas, au contraire, je m'empresse de rejoindre la salle de bains.

Après avoir lavé mes mains à quatre reprises, je me retrouve nu devant le miroir, le briquet incrusté dans ma paume. Haletant, j'allume la flamme, la fixe quelques secondes, hypnotisé, avant de l'approcher lentement de ma peau.

« On ne peut pas aimer un monstre comme toi. »

Voilà pourquoi Vincent est un bien meilleur fils que moi.

« Ne mens pas, tu aimes ce que l'on fait. »

Lui ne prend pas de plaisir sous les assauts du feu.

« Brûle-la, Simon. »

Mon père ne pourra jamais être fier de moi. Je suis un monstre, celui qui préfère le feu lorsqu'il dévore les corps.

Surtout ceux des femmes.

Lentement, j'approche la flamme de ma hanche et la fais glisser, laissant la chaleur ronger ma chair. Dans ma tête, mes démons exultent, ravis de me voir sombrer. Je lutte, mes forces s'effritant à chaque crépitement. Je cède. Le souffle court, le sexe maintenant gonflé, j'épouse le désir que le feu insuffle à mon corps.

Sous la douche, la tête baissée, je laisse l'eau se déverser sur moi, espérant qu'elle emporte avec elle cette sensation d'impureté qui me ronge de l'intérieur. Mes mains, tremblantes, agrippent le savon avec une force excessive. Je le frotte contre ma peau avec une frénésie désespérée. Mes doigts pressent et glissent, insistant sur des parcelles de ma chair pour parfaire le rituel jusqu'à ce que la douleur physique s'ajoute à celle, bien plus profonde, qui me consume. Je veux sentir autre chose que cette nausée sourde qui ne me quitte pas. J'attrape la flasque d'alcool dissimulée derrière l'un des gels douche, en avale la totalité du contenu, puis reprends ma routine irritante. Lorsque mon esprit retrouve enfin une certaine stabilité, je coupe l'eau et me dépêche de m'habiller.

Dans la pièce principale, j'attrape un paquet de clopes, en tire rapidement une que je coince entre mes lèvres. Je m'approche de la baie vitrée et m'apprête à rejoindre Victor, presque impatient de réentendre la voix d'Elaïa lorsque je surprends leur conversation :

— … Tu penses que c'est ton unique option, mais c'est faux, je peux t'aider, Roxanne aussi d'ailleurs.

— Écoute-moi bien attentivement, Victor, si je remarque qu'un seul de ses cheveux est mal coiffé, je te tue. Je ne viserai ni la gorge ni la tête, j'éviderai tous tes organes et m'assurerai que tu te vides de ton sang pour mourir dans d'atroces souffrances. Suis-je assez claire ?

— Limpide.

J'ouvre la baie vitrée et grille le bout de ma clope sous le regard attentif de mon meilleur ami. Il sait que j'ai entendu, mais Elaïa, elle, ne se doute de rien. Alors, je choisis de feindre l'ignorance et, après avoir expulsé un écran de fumée salvateur, j'entame une nouvelle conversation :

— Comment as-tu appris à compter les cartes ?

Elle marmonne sans que nous comprenions le sens de ses mots. Victor abaisse la tête et la secoue comme s'il désapprouvait la situation. Conscient de ne pas avoir toutes les pièces en ma possession, je coupe le micro et adresse un regard inquisiteur à Victor.

— Je suppose que je n'aurais jamais dû amener le sujet Roxanne sur le tapis. De plus, elle ne comprend pas pourquoi tu as disparu de la conversation. À tous les coups, elle pense que c'était un stratagème pour que je la fasse parler ou je ne sais trop quoi.

Sans rien ajouter, je réactive le micro. Après m'être raclé la gorge, je gonfle mes poumons de détermination et explique :

— J'ai dû me doucher, Elaïa. Ça prend un peu de temps.

Le silence, lourd et oppressant, s'installe comme une barrière invisible. Chaque seconde qui passe semble s'étirer. Je scrute l'écran du téléphone, vérifiant si la ligne n'a pas été coupée, mais non, elle est toujours là, à l'autre bout, muette. Mon cœur bat plus fort, l'attente devient insupportable. Je suis tenté de dire quelque chose, n'importe quoi, juste pour combler ce vide qui s'étend entre nous. Mais je m'arrête, hésitant, comme si parler pouvait aggraver la situation. Finalement, je prends une profonde inspiration pour prendre la parole. À peine ai-je ouvert la bouche qu'une légère respiration se fait entendre de l'autre côté, presque imperceptible. Elle est là, je le sais, mais cette tension ambiante continue de nous tenir captifs, entre ce qui a été dit et ce qui, peut-être, ne le sera jamais.

— Je ne compte les cartes que lorsque je suis Hécate, murmure-t-elle. C'est ma mère biologique qui m'y a initiée avant même que je ne sache marcher. Je pense que je me suis entraînée encore et encore pour devenir une bonne joueuse parce que, d'une certaine manière, ça me lie à elle. Parfois, j'observe les casinos dans l'espoir de tomber sur ses yeux. Est-ce qu'elle me reconnaîtrait ? Est-ce que je saurai que c'est elle ?

— Je ne comprends pas…

— Comment compter les cartes ? Je t'apprendrai si tu veux.

Victor rit et l'atmosphère pesante s'allège. De son côté, le souffle d'Elaïa devient plus calme.

— Non, je sais aussi compter les cartes, repris-je. Je ne comprends pas comment tu peux espérer la retrouver et l'aimer. Elle t'a abandonnée, elle ne mérite rien de plus que…

— Stop ! me coupe Victor. Arrête ! C'est le moment où tu la boucles parce que tu vas dire de la merde. Pas un peu, beaucoup, vraiment beaucoup.

— Ma mère m'aimait, réplique-t-elle, la voix marquée par une émotion indéchiffrable, du moins pour moi. Je ne peux pas t'expliquer pourquoi je l'aime autant en retour. En revanche, je ne vais pas la haïr sous prétexte qu'elle m'a donnée à l'adoption. Elle pensait que c'était la meilleure solution et, honnêtement, ce n'en était pas une mauvaise. C'est la vie qui a été merdique avec elle et qui l'a forcée à prendre de telles décisions.

— Sais-tu ce qu'elle est devenue ? intervient Victor.

— J'ignore si elle est encore en vie, j'ignore tout d'elle. Mais je le sens, je sais qu'elle est là quelque part.

— Aurais-tu envie de la revoir ? Enfin, si elle était en vie, je veux dire, renchéris-je, mal à l'aise.

— Je ne sais pas.

— Je… je… pourrais… euh… t'aider… enfin… euh… si un jour tu veux la chercher… je pourrais t'aider si tu veux.

La surprise marque les traits de Victor avant même que j'aie conscience de ce qui vient de se passer. Mes mots résonnent encore dans l'air et mon cerveau peine à comprendre ce que ma propre bouche vient de dire. Pendant un instant, le monde semble s'arrêter autour de moi.

— Tu déconnes, là ? articule Victor à voix basse.

Je hausse les épaules et me rappelle les mots passés d'Elaïa. Si la désapprobation se lit nettement sur le visage de Victor, je me décide tout de même à m'enfoncer dans ma bêtise.

— Un jour, lui rappelai-je, tu m'as dit que tu aurais aimé qu'on t'aide quand tu en avais besoin. Qu'on te montre que tu n'étais pas seule. Je veux bien le faire, si tu m'en laisses la possibilité.

Les lèvres sévères de Victor s'agitent, les jurons murmurés s'étiolant dans l'air. Je ne peux pas me permettre une telle proximité avec Elaïa, cependant, avant de râler, il devrait attendre la réponse d'Elaïa. Après tout, il y a peu de chances pour qu'elle accepte.

— J'y réfléchirai, Simon, merci.

Une étrange bulle d'espoir gonfle au creux de mon estomac sous les yeux révolvers de Victor. Elle n'a pas dit oui, il devrait être satisfait. Alors que je me dispute dans le plus grand des silences avec Victor, Elaïa reprend la parole :

— Je vais vous laisser, bonne nuit.

— Bonne nuit, Ela… ïa, bafouillai-je, surpris par ma propre gaffe.

La tension qui s'était créée entre Victor et moi s'estompe en un instant, mon meilleur ami se marrant avec une trop grande franchise.

— Tu peux m'appeler Ela, nous surprend-elle, ça ne me dérange pas. Bonne nuit, Simon.

— Bonne nuit, Ela…

Alors que la conversation s'éteint, Victor se relève et se plante face à moi, les bras croisés sur son torse, le regard durci par le désaccord évident.

— Ne pense même pas que tu partiras en road trip "retrouver la maman d'Ela".

— Je sais.

— Vraiment ? As-tu vraiment conscience de la merde que tu viens de rajouter à la pile déjà énorme ?

Oui. J'en ai conscience, parce que je le sais. Malgré l'espoir qu'elle m'autorise à l'accompagner dans ses recherches, nous ne pourrons jamais avoir une telle proximité, elle et moi. Une tempête est sur le point d'éclater, une explosion inévitable qui laissera des dégâts irréversibles dans son sillage. Je le sais, pourtant ce soir, j'avais envie de me laisser bercer par cette illusion, même si ce n'est que pour quelques instants. J'avais envie d'agir comme si je n'étais pas instable et qu'Elaïa ne me pense pas être le Marqueur. Du moins, pas le sien.

CHAPITRE 28

Le Marqueur. Monaco. janvier 2010

Accolé au bar extérieur VIP du casino, je fume et l'observe se pavaner comme une putain. Elle est excitante, impossible de le nier. D'ailleurs, la souiller est ce qui m'intéresse le plus.

Même plus.

J'aboie pour qu'elle revienne à mes côtés tel un maître appelant son chien au pied. Elle représente une excellente soumise. Elle me rejoint, que dis-je, elle accourt. En effleurant son bras, la texture de son épiderme m'interroge. Une peau noire s'avère-t-elle plus dure ou plus tendre qu'une peau blanche ? Est-ce qu'elle cramera aussi bien ou devrai-je insister un peu plus ? Non pas que ça me déplaise, mais elle pourrait me claquer entre les doigts rapidement. Or, je veux pouvoir prendre mon temps. Faire les choses bien. Je lui offre un regard lubrique auquel elle me répond volontiers. Après quelques verres de whisky, je l'attire vers moi et malmène ses fesses. Bombées et bien rondes, elles seront parfaites pour le grand final.

Cette petite souris n'a aucune idée du plaisir qui l'attend.

Elle rit, non, elle pouffe comme une imbécile. Je ravale ma grimace, je les préfère silencieuses. J'attrape sa nuque sans délicatesse et je fonds sur sa bouche pulpeuse. Impétueux, j'aspire sa chair jusqu'à ce que le goût métallique du sang s'imprègne sur ma langue. Elle recule, surprise, tâte sa lippe abîmée. Sans lui laisser le temps de réagir, je la dévore à nouveau et me délecte de l'hémoglobine.

— Ne t'inquiète pas, ma belle, soufflai-je en lui servant un sourire salace, je m'occupe du nettoyage.

Elle glousse tandis que je feins le plaisir de l'entendre ricaner. Physiquement, hormis sa peau ébène, qui est une première pour moi, elle s'approche à la perfection de mes critères. En revanche, elle semble plutôt limitée intellectuellement. Dans mon champ de vision, je vois deux hommes, accompagnés de leurs putes pour la soirée, s'avancer vers nous. Ils m'offrent chacun leur tour une poignée de main brutale, et les trois catins s'éloignent.

— Je ne vous ai encore jamais vu ici, vous êtes ?

Que la partie commence, m'amusai-je en silence. J'esquisse un sourire hypocrite et réplique d'un ton neutre :

— Simon Davis, je suis un ami de Vincent Martin.

— Oh ! bien sûr, chante le grand blond, Vincent nous parle constamment de vous.

Je n'en doute pas.

— Vous devez éprouver de la fierté à son égard, intervient le roux.

— Absolument. Acquérir un casino pareil, c'est une immense réussite.

Je me contrefous bien de son établissement. Cependant, je l'admets, Vincent semble s'accomplir pleinement, avec une femme élégante à ses côtés et un emploi qui lui assure une richesse considérable. Connaissant

Vincent, les marmots ne tarderont pas à agrandir la famille. C'est une belle existence, si l'on peut appeler cela une vie. J'avale la dernière gorgée de whisky, salue, avec la même hypocrisie qu'au départ, les deux niais face à moi et récupère ma petite souris. Nous quittons le casino pour rejoindre le parking. Le voiturier s'approche de l'entrée avec l'Aston Martin. En bon gentleman, j'ouvre la portière papillon passagère et laisse la pute prendre place.

En quelques minutes, j'atteins une vitesse de croisière de plus de cent kilomètres à l'heure. Discrètement, j'ajuste mon entrejambe dans mon pantalon de costume. Ma queue est à l'étroit et l'impatience coule dans mes veines tandis que l'appétit gonfle dans mon bas-ventre.

Une dizaine de minutes plus tard, nous grimpons jusqu'à mon domicile prévu pour la soirée. J'ouvre la porte et ne peux plus réprimer mon sourire. Elle pénètre dans l'antre soigneusement décoré, le pas lent, les yeux baignés d'admiration.

— Ton appartement est magnifique, Simon ! s'ébahit-elle.

Je lâche un rire en guise de réponse avant d'imbiber, en toute discrétion, un tissu de chloroforme. Avec une délicatesse stratégique, j'entoure la taille de la catin ; elle se dandine et glousse dans mes bras. Je baise son cou pour détourner son attention, puis presse le chiffon sur sa bouche. Elle lutte, ses doigts agrippant les manches de ma chemise, mais je resserre mon étreinte. Le produit met quelques minutes à faire effet. Lorsqu'elle devient inerte, je la soulève et l'amène dans la chambre. Sans perdre une seule seconde, j'attache ses chevilles au pied du lit et ses poignets à la tête. Je m'empare de la paire de ciseaux et découpe sa robe nacrée qui, je dois bien l'admettre, sublime sa peau brune à la perfection. Une fois son corps dépourvu d'énergie, mes doigts effleurent sa chair douce à l'odeur autant sucrée que florale, puis j'enfile des gants.

— On va bien s'amuser, susurrai-je avant de l'embrasser.

Je sors le foulard de ma poche et emprisonne sa bouche afin d'étouffer ses futures suppliques. Enfin, paré, j'allume le chalumeau récupéré sur le meuble et laisse les flammes briller quelques secondes face à moi avant de marquer son épiderme. Voir sa chair s'irriter, mon sexe se gorge un peu plus et l'envie de la prendre m'extorque un gémissement de désir. La petite pute gesticule, quelques couinements s'arrachent de ses lèvres malgré le foulard. Mon extase s'agrandit encore devant ses premières plaintes de plaisir. Je savais qu'elle adorerait, après tout, elles aiment toutes ça. Lorsque sa cuisse est brûlée à la perfection, je caresse sa hanche avec les flammes.

La peau brune est donc plus résistante… c'en est…

— Bandant.

Son côté gauche carbonisé, je délaisse mon arme de prédilection, puis déboutonne mon pantalon. J'abaisse mon sous-vêtement et effectue de longs va-et-vient pour apaiser l'afflux important de sang. Les yeux de la petite souris s'arrondissent à l'instant même où ses paupières s'ouvrent. Les larmes ne tardent pas à couler sur ses joues.

Elle peut hurler, personne ne l'entendra, j'ai tout prévu pour que rien ni personne ne vienne saccager ce moment. La lubricité s'étend sur mon visage tandis que ma queue tressaute devant l'impatience évidente de la catin. Sans perdre plus de temps, je déchire l'emballage d'un préservatif et coulisse le latex sur mon sexe fièrement dressé. Je prends place entre ses cuisses et écarte son string avant de m'introduire en elle sans préparation. Ses cordes vocales vibrent, ses yeux roulent, sa respiration bloquée. Je la pilonne abruptement. Son vagin, réceptif à mes coups de reins, se contracte autour de ma queue. J'appuie sur ses hanches pour modifier l'angle de pénétration avant qu'un cri strident n'envahisse la pièce. Ma main gantée s'écrase avec violence contre sa joue, elle se fige après quoi je harponne sa mâchoire.

Je les préfère vraiment silencieuses…

— Si je suis plutôt doué dans le domaine, en revanche, il vaudrait mieux que tu fermes ta jolie petite gueule, la menaçai-je avec fermeté.

Elle hoche la tête et mon sourire réapparaît. Avec fierté, je tapote sa pommette et murmure à son oreille :

— Brave pute.

Je me retire, libère ses chevilles des barreaux du lit et observe, avec ravissement, sa complète soumission. Mes doigts se faufilent sur le lien emprisonnant ses poignets lorsque je remarque le souffle d'espoir qui gonfle sa poitrine.

Espère, petite… espère…

Je tire sur l'anse du tiroir, découvre mon arme et la pointe entre ses belles prunelles sombres.

— Un mouvement et tu meurs, compris ?

Lentement, elle acquiesce.

Je détache ses poignets avant de lui ordonner de se retourner. Sans protestation, elle s'exécute. Je m'empresse de rattacher ses mains et relève ses hanches. Je presse ses reins pour l'inciter à se cambrer. J'enroule ses cheveux crépus autour de mon poing et tire pour creuser son dos. D'un coup violent, je la pénètre à nouveau. Mon bassin claque avec rudesse contre ses fesses et m'arrache des gémissements gutturaux. Aliéné par l'exaltation, je m'écarte de son vagin et force l'entrée de son orifice anal.

Je lui extorque une plainte puissante, la satisfaction de ma réussite s'étire sur mes traits.

Elles aiment toutes ça.

Plus j'attaque son cul, plus elle se dilate, s'ensuit une cascade de coups de reins brutaux. Mon râle explose, et je me déverse en elle dans le latex. Avec rudesse, je me retire une fois les spasmes calmés. Elle s'effondre sur le lit pendant que je jette le préservatif dans une poubelle que je prends soin de dissimuler dans mon bagage. Après quoi, je récupère un récipient, puis écarte d'une main ses plis intimes avant d'y verser une partie dans son vagin et dans son cul.

Elle est parfaite.

Je fais disparaître le contenant dans mon sac, puis me rhabille. Le jeu a assez duré. Alors que je m'apprête à tourner les talons et à la laisser là, un bruit guttural étranglé attire mon attention. J'avance d'un pas nonchalant vers ma petite souris.

— L'excitation ne serait-elle pas une belle mort ? m'esclaffai-je devant son corps inerte.

À la porte de l'appartement, je compose le numéro des secours.

— Oui… bonsoir, je ne comprends pas, chouinai-je comme un gamin, je… je… on était… on faisait l'amour et… et… elle… elle ne respire plus… s'il vous plaît… pardon… oui… mon nom… euh… oui… Je… je m'appelle Simon Davis.

CHAPITRE 29

Simon. Monaco. 2010

Avachi dans le canapé, la capuche tirée jusqu'à la lisière de mes yeux, je tente d'occulter les images qui passent en boucle à la télévision. L'une de mes jambes ne cesse de frapper le sol. Je vais devenir fou, si ce n'est pas déjà le cas. Malgré les cinq douches du matin, j'ai déjà envie d'y retourner.

Sans me retenir plus longtemps, je frictionne avec frénésie mes paumes contre mon jean. Si Vincent et papa sont obnubilés par les informations, je sens le regard de Victor se poser sur moi. Lorsque sa main s'approche dangereusement de la mienne, je m'écarte vivement, il soupire. Ma mâchoire se contracte, mon cœur s'emballe, et je sens que je vais exploser. Je tire de ma poche le nécessaire pour me rouler un joint, de toute manière, ça ne sert plus à rien de le cacher.

Dans quelques heures, ça n'existera plus, et ce sera le cadet de leurs soucis. Le joint roulé, je me relève et quitte le salon pour le jardin. La tête balancée en arrière, j'accueille les discrets rayons de soleil. Bientôt, eux aussi ne seront que de lointains souvenirs. Je grille une longue première latte, espérant qu'elle calme ma crise de panique.

« Personne n'aime les monstres, Simon. »

Non, personne ne les aime, pourtant, j'étais persuadé qu'elle m'aimait. Naïvement, je le pense encore. Si je ne l'avais pas tuée, on n'en serait pas là, peut-être que j'aurais réussi à aller mieux. Peut-être que si je n'avais pas refusé de brûler Victor, je ne grillerais pas mon dernier joint et ne profiterais pas de mes derniers rayons de soleil. À cette pensée, des doigts glissent autour de la drogue roulée et l'arrachent de ma main. Victor tire longuement dessus et expulse la fumée haut dans les airs.

— On pourrait s'enfuir, chuchote-t-il, ce n'est pas trop tard.

« Tu es malade, Simon, on t'aide à aller mieux. »

J'accepte le joint après qu'il s'en est soulagé de trois bouffées. Le papier crépite quand j'embrume mes poumons d'un nouveau nuage toxique. Devant mon mutisme, il renchérit :

— Anthony serait même d'accord avec cette proposition. Ça ne serait que temporaire, le temps que le problème soit réglé.

« Tu es malade, Simon, tu es répugnant. »

Je délaisse le mégot sur le rebord de la fenêtre et m'apprête à rentrer lorsqu'il enroule ses doigts autour de mon bras. Dans un élan agressif, je le repousse, et mon poing s'écrase, la seconde suivante, contre sa mâchoire. Il grogne, mais ne m'en tient pas rigueur. L'instant d'après, je vide une mini bouteille de désinfectant entre mes paumes et les frotte. Ses mains apparaissent entre les miennes. Il les nettoie en entremêlant nos doigts. Pour la première fois depuis hier soir, je relève la tête pour plonger dans ses yeux. Il a pleuré. Encore.

— Ne fais pas ça, murmure-t-il, la voix éraillée, s'il te plaît, ne m'abandonne pas maintenant. Tu n'es pas coupable.

Comment peut-il encore plaider ma cause ? Il veut me voir et m'en-

tendre dire que je suis innocent, mais c'est faux. Je ne le suis plus depuis presque cinq ans. Depuis que mes mains se sont posées, pour la première fois, sur le corps d'une femme. Depuis qu'elle a choisi de faire de moi un pantin sexuel. Je suis un Marqueur, pas un innocent. Je chasse des proies et brûle des corps. Peut-être que cette fois, je ne suis pas le coupable, seulement je suis complice. Il n'y Il n'y a plus rien d'innocent ni de pur chez moi.

« Je t'aide à aller mieux. »

Je ne suis pas certain d'aller mieux. Je doute que ses mains sur moi, sa bouche en contact avec mon sexe et leurs satanés rituels de brûlure m'aient aidé dans ce sens. Au contraire, je me sens de plus en plus sale. Surtout depuis cette nuit-là… cette nuit où j'ai choisi de croire la voix de Victor plutôt que les leurs. Maintenant, plus c'est violent, plus ça m'excite. Plus elles refusent et hurlent, plus je veux les faire taire. Ne parlons même pas du grand final… je crois que c'est cette étape-là que j'ai assimilée avec succès. Rien que d'y penser, je bande. En quoi ça fait de moi quelqu'un de guéri ?

« Je t'aime, Simon, pourquoi ne le vois-tu pas ? »

Elle m'aimait. Ils m'aimaient et je les ai trahis.

— Ne les écoute pas, me dit Victor. Les voix. Elles te mentent.

— Elle mentait ? le questionnai-je, réellement perdu.

— Ils mentaient tous les deux, Simon. Tout ce qu'ils voulaient, c'était que tu deviennes comme eux. Malade et monstrueux.

— Je le suis.

Il secoue la tête et plaque son front contre le mien. Ses bras tombent sur mes épaules et, d'instinct, les miens s'enroulent autour de sa taille.

Je n'irai pas jusqu'à dire que le contact est apaisant, toutefois il est supportable.

— Non, Simon. Tu n'es ni malade ni monstrueux. Ils t'ont forcé, c'était de l'abus de confiance.

— Ils m'aimaient.

— Je t'aime, ton père t'aime et Vincent aussi, même si tu lui mènes la vie dure. Nous, on t'aime, d'un vrai amour. Pas eux. Jamais.

— J'ai envie de te croire parce que toi, tu essayes de ne jamais mentir, mais…

— Mais il y a les voix…

J'acquiesce. Ses mains entourent ma mâchoire et, avec une délicatesse propre à lui, il dépose ses lèvres contre les miennes.

— Ça, Simon, c'est de l'amour. Ça ne fait pas mal, ce n'est ni une récompense ni une punition et ce n'est pas forcé.

— Il m'aimait alors.

Ses larmes s'accumulent sans que je parvienne à comprendre pourquoi ma déduction le rend triste. Il m'aimait, il était violent, surtout le mois dernier, il disait que j'étais malade, mais quand il m'embrassait, ce n'était pas tout le temps douloureux.

— Il est en colère, mais je sais qu'il m'aime. Il me pardonnera, tu crois ?

— Simon, ce n'était pas…

Les coups frappés contre la porte d'entrée l'interrompent dans sa phrase. D'instinct, il me plaque dans son dos comme s'il érigeait un mur protecteur entre moi et le reste du monde. Papa hurle et m'ordonne de monter me cacher dans ma chambre.

Je déteste les cache-cache, ils finissent toujours mal.

Victor me tire par le bras et m'attire à l'intérieur de la maison. Je freine des quatre fers devant l'escalier. Papa se plante devant moi, les yeux noyés de larmes.

— S'il te plaît, Simon, monte, ça va aller, d'accord, mais il faut que tu montes te cacher.

Il se tourne vers Victor.

— Monte avec lui, protège-le, ne le laisse pas descendre.

C'est ça l'amour, du moins celui que j'ai appris. Celui qui fait mal, qui fait hurler et pleurer. Alors, si Victor dit vrai et que ce n'est pas comme ça que l'amour doit exister, tout doit s'arrêter maintenant.

« Personne ne t'aime, sauf moi. »

Peut-être qu'elle avait raison. Et si c'était la seule à m'aimer réellement, maintenant elle est morte. En revanche, si c'est Victor qui a raison, ceux qui m'aiment sont dans cette maison et je dois arrêter de leur faire du mal. Je dois apprendre à les aimer correctement.

Les coups contre la porte s'amplifient, et je refuse de monter. Papa s'agace et les yeux de Victor brillent trop fort. Je crois y lire de la déception. C'est ce que je fais de mieux : décevoir ceux que j'aime. Dépassé par le temps, Vincent est obligé d'ouvrir. Je ferme les yeux et inspire longuement. Papa implore, Victor se plante en protection devant moi, Vincent est le seul à avoir une voix calme et posée. Malheureusement, personne ne prête attention à ces trois personnes, le seul qu'ils veulent, c'est moi. Je rouvre les yeux, puis contourne mon meilleur ami.

— Simon Davis, vibre la voix grave de l'agent de police, nous vous arrêtons pour le meurtre de Farrah Riesse. Tout ce que vous direz pourra

et sera retenu contre vous. Comme vous êtes mineur, nous ne pourrons vous interroger qu'en la présence de votre avocat. Est-ce que vous avez compris vos droits ?

J'acquiesce, ignorant le regard douloureux de Victor. Lorsque les mains de l'agent s'approchent, je recule. Merde, je n'avais pas pensé à ça. Papa hurle plus fort cette fois, et les agents se figent.

— Ne le touchez pas !

— Monsieur, s'empresse de répondre le collègue de celui qui se tient en face de moi, votre fils est accusé de…

— Nous savons et nous avons entendu, intervient Vincent. Tout ce qu'on vous demande, c'est de ne pas le toucher. Il ne supporte pas le contact physique.

— Je n'ai pas le choix, je dois lui passer les menottes.

Je déglutis, et devant la panique générale, je prends la parole.

— Lavez-vous les mains, s'il vous plaît, demandai-je d'une voix faiblarde. Après, vous me mettrez les menottes.

L'agent tique avant de lever les yeux au ciel. La crise d'angoisse pointe le bout de son nez quand je vois une femme en uniforme s'avancer vers moi. Je me fige et me sens devenir livide. J'aurais pu éventuellement supporter le contact avec un homme, mais celui d'une femme, c'est trop pour moi. Lorsque l'agente réduit dangereusement la distance entre nous, Victor se plante devant moi et me plaque dans son dos. Il se fait alors propulser au sol en l'espace d'une seconde, et je sursaute en même temps qu'il se débat.

— Ça suffit ! s'exclame Vincent d'une voix profonde, inédite. Lavez-vous les mains, bordel ! Ça vous coûte quoi ? Il finira dans votre

bagnole, de toute manière, alors vous pouvez au moins faire ça. De plus, vous venez de malmener un jeune homme de dix-sept ans sans raison valable. Nous pouvons vous poursuivre en justice pour ça. La situation est déjà assez compliquée, n'est-ce pas ? Donc, lavez vos putains de mains, et menottez-le ensuite.

Ils finissent par obéir face au ton intraitable de Vincent. J'expire et calme les pulsations de mon cœur. Un peu plus et j'étais coffré à la fois pour meurtre ainsi que pour passage à tabac.

Tandis que l'un des agents me passe les menottes, Victor m'implore de ne pas l'abandonner. Je détourne le regard de lui et occulte toutes les supplications bruyantes de papa en arrière-plan. Peut-être qu'ils m'aiment vraiment, peut-être qu'ils ont raison, que ce sont eux qui tiennent réellement à moi. Néanmoins, il y a un morceau de l'histoire qu'ils ne peuvent pas nier, même s'ils le voulaient. Les monstres doivent être enfermés. Moi, je suis le parfait exemple du monstre. Je suis malade et monstrueux, comme elle le disait. Comme ils le répétaient tous les deux. Papa ne mérite pas un fils comme moi. Il a raison de prendre Vincent sous son aile, il sera un bien meilleur fils. Quant à Victor, il sera enfin libéré, il pourra passer du temps avec toutes les filles qu'il souhaite.

Personne n'aime les monstres. Pas même moi.

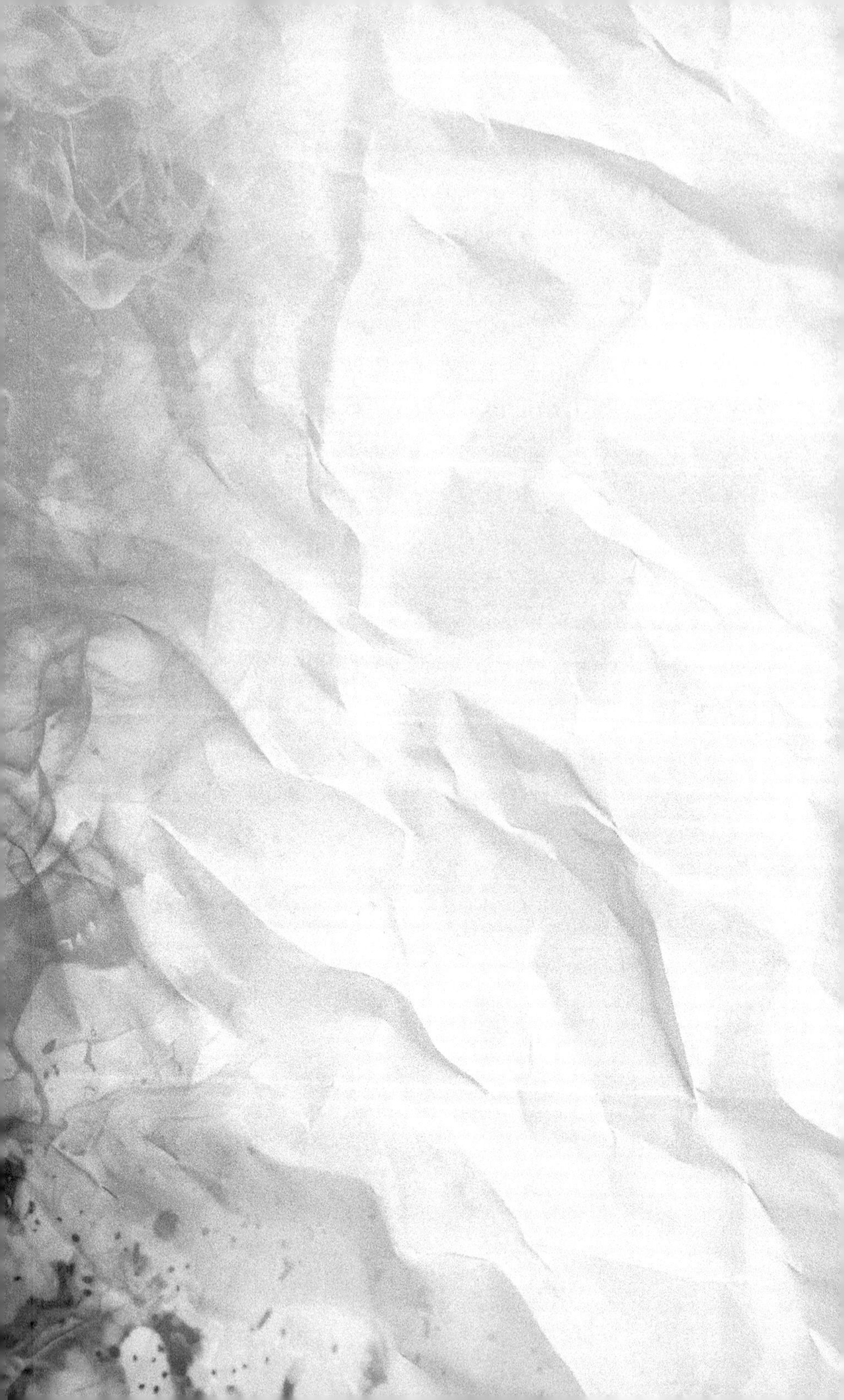

CHAPITRE 30

Victor. Monaco. Présent

Comme d'ordinaire, Simon entre comme s'il était le propriétaire des lieux. Il se rue sur la bouteille délaissée sur le bord de mon bureau sans prendre la peine de se servir un verre. Le goulot contre les lèvres, il avale plusieurs longues gorgées avant de la reposer, puis s'installe sur le fauteuil. Je l'observe avec attention, mes yeux se perdent un instant sur les égratignures qui redécorent ses phalanges.

Hier, j'ai dégoupillé la grenade qu'il était. Nous avons confié à Roxanne une partie de son histoire, elle en a payé les frais. Aux yeux de Simon, elle était tour à tour Jade, Elaïa, puis elle. Son démon ultime.

Hier soir, Roxanne a commis une erreur. Une toute petite faute qui a engendré un chaos extrême. Ses doigts ont effleuré, dans un mouvement involontaire et maladroit, la peau hypersensible de Simon. Les flammes corrosives ont dansé dans ses yeux, et le volcan est entré en éruption. J'ai bien cru qu'il allait la tuer. Pour la première fois, ma voix ne le calmait pas, les démons dansaient trop vite, trop fort. Alors, j'ai parlé d'elle. De cette foutue teigne d'Elaïa Benson, et il s'est calmé. Elle s'est ancrée en lui, maintenant je n'éprouve qu'un désamour plus profond pour elle.

Je déteste ça.

Elaïa Benson me l'arrache, petit à petit, morceau par morceau. Si Simon ne prend pas encore réellement conscience de l'impact qu'elle a sur lui, il n'apprécie pas non plus ce changement.

— Winter vient d'accepter la mission pour l'inauguration, déclarai-je, laconique.

Il hoche la tête, les yeux dans le vague.

— Nous devons trouver une escorte pour…

Je suis interrompu par la porte qui s'ouvre sur une Roxanne peu assurée. Mon intérêt tombe instantanément sur le baume qu'elle tient entre les mains. Celui de Roxanne s'accroche aux bras de Simon, noircis de tatouages. Elle ne les a jamais aperçus dans leur intégralité. Dans la *Chambre*, il ne retire que le strict minimum afin de garder secrets les vestiges de son histoire. Elle les analyse avec intensité et, lorsque Simon le réalise, il rabaisse avec rapidité ses manches de chemise. Gênée, elle ravale sa salive, se racle la gorge avant de plonger son regard dans le mien.

— Je veux aider.

— Non, siffle Simon.

Je serre les dents sans rien laisser paraître.

— Laissez-moi participer. Je n'ai pas demandé à tout savoir pour rester sur le banc de touche.

— C'est hors de question, ta vie est assez en danger comme ça, renchérit Simon, inflexible.

Devant mon mutisme et, par manque de patience, elle jette le baume au sol et fait disparaître sa jupe, nous offrant une vue exceptionnelle sur les sévices que nous lui avons infligés. A priori, la leçon d'hier soir ne lui a pas suffi. Contrairement à moi, elle a encore envie de jouer avec ses limites.

— Tu m'as brûlée, Simon. Vous m'avez manipulée et forcée à me taire. Le danger, vous savez le contrôler, sinon tu ne t'amuserais pas à tourner autour d'Ela. Alors maintenant, vous me laissez participer, je sais que je peux être utile.

Les signaux d'alerte s'enclenchent en une fraction de seconde. Les flammes dansent dans les iris de Simon, qui quitte le fauteuil avant de se figer lorsque ma voix menaçante vibre contre les murs du bureau.

— Rhabille-toi, Roxanne. Et toi, si tu bouges, tu es mort.

Les poings de Simon se serrent, son corps se contracte avec une telle intensité qu'une veine apparaît dans son cou. Sa mâchoire tressaute tandis qu'elle exécute mon ordre. Simon se détourne de Roxanne et frappe du poing sur le bureau. La seconde suivante, son regard fulminant fusionne avec le mien.

— Elaïa va nous démolir et tu le sais, vocifère-t-il. Ta petite chose va finir six pieds sous terre. Tous nos efforts n'auront servi à rien. Je te suis depuis le début et me plie à tes conditions, mais je refuse de te perdre une nouvelle fois parce que celle que tu aimes sera morte !

— Le rapprochement avec Elaïa n'était pas non plus dans le plan et pourtant, regarde où nous en sommes ?

Sans grande surprise, ma provocation fait déborder la lave du volcan en éruption. Il envoie valser la totalité des objets sur le bureau en arrachant un sursaut à Roxanne. Simon a plusieurs visages : celui de la Chambre, celui de l'enfant paumé et celui-ci. Le protecteur, celui qui, dans ses grands moments de lucidité, refuse que des vies soient mises en danger. Toutefois, il n'y a pas que cette partie qui le rend plus qu'irritable. Mon hésitation évidente face à la proposition de Roxanne le fait fulminer.

— Il te déplaît que quand ça t'arrange, ce putain de rapprochement ! Il a toujours dix coups d'avance sur nous, Victor, et tu veux te servir d'elle en tant que pion ? As-tu perdu la tête ? Je ne devrais pas être celui qui défend le cul de ta pute !

D'une provocation à une autre, j'entends à peine l'offuscation de Roxanne et me jette sur mon meilleur ami. J'enroule avec férocité mes doigts autour de sa nuque avant d'écraser sa joue contre le bureau. Il me hurle de le lâcher, le poids de ses poings tentant de déformer le bois du meuble.

— Redis-le ! rugis-je contre son oreille. Redis-le que je t'explose le crâne contre ce bureau !

— On n'a pas besoin d'elle, crache-t-il, on peut se servir de Winter ! Et elle, ça n'a aucune importance si elle crève. Pas la catin, pas pour toi !

Je ravale ma pulsion meurtrière et le relâche. Il s'empresse de vider une bouteille de désinfectant. Je me détourne de Simon et de Roxanne. Un lourd soupir s'arrache de mes lèvres tandis que ma paume fourrage avec frénésie dans mes cheveux.

— Si on la missionne, insiste Simon, elle meurt et tu le sais. On n'a aucun moyen de la protéger.

— On a besoin de deux escortes.

— On en trouvera une autre qui colle au profil !

— Simon, murmure Roxanne, je prendrai toutes les précautions nécessaires, je jouerai selon vos conditions, mais si je peux être utile, je veux le faire. Pour Ela. S'il te plaît.

— Tu n'as aucune idée des risques. On ne pourra pas te protéger et s'il t'arrive quoi que ce soit, il ne se le pardonnera jamais, siffle-t-il dans ma direction, les yeux fumants de haine. On perdra Ela dans la lancée.

Dans une ambiance électrique, le regard sévère de Simon me supplie, j'écarte un petit dossier de la pile. Il serre les dents, je ferme les yeux et le lui tends.

— J'assumerai les conséquences, affirmai-je, placide.

La tête de Roxanne s'abaisse, sa déception éclatant dans sa posture affaissée. Si sa volonté de nous aider est sincère, elle voulait que je lui prouve que, pour moi aussi, elle passe avant tout le reste. Elle pense déjà qu'Elaïa ne la considère pas comme la personne la plus importante de sa vie, elle avait besoin que moi, je lui montre. Malheureusement, et malgré la douleur qui irradie dans mes organes, je ne peux pas répondre à son espoir silencieux. Simon restera toujours ma priorité, peu importe combien je l'aime, peu importe combien j'aspire à l'avoir à mes côtés jusqu'à la fin de mes vieux jours. Simon braille, la défend comme si elle comptait pour lui. Il n'abdique pas et balance une liste d'arguments tout à fait entendables que j'ignore. J'ai besoin de lui. Mon cœur bat parce qu'il vit, sans lui, je ne suis rien. Et je crois, en sondant le regard de Roxanne, qu'elle le réalise pleinement aujourd'hui. Si j'ai déposé mon cœur entre ses mains et ne compte jamais le reprendre, j'ai pu lui offrir parce que Simon est là pour le faire battre.

— Winter, expliquai-je lorsque Simon se résigne enfin à me suivre dans le plan, notre escorte principale surveille Patrick Valence. Il est le directeur des agences d'escorting…

— Je le connais, m'interrompt Roxanne. Je lui ai déjà servi d'escorte.

Je déglutis, mes paupières clignent, une grimace déforme ma bouche. Gênée, elle opine, validant ainsi mon hypothèse. Elle a déjà couché avec lui.

Ce type profite de ses escortes comme d'une réserve personnelle de vides-bourses. Ma mâchoire se contracte à l'image de son vice souillant le corps de Roxanne. Je ravale les jurons qui menacent de jaillir et rêve de le tuer moi-même.

— As-tu déjà croisé un certain Samuel lorsque tu as été au service de Patrick Valence ? reprend Simon, loin de se douter de l'aveu muet de Roxanne.

— Pas de Samuel, mais il y avait un Sammy qui traînait souvent avec Patrick. En revanche, je ne l'ai jamais côtoyé de près.

— Cela signifie que Patrick couvre bien plus Samuel qu'on ne le pensait. Cela veut aussi dire que Samuel changeait d'identité avec les escortes, déclare Simon. Qui pourrait l'avoir croisé ? Elles pourraient nous servir à ta place.

D'abord confuse, son teint devient livide la seconde d'après. Sous son crâne, les pièces du puzzle s'imbriquent. Bien que nous lui ayons confié une partie de l'histoire, nous avons évité de lui transmettre un quelconque indice sur le Marqueur. À cet instant, loin d'être stupide, les propos de Simon suffisent à lui faire comprendre l'identité qui se cache sous le masque de Samuel Bouton. Alors que mon meilleur ami, impatient, réitère sa question, Roxanne se liquéfie sur place. La suspicion assombrit mon visage. D'une voix faiblarde, elle répond :

— Dalia, principalement.

Simon s'empresse de chercher le profil de Dalia, tandis que Roxanne fuit mon regard. Une perle de sueur naît sur son front, son cœur semblant s'emballer à mesure que le temps s'allonge.

— Dalia, impossible, marmonne Simon, elle ne colle pas au profil que l'on recherche.

— Moi, je pourrais convenir, non ? s'enquiert-elle, au bord de l'effondrement.

— Pas vraiment. Tes origines asiatiques pourraient poser un problème, en revanche, si on ne trouve personne d'autre d'ici là, on n'aura pas le choix.

Soudain, l'hypothèse éclot au centre de mon esprit. Je

crains de comprendre le désastre qui s'apprête à nous tomber dessus. Mes phalanges blanchissent, mes ongles griffant l'intérieur de mes mains. La tension comprime mes muscles tandis que mon pouls s'emballe.

— Qui, vibre ma voix bien plus grave que d'ordinaire, qui a déjà rencontré ce Sammy ?

L'humidité s'amoncelle contre ses cils, ses lèvres scellées, elle me supplie de ne pas insister. Mes entrailles se tordent face au dramatique constat.

— Sélène, souffle-t-elle, retardant l'inévitable…

Focalisé sur son écran, Simon souffle, éliminant le nouveau nom de la liste des profils potentiels.

— Qui ? insistai-je sous le regard implorateur de Roxanne.

— Effie.

— Elle est trop vieille, grommelle Simon, qui perd patience.

— Roxanne, qui ? grondai-je.

Ses larmes cèdent à la barrière de ses cils, ses prunelles noircies par la tristesse. Son menton tremble, sa bouche refusant d'admettre la vérité. Elle sait qu'à la seconde où le nom de l'escorte résonnera dans la pièce, la tempête fera rage. Les ravages seront irréparables et le plus grand démon ensommeillé chez Simon se réveillera.

C'est dans cette ambiance électrique que Simon relève la tête. Son regard perdu nous sonde, Roxanne et moi, tour à tour.

— Je n'ai personne d'autre en tête, ment-elle, balayant ses larmes.

— On ne peut pas l'utiliser, Victor, soupire Simon, touché par la peine de Roxanne. C'est trop risqué. Effie est trop vieille, mais elle pourrait toujours attirer l'intérêt de Samuel. Il pourrait sortir de l'ombre, du moins, elle l'attirera toujours plus que Roxanne.

— Combien de fois ? sifflai-je, focalisé sur Roxanne.

— Bordel ! Expliquez-moi ce qui vous arrive, s'agace Simon.

— Beau… beaucoup, pleure Roxanne.

— Hé oh ! Je suis là ! Qu'est-ce qui se passe ?

— C'était quand la dernière fois ? l'interrogeai-je, ignorant l'irritation grandissante de Simon.

— Vous allez me répondre, oui ?!

— Le… le cambriolage, je sais qu'elle… elle… elle y a été avec lui…

Sidéré, ma bouche s'entrouvre, les sourcils de Simon se froncent d'incompréhension. De nouveau, il tente de décrypter nos visages en vain.

— De quoi tu parles ? intervient Simon.

— Il existe bien une escorte qui correspond parfaitement au profil, finis-je par admettre.

— Victor… sanglote Roxanne.

— Eh bien, utilisons-la alors, déclare Simon.

— On ne peut pas, tranchai-je.

— S'il te plaît… Victor…, m'implore Roxanne.

Soudain, Simon se fige, mes paupières se ferment une demi-seconde, sans mal, je devine son cœur s'arrêter.

— Il n'a pas fait ça, pas vrai ? s'étrangle-t-il.

Lorsque je rouvre les yeux, Roxanne est concentrée sur mon meilleur ami, dont les mains, maintenant tremblantes, s'activent sur l'écran de son téléphone. Il se joue de nous. Depuis le début, le Marqueur ne fait que jouer. Il n'a pas dix coups d'avance, non, il a tout un plan ficelé à la perfection d'avance. Il a réfléchi à chacun de nos mouvements avant même que nous pensions à les faire. Pire encore, il n'a jamais quitté Elaïa.

— Il n'a pas osé, souffle-t-il, désemparé, la voix éraillée, sa tête refusant d'admettre la réalité.

Roxanne se laisse tomber au sol et se recroqueville contre la porte, ses pleurs devenant sonores. Si mon cœur se brise devant la réaction de ma petite amie, je m'embrase lorsque je perçois la furie naître sous la peau de Simon.

— Il ne l'a jamais lâchée, n'est-ce pas ? Il sait qui est Hécate et l'a utilisée à son avantage.

CHAPITRE 31

Le Marqueur. Monaco. Octobre 2021

Je parcours la liste des escortes sans grande excitation. Elles sont toutes fades, sans intérêt. Patrick et moi n'avons vraiment pas les mêmes préférences physiques. Seule cette Camélia, dont les cheveux noirs et les yeux couleur charbon, pourrait me satisfaire. Petite, mince avec, toutefois, une poitrine rebondie, elle a un physique tout à fait délicieux. Je tapote sa photo du bout des doigts en direction de mon complice, mais ce dernier grimace. D'un signe du menton, je l'invite à justifier son attitude.

— Vos attentes sexuelles ne seront pas comblées avec cette escorte.

J'arque un sourcil. Cet homme aux problèmes d'érection me parle de ma satisfaction personnelle quand lui ne parvient à plaire ni aux femmes ni aux escortes.

— Si vous aimez ce profil, il y en a un similaire dans l'agence de Nice centre. Néanmoins, elle est très demandée et très sélective. Vous devrez d'abord approcher un de ses trois clients avant de pouvoir l'approcher. Vous devez également savoir qu'elle est considérée comme sexuellement inactive. Du moins, pour l'instant. Je suppose qu'avec votre fortune, vous saurez la convaincre.

D'un mouvement bref de la tête, je lui fais comprendre ma curiosité.

Il me dévoile alors le profil de cette escorte. La ressemblance avec Camélia est plus que frappante. Côte à côte, elles semblent identiques. Toutefois, au-delà de leurs courbes et de leurs cheveux similaires, les flammes sauvages qui dansent dans les iris corbeau de la copie de Camélia m'intriguent. Réajustant ma position dans le fauteuil, mon regard décrypte avec une précision chirurgicale le regard de cette nouvelle escorte.

Tout ce que j'aime.

Soudain, le passé entre en collision avec le présent, et je ne parviens pas à réprimer mon enthousiasme. Est-ce vraiment elle ?

Mon pouce caresse sa photo, une excitation que je n'avais plus ressentie depuis de longs mois assaille chaque fibre de mon être.

Je te manquais, ma favorite ?

Convaincu de reconnaître celle qui se cache sous le masque de cette escorte, je me remémore ces deux délicieuses journées passées en sa compagnie, une année plus tôt.

Ma petite souris favorite.

J'en suis persuadé : je l'ai retrouvée. Toutefois, je dois l'approcher. Je dois ressentir son énergie, il n'y a que de cette manière que ma certitude sera pleine.

— Connaissez-vous ses futures missions d'escorting ? demandai-je, sans parvenir à détacher mon regard de la photo.

Patrick s'agite sur son fauteuil puis sort un dossier d'un tiroir. Il tourne les pages, vérifie les données en sa possession avant de m'informer :

— Hécate sera présente à la soirée caritative de samedi, à Monaco. Une soirée pour la lutte contre le cancer.

Hécate.

Un nom de sorcière pour une souris si particulière. Ce n'est qu'une hypothèse, mais le destin ne mettrait pas cette femme captivante sur mon chemin si je me trompais. Je le sens dans mes tripes.

— Elle est en compagnie de son client principal. Maddox. C'est avec lui que vous devez traiter avant de pouvoir l'aborder.

Je ravale mon rire extatique, reprends rapidement une contenance.

— Maddox ? Le journaliste ?

Il hoche la tête. Je ne saurais déterminer clairement les émotions qui éclatent en moi. De l'excitation pure, pour sûr. Peut-être une pointe de déception. Ils me mâchent tellement le travail que le jeu perdrait presque toute sa saveur.

— Bien, déclarai-je, de nouveau impassible, trouvez-moi un carton d'invitation.

— Nous avons un accord, Samuel. Je couvre votre identité, vous trouve des escortes de choix, en revanche, vous devez me payer en temps et en heure.

Je le sonde, arque un sourcil, l'insolence naissant sur mes traits. Inflexible, il attend patiemment que j'entretienne son addiction à l'argent. La seconde suivante, je quitte mon siège, reboutonne ma veste de costume et enfonce mes mains dans les poches de mon pantalon.

— Je suis un homme patient, Patrick. En revanche, ma bonté n'est pas illimitée. Je paye pour des résultats. Vous aurez donc votre argent si cette escorte convient à mes attentes. Trouvez-moi ce carton d'invitation.

Sans plus de cérémonie, je quitte son bureau.

Deux mois plus tard, Nice.

Sybil Margaret Williams pour les imbéciles, Elaïa Sybil Benson pour les plus intimes. Et pour les plus chanceux, Hécate.

Cette petite souris s'avère pleine de créativité. Vicieuse et fourbe, elle est tout ce qu'il exècre. Sous son masque, réfléchi avec soin, elle se montre rayonnante mais timide le jour, obsédante et sauvage la nuit.

J'en viens à me demander quel masque tombera en premier entre le sien et celui d'Hécate. Lequel d'entre eux fera sombrer plus durement l'autre. Ma seule crainte réside dans l'impulsivité dont il peut parfois faire preuve ces dernières années.

Cette femme ne doit jamais entrer dans la Chambre avant qu'ils n'aient créé un lien assez fort. Elaïa doit prendre le pas sur Hécate et non l'inverse, sinon notre plan se compliquera. Je ne dois pas intervenir tout de suite dans leur rencontre. Cela représenterait un risque trop grand pour notre jeu. Le tourment est bien plus délicieux s'il est latent, lancinant.

Une clope pincée entre les lèvres, j'observe l'arrière de la résidence, quelques mètres plus loin. Dans l'ombre. Toujours.

Une petite brune, les bras chargés, traverse l'allée sombre puis se plante devant la porte de service. Elle jette un œil rapide à sa montre. Lorsqu'enfin vingt-trois heures cinq sonnent, elle cogne à cinq reprises contre le fer. La porte s'ouvre quelques secondes plus tard.

Les deux femmes s'enlacent avec tendresse avant qu'Elaïa s'écarte d'elle, le sourire aux lèvres.

— C'est la dernière fois que tu fais le service, Carla, déclarai-je ma petite souris. J'ai trouvé un autre appartement quelques blocs plus loin.

Carla Etienne, l'une de mes futures proies et complice de notre très chère Elaïa Benson, unique survivante du Marqueur. Ma souris favorite s'est inspirée du visage de son amie pour créer Hécate. Lorsqu'elle est grimée, Camélia et Hécate deviennent des copies conformes. La ressemblance en est totalement hypnotique. Elaïa Benson, intelligente — je dirais même machiavélique — a pensé à tout. Elle n'a pas seulement créé un personnage nocturne, elle est devenue quelqu'un d'autre. De la racine de ses cheveux à la pointe de ses pieds, de ses yeux à sa voix, elle a tout modifié pour devenir Carla ou Camélia. En plus hargneuse. En plus savoureuse.

Fascinante.

Elle l'a toujours été, et, après des mois d'observations, l'admiration reste intacte. Peut-être même qu'elle est encore plus grande.

— Toutes les agences ont entendu parler de toi. Tu es sensationnelle.

— Je m'en contrefous, tu le sais très bien.

Tout ce qui t'importe, c'est de me retrouver moi.

— Fais attention à toi, s'il te plaît, le jeu auquel tu joues est dangereux.

Alors que ma petite souris balaye l'alerte de son amie, un vil rictus s'érige sur mes lèvres. Ce jeu n'est pas dangereux. Il est exceptionnellement savoureux.

— Dis-moi, as-tu déjà rencontré un certain Sammy ? Il paraît qu'il a plutôt tendance à choisir des escortes de ton agence.

— Une fois. C'est un agent immobilier, charmeur, je dirais même

sacrément mignon. En revanche, il n'est pas très recommandable. Il a des pratiques sexuelles plutôt particulières. Pourquoi ?

— Je le rencontre ce soir.

— Je croyais que tu ne prenais plus d'inconnus.

— Maddox m'a louée pour l'inauguration d'un musée éphémère. Il m'a demandé si j'acceptais de rencontrer Sammy. D'après ce que je sais, ils sont sur une affaire ensemble.

— Je suppose qu'avec Maddox, tu ne crains rien. Mais fais quand même attention, il a les mains baladeuses et un humour graveleux.

Je m'amuse du portrait que son amie dresse de moi pendant qu'Elaïa lui promet d'être prudente. Elles s'enlacent une dernière fois avant que Carla ne disparaisse de l'allée.

Durant l'heure qui suit, j'attends patiemment qu'Elaïa réapparaisse sous le masque d'Hécate. Exalté par la vue, ma langue humidifie ma lippe. Je la trouvais délicieuse en presque rousse, mais en brune, elle est tout simplement bandante. L'envie ronge sans attendre mon bas-ventre. Bien que trop maigre à mon goût, sous cette apparence sauvage, je la baiserai sans discontinuer.

Elle emprunte plusieurs petites ruelles avant de s'installer sur un banc à de longs mètres de sa résidence. Une voiture de luxe apparaît quelques dizaines de minutes plus tard. Elle s'enfonce dans l'Aston Martin de Maddox, puis, lorsque je la sais assez loin de Nice, j'entreprends de rejoindre son immeuble. La casquette enfoncée sur mon crâne, le regard évitant les caméras de surveillance du hall, j'enclenche le minuteur sur ma montre, puis m'approche de l'ascenseur. Lorsque les portes s'ouvrent, une Asiatique aux cheveux gris naturels s'en échappe. Ses yeux tombent dans les miens, son sourire lumineux s'élargit sur ses lèvres.

— Bonsoir! chantonne-t-elle en sortant de la cage de fer.

En guise de salut, je me contente de hocher la tête. Exhibant ses jolies formes parfaitement moulées dans une longue robe noire, elle réduit la distance entre elle et l'agent d'entretien de l'immeuble.

— Bonsoir, Hector, le salue-t-elle.

— Bonsoir, mademoiselle Roxanne, vous allez bien? répond-il, ravi de l'intérêt qu'elle lui porte.

Elle opine avant de lui tendre une enveloppe. La surprise fait écarquiller les yeux de ce fameux Hector. Ma tête s'incline sur le côté, surpris par l'accolade tendre qu'ils échangent.

Cette femme est pour le moins intéressante.

— Oh merci, mademoiselle Roxanne! sanglote-t-il en s'essuyant les yeux humides.

— C'est aussi de la part d'Elaïa.

— Vous n'auriez pas dû.

— On sait que vous vouliez offrir ce week-end à votre petit garçon, mais vous ne prenez jamais le temps avec toutes ces heures supplémentaires que vous faites. Maintenant, plus le choix!

Alors que l'agent d'entretien, envahi par l'émotion, serre une nouvelle fois l'Asiatique dans ses bras, elle s'esclaffe. Si cette femme et ma petite souris prennent autant soin de cet Hector, il peut se sentir redevable. Voilà comment ma poupée favorite peut s'éclipser par la porte de service sans que personne ne remarque sa disparition.

Soudain, alors que je poursuis mon analyse de la femme aux cheveux gris, un nouveau lien s'illumine dans mon esprit. Ce soir, elle est aussi grimée, cependant, elle ressemble étrangement à la meilleure amie d'Elaïa. Si j'ai vu juste, je viens d'approcher Roxanne Mesnil par pure coïncidence.

Elle aussi enfilerait donc un habit d'escorte à la nuit tombée ?

Fascinant.

Avant qu'elle ne disparaisse dans la nuit, l'agent d'entretien l'interpelle une dernière fois et lui demande de faire attention à elle. Sa remarque m'arrache un discret sourire. Il a raison, les rues ne sont pas sûres.

Il paraît qu'un vilain petit Marqueur fait des dégâts.

Un rire m'échappe face à ma pensée, puis je me décide à emprunter la cage d'escalier. J'ai déjà bien assez perdu de temps. Arrivé au cinquième étage, dans un angle dépourvu de caméra de surveillance, j'installe un brouilleur vidéo. Puis, d'un pas résolu, je m'avance vers l'appartement d'Elaïa.

J'inspire profondément, domptant l'exaltation qui pulse dans mes veines, crochète la serrure avant de pénétrer à l'intérieur. Son parfum, à la fois sucré et floral, m'enveloppe aussitôt. Mon esprit convoque alors son souvenir, soumise, les jambes écartées sur ma table de jeu,

— Exquise, murmurai-je.

Je refoule mon excitation naissante et avance. Son appartement s'avère épuré et simple. Les quelques tableaux accrochés offrent une décoration minimaliste, digne d'un magazine d'intérieur. J'ouvre une première porte et découvre un dressing. Il n'y a rien qui laisse penser que, la nuit, elle s'adonne à une activité de catin. Quelques combinaisons prouvent qu'elle n'a pas mauvais goût. Mis à part ces tenues plus élégantes, le reste de sa garde-robe se compose essentiellement de pulls et sweat-shirts larges ainsi que de joggings et de jeans. Mes doigts effleurent les vêtements pendus et tombent sur son unique robe. Longue et rouge, au décolleté dorsal excessif, je la reconnais d'un simple coup d'œil. La première fois que j'ai compris qu'Hécate et Elaïa étaient une seule et même personne, elle portait cette robe. La catin qu'elle est m'avait fait de l'œil lors d'une soirée de chasse. J'étais prêt à me jeter sur elle pour en faire mon dessert ; malheureusement, ma faim n'a pu être assouvie quand ses yeux ont observé une prise de bec non loin de moi.

Elle pourrait porter n'importe quelle paire de lentilles, je reconnaîtrais sans une once d'hésitation cette flamme sauvage dans ses prunelles. Cette seule pensée réveille un peu plus mon envie de la ramener dans notre antre particulier.

Je délaisse la robe et voyage jusqu'aux boîtes dissimulées derrière quelques vêtements. J'y découvre des liasses de billets entassées. Elle commence à peine l'escorting et elle est déjà pleine aux as.

Je prête enfin un intérêt à ses tiroirs et un désir intense pulse directement sous mon jean. Je glisse mes doigts dans ses sous-vêtements, puis laisse mes souvenirs faire le reste. Lors de notre première nuit ensemble, elle avait un tanga rouge, orné de détails en dentelle. J'en tire un du tiroir et le porte à hauteur de mes yeux. De toute évidence, elle aime toujours cette forme. J'esquisse un sourire et le range pour profiter d'un string noir en satin. Ma langue passe sur ma lèvre avant que mes dents la mordillent. Elle saura m'épater avec ses dessous la prochaine fois que nous serons ensemble.

— Celui-là, chuchotai-je en enfonçant le string dans ma poche, je le garde pour mes activités personnelles.

Je quitte son dressing et rejoins sa chambre. Un lit Queen Size à baldaquin moderne occupe presque tout un pan de mur. Il semble parfait pour l'attacher et la soumettre à ma guise. Elle connaît chacune de mes préférences.

Je caresse le doux tissu qui recouvre sa large couette et hume son odeur. Pas de doute, son parfum a toujours le même effet sur moi. Je m'installe au bord de son lit et porte mon regard sur la bibliothèque qui lui fait face. Entre ce qu'ils appellent de la romance contemporaine, young adult et dark romance, le choix semble illimité. Les deux dernières étagères du bas servent à exposer des œuvres plus classiques, allant de Jane Austen à Émile Zola en passant par Baudelaire ou Victor Hugo. Je suppose que c'est ce que l'on nomme l'adaptabilité. Elaïa Benson en est l'exemple parfait, elle sait se plier à chacune des exigences, qu'elles soient physiques ou intellectuelles.

Un tapis identique à celui du salon habille le sol de sa chambre, une méridienne jouxte sa collection de livres et termine l'ameublement de la pièce.

Je sors une première petite boîte de ma poche et m'accroupis près de sa bibliothèque. Je place une mini-caméra dans le recoin presque invisible du meuble, puis en place une autre dans l'angle de la plinthe.

Maintenant, je pourrai tout voir sans qu'elle me voie.

J'ouvre la dernière porte une fois le matériel installé. Une grande salle de bains rangée avec soin m'accueille. Je fouille dans les tiroirs sous le lavabo, mais n'y trouve rien de foncièrement intéressant. Lorsque j'ouvre le placard du grand meuble, je ne peux réprimer un rire franc.

Cette collection-là, j'admets être tout autant amusé que surpris. Vibros, boules de geisha ainsi que des œufs vibrants remplissent une première boîte de rangement. Dans l'autre, j'y trouve une panoplie de gels et de lubrifiants de divers goûts. Quant à l'étagère du dessous et ses quelques produits spéciaux pour peaux brûlées ne font qu'attiser un peu plus mon désir.

Malheureusement, la minuterie de ma montre me rappelle à l'ordre. Je referme le placard et m'empresse de placer une autre mini-caméra dans l'une des attaches de son étagère murale. Je quitte son appartement.

Maintenant, amusons-nous.

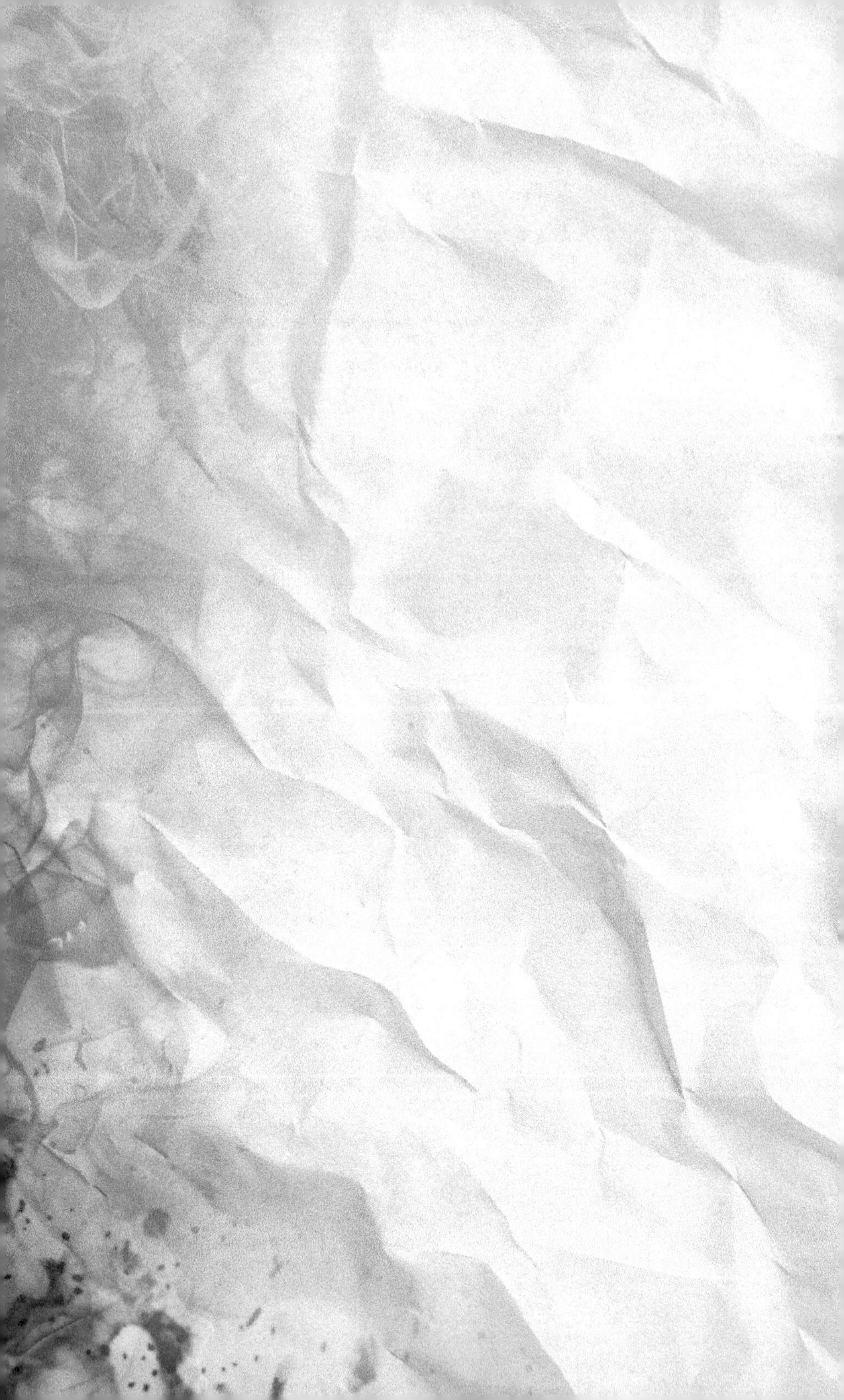

CHAPITRE 32

Simon, Nice, Présent

Il savait, tout ce temps, il n'avait pas dix coups d'avance, mais trois ans. Grimée ou non, il a reconnu Ela sans difficulté, tandis que moi, je réfute parfois encore l'idée qu'elle soit Hécate.

Patrick Valence va mourir pour lui avoir facilité la tâche. Il va mourir parce qu'il a poussé Ela dans les bras du Marqueur. L'envie de lui exploser la cervelle était déjà depuis longtemps ancrée, maintenant c'est une certitude, il vit ses derniers jours. Tous ceux qui ont agi pour et avec le Marqueur peuvent commencer leurs prières, je les saignerai jusqu'au dernier.

Je me contrefous de leur vie, s'ils ont une famille ou non, et de leurs motivations quant à accepter de travailler avec ou pour lui. Quant à lui, je pensais pouvoir le sauver. La volonté d'Ela de le tuer avait déjà sérieusement ébranlé mon espoir de le voir survivre, même derrière les barreaux. Maintenant, je n'ai plus de doute : il devra mourir.

Il brise tout ce qu'il touche, détruit chaque corps et cœur qui passent entre ses mains. Je refuse qu'il s'empare d'elle une fois encore. Quitte à devenir l'unique cible, quitte à mourir avec lui, il ne gagnera plus. Je la protégerai, peu importe les risques et les conséquences.

Les vibrations de mon portable me tirent de ma réflexion. Si je pense d'abord à Victor, qui pourrait se demander où je suis, ma tête voyage furtivement vers Ela avant que la réalité me rattrape et me fige.

+3 367 689 542 163
Physiquement, je crois que ses fesses sont ce que je préfère.

S'il a toujours besoin de faire des allusions à l'aspect physique de ses proies, cette fois, une sensation étrange me dit de lire entre les lignes.

+3 367 689 542 163
Elles sont plutôt rebondies, ne penses-tu pas que je devrais redécorer la deuxième ?

+3 367 689 542 163
Juste pour la symétrie, bien évidemment.

+3 367 689 542 163
J'ai comme une envie de dessiner, tout à coup.

Qu'est-ce qu'il dit, mais n'écrit pas ? Qu'est-ce que je vois, mais ne comprends pas ?

+3 367 689 542 163
Tic-tac, tic-tac, nous nous sommes bien amusés,

maintenant, je vais reprendre mon jouet.

Qu'est-ce qu'il attend ? S'il est devenu patient avec les années, je connais sa nature impulsive, donc s'il joue avec le temps, c'est que, malgré ses coups d'avance, il attend le bon moment ? Mais quand est-ce que sera le bon moment ?

+3 367 689 542 163

Peut-on vraiment gagner à un cache-cache quand on ne sait pas qui nous cherche ?

Je déteste les cache-cache…

La sonnerie de mon téléphone me détache du moment sous tension et, quand sa voix résonne, l'effet est presque instantané. Elle m'apaise. Ma tête se relève tandis que mes yeux se posent sur le balcon de son appartement. Il ne me faut pas plus d'une seconde pour être aspiré par son regard.

— On était pourtant d'accord, tu devais rester loin de moi.

— Je croyais qu'on était d'accord pour des appels.

— Tu es en bas de chez moi, Simon.

Son ton est beaucoup plus froid que d'ordinaire. Je ne lui en tiens pas rigueur, néanmoins je note que quelque chose ne va pas. Je n'en ai pas la certitude, toutefois, je me satisfais d'avoir senti une certaine tension dans sa voix. Elle disparaît de son balcon et l'appel s'éteint.

Depuis que nous parlons ensemble, elle n'a jamais agi de cette manière. Je la rappelle et tombe à chaque tentative sur son répondeur. Mon pouls s'emballe d'inquiétude tandis que les minutes s'égrènent. Aucune solution ne me vient en tête, je tourne en rond, la paume frottant avec frénésie ma nuque. La porte de son immeuble s'ouvre et la brise fraîche porte dans les airs son parfum sucré et floral jusqu'à moi. Je me tourne vers elle tandis qu'elle s'approche. De plus près, ses traits sont durs et tirés. Elle semble épuisée. Il n'y a pas beaucoup de distance entre nous, pourtant j'ai l'impression qu'un monde s'y dresse. Il n'y a rien de normal dans son attitude et je me maudis de ne rien comprendre aux émotions humaines.

— Emmène-moi au garage, ordonne-t-elle, glaciale.

— Veux-tu me tuer ?

— Peut-être.

Je dégaine mon arme et la lui tends. Ses lèvres se pincent furtivement.

— Fais-le ici dans ce cas, pas besoin d'aller jusqu'au garage.

Elle pose sa paume sur le bout de mon arme et l'abaisse.

— Emmène-moi.

Je range mon arme tandis qu'un soupir s'échappe de mes lèvres. L'atmosphère de plomb nous entoure un peu plus encore. D'un signe de tête, je capitule. Sans plus attendre, elle me passe devant et s'installe du côté passager. Je tire mon portable de ma poche et envoie un message à Victor.

Simon :

J'emmène Ela au toit, quelque chose ne va pas.

Victor :

Noté, Tara et Micah vous suivent à distance.

La route se passe dans un mutisme insupportable. J'entrouvre la bouche à plusieurs reprises, mais me ravise, incapable de formuler une seule phrase sensée.

— Dis-leur que je ne compte pas te tuer, murmure-t-elle, ils n'ont pas besoin de nous suivre.

J'accorde une œillade rapide dans le rétroviseur. Ils sont loin de nous, ça aurait très bien pu être une voiture lambda. Je ne réagis pas et la conduis jusqu'au building désaffecté à l'entrée de Monaco.

Lorsque je coupe le contact, elle se déplie et sort de la voiture. J'enfonce les mains dans les poches et, d'un signe de tête, l'invite à me suivre. Nous grimpons jusqu'au toit, le vent gifle mes joues à la seconde où j'ouvre la porte métallique. Elle avance jusqu'au rebord et observe, amorphe, le panorama étoilé.

— C'est magnifique.

— Victor ne pleure pas beaucoup, expliquai-je. Quand il pleure, c'est que la pression est trop intense. Une nuit, alors que la tension explosait en lui, je l'ai conduit ici. Depuis, c'est un repère ; lorsqu'il a besoin de pleurer, de hurler ou de s'effondrer, il vient là, seul ou avec moi.

Tandis que je brise la distance entre nous et m'approche de son dos, elle fait un pas de côté et s'éloigne de moi.

— Combien de livres as-tu lus aujourd'hui ? tentai-je sans succès.

Elle ignore ma question, les yeux rivés sur l'horizon dégagé.

Je remarque ses dents mordre sa lèvre furtivement.

— J'ai essayé, chuchote-t-elle sans m'adresser un regard. J'ai essayé de la protéger. De toutes mes forces, sans jamais faillir, ni dans l'oppression ni dans la haine, j'ai tenu dans l'espoir de la sauver.

— Ela, qu'est-ce que tu racontes ?

— J'ai épuisé toutes les solutions et, ce soir, je suis à court d'idées.

Elle se tourne vers moi, ses iris me percent le corps, une douleur lancinante naît sous ma chair sans que j'en comprenne la raison.

— C'est terminé, annonce-t-elle d'un ton neutre. On a assez joué.

Mes yeux se plissent tandis que la douleur poursuit son chemin jusqu'à comprimer ma cage thoracique.

— Je me suis toujours demandé : quand as-tu compris qui j'étais ? Est-ce quand tu m'as projetée contre le meuble cette nuit-là, parce que je t'avais poussé à bout ? Ou peut-être quand je t'ai visé pour la première fois avec ton arme dans le garage.

Mes paupières se ferment, ma tête s'abaisse et mes lèvres se tordent en une petite grimace. Je déglutis et comprends un peu trop vite qu'elle va avoir des questions auxquelles j'ai interdiction formelle de lui répondre.

— Ce que je ne comprenais pas non plus, c'était le fossé qu'il y avait entre le Simon du soleil et celui de la nuit. Vraiment, j'ai mis du temps à placer les pièces au bon endroit sur l'échiquier.

Attentif à ses mots, la glace se change lentement en flammes dévastatrices. Je sens mon rythme cardiaque s'emballer tandis que le sien demeure trop calme à mon goût. Ela est animée de cette rage sourde et, chez elle, c'est au-delà du chaos, j'ai l'impression d'entrer en enfer et que la sentence sera pire que la torture.

— J'étais sincère, tu n'es pas un monstre. En revanche, oui, Simon, tu es malade.

Je sens les crans de la lame déchiqueter ma chair, le sang ne coule pas encore, mais cela ne saurait tarder, elle va faire mal.

— Il y a une partie de toi qui est victime, quand l'autre est bourreau. Si j'éprouve de la compassion pour l'enfant blessé en toi, je ne ressens que de la haine pour le tortionnaire.

— Ela…

— Je te hais, Simon. Je te hais parce que oui, l'erreur n'enlève rien à l'envie. En revanche, l'erreur m'a rendue sale. C'était quoi l'objectif ? Me faire comprendre ta maladie dans l'espoir que je pardonne ?

— Attends, de quoi parles-tu ?

— J'ai compris pourquoi tu avais réagi aussi violemment en réalisant qui j'étais cette nuit-là, du moins si c'est à ce moment que tu m'as reconnue. La victime s'endort quand le bourreau prend le contrôle.

— Tu crois que j'ai un TDI[7], raillai-je, abasourdi, tu n'es pas sérieuse, Ela, j'espère ?

— Tu ne mens pas, mais tu manipules. Tu peux entrer

---

7 Trouble dissociatif de l'identité.

dans une transe où seules des phrases spécifiques te ramènent à la réalité. Tu les appelles tes démons et ce nom… frémit-elle d'un dégoût intense, ce nom, ce n'est pas un masque, mais un alter ego.

Des diagnostics, j'en ai eu à la pelle. De l'haptophobie à l'autisme en passant par la sociopathie ou la psychopathie, ils m'ont approprié tellement de symptômes et donné des centaines de traitements que j'en ai perdu le compte. Mais un trouble dissociatif de l'identité… Jamais. Elle reste de marbre tandis qu'une mauvaise hilarité me prend en otage. J'ignore si la colère ou l'effroi m'assaille, tout ce dont j'ai conscience, c'est que la sensation n'a rien d'agréable.

—Je te pensais différente, mais tu n'es en rien une exception, persiflai-je, tu es comme toutes les autres. Vicieuse et fourbe, comme toutes les femmes. Tout ce temps, tu n'écoutais rien de ce que je te disais, tu compilais des pseudo-preuves pour justifier quoi au juste ? Que j'étais malade ?

Je ris un peu plus et m'écarte d'elle, mes paupières clignent, effarées par ses mots qui tournent dans mon esprit.

— Je t'ai toujours dit qui j'étais, Ela ! haussai-je le ton. Je n'ai jamais prétendu être bon, pur ou innocent. Et ensuite quoi ? Tu vas me foutre sur le dos des crimes que je n'ai pas commis ? Là encore, j'ai toujours assumé mes actes, tous, Ela ! Tous, sans exception !

— Des femmes, répète-t-elle comme si elle refusait d'entendre le moindre mot qui traverse mes lèvres.

Je me fige, les muscles crispés. Enfin, elle est sur le point de me livrer une part de ce qu'elle enfouit depuis des années, mais je redoute déjà ce qu'elle va en déduire. Je ne peux rien dire, rien expliquer. Les règles sont claires, si je la fais parler, ce n'est que pour qu'elle conte son histoire. La mienne n'a pas à être dévoilée. Avant de se laisser à la confession, il nous faut sa confiance, la certitude qu'elle n'essayera pas de combattre le mal seule, de son côté. Elle doit croire en moi, en nous, ne serait-ce qu'un peu, malgré les doutes, malgré les craintes. Juste assez pour qu'on puisse lui révéler un morceau de ma vérité.

— Est-ce vraiment ce que nous sommes, m'arrache-t-elle de mes songes. Sommes-nous des femmes à tes yeux ? Est-ce vraiment le terme que tu as employé lorsque tu as attaqué Carla ?

— Je ne l'ai pas tuée ! explosai-je, je n'ai pas tué ton amie !

— Qui suis-je, Simon ? Qui. Je. Suis. À. Tes. Yeux, articule-t-elle avec une froideur inédite, même pour Hécate.

Mes lèvres se scellent, mes poings se serrent et, dans mon esprit, les démons se frottent les mains. Elle ne va pas me pousser au bord du précipice, non, cette fois elle va me jeter du haut de la falaise sans une seule hésitation, sans un seul regard en arrière. Et rien n'amortira ma chute. D'un pas lourd digne d'un prédateur, elle casse la distance entre nous. Je recule, pris d'une peur qui ne m'assaille que dans mes plus sombres moments. Ma poitrine se soulève et je halète, les muscles de plus en plus tétanisés par la rage qui vibre en elle.

— Allez, se marre-t-elle sans joie, allez, Simon, dis-le.

Je déglutis et sens l'enfant apeuré prendre le relais. J'ai conscience que Tara et Micah ne sont pas loin, je pense même que Victor a dû faire le déplacement. Je ne suis pas seul, cependant je me sens pris au piège. Je ne peux pas fuir, mais je ne peux pas assumer pleinement cette conversation non plus.

— Dis-le, gronde-t-elle d'une voix méconnaissable.

Mon dos se colle contre la porte métallique, et malgré les bons vingt-cinq centimètres qui me séparent d'elle, ce n'est pas moi qui la surplombe. La puissance qui se dégage d'elle la rend immense, impressionnante, et je reprends d'instinct cette position que je hais tant : le soumis. Sa paume claque avec force contre le métal tandis que ses yeux m'assassinent.

— Dis-le ! hurle-t-elle.

— Des proies ! On vous chasse !

— Non, oh non ! ricane-t-elle, acide, on est autre chose, on est des putains de souris !

Mes yeux s'écarquillent et le sang quitte mon corps. *Le salaud !*

Taisant le tsunami de terreur qui atrophie mes muscles, ne supportant plus de porter le masque d'un crime que je ne commets pas, je cède et encadre son visage entre mes mains.

— Regarde-moi ! l'implorai-je. Ela ! Vois dans mes yeux la vérité ! Je ne la tue pas ! Je ne te touche pas ! Ce n'est pas moi !

Elle frappe mes mains et s'écarte vivement de moi.

— Ne me touche pas, vocifère-t-elle.

— Ce n'est pas moi ! Mes yeux ne mentent pas ! Lis en

moi, je t'en conjure ! Ce n'est pas moi !

— Je les regarde, Simon. Des mois que je ne fais que ça. Tu joues avec ma tête et je faiblis alors que cela m'est interdit. Pire, je sombre totalement, rugit-elle. Je te laisse me toucher. Je te laisse pénétrer mon esprit et semer le doute ! Mais c'est terminé et bientôt, tu mourras.

— Ela…

— Pas comme tu le penses. Je ne vais pas viser ta gorge, je vais te prendre tout ce que tu m'as pris : ma tête, mon cœur, mon corps… ma vie.

— Ce n'est pas moi ! Putain ! Ela ! Tant que tu n'as pas confiance en moi, tant que tu ne crois pas mes mots, je ne peux rien t'expliquer de la vérité.

— Et comment suis-je censée te faire confiance ? s'égosille-t-elle. Tu me détruis et maintenant, Roxie, aveuglée par l'amour, est prise dans tes filets ! Je n'ai plus le choix, je dois revenir au plan initial.

Dans mon dos, la porte métallique s'ouvre avec violence, Victor apparaît, la colère suintant de ses traits. Ma tête se secoue, j'implore encore et encore pour que mes mots soient entendus. Ceux que je hurle, ceux que je tais. Seulement, si Roxanne est aveuglée par l'amour, Ela, elle, est aveuglée par la vengeance.

— Ce n'était pas lui, tranche froidement Victor. Si tu doutes depuis le début, c'est qu'au fond, tu le sais. Il n'est pas celui que tu cherches.

La poitrine d'Ela se bombe, son menton se relève, elle toise Victor avec mépris et condescendance. Mes yeux s'inondent de larmes face à cette évidence. Elle n'entend plus rien. Elle est décidée, son puzzle est biaisé, ses pièces sont mal placées. Elle a posé le bon masque sur la mauvaise personne et nous ne pouvons plus la raisonner.

— Je vais entrer dans cette *Chambre,* clame-t-elle, cinglante.

— Jamais, réfutai-je.

— Je vais y entrer, répète-t-elle, et je découvrirai tout ce que vous avez infligé à Roxie, Nox, Aria et tant d'autres. Mais avant ça, je vous détruirai si fort que ceux qui supplieront pour que la vraie mort les emporte, ce sera vous.

Elle s'approche de moi, mais Victor fait mur. Ses yeux se détournent des miens pour se planter dans ceux de mon meilleur ami.

— Il y a des tas de manières de tuer un homme, et la meilleure d'entre elles est de le laisser en vie.

— Ce n'était pas lui, mais tu es trop bornée pour écouter. Ce n'était pas lui, mais tu es trop en colère pour nous faire confiance.

Le vice embrase ses lèvres retroussées, son menton s'abaisse et les flammes dansent dans ses yeux d'une manière inédite.

— Je vous avais pourtant prévenu, n'est-ce pas ? Il ne faut jamais me mettre en colère.

Sur ces mots, elle contourne Victor et disparaît du toit. Les larmes perlent sur mes joues, je vide rapidement la totalité du gel hydroalcoolique entre mes mains. Le poing de Victor s'écrase contre le métal de la porte, ses jurons éclatent dans les airs. J'ignore comment et pourquoi tout a implosé dans la tête d'Ela, mais ce dont je suis certain, c'est que sa vengeance risque d'être bien plus douloureuse que toutes les balles tirées dans une gorge.

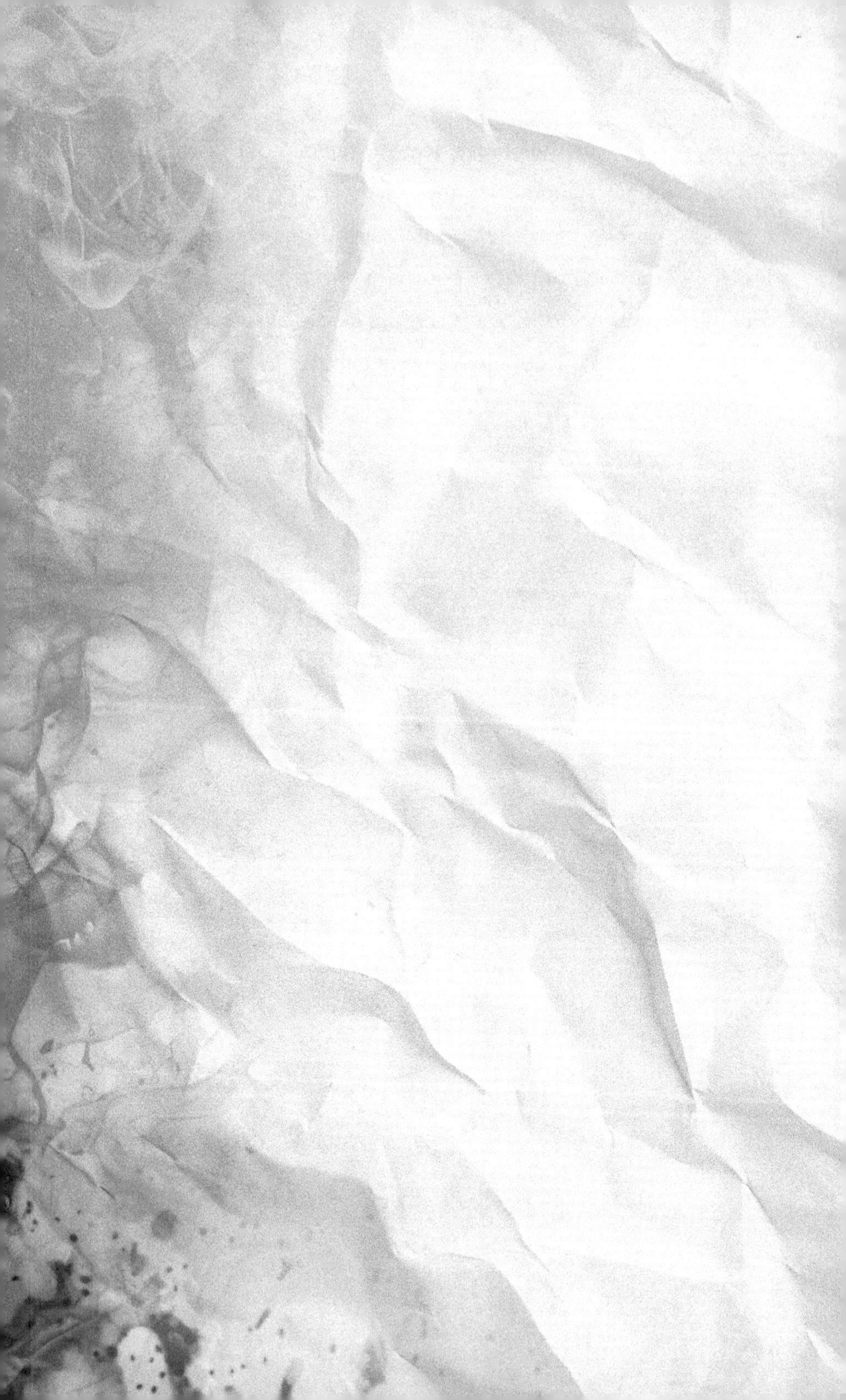

CHAPITRE 33

Elaïa. Nice, une heure plus tôt

J'enroule mes cheveux dans une serviette préalablement chauffée lorsque des coups résonnent contre ma porte. D'un geste automatique, je vérifie mon téléphone. Aucun appel de Cam n'est notifié, seulement quelques messages de Roxie que je m'interdis toujours d'ouvrir. Pourvu qu'elle ne soit pas là, plantée derrière ma porte, prête à recommencer son manège afin de me convaincre de lui faire confiance, à elle, à eux trois.

Je décide d'ignorer l'importun, mais les coups se font entendre de nouveau, plus insistants. Un soupir las m'échappe. J'attrape les premiers vêtements à portée de main, les enfile à la hâte et me dirige vers l'entrée. Après une longue inspiration, j'ouvre et découvre Héctor.

— Bonsoir, mademoiselle Elaïa, je suis navré de vous déranger si tard. On a déposé deux petites enveloppes à vous transmettre en mains propres.

— Qui ça « on » ?

— Une femme, elle portait une veste de la poste, je n'ai pas pensé à lui demander son nom. Je suis désolé, mademoiselle Elaïa.

Je balaye son excuse, d'un mouvement de tête je le remercie, puis récupère les deux enveloppes. Je l'observe quitter le couloir avant de refermer derrière moi. Immobile, mes yeux ne quittent pas mon prénom écrit en lettres manuscrites.

Ouvre ! me hurle ma tête.

Méfie-toi ! m'implore mon cœur.

Après avoir effleuré le contour des enveloppes, d'un pas robotique, je retourne dans ma chambre. Je les dépose sur mon lit. Dans une volonté d'occulter mes pensées, je prends le chemin de ma salle de bains, m'attelant à sécher et coiffer mes cheveux. Tombant sur mes épaules, ils ont poussé, constatai-je. Voilà une preuve supplémentaire de mon abandon. Je ne prends plus soin de moi. Plus depuis des semaines. Je les noue finalement en un chignon haut, les petits cheveux retombant rapidement sur ma nuque. L'instant d'après, je me heurte à mon reflet. Mon regard dérive vers mon lit, puis sur les enveloppes. Malgré la tentative d'ignorer leur présence, je flanche et, d'un pas traînant, je rejoins ma chambre. Installée en tailleur sur mon lit, mes doigts attrapent les enveloppes, puis les sous-pèsent. Ma première pensée est tournée vers ma mère. Si je n'ai encore réalisé que très peu de démarches concernant sa recherche, je sais que Laurent, de son côté, se démène pour obtenir des indices. Néanmoins, en mon for intérieur, même si je le nie, je sais que ça n'a aucun lien avec elle. D'une main fébrile, je décachette la plus légère des deux, puis découvre un papier simple. D'un côté est inscrit *liste numéro 2*. Je m'attarde quelques secondes sur la calligraphie, espérant la voir correspondre à celle de Simon. D'ailleurs, je récupère son mot d'excuse, un mois et demi plus tôt. Je les compare, puis dois me rendre à l'évidence ; je n'ai pas les compétences nécessaires pour les analyser avec précision. Je tourne le papier et découvre un simple prénom.

Jade Lac.

Mes sourcils se froncent d'incompréhension. Je tourne et retourne la carte, cherche le moindre indice supplémentaire avant de me rappeler la présence de la seconde enveloppe. Je délaisse alors le prénom pour ouvrir la seconde lettre. Pliée en trois, lorsque je la défroisse, des photos en tombent. Ma respiration s'éteint petit à petit alors que mes yeux découvrent le contenu. Pour ne pas céder au chaos, je me reconcentre sur la lettre.

Si j'étais un miroir,
Je serais le parfait reflet de tes cauchemars.
Si j'étais des yeux,
Tu aurais déjà tant de fois sombrée en eux.

Tremblante, j'abandonne la charade immonde pour découvrir une vérité plus horrible sur les photos qui gisent sur mon lit. Photo après photo, je me décompose, mon estomac se noue, tordu par la nausée tandis que mon esprit bouillonne, la rage se dilue dans chacun de mes muscles. Je les détaille, terrifiée, puis furieuse. À chaque nouvelle observation, je tente de trouver un énième indice ou peut-être une erreur. Le masque éclate et, derrière lui, je n'y trouve qu'un seul visage.

L'espoir.

Une part de moi espérait qu'il ne manipulait pas la vérité face à moi. Mais, plus mes yeux décryptent les images, plus le passé devient limpide et le présent s'assombrit. Devant cette maisonnette délabrée, une femme inerte pend à l'épaule de Simon. La réalité ne peut plus être niée.

En proie à la folie, je jette les preuves sur ma couette et, en manque d'air sain, je me rue jusqu'au balcon. Le menton levé vers le ciel doucement noirci par la nuit, les yeux fermés, je laisse la brise hivernale irriter mes joues. J'inspire longuement, tente de calmer l'avalanche de haine qui irradie le long de ma colonne vertébrale. Lorsque je reprends pied dans le présent, mon regard est immédiatement attiré par une silhouette aux abords de mon immeuble. Je la reconnaîtrais sans mal, et parmi n'importe quelle foule.

Comment vais-je le tuer ?

Je suis incapable de tirer, incapable de le tuer. Il s'en est assuré. Je compose son numéro et entends sa sonnerie retentir dans les airs. Lorsqu'il décroche, je sais.

Il y a des tas de manières de tuer un homme…

Et la meilleure d'entre elles est de le laisser en vie. Je viserai sa gorge, de la pire des manières.

Hécate, le lendemain.

«Ce n'était pas moi ! Mes yeux ne mentent pas !»

Mes paupières clignent afin que mes pupilles acceptent les lentilles noires.

Ses yeux.

Je corrige le tracé de mon eye-liner.

«Lis en moi !»

Le mascara recourbe mes longs cils.

«Ce n'était pas lui.»

Mes paupières se ferment, je tente d'apaiser les battements de mon cœur ainsi que les tremblements qui assaillent mon corps. Si ce n'était pas lui, alors qui est sur ces photos ? Si ce n'était pas lui, pourquoi ses yeux hantent mes cauchemars ?

«Des proies ! On vous chasse !»

«On». Ils étaient donc bel et bien plusieurs il y a trois ans. Toutefois, un seul agissait face à moi.

Simon.

Je me mords la lèvre et regrette d'esquinter le rouge à lèvres fraîchement étalé. Je retrace une nouvelle ligne de rouge avant de frapper légèrement ma cage thoracique.

Est-ce que c'était une femme ? Celle qui l'a maltraité quand il était plus jeune ?

Comment peut-il faire équipe avec une femme, alors qu'il les déteste ?

L'amour.

Il était amoureux d'elle.

Jade Lac.

Était-elle la femme inerte sur la photo ou la complice dans l'ombre ? Est-ce la femme qui a délivré les enveloppes ? Je secoue la tête et concentre mon attention sur le séchage de ma couleur noire éphémère avant d'échanger l'ensemble de mes boucles d'oreilles.

« Je ne t'ai pas touchée ! »

Au contraire, il n'a fait que ça. Pour quelqu'un qui hait le contact, avec moi, il avait une saveur si différente.

« Ma petite souris favorite. »

Excédée, mes paumes frappent contre la céramique. Ma respiration, trop rapide, écrase mes poumons. Ce soir, je dois les forcer à m'emmener dans la Chambre. Je dois, de mes propres yeux, voir l'étendue de ses démons, comme il aime les nommer. Soudain, une peur sourde m'envahit à l'idée qu'il ait, d'ores et déjà, pu faire subir à Roxie le même sort qu'à moi.

Quelque chose cloche.

Le Marqueur ne laisse jamais de survivantes, c'est sa règle : s'assurer que personne ne puisse parler. Avec moi, il savait que ma bouche resterait scellée. Je n'ai jamais eu la moindre confiance en la police ni en aucune forme d'autorité.

Février 2020

— Ça ne correspond pas au profil, murmure l'agent devant ma porte.

Bien sûr que ça ne correspond pas, il le savait.

— Elle ne parle pas, grogne-t-il. Nous ne sommes même pas sûrs de son identité. Elle refuse qu'on la touche pour prendre ses empreintes.

Plus aucune main ne s'approchera jamais de mon corps.

— Le mutisme est un mécanisme de protection courant, messieurs, intervient l'infirmière, surtout dans les syndromes de stress post-traumatique.

— Pouvez-vous effectuer des tests pendant qu'elle dort ? Ça permettrait de clôturer le dossier plus rapidement. Elle n'est pas une victime du Marqueur. Elle ne semble pas avoir été violée et aucune des plaies ne ressemble à son mode opératoire.

— Vous devriez avoir honte, s'offusque l'infirmière, que ce soit le Marqueur ou non, qu'elle parle ou non, cette gamine a été agressée. Elle mérite qu'on recherche le coupable.

— Nous n'avons pas le loisir de perdre du temps avec ce genre d'affaire, s'agace l'autre agent. Elle était au mauvais endroit au mauvais moment. C'est dommage pour elle, mais je suis certain qu'elle s'en remettra, nous, nous ne pouvons rien faire. D'autant plus que toutes les ressources sont utilisées pour le Marqueur et, comme je vous l'ai dit plus tôt, elle n'a pas le profil.

On ne me croit jamais, même quand je parle. Je pourrais jurer que c'était lui, ils ne me croiraient pas. Je ne ressemble en rien à son mode opératoire. Je suis unique.

Je suis la seule survivante.

Présent

Face à la violence des souvenirs, je me précipite vers les toilettes et recrache la bile qui me brûlait la gorge. Les spasmes secouent mon estomac, remontent dans mon œsophage et finissent par écorcher ma gorge. Vidée de toute énergie, je me redresse malgré tout et entame, pour la troisième fois, ma transformation. Je ne dois pas faiblir. Je dois tenir bon, encore un peu. Ce soir, tout se termine.

J'arpente le hall, chaque pas traînant jusqu'à la sortie. Même la McLaren P1 qui m'attend dehors n'apaise pas la boule de nerfs qui enfle dans ma gorge. J'embrasse Maddox par pur automatisme avant de boucler ma ceinture, puis détourne le visage vers la vitre. Sa main qui frôle ma cuisse me fait sursauter, je me mords l'intérieur de la joue pour contenir ma tourmente.

— Mon ange, s'inquiète-t-il, tout va bien ?

— Je pourrais rencontrer ton contact ? m'empressai-je d'éluder.

— Désolé, c'est impossible.

J'opine.

— Je vais entrer dans la *Chambre*, ce soir.

— Hors de question.

— Tu vas m'y accompagner.

— Hécate ! gronde-t-il.

— Écoute, Maddox, je peux les faire tomber, tous les deux. Pas seulement Simon. Je compte bien en finir avec cette mission. Donc, ce soir, je les pousse à bout, l'un comme l'autre, ils m'emmèneront dans la *Chambre* et tu filmeras.

— Ils ne me feront jamais rentrer.

— Je m'assurerai que chaque porte reste ouverte. Du moins, qu'elles ne soient pas verrouillées.

Inflexible, je le toise sévèrement. Ma tête baissée, les lèvres pincées par l'inquiétude, il se soumet tout de même à ma décision.

— Ce soir, je les tue, murmurai-je à peine audible.

— Pardon ?

Je lui adresse un sourire de façade, trop fragile pour vraiment le rassurer. À notre arrivée à Monaco, je replace mon masque du mieux que je peux et passe mon bras autour de celui de Maddox avant de pénétrer dans la salle. L'inauguration bat son plein, le brouhaha se mêle aux rires mondains, mais mes yeux n'ont qu'une cible et trouvent presque aussitôt ceux de Victor. Pas de haine dans le regard, seulement un désespoir brut. Rien d'étonnant, sachant que ce soir, nous allons souffrir tous les deux. Je me détache de Maddox pour m'avancer lorsque sa main me retient.

— Es-tu vraiment sûre de toi ?

Je hoche la tête. Malgré ma détermination, la lutte que se vouent ma tête et mon cœur me rend nerveuse. Pourquoi, même avec des preuves incontestables en ma possession, je crains encore de m'égarer ?

Malgré sa réticence, Maddox n'insiste pas et me laisse m'en tenir au plan bancal que je lui ai exposé dans la voiture. Enfin, je réduis la distance qui me sépare de Victor.

— Laisse-nous, ordonnai-je à Winter, dont les mains se baladent sur les reins de Victor.

Dubitative, elle se tourne vers Victor. Ne lui montrant aucun intérêt, il opine. Winter obéit et ne tarde pas à se fondre dans la foule. D'un geste de la main, Victor m'invite à l'égard des regards indiscrets. Alors que nous nous faisons face, il s'apprête à prendre la parole lorsque je le devance.

— J'ignorais qu'aimer, c'était baiser des escortes la nuit et baiser ma meilleure amie la journée. Drôle de façon d'aimer.

Les traits de son visage se durcissent, mais il se retient de riposter.

— Je suppose que, lorsqu'on aime quelqu'un comme Simon, il ne faut pas s'attendre à des comportements sains.

— Ce n'était pas lui.

— Qui est Jade Lac ?

Une ride se creuse entre ses sourcils, son regard déjà froid se durcit, la méfiance se fige sur ses traits comme un masque de combat subtilement réajusté. Puisqu'il choisit de garder ses lèvres pincées, j'ouvre mon sac et lui jette les photos de Simon dans la maisonnette. Alors qu'il se penche pour les ramasser, je saisis sa nuque, brutalement je le déséquilibre, écrasant sa joue contre l'amas d'images. Il se libère sans effort, évidemment : qu'attendre d'autre quand une montagne boostée aux protéines se mesure à une anorexique ?

— Dis-moi, cinglai-je, la maisonnette est également prévue

pour moi ou aurai-je encore le luxe d'un hangar ?

Il s'attarde sur chaque photo, ses yeux courant de l'une à l'autre avec une attention glaciale. Soudain, un rire nerveux lui échappe, presque incrédule, comme si tout ce que j'exposais ne pouvait être qu'un mauvais piège.

Ils ne te croiront pas.

Je repousse la pensée traîtresse et, lorsqu'il me fait de nouveau face, le fusille du regard. Son rictus, condescendant, tord sa bouche en une moue assassine.

— Pour quelqu'un qui semble intelligent, tu es plutôt sacrément stupide.

Ma réponse ne se fait pas attendre ; toutefois, la gifle qu'il reçoit le surprend tout autant que moi. Il me projette contre le mur, son corps bloquant tout mouvement, ne me laissant aucune échappatoire. Ses prunelles s'ancrent aux miennes, presque provocatrices, comme s'il me défiait de détourner les yeux. Son souffle heurte mon visage, lourd de colère, l'air entre nous devenant bien plus électrique qu'il ne l'était déjà.

— Je n'ai peut-être aucun problème avec le contact physique, j'ai tout de même horreur lorsqu'on lève la main sur moi.

— Et tu vas faire quoi, au juste, Victor ? Me punir ? raillai-je.

— Réfléchis deux minutes, espèce de teigne à la con, élude-t-il. Ne penses-tu pas que ta vraie cible aurait tout intérêt à envoyer ce genre de preuves ? Je ne sais pas, pour brouiller les pistes, par exemple ?

Le doute submerge mon esprit déjà vulnérable. Néanmoins, je n'ai pas le temps de surenchérir que le corps de Victor est arraché du mien. Simon lui adresse une œillade sévère, comme s'il supportait difficilement notre proximité. Son meilleur ami récupère les photos et les lui colle sous le nez. Simon se décompose la seconde suivante. Profitant de son inattention, je glisse ma main dans la poche de son pantalon. Sa gorge se serre, ses muscles se tendent sous le tissu de son costume. Lorsque je m'écarte, il pivote et accroche mon regard. Son expression se durcit et un nœud se forme aussitôt dans mon estomac.

Ses yeux, Ela.

J'étouffe la petite voix dans ma tête et fais tourner le briquet-tempête entre mes doigts. Il m'accule contre le mur, et d'une voix aussi profonde qu'inflexible, il gronde :

— Redonne-le-moi.

Après une inspiration contrôlée, je rassemble toute ma force et fais jaillir la flamme entre nous.

— La chasse requiert une source de chaleur, n'est-ce pas ?

Un rire amer m'échappe avant que je ne referme le clapet, étouffant avec joie l'étincelle.

J'ai vraiment horreur du feu.

— Certains aiment les chamallows grillés, renchéris-je. Toi, ce sont les petites souris rôties. Carbonisées, même.

J'ouvre mon sac et y abandonne le briquet. Je me détourne de Simon pour avancer vers Victor. Mes doigts se referment sur sa mâchoire, mes ongles s'y enfoncent ; excédé, d'un geste brusque, il les dégage.

— Toi, tu les choisis. Lui, il les utilise. Est-ce grâce à ça que tu bandes, Victor ? Quand, après les avoir mâtées, tu les lui laisses, et le contemples se satisfaire ?

Je m'esclaffe, acide et, devant leur mutisme complice, je poursuis :

— Je me demande lequel d'entre vous est le pire. Toi qui manipules les femmes, usant de charme et de jolies phrases toutes faites, ou lui, qui les déshumanise et les agresse. Il peut accuser la folie, mais toi, Victor, toi, que peux-tu accuser ?

De nouveau face à Simon, mes ongles effleurent son visage, sa mâchoire avant de descendre sur le centre de sa gorge. Je maudis mon épiderme de réagir à son contact. Les muscles de Simon tressaillent alors que les miens s'embrasent, je devine sans mal ses démons rôder, impatients, sous son crâne. Dès lors que je les sens sur le point de prendre le contrôle, mon pouce s'enfonce dans sa gorge.

— Je n'ai pas besoin d'arme pour viser la gorge, susurrai-je en me hissant jusqu'à son oreille.

Je me décale, caressant son torse, peut-être pour asseoir ma dominance ou peut-être pour une raison bien plus sombre que je refuse d'admettre. Enfin, méprisante, je déclare :

— Faites-moi signe lorsque vous serez prêts à partir dans la *Chambre*. Après tout, j'ai déjà signé les contrats, nous pourrons entamer les hostilités rapidement.

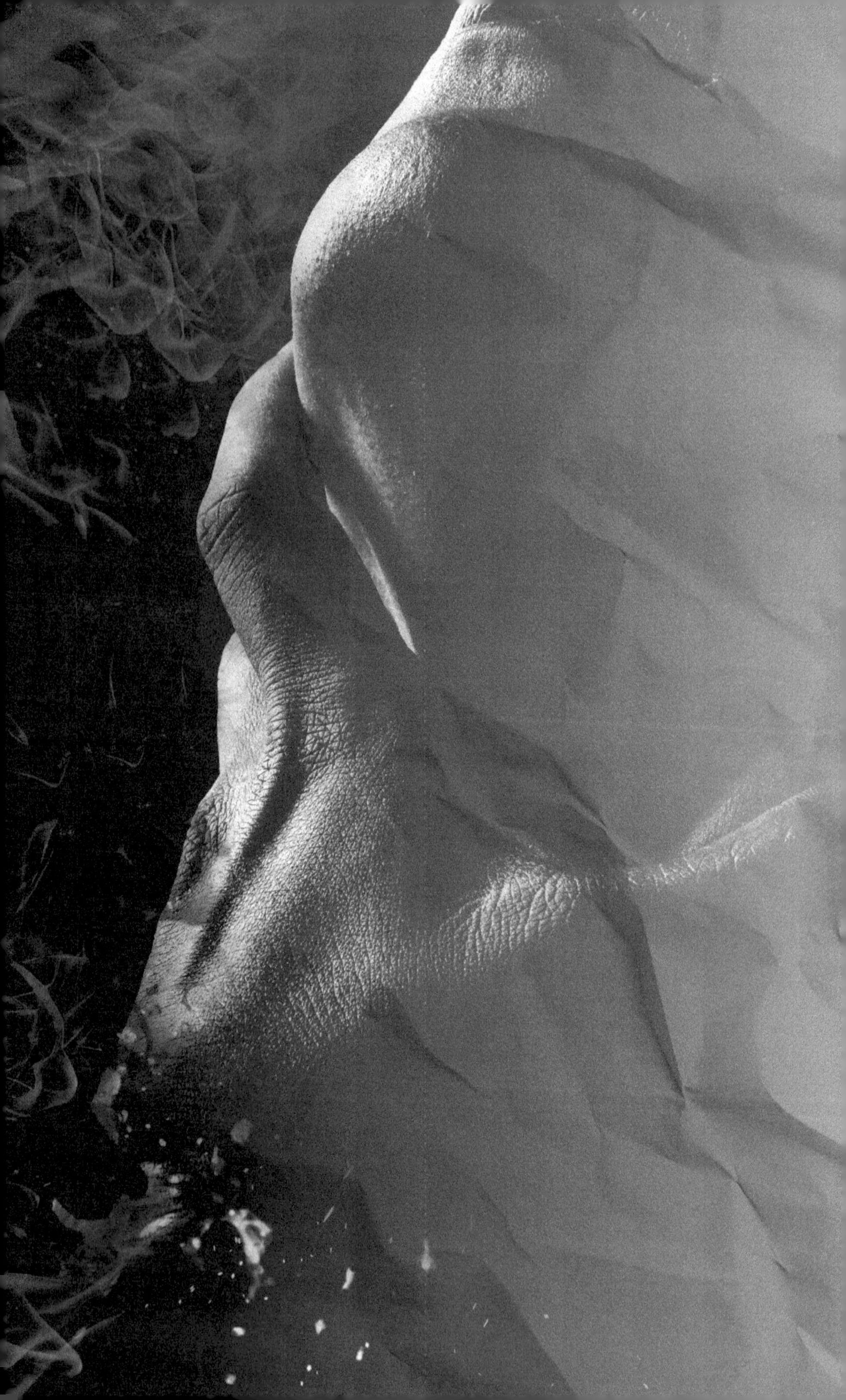

CHAPITRE 34

Simon, Monaco

Soumets-la.

Avec plaisir.

Punis-la.

Sans l'ombre d'une hésitation.

Détruis-la.

Non, je vais faire mieux. Celle-ci, je vais la brûler.

Je contemple ma sorcière se fondre dans la masse. Il m'est tout bonnement impossible de quitter ses frêles, mais envoûtantes courbes du regard. L'impatience bouillonne au centre de ma cage thoracique pendant que l'envie se fraye un chemin dans mon bas-ventre. Mon épaule retombe contre le mur tandis que mes yeux ne font que chercher les siens.

Elle caresse le milieu du dos de Maddox, il se retourne et dépose un baiser sur sa tempe. Mes lèvres se pincent devant le moment théâtral qu'elle m'offre. Cette fois, elle n'y échappera pas, personne n'interviendra, je la déshabillerai et je la brûlerai. Peut-être même que je ferai une exception et la baiserai. Elle a besoin d'être punie, vraiment et pleinement punie.

— Arrête ça, maugrée la voix de Victor dans mon dos, c'est exactement ce qu'elle cherche. Ce n'est pas Hécate qui te pousse au bord du précipice, c'est Elaïa.

Qu'importe, l'une mérite le bûcher et l'autre me pense aussi monstrueux que les autres. Autant le lui prouver, autant redevenir cet homme dont le plaisir se trouve uniquement dans la brûlure. Dont la jouissance n'explose que quand le corps de la proie tremble et suinte de douleur. Une souffrance exaltante pour elle comme pour moi.

Lorsque Victor m'enserre le bras, je me retourne et projette son corps contre le mur. D'une main, je plante mon arme entre ses deux yeux et, de l'autre, j'emprisonne sa gorge.

— Je ne suis pas une proie et, si tu ne veux pas finir aux urgences d'ici deux minutes, il vaudrait mieux que cette arme disparaisse de mon front, siffle-t-il entre ses dents serrées.

— Ne me touche plus.

— Ça suffit, Simon. Tout ce que tu fais là, c'est offrir une raison de plus à Elaïa de croire que tu es lui.

— Mais, me gaussai-je, mauvais, je suis lui.

Elle veut du feu, elle l'aura. Elle exige des preuves, je les lui fournirai toutes. Elle n'est ni Hécate ni Elaïa. À cet instant, tout ce que je vois, c'est une petite souris jouant dangereusement sous les yeux d'un chasseur affamé.

— Tu ne peux pas la toucher, renchérit-il d'un ton sec, tu n'es pas son propriétaire.

Je ris alors que mes doigts cherchent désespérément à se raccrocher au briquet qui n'est plus à sa place habituelle. Elle n'aurait jamais dû me le prendre. C'est une raison supplémentaire pour la punir. D'un air méprisant, j'adresse une œillade furtive à Victor avant de me reconcentrer sur les fesses de ma sorcière, bien moulées dans sa longue robe noire.

— Depuis quand c'est un problème ? me marrai-je, il existe toujours un moyen de reprendre un jouet à son propriétaire initial.

Il attrape l'arrière de mon costume et me balance dans le fond du couloir.

— Le Marqueur, je le bute. Ne me force pas à te buter toi non plus.

Le métal de son arme presse mon estomac. Ses yeux absorbent les miens, la tension explosant entre nous. Il peut se convaincre autant qu'il le veut, la réalité est là, juste sous son nez. Je resterai toujours le même. Celui qui aime faire mal. Celui qui s'excite sur de la chair brûlée. Ce n'est pas parce qu'un jour, il a cru me sauver des flammes de l'enfer qu'elles n'ont pas pour autant réussi à me garder avec elles.

— Dégage ta main, ordonnai-je froidement.

— Sinon quoi, Simon ? Tu vas me baiser et me cramer la gueule ? Mais vas-y, fais-toi plaisir, je t'offrirai l'autre joue encore vierge de souvenirs. Ça me rendra symétrique, moi aussi.

— On l'emmène dans la *Chambre,* un point c'est tout. Ce soir, elle y entrera avec ou sans toi.

Il capitule et me relâche. Je grimace, conscient de ce que sa proximité a engendré en moi.

— Tu me dégoûtes, crachai-je.

— Non, je t'excite, et ça a toujours été ça, le fond du problème. Selon lui.

Je rejoins la salle d'un pas déterminé quand sa voix a le mérite de faire redescendre une partie de mon excitation.

— Emmène-la, vas-y, Simon, montre-lui qui tu es dans cette *Chambre*. Mais sois sûr d'une chose, à la seconde où tu choisis ce masque, il ne pourra plus être retourné. Tu ne pourras plus essayer de le sauver.

— Je ne veux pas le sauver.

— Et ça, murmure-t-il, c'est le fond du problème, avec toi.

Je me rue dans la pièce bondée de monde. Je refuse de l'écouter plus longtemps. Je récupère un verre sur l'un des plateaux des serveurs, l'avale d'une traite, puis en vide un nouveau la seconde d'après.

Mon regard voyage dans toute la salle dans l'espoir de tomber sur Hécate. Je remarque Maddox en retrait et repère notre intérêt mutuel. Je constate que mon envie grimpe à la seconde où, d'un geste insolent, elle lève sa coupe de champagne à mon attention. Un homme la détourne de moi, son sourire et sa façon de la déshabiller du regard allument une tout autre émotion que celle du désir malsain.

Je me sens fulminer quand il tente de la rapprocher contre lui. Je ne suis peut-être pas le propriétaire de cette souris, mais elle n'en reste pas moins mienne pour ce soir. Un seul faux pas et cette soirée d'inauguration se changera en bain de sang.

Je me désintéresse une seconde de la scène lorsque le corps tendu de Maddox, en mouvement, me fait froncer les sourcils. À mesure qu'il casse la distance qui le sépare d'Hécate, je réduis celle qui me sépare d'eux. Elle repousse l'homme insistant qui n'accepte pas son probable rejet. Maddox veut s'interposer lorsque la paume d'Hécate se plaque sur le torse de son client. Ce geste m'irrite un peu plus et la colère fuse dans chacun de mes organes.

Le temps se fige quand, alors qu'elle se détourne de l'homme, il claque sa main sans vergogne sur les fesses d'Hécate. J'implose pendant que plusieurs personnes s'indignent du comportement du salopard. D'autres rient et ne font qu'alimenter ma rage. Je me rue sur lui et plante mon arme entre ses deux yeux. J'avais prévenu, cette soirée va devenir un bain de sang.

— Simon ! hurle une voix masculine que je ne discerne même plus tant il n'y a que la colère qui bourdonne contre mes tempes.

— Pour qui est-ce que tu te prends, enfoiré ? sifflai-je, les dents serrées.

Il ricane et mon index frôle avec plus de motivation la gâchette.

— Vous ne partagez pas une beauté pareille ? me taquine l'homme.

Alors que je me décide à presser la détente, mon arme s'enfonce dans sa gorge. Les yeux de ma sorcière s'accrochent aux miens avec une intensité surprenante.

— Appelez la police ! s'égosille une voix stridente non loin de moi.

— Baissez votre arme, monsieur ! m'implore une autre, plus ferme.

Si j'entends parfaitement leurs paroles, je ne les écoute pas. La seule mélodie qui m'hypnotise est celle des battements de mon cœur qui pulsent malgré moi au rythme du sien. Figée devant l'homme qui a osé poser la main sur elle sans son consentement, elle m'ordonne, la bouche pourtant verrouillée, de me soumettre à elle. Mes lèvres se pincent, je ne flancherai pas devant une catin, encore moins devant une dévergondée comme elle. Je ne me laisserai plus manipuler par son masque.

— Tu vois que tu me voulais un peu, s'amuse l'enfoiré derrière elle.

— Ferme-la ! fuse une voix dans mon dos.

Ses yeux.

Je les perçois enfin réellement malgré les lentilles noires. Chaque centimètre de son masque s'écroule à mesure que le mien se fissure. Elle s'avance légèrement, sa peau épousant le bout de mon arme. *«Ne me tente pas»,* sifflai-je malgré ma bouche close. *«Tire»,* me défie-t-elle. Les bruits environnants se changent en bourdonnements continus, je sais qu'ils paniquent tous. Ce n'est pas une soirée comme celle du casino. Cette inauguration rassemble certes des célébrités, mais certaines d'entre elles sont presque pures. Tandis que je me perds dans des réflexions futiles, elle pose sa main sur l’arme et ses doigts s’enroulent autour du canon. Mon index se dégage de la gâchette, puis, quelques secondes après, mon arme disparaît à l’arrière de mon costume. Je harponne son bras sans qu’elle s’y oppose et nous conduis dehors.

Son dos percute le mur, elle se pince les lèvres pour ravaler sa grimace de douleur.

— Force-moi à me soumettre devant un enfoiré pareil encore une fois et je n’hésiterai pas.

— Si tu le tues devant la foule, on t’enferme. Je suis la seule à pouvoir te torturer, t’enfermer et te tuer. Mais si tu es en colère pour mon action, punis-moi.

Je la retourne, colle sa joue contre la surface cimentée et presse mon torse contre son dos. Ses paumes s’écrasent pour tenter de s’écarter du mur, mais je la force à rester en place. Les doigts de ma main libre s’enroulent dans le tissu soyeux de sa robe et la remontent.

— Prends, raille-t-elle, prends tout ce que tu veux, n’importe comment, tu ne sais faire que ça après tout.

— C’est demandé si gentiment. Je pourrais te dire que je vais bien m’occuper de toi, mais c’est faux. Je vais te faire mal, si mal que tu finiras par aimer.

— Et j’en redemanderai, parce qu’elles en redemandent toutes, n’est-ce pas ? poursuit-elle alors que ma main se faufile sur sa cuisse.

Je peux sentir la chair de poule donner du relief à la douceur de sa peau. J’enfonce mes doigts près de son aine et m’amuse avec les coutures de son sous-vêtement.

— C’en est presque décevant, me marrai-je contre le lobe de son oreille, je te préfère combative.

Alors que je m’apprête à décaler le tissu de son string, un métal froid s’enfonce dans ma tempe.

— Dégage tes mains d’elle ou je t’explose la cervelle, rugit Maddox.

— S’il abaisse son arme, ce n’est que partie remise, me gaussai-je avant de mordiller son oreille. S’il me tue, je hanterai tes nuits et tu ne pourras jamais savoir qui je suis dans cette *Chambre*.

Je me décale légèrement pour que ses yeux s’arriment aux miens, protégeant aussi ma prochaine action de la vue de Maddox.

D’un geste des plus discrets, dans une lenteur volontaire, je décale son string et approche mon index de son sexe. Mon érection se réveille contre ses reins tandis qu’un soupir presque inaudible s’échappe de ses lèvres. Mon sourire s’étire quelque peu. Son regard devient plus sombre encore et de nouveau, elle me défie, mais pas de la même manière. La pulpe de mon pouce et mon index pince le haut de son clitoris tandis que ses ongles tentent de s’enfoncer dans le mur.

— Il n’y a aucune exception sur terre, susurrai-je alors que l’arme se fait plus pressante sur ma tempe, elles aiment toutes ça. Toi, y compris.

L’humidité de son entrejambe glisse entre mes phalanges et ses paupières clignent lourdement lorsque je presse à une deuxième reprise son point sensible. C'était sans compter le talon de Maddox qui appuie contre le pli de mon genou et qui me déstabilise. Je m'écrase contre les gravillons tandis que sa robe retombe sur ses chevilles. Je ris, me redresse avant de me tourner pour lui faire face. Je lèche le bout de mes doigts, l'insolence s'érigeant au coin de ma bouche.

— Exquise, le narguai-je.

— Je vais te…

— Tu vas baisser ton arme, ordonne Victor avant de plaquer la sienne contre l'arrière du crâne de Maddox.

— Hécate ! intervient alors la voix niaise d'Ashe.

Ma langue claque contre mon palais. Je me fige l'instant d'après alors qu'une caresse métallique attaque mes reins.

— Que fais-tu ? soufflai-je.

— Je te prends tout.

Hécate s'écarte de moi puis plante son arme dans le cou de Victor. Mon sang ne fait qu'un tour. Ashe se rue vers nous, mais la voix de mon meilleur ami la stoppe dans son élan. Le temps s'arrête tout comme l'oxygénation dans mon système.

— Hécate, implore Ashe d'une voix faiblarde.

— La sens-tu ? me questionne-t-elle en ignorant Roxanne. Cette impuissance quand quelqu'un te prend tout sans que tu ne puisses rien faire si ce n'est espérer qu'elle cesse de te tourmenter. La sens-tu ? Cette vulnérabilité face à la mort, la priant de te prendre plutôt que de ressentir les battements de ton cœur se déchirer dans ta poitrine ?

Un cliquetis retentit. Ashe sursaute, un hoquet étranglé lui échappe. Mes poings se ferment, les jointures blanches, tandis que Victor reste tout aussi impassible qu'immobile. Elle ouvre la main, l'arme glisse et l'unique balle de mon chargeur roule au sol dans un bruit sec.

— Je te l'ai pourtant déjà dit, ne te dit pas marionnettiste alors que tu n'es qu'un pantin.

Elle tourne les talons et disparaît à l'intérieur de l'établissement. Victor et Maddox baissent leurs armes simultanément tandis que je me débats avec mon propre corps pour qu'il se calme. Le poing de Maddox s'abat quelques secondes plus tard contre ma mâchoire.

— Elle a peut-être une patience illimitée devant l'être immonde que tu es, crache-t-il, mais ce n'est pas mon cas. Encore un pas de travers et je redécore le sol de ta cervelle.

— Et pourtant, le ridiculisai-je, tel un bon toutou, si elle te dit : pas bouger, tu ne bouges pas.

— Putain, mais ferme-là, Simon, beugle Victor.

Maddox ne perd pas une seconde de plus et rejoint à son tour l'intérieur, nous fusillant du regard Ashe, Victor et moi.

— Qu'est-ce que tu fous là, toi ? grommelai-je.

— Quand je suis arrivée à l'agence, on m'a informée que le… client, mime-t-elle des guillemets, avait annulé sa commande et que j'avais un message.

Elle le tend à Victor, qui l'ouvre dans l'immédiat. Je m'approche d'eux et découvre le mot qui ne laisse pas de place au doute. Il sait. Comme d'ordinaire, il a toujours des centaines de coups d'avance.

« Ta compagnie aurait été fort agréable, Ashe, malheureusement, je crois que je préfère encore plus les cache-cache que les culs déjà utilisés. »

— Est-ce que ça signifie que je ne suis pas en danger ?

Je secoue la tête tandis que Victor soupire.

— Au contraire, ça signifie qu'il a conscience de la place que tu as dans l'histoire et risque de s'en servir à un moment ou à un autre.

Une sirène de police retentit et nous désintéresse tous du message. Deux agents se précipitent à l'entrée, nous les suivons à la trace. La foule s'agite dans la pièce, des beuglements insupportables se font entendre.

— Ah ! Vous voilà ! s'égosille l'homme qui a touché les fesses d'Hécate, vous devez arrêter cette pute !

Les femmes de la pièce s'offusquent en chœur et un rire sans joie explose dans les airs. Mes yeux voyagent jusqu'à l'origine du bruit. Hécate balance son verre de vin rouge au visage de l'homme et s'exclame théâtralement :

— Milles excuses, vraiment, qu'est-ce que je peux être maladroite !

Elle le repose sur la table la plus proche et tend ses deux poignets vers les agents.

— C'est le moment où vous me lisez mes droits et vous

m’expliquez que tout sera retenu contre moi, c’est ça ? ironise-t-elle.

L’assemblée s’élève contre l’homme encore remonté pour la tache rougeâtre sur sa chemise blanche. Chacun y va de sa version avant que Maddox ne s’approche des agents et leur explique le dérouler de la situation. Quelques minutes s’écoulent avant que les policiers ne se décident à embarquer l’homme. Il crie à l’injustice pendant qu’Hécate lui adresse un doigt d’honneur franc avant d’effectuer la plus condescendante des révérences. Un rire profond s’arrache de la gorge de Victor, j’esquisse un sourire et mon corps se détend de toute la tension qu’il avait accumulée depuis le début de la soirée.

— Dis-lui, baragouine la voix d’Ashe, s’il te plaît, Simon, dis-lui que ce n’est pas toi, qu’elle se trompe.

— Je ne l’emmènerai pas dans la *Chambre*, ce soir.

— Ni aucun autre soir, s’empresse-t-elle d’ajouter, mais tu dois lui dire.

— Pour l’instant, elle n’est pas apte à entendre la vérité, rappelle Victor.

— Ce n’est pas parce qu’elle ne peut pas écouter l’histoire que tu ne peux pas la convaincre que ce n’est pas toi.

— Comment suis-je censé faire ça ?

Elle hausse les épaules et étire un faible sourire. Ses yeux se rivent vers Hécate, qui s’éloigne de Maddox pour rejoindre l’un des couloirs.

— Comment fonctionnez-vous quand vous avez besoin

de communiquer, mais que les mots ne suffisent pas ?

On se pousse au bord du précipice. Peu importe les risques et les conséquences.

Les mains enfoncées dans les poches, je prends le même chemin qu'Hécate. Devant les sanitaires, j'entre, vérifie qu'il n'y a que nous avant de barrer le verrou. Elle déverrouille la porte de la toilette et apparaît devant moi.

— Je suis peut-être nul pour décrypter les émotions, en revanche, je sais quand un corps apprécie le plaisir que je lui procure.

— C'est physiologique.

— Mouillais-tu autant il y a trois ans ?

— Quel souvenir en as-tu ? cingle-t-elle.

— Ce n'était pas moi. Peut-être que je ne peux pas l'expliquer, peut-être que tu n'es pas prête à entendre mes arguments, mais ce n'était pas moi et, au fond, tu le sens. Tu le sais.

Elle plaque une photo et mon briquet-tempête près de la vasque.

— Et lui, ce n'est pas toi peut-être ?

— Je te le répète, je n'ai jamais prétendu être bon ni pur, détournai-je la question.

— Quand as-tu été emprisonné ?

— De 2010 à 2014.

— Tu m'avais dit que tu avais fait deux ans de prison.

— C'est exact, deux ans en centre de détention pour mineurs et deux ans en prison.

— Tu as joué sur les mots.

— Parce que tu ne le fais jamais peut-être ?

— Il a disparu pendant deux ans, élude-t-elle. Où étais-tu pendant ces années-là ?

— En 2021, j'ai été interné pour trouver un diagnostic viable afin d'expliquer mon comportement et un traitement permanent efficace. En 2022, aucun de mes alibis ne te conviendrait.

— Je te hais.

— Je sais, murmurai-je en cassant la distance entre nous sans qu'elle bouge.

— Je voudrais ne jamais t'avoir rencontré.

— Le déplaisir est totalement partagé, répliquai-je mes chaussures tapant le bout des siennes.

J'inspire profondément et fais taire du mieux que je le peux les démons qui se délectent déjà de chaque dommage qu'ils voudraient infliger à son corps. J'encadre avec le plus de délicatesse possible ses joues et plonge mes yeux dans les siens, son cou se balançant en arrière pour mieux accepter notre différence de taille.

— Te faire du mal ? J'aurai toujours envie de t'en faire. Malmener ton corps et le voir souffrir m'excitera toujours. Mon plaisir se trouvera continuellement dans ta douleur. Plus ta chair réagira au contact de la mienne, plus je rêverai des différents sévices que je pourrai t'infliger.

Mon pouce presse sa joue et retire une légère couche

de fond de teint laissant avec grande discrétion apparaître quelques taches de rousseur.

— Tant que ce masque restera en place sur ton visage, j'oublierai toujours qui se cache dessous. J'éprouverai toujours un besoin irrépressible de te l'arracher et de le voir s'effriter pour moi, grâce à moi. Tu as raison, je serai toujours ton pantin tant que tu resteras cette sorcière aux caractéristiques physiques que j'exècre plus que tout. Soumis à chacune des lames que tu enfonceras dans mes faiblesses.

L'une de ses mains se lève pour atteindre mon visage, son pouce caresse mes lèvres avant que son index effleure le grain de beauté qui décore le dessous de mon œil.

— Mais, susurrai-je, mes yeux maintenant concentrés sur sa bouche, je crois que si Hécate réussit à soumettre sans difficulté le Simon de la nuit, c'est celui du jour que parvient à soumettre Elaïa. Et ça, tu ne le supportes pas.

J'abaisse mon front contre le sien. Mon souffle caresse ses lèvres tandis que les siennes capturent mon soupir.

— Laisse-moi te prouver que je ne suis pas lui, l'implorai-je à quelques millimètres de céder à cette pulsion dévorante de sentir sa bouche.

La tension s'entrelace avec une étrange quiétude, formant une bulle qui renaît autour de nous. Le brouhaha extérieur s'estompe, réduit à un bourdonnement lointain, tandis que seuls nos cœurs, battant à l'unisson, semblent emplir la pièce. Ses mains glissent doucement sur ma nuque et la pressent avec une intensité maîtrisée. L'instant suivant, ses lèvres s'écrasent sur les miennes et réveillent des flammes intenses dans mon bas-ventre. Mes doigts s'enroulent d'instinct sur son cou, tandis que ma main libre plaque ses hanches au plus près de moi. Ma langue se fraye un chemin entre ses dents, j'aspire son soupir tandis que ses ongles fourragent mes cheveux. Je resserre mes prises sur elle et les démons frappent à la porte de mon esprit pour laisser exploser la perversion. Alors que je deviens plus invasif, elle me repousse avec violence et s'empresse de rejoindre la porte.

— L'erreur n'enlève rien à l'envie !

Sa main se fige sur la poignée.

— Sauf que l'erreur me rend un peu plus sale à chaque fois.

Elle claque la porte, sans un regard et le plaisir se change en triste colère. Je ne suis pas lui. Je ne suis pas son bourreau, du moins pas celui qui hante son esprit.

CHAPITRE 35

Elaïa, Nice

Assise sous le jet d'eau, je frotte avec frénésie chaque parcelle de mon épiderme touchée par Simon.

L'erreur n'enlève rien à l'envie.

J'ai été celle qui a choisi de l'embrasser, pourtant, l'envie m'a rendue nauséeuse, tandis que l'erreur me rend toujours plus sale à chaque contact. J'ignore pourquoi j'ai eu envie de sentir sa bouche contre la mienne. Quand ses mains sont devenues plus pressantes sur mon corps, je me suis reconnectée brutalement à la réalité. Ses mots ne collaient plus à ses yeux. Il pouvait jurer qu'il n'était pas le Marqueur, ses iris vert émeraude m'assuraient du contraire. Le problème avec la mort, c'est que non seulement elle me refuse, mais elle n'a rien de douce. Je profite du purgatoire depuis des années, sans jamais apercevoir ni l'enfer ni le paradis. Rien. Juste le néant et la douleur éternelle.

Pourquoi me malmener avec autant de plaisir ? Pourquoi me laisser vivre si ce n'est que pour connaître la survie et la souffrance ? À ce stade, la mort, si vicieuse, serait capable de me ressusciter si je sautais du haut d'un immeuble.

Ma sonnerie retentit, mes paumes se plaquent contre mes oreilles pour annihiler le bruit. Mes paupières se ferment et les images se percutent. Sa bouche contre la mienne, puis le chalumeau contre ma chair. Ses mains enroulées sur ma taille, puis son sexe tendu se frottant contre mon épiderme fraîchement brûlé. Ses doigts contre mon clitoris, puis sa lame caressant mes mamelons.

« Ce n'était pas moi. »

« Ma petite souris favorite. »

« Je suis un monstre. »

— Oui, m'étranglai-je, tu l'es.

Février 2020, approximativement douze heures de captivité.

Mes paupières clignent et s'adaptent avec difficulté aux faibles rayons de lumière qui traversent les pans métalliques du hangar. D'instinct, je serre les cuisses et accuse les douleurs lancinantes qui malmènent mes muscles. D'une main hésitante, j'effleure ma poitrine nue. J'ai toujours deux tétons, alors que j'ai cru qu'il allait me les arracher.

Je descends avec prudence vers mon bas-ventre et découvre un liquide séché. La nausée me prend et ne pouvant plus la contenir, je me penche sur le côté de la table pour vider l'entièreté de mon estomac. Ma cage thoracique se comprime et ravale un râle puissant de douleur, quand, en me rallongeant, un morceau de ma chair reste collé à la table.

Lentement, je me redresse et réalise que ma cuisse a été brûlée. Les souvenirs des heures passées explosent dans mon esprit et je me mords la joue pour taire les larmes qui voudraient se frayer un chemin entre mes cils.

— C'est une étape du rituel de propriété, surgit alors sa voix modifiée dans la pénombre.

Je crois qu'il m'a expliqué les raisons de tous les sévices qu'il m'inflige. J'ai conscience qu'il se sert de mon silence. Avec moi, ses secrets seront gardés. Jamais je ne parlerai, s'il se décide de me garder en vie. Je crois qu'il le fera. Il ne semble pas être un menteur.

— Bientôt, je te marquerai.

Malgré moi, j'arque un sourcil. Ne suis-je pas assez marquée à son goût ?

— La rune fait de toi ma propriété, c'est ce qu'on appelle la marque. Un jour, je t'expliquerai sa signification.

Un jour ? Si je sors vivante d'ici, il n'y aura pas d'un autre jour si ce n'est ce moment où je le tuerai. Je ne me suis jamais servie d'une arme, mais j'apprendrai. S'il veut jouer au chasseur et à la petite souris, il va être servi. On échangera les rôles et il regrettera de m'avoir laissée en vie.

Néanmoins, j'espère secrètement que je ne suis pas si unique et qu'il choisira de me tuer. J'ai beau prétendre être d'une force infaillible, face à lui, à l'intérieur, je suis en lambeaux. Oui, je voudrais qu'il m'achève pour faire taire toutes ces années de souffrance.

Il s'avance et, comme à chaque fois qu'il réapparaît, la seule caractéristique qui m'aspire est l'intensité de ses yeux vert émeraude. Je pensais avoir perçu la première fois la forme de lentilles. Ce ne serait pas stupide de modifier la couleur de ses yeux, après tout, même s'il m'a bien étudiée, il ne doit prendre aucun risque. Me laisser en vie fait planer la menace de ma possible confession.

D'une main gantée, il me tend une bouteille d'eau. Ma gorge asséchée me supplie de la prendre, mais je refuse et l'ignore.

— Tu vas avoir besoin de rester hydraté pour la suite.

Je me focalise sur ses yeux. Je dois capturer l'essence même de ses pupilles, chaque détail, chaque relief. Je veux me souvenir de ce seul indice réel qu'il m'accorde. Encaisser, j'ai toujours su faire, mais si je sors de ce hangar, il ne me restera que ça.

Les yeux d'un monstre.

Présent

Ouvre cette porte ! hurle sa voix, en me ramenant au présent.

J'écarquille les yeux et m'immobilise. Comment a-t-il eu cette adresse ? Personne n'était au courant, excepté Carla et Arthur.

Ma sonnerie ne cesse d'exploser dans les airs pendant que les coups s'enchaînent contre ma porte. Je dois me lever, je dois le repousser. Non, je dois le torturer, le tuer, qu'il souffre pour chaque plaie qu'il m'a infligée.

« Ce n'était pas moi. »

Il y a des tas de manières de mourir, la pire est celle de rester en vie. Je meurs, jour après jour, depuis qu'il est entré dans ma vie. Il n'y a plus une seconde de répit et, cette nuit encore, j'ai l'impression que, dans ma chute interminable, je percute avec violence des obstacles contondants.

Un bruit assourdissant éclate dans l'air. Je me recroqueville comme si ça pouvait me sauver. Mais je le sais que trop bien, rien ni personne ne peut me sauver. Plus maintenant.

Ma porte de salle de bains claque contre le mur et des bras m'enlacent après avoir arrêté l'eau. Une serviette recouvre mon corps et ma tête retombe contre la poitrine qui m'emprisonne. Malgré moi, un hurlement de douleur s'étouffe contre le tissu. Celui qui m'enserre renforce sa prise et m'autorise à relâcher un nouveau cri.

— Pourquoi, suffoquai-je, pourquoi ça ne s'arrête jamais… pourquoi je ne meurs pas ?

Lentement et sans répondre à ma question rhétorique, il me relève. Ses mains frictionnent ma peau à l'aide de la serviette et mon corps accuse le coup de la violence des souvenirs. En une fraction de seconde, l'odeur de musc est remplacée par une odeur mentholée et mon estomac vide depuis des jours parvient tout de même à rendre de la bile dans le lavabo.

Les bruits de régurgitations engendrent de nouveaux relents qui, à force de contracter mes muscles, m'épuisent totalement. Les minutes s'écoulent avant que le calme revienne s'imposer dans mon ventre. Il me retourne, soulève mon corps dépourvu d'énergie et m'assoit sur le meuble. Je refuse d'ouvrir les yeux, ça ne fera qu'empirer la situation et je n'ai plus la force de protester. Mon dos se laisse retomber contre le miroir.

Sans que je ne me débatte, il relève mes bras et m'enfile un t-shirt. La serviette disparaît de mes jambes, mais, dans un élan maladroit de protection, je me recroqueville contre le meuble. Ses mains entourent alors doucement mon visage et mon cœur s'agite de nouveau de crainte ou peut-être d'épuisement.

— Regarde-moi, s'il te plaît, Ela, m'implore-t-il dans un murmure. Regarde-moi et laisse-moi te prouver que ce n'est pas moi.

Je refuse, mais il ne renonce pas. L'une de ses mains quitte mes joues pour attraper mon index. Avec délicatesse, il pose la pulpe de mon doigt sous son œil.

Sans même ouvrir les yeux, je sais ce qu'il presse.

— Souviens-toi, même si c'est douloureux. Rappelle-toi de ces yeux qui te hantent et dis-moi si tu le vois. Dis-moi si tu vois ce grain de beauté.

Chaque détail… chaque relief…

J'ouvre les yeux et tombe dans les siens, le doigt toujours planté sur son grain de beauté.

— Ça peut se recouvrir, murmurai-je.

— Tout comme on peut modifier chaque détail, confirme-t-il.

Ses yeux.

Je soupire, et relâche la pression sur son visage. Éreintée de la soirée, je lui accorde, pour l'instant, le bénéfice du doute.

— Je voudrais ne jamais t'avoir rencontré.

— Le déplaisir est clairement partagé.

Lorsqu'il attrape mon tanga qui jonche le sol, une grimace déforme ma bouche et, dans un mouvement sec, je lui arrache des mains.

— Tu as raison, j'ai une petite préférence pour les enlever plus que pour les remettre, raille-t-il avec insolence.

Lorsque nous sortons de la salle de bains, trois têtes apparaissent dans mon champ de vision. J'admets ressentir un pincement au cœur lorsqu'aucun des visages n'est celui de Roxie. Je ravale ma déception et fronce les sourcils pour la forme.

— Ne joue pas l'étonnée, s'esclaffe Micah, tu as toujours su qui nous étions.

— En revanche, je suis vraiment fan de Credence, réplique Tara après avoir éclaté sa bulle de chewing-gum.

— Comment ? chuchotai-je, comment avez-vous su où me trouver ? Personne n'est au courant.

— Je ne suis pas si nul en stalker finalement, s'exclame fièrement Simon.

J'esquisse un faible sourire. Micah et Tara disparaissent de l'appartement en promettant de réparer les dégâts faits à ma porte d'entrée. Mes yeux tombent dans ceux de Victor, qui reste en retrait. L'odeur de musc émanant de lui me ramène plusieurs minutes en arrière. Je déglutis, il hoche la tête, comme conscient de mon malaise.

— Le penses-tu toujours coupable ? s'enquiert-il, d'un ton neutre, mais grave.

Je tourne la tête vers Simon et fixe son grain de beauté.

— Disons que… je suis trop fatiguée pour me battre ce soir.

Ce n'est pas vraiment ce qu'ils voudraient entendre toutefois, ils s'en contentent l'un et l'autre. Victor quitte l'appartement tandis que Simon, lui, reste là, immobile.

Il paraît que l'erreur n'enlève rien à l'envie…

— Tu peux rester, soufflai-je en tournant les talons vers le petit salon.

CHAPITRE 36

Simon, Nice

Alors qu'elle claque la porte de sa chambre, mon pouls s'accélère et mon cœur tambourine contre ma poitrine, menaçant de s'en arracher avec violence.

J'enfonce ma main dans ma poche et vide la bouteille de gel hydroalcoolique entre mes paumes. Je frictionne le produit dans l'espoir que ma crise s'apaise, en vain. En quête d'un nettoyage plus intensif, je m'approche de l'évier de la cuisine, les mains tremblantes, le regard fixé sur le robinet, j'allume l'eau. Froide, presque glaciale, je ne ressens pas la température, seulement une brûlure profonde, une sensation que rien ne peut apaiser.

« Personne n'aime les monstres, Simon. »

Mes mains couvertes de mousse, le liquide savonneux glisse entre mes doigts comme du sable humide, mais je continue à les frotter sans discontinuer.

« Soumets-la ».

Les mouvements deviennent frénétiques et désordonnés, je dois chasser les démons, ils ne peuvent pas se mettre à danser trop fort. Pas maintenant. Pas avec Ela de l'autre côté de la porte.

« Punis-la. »

Ma langue claque contre mon palais, je dois résister.

« Brûle-la. »

Je dois me débarrasser des tourments, je dois me nettoyer.

« Tu es propre. Tes mains sont propres. »

Je secoue la tête, c'est faux. Je suis sale. Je l'ai toujours été. Je frictionne avec une telle intensité que ma peau commence à rougir, puis à s'érafler sous la pression de mes ongles. Je sens la douleur, aiguë, perçante parcourir ma chair. Le savon mousse davantage, et je m'acharne, les mains se couvrant de fines égratignures. Pourtant, ce n'est pas suffisant. Les démons s'amusent, hilares, ils en veulent plus, ils la veulent elle. Peu importe combien je frotte, combien je rince, je suis sale et je me sens perdre petit à petit pied.

Le sang se mêle à l'eau qui continue de couler, indifférente à ma lutte. Je dois me laver, quitte à attaquer l'os. Les pensées obscènes, calcinées et irrésistibles m'assaillent tandis que mon entrejambe gonfle de cette envie perverse. Les muscles noués par la tension brûlent sous mon épiderme, je m'accroche au rebord de l'évier et souffle comme un animal au bord de la rage. Lentement, mon regard se tourne vers le pot d'ustensiles dans lequel dort une paire de ciseaux.

« Personne n'aime les monstres. »

— Je sais, murmurai-je.

« Je suis la seule à t'aimer. Peu importe ta monstruosité. »

— Je sais, putain.

« Rends-moi fière. »

— Plus jamais, sifflai-je entre mes dents serrées.

Je saisis, les mains encore mouillées, la paire de ciseaux aiguisés. Mes doigts glissent sur le métal froid et tranchant. Je les serre avec force, comme si leur simple contact pouvait enfin m'apporter la punition suffisante pour calmer la folie sous mon crâne.

« Tu préfères quand c'est toi qu'on punit. »

Ma bouche se tord en une grimace douloureuse et d'un mouvement hésitant, mal assuré, je tourne ma paume tremblante et caresse ma chair de la pointe métallique.

« Reste silencieux. »

La lame griffe mon épiderme et les perles de sang apparaissent.

« C'est un parfait lubrifiant, Simon, tu devrais essayer. »

L'excitation se mélange au désespoir et dans un geste plus rapide, presque instinctif, je trace une ligne nette et profonde dans ma chair. Un éclair de souffrance exaltante se répand dans tout mon bras, un soulagement tordu se décharge tout au long de ma colonne. Chaud et épais, le sang recouvre ma main et coule le long de mes phalanges.

« Tu aimes ça autant que nous. »

Mes cils s'inondent de larmes tandis que la lame abîme un peu plus ma peau. Chaque coupure est plus profonde, plus déterminée et calme les démons. Ils reviendront, ce n'est qu'une question de minutes ou peut-être d'heures. Je dois me punir plus fort. Je relâche une seconde les ciseaux, enfonce ma main encore saine dans ma poche et capture le briquet-tempête. Après avoir récupéré la paire meurtrière, je me laisse tomber contre le côté de l'ilot, au sol, à l'abri de tout potentiel regard. Mon pouce frotte contre la roulette métallique et la flamme jaillit. Je brûle la pointe de mon arme du jour et j'observe les couleurs chaudes danser devant mes yeux.

« Je t'aime, même si tu es un monstre. Personne d'autre ne peut t'aimer. »

Les ciseaux tracent des lignes rouges sur ma peau, creusant des sillons dans ma chair. Mon souffle se fait court, haletant, le tourment laisse place à l'apaisement et au plaisir. Les ciseaux ouverts, emprisonnés dans ma paume, mon regard se fixe sur la lave visqueuse qui s'écoule de mes pores.

— Simon, je…

Sa seule voix réactive la perversion et voilà que mes bourreaux intérieurs s'empressent de sautiller, le cœur plein d'espoir, dans mon esprit.

— Ne t'approche pas !

Sans grande surprise, elle ignore mon ordre et s'empresse d'ouvrir un tiroir. Elle s'agenouille devant moi, une trousse de premier secours dans les mains. Alors qu'elle retire la paire de ciseaux de mes mains, je m'assure que, dans le processus, la lame entaille encore un peu ma chair. Elle l'ignore, mais les démons attendent avec grande patience qu'elle commette une petite erreur. Une toute petite inattention de sa part suffira à mes tortionnaires pour prendre le contrôle. Mais, comme si elle était un peu trop consciente de la tempête qui faisait rage dans mon esprit, elle reste parfaitement attentive et panse mes multiples plaies avec précaution.

Je crois qu'avec elle, peu importe combien les démons jubilent, j'arrive à les tenir en cage. Une fois mes entailles recouvertes de pansements, elle récupère le matériel, se redresse, et le range dans le meuble. Je reste au sol, adossé contre le mur, le regard rivé sur chacun de ses mouvements. Elle se laisse retomber contre le meuble de cuisine et croise les bras sur sa poitrine tandis que ses yeux se plantent pour la première fois dans les miens.

— As-tu besoin de te laver ?

J'acquiesce. Elle se tourne vers les meubles de cuisine, de dessous l'évier, elle tire deux sacs plastiques blancs et un rouleau de scotch. Ma tête se penche sur le côté, l'incompréhension tirant mes traits. Elle se racle la gorge alors qu'elle fait tourner le rouleau autour de ses doigts.

— Je vais te couvrir les mains et je vais t'aider.

Mon sang quitte mon corps, mes poumons se compriment, perdant leur fonction en un éclair. Elle s'approche de moi, et je me redresse dans la précipitation.

— Simon… soupire-t-elle devant ma réaction.

Je secoue la tête et tends les mains vers elle, en balayant l'air. Ses bras retombent le long de son corps, un souffle a priori désespéré traverse la barrière de ses lèvres.

— Quel est le problème ? Que je t'aide à te laver ou que je te vois nu ?

— Les deux.

Elle relève la tête qu'elle avait baissée et plante ses iris bicolores dans les miens, emplis d'une peur qu'elle ne semble pas comprendre.

— Laisse-moi t'aider.

— Tu ne me verras pas nu.

— Parfait, je n'en ai aucune envie.

J'entrouvre la bouche pour répliquer lorsqu'une image obscène m'arrache un timide sourire et détends chaque fibre de mon être. Je me surprends à m'imaginer, une fraction de seconde, nu, sous le jet d'eau, ma peau contre celle d'Ela sans que cela enclenche de drame.

J'aurais dû me punir après la douche…

Devant ma passivité, elle m'informe qu'elle m'attend dans la salle de bains. Elle quitte la cuisine et rejoint sa chambre. J'hésite, inquiet de ce qui pourrait se passer si j'acceptais, toutefois, mon corps m'implore de le nettoyer de ses impuretés. Alors, après ce qui me semble être d'interminables minutes, je flanche et d'un pas traînant, je rejoins à mon tour sa chambre, puis la salle de bains. La tête baissée, je lui tends mes bras abîmés, elle enroule les sacs autour de mes mains et les scotchs en serrant suffisamment pour que l'eau ne traverse pas.

— Je vais me couvrir les yeux. Tu me guides, je ne toucherai que les endroits que tu m'autorises.

Sans attendre une quelconque réponse, elle plaque le foulard épais et sombre contre ses yeux, puis le noue. Elle tâtonne et entre dans la douche, allume le jet d'eau, et ajuste la température. Avec les mêmes hésitations, elle ressort et se colle contre le meuble. Alors qu'elle patiente, mes yeux s'autorisent à voyager sur son corps. Trop maigre peut-être, mais, semblerait-il, jolie. Vraiment jolie.

L'est-elle vraiment ?

— Simon ?

Lentement, je m'approche et, au travers du plastique, je décroise ses bras de sa poitrine. Je pose ses mains sur le bord de ma chemise ensanglantée. Elle comprend mon autorisation et avec une grande délicatesse, elle détache chacun des boutons. Ses dents mordillent sa lèvre inférieure, signe qu'elle se concentre pour ne pas commettre d'erreur et je me surprends à vouloir remplacer ses dents par les miennes. Je secoue la tête et l'aide à me débarrasser de la chemise. Le pantalon et les chaussettes suivent le même chemin jusqu'au sol. Elle me fait grâce de garder mon boxer et me tire par le poignet jusqu'à la douche dont la température brûlante n'aide pas mon corps déjà chaud à redescendre.

Je me place sous le jet alors qu'elle tente de récupérer le gel douche sans me toucher. La panique se mélange au début d'excitation qui me parcourt. Je gonfle mes poumons de contrôle et fais un pacte avec mon esprit : ne pas craquer. Ne pas céder. Je dois juste me laver.

« Punis-la. »

Mes dents grincent, mes paupières se pressent avec force tandis que je m'efforce de ne pas laisser les voix gagner. Je me racle la gorge et explique :

— Sur chaque zone, tu dois réaliser dix cercles à trois reprises.

Elle hoche la tête, ses lèvres se pinçant furtivement à l'annonce.

— Commence par les jambes. En revanche, tu ne t'approches pas de ma cuisse gauche ni de ma hanche droite. Pareil pour mon épaule droite et, surtout, tu ne t'approches pas de mon bas-ventre.

« Soumets-la. »

— Simon…

« Punis-la. »

— Ela, je suis en train de fournir un putain d'effort là, alors s'il te plaît, fais-en de même, m'emportai-je. Pas mon bas-ventre, s'il te plaît, ni mon dos. Enfin, tu peux laver le haut, mais à partir des omoplates, je ne veux plus sentir tes mains.

Elle acquiesce et se rapproche de moi, mes muscles se tordent et se contractent lorsque ses doigts s'approchent de mon corps nu. Je prie pour qu'elle ne se rate pas et qu'elle suive à la lettre chaque étape du rituel. Quand sa main se plaque enfin sur mon corps, je ne peux réprimer des grognements de désapprobation.

Ils dansent… non, que dis-je, les démons frappent contre mes tempes, tandis qu'une envie creuse mon bas-ventre et tombe sur mon entrejambe. Perdu entre les démons, son toucher et mon désir malsain de plus en plus fort, je sursaute légèrement lorsqu'elle s'approche de mon genou gauche, craignant qu'elle ne touche ma cuisse.

Manipulatrice…

J'inspire en profondeur, elle retire ses mains et me montre ses paumes en un signe de reddition. Les vingt minutes suivantes, elle s'attelle à sa tâche, ignorant mes sursauts et mes geignements. Si elle s'applique, elle est plus lente que je ne le suis lorsque je produis le rituel. Bien sûr qu'elle n'a pas conscience de la torture qu'elle m'impose, alors je tente de fournir un effort et me contente de grommeler quand la zone qu'elle approche est trop sensible.

À ma grande surprise, elle se recule d'un pas et avale une longue goulée d'air.

— Retourne-toi s'il te plaît.

— Plaît-il ?

— Pour ton dos, tu dois te retourner.

— Non. Trouve une autre manière.

— Aaah ! Simon ! De quelle autre manière ? couine-t-elle, l'épuisement éraillant sa voix.

Se serait mentir de dire qu'intérieurement, je ne l'insulte pas, la fustigeant de ne fournir aucun effort. Pourtant, je le sais, elle a raison, je dois me retourner pour qu'elle puisse accéder à mon dos. Alors, avec le plus de contrôle possible, je me mets en apnée et me tourne.

Elle commence les mouvements circulaires sur le haut de mon dos quand, dans un geste, semblerait-il, maladroit, ses mains effleurent la large cicatrice qui barre le bas de mon dos. Je me retourne, sentant la colère s'infusait dans mes veines, le feu explosant en un brasier de rage.

« Brûle-la, Simon. »

Elle recule, les paumes en l'air, la panique creusant ses traits alors que, tel un animal en rogne, j'envisage de la priver de vie.

— Désolée ! Désolée ! Je n'ai pas fait attention !

Ignorant les plaies fraîches sous mes pansements, je cogne le carrelage et gronde contre son visage :

— Ne t'excuse pas, bordel !

D'un mouvement brusque, je coupe l'eau, bouscule son épaule et sort de la douche. Avec mes dents et sans délicatesse, je déchire les plastiques autour de mes mains et attrape la première serviette disponible.

— As-tu une crème ? marmonnai-je, la serviette nouée autour de la taille.

Elle me pointe l'un des meubles et, lorsque je l'ouvre, je découvre une panoplie de lubrifiants aromatisés et divers vibromasseurs. Je ne peux réprimer un sourire amusé tandis que la bulle de chaleur exaltante se rallume dans mon bas-ventre.

— Cette crème ne me servira pas, me marrai-je, mais ton matériel est intéressant.

— Simon !

Je ris devant sa gêne et ses joues rouges devenues presque écarlates.

Elle me pointe, toujours à l'aveugle et dans l'urgence, l'autre meuble. Mon rire se meurt, quand, en ouvrant, je découvre une tout autre collection bien moins agréable ; tout le nécessaire pour hydrater et protéger une peau calcinée et cartonnée par le feu. Sans plus un mot, je termine mon rituel d'hydratation.

— As-tu des vêtements larges ? Les miens sont inutilisables.

Elle m'indique où en trouver et je me surprends à ne pas apprécier voir des vêtements d'hommes dans son dressing. Je me couvre d'un jogging large, un peu trop court pour mon mètre quatre-vingt-huit et enfile un t-shirt blanc à manches longues suffisamment large pour recouvrir chacun de mes stigmates. Je retourne dans la salle de bains et observe quelques secondes Ela, assise dans la douche.

Je m'avance vers elle et réduis la distance entre nos deux bouches. Avec délicatesse, j'effleure ensuite son visage et dénoue le nœud de son foulard.

— Merci, susurrai-je, accroupi à son niveau.

Ses yeux s'adaptent avant de se laisser absorber par mes iris qui la tourmentent de jour comme de nuit. Je ne peux empêcher mon regard de furtivement se laisser tenter par ses lèvres entrouvertes.

Cette tension, qu'elle tentait désespérément de réprimer, ressurgit avec une force implacable, s'emparant de mon corps et, sans doute, du sien aussi. La bulle étrange qui nous entoure se referme, nous isolant du reste du monde, tandis qu'une chaleur intense naît dans ma cage thoracique et se répand lentement, presque insidieusement, jusqu'à mon ventre. Mes doigts effleurent son visage, repoussant quelques mèches de cheveux humides qui s'y étaient accrochées, et chaque contact semble attiser ce feu intérieur. Puis… quand elle plonge son regard dans le mien, je comprends qu'enfin j'ai réussi : elle me croit. Je le lis dans ses yeux. Elle me croit enfin. Son cœur s'emballe et je crois que le mien tente de suivre son rythme. C'en est presque douloureux.

Je crois qu'elle est jolie… que je la trouve vraiment jolie.

CHAPITRE 37

Le Marqueur. Levens. 2009

Nous roulons pendant près de quarante-cinq minutes avant d'atteindre le hangar. Je suppose que l'heure est à l'aventure, car, pour la première fois, nous quittons Monaco. Je l'observe concentrée sur la route, elle est magnifique. Son sourire est si large qu'il prend presque entièrement ses joues en otage. Excité par cette nuit qui s'annonce exquise, je me retourne et attrape la main de Simon. D'un revers violent, il la repousse et détourne le regard vers l'extérieur.

Ma mâchoire se contracte et accuse le coup. Ces dernières semaines, je ne peux plus le toucher. Il n'était pas aussi réfractaire avant que Victor n'entreprenne de lui bourrer le crâne au quotidien avec des conneries plus grosses les unes que les autres. Comment peut-il se montrer aussi ingrat face à l'amour qu'on lui porte ?

Que je lui porte.

On fait tout ça pour lui, pour l'aider à aller mieux au-delà de le faire pour notre plaisir personnel. Il me rejette et je ne le supporte pas. Je pensais avoir démotivé Victor dans sa quête

Le contact se coupe, elle nous observe tour à tour.

— Rappelez-moi les règles.

— Pas de prénom, juste un surnom, m'empressai-je de rétorquer. Si elle crie, elle n'a pas mal, c'est une manière d'en redemander. Son consentement n'est pas nécessaire, si elle est ici avec nous, c'est qu'elle le veut.

Je jette une œillade furtive vers Simon, qui semble désintéressé.

— Et on ne s'excuse pas, jamais, c'est pour les faibles, sifflai-je.

Sans m'adresser un seul regard, son doigt d'honneur se visse dans les airs.

— Rappelez-vous, ce qui affaiblit l'humain est l'erreur. Une seule erreur et il y aura une conséquence. Compris ? renchérit-elle à son tour.

J'acquiesce, impatient d'entrer dans le hangar. Nous nous tournons simultanément vers Simon, qui demeure mutique. J'expire, irrité par son comportement insupportable. Je commence à croire qu'il cherche à être puni, que c'est ça qui l'excite plus que tout le reste. S'il est une proie parfaitement silencieuse comme je les aime, je préfère de très loin les femmes.

— Simon ? insiste-t-elle.

— Compris.

Je plisse les yeux, il n'est pas avec nous et il va gâcher mon plaisir. Tout ça parce que Victor existe.

Elle m'embrasse à pleine bouche avant que nous nous dirigions vers le hangar, Simon nous suit d'un pas traînant. Lorsque la lumière éclaire la pièce, mon entrejambe accueille un premier spasme d'excitation devant le corps endormi de la femme.

Elle pose le sac spécifique de nos nuits de chasse et l'ouvre.

— Bien, annonce-t-elle d'un ton sérieux, ce soir, vous choisissez votre arme signature.

Elle dépose un chalumeau, un briquet, un allume-gaz et des allumettes.

— Ne réfléchissez pas et prenez celui qui vous parle le plus.

Il y a un piège.

Elle teste notre capacité à choisir le bon matériel pour être efficace et pouvoir les faire jouir comme il se doit. Motivé à passer à l'étape supérieure, je m'avance vers la table et, sans aucune hésitation, j'attrape le chalumeau. Je l'enclenche la seconde d'après et m'extasie devant la flamme intense qui brille devant mes yeux.

Les minutes s'allongent sans que Simon daigne s'avancer. L'agacement grimpe sous ma peau face à son inaction. L'épaule collée contre un pilier, il reste dans la pénombre et, comme d'ordinaire, se cantonne à observer la scène.

Putain de voyeur !

Je plaque avec violence le chalumeau contre la table et m'élance vers lui quand elle m'emprisonne le bras et m'arrête.

— Simon, l'interpelle-t-elle avec trop de tendresse à mon goût, tu dois choisir.

— Le briquet, baragouine-t-il sans grand intérêt.

Elle acquiesce. Si elle semble satisfaite de sa réponse, moi, il commence sérieusement à me gonfler. Elle se détourne de lui et découvre un fer particulier dont une rune est forgée à son extrémité ainsi qu'un tisonnier.

— Vous pourrez avoir le vôtre lorsque vous parviendrez à passer les étapes. Il n'est pas obligatoire.

— Tu as modelé ta propre rune sur le fer, m'extasiai-je, admiratif.

Elle hoche la tête avant de délaisser l'objet.

— Je ne m'en servirai pas ce soir. Vous allez tous les deux choisir votre rituel. Je vous superviserai.

Elle s'approche du corps inerte et tire le drap qui la recouvrait.

— Il n'y a aucune limite à votre rituel, tout est possible tant que cela vous excite. L'important est d'incruster votre rune et de brûler sa chair.

La femme se réveille doucement sous ses caresses. Elle lui offre un large sourire et la proie de la nuit en fait de même.

— Tu vas voir ma belle, chuchote-t-elle contre le crâne de la petite poupée, tu vas adorer.

Un bruit me parvient dans mon dos et mon sourire s'étire. Enfin, il se décide à participer. Il attrape le briquet et se place — certes en retrait — mais plus près de la proie qu'il ne l'est jusqu'alors.

Conscient qu'il ne commence jamais son rituel avant moi, je m'avance devant le corps. Je retire le string rouge de ma petite poupée et caresse son clitoris déjà humide. La cyprine n'est pas mon lubrifiant favori.

J'attrape un couteau préparé sur la table et entaille son bas-ventre. Je presse la plaie et laisse le sang couler jusqu'à son sexe avant de la pénétrer d'un doigt, puis rapidement d'un deuxième. Son corps s'arc-boute et un gémissement s'échappe de ses lèvres.

— On ne se cantonnerait vraiment plus à ce que l'on fait d'ordinaire ? demandai-je.

Elle acquiesce. Je retire mes doigts du sexe de ma petite poupée et attrape le fer. Je le lubrifie avec l'hémoglobine, relève ses jambes et dilate son orifice anal avec le bout rond du tisonnier. Je réalise quelques va-et-

vient pour élargir l'entrée, et son râle s'étire dans les airs. Mon membre presse contre les coutures de mon jean, j'ai d'ores et déjà terriblement envie de cette petite poupée si soumise et docile. Je retire le fer, elle me tend un préservatif, consciente de la prochaine étape. Je souris et abaisse mes vêtements. Je déchire l'emballage et coulisse la protection sur mon pénis, puis je m'enfonce en elle et la pilonne maintes reprises. Alors que ses gémissements vibrent dans le hangar, mon sourire s'allume davantage. Lorsqu'elle se met à hurler, je fais un signe de tête à Simon. Il attrape le bâillon et lui attache dans la seconde.

Ses râles s'étouffent contre l'objet tandis que mes hanches claquent contre ses fesses. Je presse un peu plus sur l'entaille de son bas-ventre pour que le sang lubrifie et colore à la fois son sexe et le mien. Quand mon plaisir est presque à son apogée, je me retire, balance le préservatif au sol et attrape le chalumeau. Je caresse la cuisse de ma petite poupée avec la flamme. Son corps se contracte, un spasme secoue mon pénis. Avec la pointe du fer, je dessine la rune de la destruction sur sa chair carbonisée. Je me branle plusieurs minutes sur sa plaie suintante avant de jouir et de recouvrir sa plaie de ma semence. Je termine en frottant le drap sur la brûlure et me rhabille.

Si Simon ne s'approche pas tout de suite de la proie, il finit par céder. Sauf qu'il lui remonte le string et tourne les talons.

— Simon, il te suffit de la brûler et de dessiner ta rune si tu ne veux rien faire d'autre, lui rappelle-t-elle avec patience et tendresse.

Il observe le visage de la femme, qui s'impatiente de le voir agir. Simon se pince les lèvres, le briquet tournant entre ses doigts. Je soupire et lui envoie un coup d'épaule.

— Allez, mon gros matou, ta petite souris s'impatiente.

J'exècre ce surnom. Néanmoins, je dois reconnaître que ça colle parfaitement avec nos chasses. Elles sont des petites souris bientôt emprisonnées dans nos tapettes.

— Et si elle ne veut pas ?

— Tu n'as pas besoin de son accord. Tu prends à qui tu veux, quand tu veux, réplique-t-elle.

Elle lui caresse la joue. Il se recule et je ravale mon agacement devant son comportement. Elle perd son sourire, mais ne réagit pas face à l'attitude de Simon. Il va encore être puni, simplement parce qu'il est incapable de faire les choses correctement.

— Brûle-la, Simon, exige-t-elle avec plus de fermeté.

Excédé, j'emprisonne mon chalumeau dans sa main et plaque ma paume contre sa nuque.

— Brûle sa chair, Simon !

CHAPITRE 38

Simon. Présent. Nice

— Je peux te demander quelque chose ? me ramène Ela au présent.

J'acquiesce, retrouvant un peu plus mes esprits.

— Pourrais-tu récupérer mon autre jogging et mon débardeur sur la méridienne, dans la chambre ?

Je tourne les talons et m'exécute. De retour, je lui tends les vêtements et m'immobilise, hagard, face à elle.

— Je crois que tu peux sortir, tu m'as assez vue nue pour aujourd'hui.

— Ça ne me dérangerait pas.

Amusée, elle m'ordonne tout de même de quitter la salle de bains. Pendant qu'elle se change, je me perds dans l'analyse de sa bibliothèque qui recouvre la moitié du mur.

Ces livres sont vraiment nuls. Je ne comprends absolument pas ce qu'elle trouve dans ces histoires. Les hommes y sont pour la plupart détestables, toxiques, malsains, et les filles… mon Dieu. Elles ne sont pas vicieuses, juste cruellement stupides. Elles chouinent pour un rien et s'étonnent d'être maltraitées.

En même temps, si elles chialaient moins, si elles arrêtaient de hurler et de mettre les hommes en rogne, ils seraient peut-être un peu plus indulgents. Un éclat bref franchit la barrière de mes lèvres, je suis vraiment l'exemple type de ce genre de bouquin.

Je blesse les femmes parce qu'elles ne sont pas assez silencieuses et trop fourbes. Je leur crame le corps parce que ça m'excite. Je ne m'excuse jamais et je fais croire que je n'éprouve aucun remords. Toutefois, contrairement à ces personnages ignobles, je n'aurai pas de fin heureuse. Je crois même que si j'étais l'un d'eux, Ela rêverait de me voir mourir à la fin pour, comme elle le dit si souvent, « plus de réalisme ». Je crois que moi aussi, j'estimerais ma mort comme logique.

Une fois changée, elle s'installe sur son lit et sa voix résonne dans mon dos.

— Lesquels as-tu lus ?

— Celui-là, lui dis-je en tapotant *Plonge avec moi*[8], le mec est complètement taré et la fille est bête.

— Écoute-moi bien, Simon, s'offusque-t-elle comme si je venais d'attenter à sa vie, ne redis jamais que Morgan est taré et que Marjorie est bête ! Morgan a mal et essaye de s'en sortir comme il peut. Marjorie est un peu casse-pied, je te l'accorde, mais elle n'est pas bête.

Je hausse les épaules, et elle râle franchement.

— *Kill Switch*[9], poursuivis-je. Alors, celui-ci, c'est d'un

8 Livre d'Oly TL
9 Livre de Penelope Douglas

ridicule, repris-je, blasé. Déjà, ils baisent tous entre eux là-dedans, et lui… comment il s'appelle… Damien ou je ne sais pas quoi, il a plus besoin d'être interné que de vivre l'amour fou avec Winter.

Ela explose de rire, et je me retourne, surpris. Elle se couvre la bouche pour étouffer son rire, mais il explose de plus belle. Quelque chose éclate en moi : je la trouve jolie quand elle rit. C'est si rare que c'est intense et beau à entendre.

— Damon, pas Damien, s'esclaffe-t-elle. En revanche, tu as bien retenu le prénom de Winter.

— Normal, répliquai-je, nonchalant, on en baise une avec Victor.

Un pli se creuse entre ses sourcils, je capte son regard et ne comprends pas ce qui le traverse. Je plisse les yeux, sa tête se secoue et elle reprend son speech. Je n'écoute rien, mon esprit reste bloqué sur cette lueur incompréhensible qui a traversé ses pupilles. Elle agite les bras devant moi et me ramène à la réalité.

— Quoi ?

— Tu en as lu d'autres ?

— Oui, celui-ci, *Ashes Falling For the Sky*[10], tu l'as lu je ne sais pas combien de fois. Je me suis dit que tu devais sûrement le préférer aux autres.

Ses yeux s'illuminent, et elle m'arrache un sourire.

— Je ne veux pas savoir comment tu l'as trouvé, sauf si

---

10 Livre de Nine Gorman et Mathieu Guibé

c'est pour me dire que tu l'as adoré de tout ton être.

— Je ne suis pas un menteur.

— Alors, tais-toi ! m'agresse-t-elle en écarquillant les yeux avant de m'offrir sa moue ridicule qui n'a rien de menaçant.

— Il n'est pas trop mal.

— C'est vrai ?

Ses yeux s'arrondissent, et son visage s'illumine comme celui d'une enfant découvrant un cadeau sous le sapin. J'acquiesce, et elle lève les bras au ciel, serrant les poings dans un geste de triomphe. Son enthousiasme m'arrache un rire. Mais, presque aussitôt, Ela abaisse les bras, et son visage se referme.

— Depuis combien de temps as-tu commencé la surveillance en bas de ma résidence principale ?

— Hm, j'ai eu une ronde de repérage en décembre. Ça n'a duré que quelques jours. La vraie surveillance a commencé quelques semaines avant que tu ne te fasses agresser sur la Promenade.

Ses sourcils se froncent avant que ses genoux ne remontent sous son menton.

— Qu'est-ce qu'il y a ?

Elle balaye ma remarque d'un revers de main, alors je me plante face à elle et l'oblige à me regarder. Contrairement à ses protestations habituelles, elle s'exécute.

— Tu dois nous faire confiance. Me faire confiance. Je ne pourrai peut-être pas répondre à toutes tes questions, mais si on est là, c'est parce qu'on a besoin de toi autant que tu as besoin de nous.

— Vous faire confiance, répète-t-elle dans un murmure, c'est comme me tirer une balle dans la gorge toute seule.

J'accuse le coup. Même si j'aimerais l'entendre admettre qu'elle me fait confiance — au moins un minimum — j'ai bien conscience qu'être une partie de ses cauchemars n'aide pas. Néanmoins, à défaut de me faire confiance, elle pourrait tenter de croire en Victor.

— Ce n'est pas parce qu'on ne t'a jamais crue ni aidée par le passé que c'est encore le cas aujourd'hui.

Ses doigts effleurent mes bandages, une moue pince ses lèvres tandis que son front se plisse.

— Comment veux-tu m'aider, Simon ? Comment pourrais-tu m'aider alors que tu as toi-même besoin d'aide ?

J'essaye, pensai-je, j'essaye chaque jour un peu plus. J'apprends à me détacher des convictions du passé pour m'accrocher à celles du présent. J'apprends à accepter et à apprécier le contact de Victor sans que les démons viennent détruire le moment. J'apprends à écouter les émotions des autres et même à les ressentir. J'apprends à lire et à m'intéresser à ce qui touche les autres. J'apprends même à sourire et à rire pour de vrai, même si c'est rare.

En fait, j'apprends à aller mieux, mais ça prend du temps. Elle devrait le savoir mieux que quiconque. Nos traumatismes sont peut-être, dans l'ensemble, foncièrement différents, mais ils restent, dans certaines situations, profondément semblables.

— Apprends-moi encore, chuchotai-je. Apprends-moi à te toucher sans te faire mal, à défier les démons et pousse-nous au bord du précipice.

— Je crains autant ton contact que tu crains le mien, Simon.

Ma main se lève avec douceur jusqu'à sa joue. Je réduis un peu plus la distance entre nous, mon cou s'abaisse pour apprécier les contours de son visage, tandis que le sien se casse pour garder ses yeux rivés dans les miens.

— Laisse-moi la possibilité de modifier chacun de tes souvenirs.

Ses dents mordillent sa lippe et mon regard suit le mouvement. À cet instant, je me contrefous de ne pouvoir toucher que son visage. Je n'ai besoin que de ses lèvres. Si c'est la seule limite qu'elle me laisse, je m'en contenterai et capturerai chaque détail avec encore plus de précision que d'ordinaire.

Je me le suis promis, je serai le seul à panser ses plaies et à en créer de nouvelles. Je serai le seul à hanter ses nuits et à tourmenter ses jours. Je compte bien tenir cette promesse. Dès cette nuit. Peu importe les risques et les conséquences. Je m'abaisse vers elle et enserre un peu plus sa nuque.

— Laisse-moi devenir le seul qui hante tes nuits, d'une bien meilleure manière.

— Jusqu'à ce que tu chutes et m'emportes avec toi dans le vide, rétorque-t-elle, un semblant de tristesse dans la voix.

Mon pouce caresse sa bouche tandis que mon front presse le sien.

— Depuis quand le précipice t'effraie-t-il ?

— Depuis que toi, volontairement, tu veux nous y pousser, susurre-t-elle à quelques millimètres de mes lèvres.

Ses doigts glissent sur ma joue avant de fourrager dans mes cheveux. J'atteins ma limite de patience et écrase ma bouche sur la sienne. Les braises s'enflamment instantanément et le feu attise presque autant mon bas-ventre que ma poitrine. Ma langue s'insinue entre ses dents et danse contre la sienne. D'un mouvement adroit et sans jamais rompre notre contact, je m'assois sur le rebord de son lit et l'installe à califourchon sur moi. Ma main libre attrape l'autre côté de son cou, tandis que les siennes s'agrippent au tissu du t-shirt difforme qu'elle m'a prêté. Je m'écarte d'elle et plisse les yeux.

— D'ailleurs, comment se fait-il que tu aies des affaires d'hommes ici ?

— Arthur laisse toujours des affaires dans mes appartements à chaque visite.

Je n'aime pas cet Arthur.

— Eh bien, il doit se refaire une garde-robe, ses vêtements sont immondes.

Elle rit et j'ai l'impression d'avoir une nouvelle fois gagné le jackpot. Son rire résonne en moi comme une mélodie inconnue dont je voudrais apprendre chaque note pour ne jamais l'oublier.

Ma bouche retrouve la sienne et je me surprends à n'entendre aucun démon. Comme si, pour la première fois, ils acceptaient enfin de partager l'espace. Je harponne ses hanches, avide de son contact sans bourdonnements impétueux. Je ne dépasse pas les limites qu'elle m'a imposées.

La chaleur qui émane de ma peau se transfère sur la sienne. Ses ongles remontent dans mes cheveux et ses doigts s'y enfoncent un peu plus. Nos souffles s'entremêlent, j'ai envie d'elle. Pour la première fois, j'ai envie d'elle sans perversion ni douleur. Je veux son corps, ses contours et tout ce qu'il cache aux yeux du monde. Si cet effet me laisse perplexe, je le laisse parcourir mon épiderme. Étouffé par un désir intense, mes mains finissent tout de même par glisser sous son débardeur. Je voyage sur ses côtes, contourne ses seins et mon entrejambe s'embrase. *Pour une femme.*

Un gémissement avorté meurt contre ma bouche alors que mes mains retrouvent ses hanches, accompagnant le rythme de ses mouvements.

Ela s'arrête brusquement, s'écarte de mes lèvres et plonge son regard dans le mien, comme pour vérifier que je suis encore là, pleinement présent. Je hoche la tête.

Probablement soulagée, elle prend ma main bandée dans la sienne et nous aide à nous relever. Face à moi, cette sorcière joue de ses charmes, me captive tandis qu'elle retire lentement son débardeur. Dévoilant sa poitrine nue, elle me laisse hypnotisé. J'humecte mes lèvres, impatient et satisfait de la vue qu'elle m'offre.

— Une zone supplémentaire, murmure-t-elle, à une condition.

— Quand ça devient trop difficile, on arrête.

Elle opine puis guide mes mains jusqu'aux contours de ses seins.

— Si tu veux modifier mes souvenirs, commence par là.

La pulpe de mes doigts effleure sa chair et lui arrache un frisson. Je réalise un cercle autour de chacun de ses mamelons avant de caresser ses tétons. Ils se dressent et deviennent durs à mesure que j'effectue des passages lents et répétés. Mon érection s'allume un peu plus violemment sous le jogging. Je retrouve ses lèvres et plaque son corps contre le mien.

— Ils sont parfaits, susurrai-je.

Soumets-la.

Non, pas maintenant, je vous en conjure.

Punis-la.

Non, je veux effacer tes traces.

Détruis-la.

Tu l'as assez détruite.

Brûle-la.

Elles sont de nouveau là. Les voix m'assaillent et les démons ricanent. Pris au piège entre l'envie dévorante de profiter de son corps et celle de le détruire, je plaque avec plus de férocité mes lèvres sur celles d'Ela. Dans un mouvement brut, je pousse son dos contre la bibliothèque.

Prends, Simon. Prends sans demander l'autorisation.

L'une de mes mains glisse sur son ventre, ses muscles se tendent, mais je suis incapable de briser le contact. Mes hanches se pressent contre son bas-ventre tandis que mes jambes l'empêchent d'esquisser le moindre mouvement.

« Si elle crie, fais-la taire, si elle refuse, prends quand même. Et quand tu sens le plaisir sur le point d'exploser, brûle-la. Comme ça, tu iras mieux. »

Sans hésitation, perdu dans les méandres du passé, j'enfonce ma main sous l'élastique de son pantalon. Ses ongles se plantent dans mes poignets, je parviens à me défaire de sa tentative de contrôle et bloque ses mains au-dessus de sa tête. Mon excitation explose un peu plus devant ses gesticulations.

Brûle-la, Simon… brûle sa chair !

— Simon ! Simon arrête ! Simon, s'il te plaît… arrête… je t'en prie…

CHAPITRE 39

Simon, Nice

Mes yeux papillonnent, des courbatures tiraillent mes muscles. Je grimace lorsque mes mains bandées entrent en contact avec mon visage. Je soupire et les laisse retomber de part et d'autre de mon corps. Je me redresse vivement sur les coudes lorsque je réalise où je me trouve. Je déglutis et observe la chambre d'Ela. Sans oser un regard à mes côtés, je tâtonne et découvre qu'elle est assise à quelques centimètres de moi. Je m'écarte et manque de tomber du lit. Elle ravale un rire, mais reste concentrée sur son livre. J'incline la tête sur le côté et découvre que cette fois, elle lit *Bodyguards* d'une certaine Laura S. Wild. Elle ne s'arrête donc jamais de perdre son temps ? Perplexe, je toise sa tenue particulière.

— On dirait une grand-mère, habillée comme ça. Tu aurais pu être nue, je ne t'aurais pas sauté dessus. Pas besoin de mettre un truc aussi hideux sur le dos.

— Tu n'es donc pas du matin, conclut-elle, le regard concentré sur son livre. Je suppose qu'avant ta tasse de café, le monde entier t'emmerde. Finalement, il t'emmerde même après.

Je hoche la tête et hausse les épaules, elle n'a pas tout à fait tort. Mes yeux se perdent sur sa silhouette avant de tomber sur les ecchymoses qui colorent ses poignets. Je bondis hors du lit et les images de la nuit se remettent violemment en place sous mon crâne. Dans un calme hors norme, elle referme son livre et plaque son dos contre la tête de lit.

— Comment peux-tu être là, juste là à côté de moi ? Je t'ai… je… je t'ai… Tu es totalement inconsciente ! Se pousser au bord du précipice ne signifie pas accepter toutes les agressions !

— Si tu m'avais vraiment agressée du début à la fin, tu n'aurais plus de bijoux de famille, Simon.

Par réflexe, ma main se plaque sur mon entrejambe, et un soupir de soulagement m'échappe en constatant que tout est en place. Elle secoue la tête, mordillant ses lèvres pour retenir son amusement. C'est alors que je réalise que mes vêtements ont changé, et une vague de panique me gagne un peu plus.

— Pourquoi n'ai-je pas les mêmes vêtements ?

— J'ai dû te laver à nouveau.

— Tu… tu quoi ?

— Vas-tu te calmer une seconde ? râle-t-elle, je n'ai rien vu, enfin… disons que j'ai vu le strict minimum. Après la douche, tu t'es changé tout seul, comme un grand.

— Pourquoi je ne me souviens pas de tout ?

— Parce que la transe impacte ta mémoire. Parfois, tu as conscience de ce qu'il se produit, parfois non.

Je pointe le lit du doigt et pose la question silencieusement.

Elle secoue la tête et j'expire, soulagé. Elle grommelle un « *sympa* ».

— Ce n'est pas que je ne veux pas… enfin… si, peut-être un peu.

— Simon, c'est du sarcasme. Je n'allais certainement pas dormir dans le même lit que toi. Ce n'est pas parce qu'on s'est embrassé que nous allons passer toute une nuit ensemble.

— Qu'est-ce que je t'ai fait ?

— Rien de plus que d'habitude. Tu as encore essayé de t'immiscer dans ma petite culotte. D'ailleurs, il va vraiment falloir que tu arrêtes de fourrer tes doigts là où je ne t'en donne pas l'autorisation.

— Dans mes souvenirs, tu ne t'en plaignais pas trop à l'inauguration.

Sa joue se creuse, je la devine en train de se la mordre pour ravaler ses mots.

— Tu t'es contrôlé toi-même, plus ou moins, reprend-elle pour détourner la conversation. Tu as commencé à t'attaquer à ton propre corps.

Je comprends maintenant pourquoi je ressens autant de courbatures.

— Mais avant, je t'ai blessée.

— Ce n'est rien, Simon.

— Ce n'est pas rien, ne dédramatises pas une situation pareille !

— Écoute, souffle-t-elle en se pinçant l'arête du nez, j'ai supporté plusieurs attaques de ta part ces derniers mois, ce n'est pas une de plus qui va changer quoi que ce soit. Ce n'est qu'une ecchymose de plus.

— Ma faute.

— Oui ! hausse-t-elle le ton, oui, Simon, c'est ta faute, mais qu'est-ce que tu veux y faire au juste ? C'est acté, maintenant tu encaisses l'évidence et tu passes à autre chose.

— J'ai besoin d'une clope, grognai-je, agacé par son attitude.

Je tourne les talons de sa chambre en récupérant mon portable et me rends sur son balcon. Je grille une première clope, les yeux rivés sur l'horizon. Encaisser l'évidence… j'encaisse depuis des années : je suis détraqué, malade et, dans les pires moments, je deviens monstrueux. Cette nuit, tout aurait pu bien se passer, mais non, il a fallu que leurs voix reviennent bousiller le moment.

Comment s'en sort-on ? Comment devient-on meilleur quand on a appris à n'être que mauvais ? Je voudrais, juste pour une nuit, profiter de ses mains, de sa bouche sans prendre le risque de tomber dans ce précipice. Je me fige, les doigts bloqués sur le filtre de ma clope.

Pourquoi ai-je autant envie de ça ? Pourquoi, quand il s'agit d'Ela, les attentes de mon esprit sont-elles aussi différentes que d'ordinaire ?

Je sors mon téléphone et j'appelle Victor.

— Micah et Tara me disent que tu n'as pas encore quitté son appartement, râle-t-il sans aucune formule de politesse.

— La nuit a été un peu mouvementée.

— Tu dois te tirer, on doit trouver une manière de la rallier à nous maintenant qu'elle sait.

— Pourquoi tu l'as prise dans tes bras ? Je crois que je n'ai pas apprécié.

Un faible rire résonne dans le micro, suivi d'un soupir. Une pause se prolonge, laissant l'air en suspens avant qu'il ne réponde enfin.

— Elle avait besoin d'exploser, mais que sa crise d'angoisse reste sous contrôle. Malgré ta bonne volonté, Simon, tu n'étais pas capable de le faire.

— Ce ne sont pas les mêmes crises d'angoisse.

— Vous n'avez pas les mêmes traumatismes et l'impact de vos souvenirs est différent.

— Je l'ai embrassée.

Il grogne presque autant que quand j'ai appris qu'il appréciait un peu plus Roxanne que prévu. Est-ce que j'apprécie Ela un peu plus que prévu ? Est-ce pour ça que mes réactions sont différentes avec elle ?

Mais c'est une femme !

Je ne peux pas agir de cette manière avec une femme, je ne peux pas avoir des émotions aussi étranges, même si c'est Ela. Surtout si c'est Ela.

— Je lui ai fait du mal.

— Évidemment, Simon, concède-t-il, tu ne peux pas t'attendre à avoir des réactions dites ordinaires avec une femme après tout ce que t'as vécu.

— Et si elle devenait vraiment ma propriété, ça changerait peut-être, non ?

Elle devrait entrer dans la *Chambre*, elle devrait redevenir une proie, l'espace d'un instant. En revanche, de cette manière, peut-être que ça réglerait tous nos problèmes, mes émotions bizarres s'effaceraient et elle pourrait se rallier à nous. Le problème du changement de propriétaire réside dans le rituel. Il est plus violent, puisqu'il m'oblige à détruire sa chair avec plus d'agressivité. Je dois effacer les traces du premier Marqueur pour laisser les miennes.

— Elle reste intouchable. Au-delà du fait que je n'apprécie pas que tu veuilles la toucher plus que de raison, je refuse que tu fasses un changement de propriétaire. On sait ce que ça te coûte à chaque fois et j'en ai marre que tu sombres pendant des jours après ça. D'autant plus qu'elle serait bien plus en danger qu'elle l'est déjà. Il saurait que tu tiens à elle et voudrait te l'arracher avec plus de détermination.

— Je ne tiens pas à elle. C'est une proposition pour la protéger et la rallier de notre côté. On a besoin de ce qu'il y a dans sa tête pour comprendre le plan du Marqueur. La laisser entrer dans la *Chambre* pourrait lui permettre de nous faire confiance, ça nous serait bénéfique à tous.

Il rit et mes yeux se plissent. Pourquoi rit-il ? C'est insensé, mon plan est viable, douloureux et risqué, certes, mais viable. Elle serait débarrassée des souvenirs du Marqueur, on aurait sa confiance et, à mes yeux, elle deviendrait une proie protégée.

— Je savais que tu étais con, mais là, tu exploses les records.

— Pourquoi rejettes-tu autant l'idée ?

— Non seulement ton plan est merdique, Simon, mais en plus, tu détournes le vrai sujet. Tu tiens à elle.

— Je n'en ai rien à foutre d'elle, répliquai-je, convaincu.

— Sors de mon appartement, articule brutalement sa voix dans mon dos.

Je balance le mégot par-dessus le balcon et je me tourne vers elle. Ses yeux atypiques brillent de nouvelles flammes. Je penche la tête sur le côté et un pli soucieux se crée entre mes sourcils. Qu'est-ce qui a bien pu se passer pour qu'elle réagisse de cette manière et de façon subite ?

Un rire nerveux et sonore vibre dans le micro de mon téléphone alors que l'atmosphère s'électrise et que la tension, palpable, s'installe entre Ela et moi.

— Bien joué, Simon, vraiment bien j…

Je raccroche au nez de Victor et je range mon portable dans ma poche. Après avoir refermé la baie vitrée, je me plante devant Ela, qui recule et me pointe la porte d'entrée.

— Ela, je…

— Dégage de chez moi. Maintenant !

Le doigt toujours pointé vers la porte, elle serre les dents et me force à rejoindre la sortie. Elle ouvre la porte puis balance mes chaussures et mes vêtements de la veille dans le couloir. Lorsque j'arrive près d'elle, elle plaque des bandages enroulés contre mon torse et me pousse jusqu'à traverser l'embrasure de la porte.

— Démerde-toi, Simon, à partir de maintenant, tu te dé-mer-de ! Tu oublies mon numéro, mon adresse et je ne veux plus te voir. Jamais. Ni de jour ni de nuit. Je n'ai pas besoin de ta protection bancale et tu peux te fourrer ma confiance au plus profond de ton anatomie. De tous les fumiers existants sur terre, t'es le roi !

Elle me claque la porte au nez. Évidemment, comme le barillet est cassé, elle se rouvre. Elle grogne et plaque ses mains contre le bois pour la laisser fermer.

— Ela, s'il te plaît, insistai-je.

— Putain, Simon, casse-toi ! Je veux plus te voir !

Je bats en retraite et j'enfile mes chaussures. Je récupère les affaires encore humides dont l'odeur de propre me chatouille les narines et je tourne les talons. A priori, je l'ai blessée. Si tel est le cas, pourquoi elle ne me le dit pas simplement ?

Immobile dans la cage de fer, mes yeux se figent sur les chiffres qui s'allument à mesure que l'ascenseur descend. J'ai beau repasser les dernières heures en boucle dans ma tête, la seule explication qui s'offre à moi, c'est qu'elle a changé d'avis. Tout compte fait, elle réalise qu'elle supporte plus mes attaques à répétition. Si je comprends, je trouve ça petit de sa part de me faire croire qu'elle les accepte pour se défiler après.

« Tu es malade, Simon. »

Mes sourcils se plissent. C'est peut-être ça, la vraie raison. Elle a compris à quel point j'étais malade et, comme toutes les autres, elle ne supporte pas qu'un homme aussi malade la touche.

« Personne n'aime les monstres. »

Là encore, ils ont raison. Victor peut me dire que rien de tout ça est vrai, la réalité est tout autre. Ela le prouve en me poussant hors de chez elle. Personne n'aime les monstres, pas même elle. Je pourrais essayer d'être différent, ça ne changerait pas ce qu'elle pense de moi. Je suis celui qui abîme et détruit le corps des femmes. Celui qui les malmène sans aucun remords.

« Brûle-la. »

Je pourrais. Je pourrais la brûler, peut-être qu'ainsi elle m'accepterait. Après tout, ils n'avaient pas tort : dans ces moments-là, les femmes en redemandent parce qu'elles adorent ça. C'est peut-être parce qu'elle n'est pas encore pleinement passée entre mes mains qu'elle me rejette. Elle attend que je lui offre la *Chambre* et je la lui refuse. Je secoue la tête, c'est insensé ! Je déraille complètement. Ela ne supportait déjà pas l'idée que je puisse être le vrai Marqueur, il n'existe donc aucun monde où elle se livrerait volontairement à ma déviance.

Il l'a anéantie.

C'est pour ça qu'elle ne veut pas de moi. Elle ne m'accordera jamais sa confiance. Je reste lui, même si elle sait que mes yeux ne sont pas les bons. J'incarne un mélange de ses traumatismes passés et présents.

« Tu tiens à elle. »

Je tiens à Victor. Je ne tiens pas à Ela. J'admets que les émotions sont étranges quand elle est à mes côtés. Si je l'appréciais, je m'en rendrais compte. Face à cette hypothèse, je relate chaque fait qui pourrait m'aider à mieux comprendre la situation. Je la trouve jolie… enfin, je n'en suis pas pleinement convaincu, mais entre ses yeux atypiques et sa bouche pulpeuse, je trouve que son visage est harmonieux. Quant à ses taches de rousseur, elles apportent un relief agréable à ses traits.

« Tu as toujours eu une préférence pour les blondasses. »

Elle n'est pas blonde. Enfin… pas complètement. Il y a des reflets roux dans sa chevelure.

Comme elle.

À l'époque, j'avais rencontré une blonde dont les reflets roux étaient très présents. J'avais mis un moment à comprendre que je la trouvais jolie. Ses yeux bleus étaient toujours lumineux et elle souriait tout le temps. Si ça m'exaspérait au départ, à mesure que je passais du temps avec elle, son sourire m'apaisait.

Est-ce qu'Ela m'apaise ? Oui.

« J'ai envie de me faire une brune, moi. »

Il détestait les blondes. Il se lassait tellement vite de jouer avec des proies blondes que les sévices qu'il leur infligeait étaient moins importants. J'ai vite compris que pouvoir choisir la petite souris à chasser me permettait de contrôler plus facilement ses dommages corporels. En revanche, c'était uniquement pour ça que je choisissais des blondes. Pas parce que j'avais une préférence, mais parce que lui ne les aimait pas. Moi, je voulais simplement qu'elles dorment. Peu importe leur couleur capillaire. Tout ce qui comptait, c'était qu'elles ne crient pas. Il aimait les gémissements et, quand elles criaient, il s'acharnait pour les faire taire. Comme moi, il avait horreur des criardes, néanmoins il cherchait toujours à ce qu'elles crient pour justifier sa violence. Moi, je m'assurais de les endormir. Là encore, je pouvais contrôler les dégâts.

Comme avec elle.

« Regarde Simon, elles sont excitées. »

Je secoue la tête, nous étions excités, mais pas elles. Contrairement à ce qu'elle nous disait quand on découvrait notre proie allongée sur la table, aucune d'entre elles n'était volontaire. Ce n'étaient jamais des cris d'excitation, c'était de la terreur. Elles priaient pour que leur vie soit épargnée. Je reste encore aujourd'hui surpris qu'aucune des femmes, à l'époque, ait porté plainte. Cependant, je ne serais pas étonné d'apprendre qu'elle a fait disparaître plus d'un corps pour qu'on ne soit pas inquiété.

« Je n'ai pas besoin de ta protection bancale et tu peux te fourrer ma confiance au plus profond de ton anatomie. »

Elle était en colère. Oui, c'était de la colère pure. En revanche, pourquoi elle s'entête à dire qu'elle n'a pas besoin de protection ? Bien sûr, Ela est dotée d'une grande intelligence, toutefois elle est en danger et notre protection est indispensable. Je me frotte nerveusement le visage lorsque le tintement de l'ascenseur m'indique le rez-de-chaussée. J'ai une migraine démentielle, les voix ne cessent pas d'embrouiller mon esprit, entre Ela, Victor et eux, je deviens fou. Mais je ne le suis pas déjà ? En plus d'être malade et monstrueux, je suis fou.

CHAPITRE 40

Simon, Nice

La nuit suivante m'a paru particulièrement longue. Entre les mots d'Ela et leurs voix, impossible de fermer l'œil. Pris dans le tourbillon de douleur, je m'en suis pris physiquement à Roxanne, comme à chaque fois qu'elle est présente au mauvais moment, au mauvais endroit. Ça m'a valu, de la part de Victor, une lèvre fendue et un hématome invisible à la joue. Enseveli par la culpabilité de voir des ecchymoses sur le corps de Roxanne, je suis passé à l'étape supérieure, au grand dam de Victor.

Je crois encore sentir l'odeur de ma propre chair brûlée, peu importe la pièce dans laquelle je me trouve. Mon reflet dans le miroir au petit matin n'avait rien de reluisant. Même Victor est resté silencieux. Seules ses pupilles dilatées parlaient pour lui. Il est de plus en plus inquiet.

Depuis que j'ai intégré cette mission, je me sens sombrer jour après jour. Victor a combattu le sommeil pour veiller sur moi jusqu'à succomber aux alentours de six heures. Je ne compte même plus les douches que j'ai enchaînées et les paquets de clopes que j'ai vidés. Je ne parle même pas de mon alcoolisme de moins en moins discret. Je pense même que mon sang se transforme lentement en whisky.

Mes bâillements à répétition m'arrachent des petites larmes d'épuisement, mon corps ne cesse de me rappeler les maltraitances de la veille. Dans les cuisines du restaurant, je m'emmêle dans les préparations et je retarde les cuisiniers. Florent, le chef cuisinier et bras droit de mon père, me prend le bol des mains, me gratifiant d'un regard amusé.

— Tente ta chance en salle, se marre-t-il, peut-être que tu seras plus utile.

J'acquiesce, gêné. Je déteste cette sensation d'être inutile. Surtout quand je suis censé aider mon père. Je finis par capituler, mais dans la salle, j'explose deux verres à deux reprises. Après avoir frappé dans un galet qui traîne sur la terrasse, je me laisse tomber sur les marches et j'allume une clope. Cette fois, elle me brûle les poumons plus qu'elle ne me soulage. J'ai pourtant l'habitude d'être dépassé par les événements, seulement aujourd'hui, c'est pire. Je délaisse le casino alors que Vincent compte sur moi. Je ne suis d'aucune utilité au restaurant. Victor est en rogne à cause des bleus sur le corps de Roxanne et Ela m'a foutu à la porte sans raison vraiment valable.

— Parle-moi, vibre alors la voix de mon père dans mon dos.

— Mauvaise nuit, avouai-je, lessivé. Ma tête n'est plus coopérative, si tant est qu'elle l'ait été une fois dans ma vie. Je vais exploser et je ne sais même pas si cette fois, quelqu'un sera capable de canaliser l'impact. J'essaye, papa, je te promets que j'essaye, mais c'est plus dur que prévu.

Ses yeux d'un vert plus pâle que les miens s'accrochent aux miens et son habituelle tendresse se dresse sur ses lèvres.

— Peut-être que c'est le moment de quitter un peu Monaco. As-tu réfléchi à ma proposition de t'occuper du restaurant de Montpellier ? Vincent trouvera quelqu'un d'autre pour l'aider le temps que tu te ressources un peu.

— Je ne peux pas partir, pas maintenant.

Sa mâchoire se serre furtivement, et ses yeux d'ordinaire pétillants se voilent. Il a peut-être la capacité de tout enfouir en lui, mais mon père reste un livre ouvert quand il s'agit de *lui*. Un livre si ouvert que même moi, l'attardé émotionnel, parvient à tout décrypter.

— Il ne doit pas te menotter à cette ville, Simon. D'autant plus qu'il reviendra que l'année prochaine.

Son ton pourrait sembler d'un calme olympien pour tous ceux qui ne connaissent pas Anthony Davis. En revanche, moi, il me glace le sang. Mon père excelle dans l'art de la colère sourde. Il n'explose que très rarement. La première fois que je l'ai vu perdre le contrôle, c'était en 2010, quelques jours avant que les agents viennent m'embarquer. La seconde fois, c'était quand l'appel de l'avocat n'a abouti qu'à une réduction de peine d'un an. Et à chaque fois qu'il explose, c'est à cause de moi.

Cependant, même si je détruis sa vie depuis ma venue au monde, il n'y a qu'un seul amour dont je ne doute pas : le sien. Si je pense que Victor va m'abandonner, c'est mon père qui m'aide à relativiser. Quand, du passage au centre de détention à la vraie prison, j'ai refusé toutes les visites, il ne m'a pas laissé le choix et s'est pointé tous les jours de parloir. Parfois, nous restions tous les deux silencieux pendant plus d'une heure, parfois il cédait et monologuait.

Puis, quand il a obtenu le permis du parloir familial, il restait avec moi dans l'unité de visite familiale pendant six heures. Que je parle ou non, il était là. Je refusais de voir Victor et Vincent et c'est lui qui m'a fait céder. Même Justine est venue me rendre visite plusieurs fois. Aucun d'eux n'a baissé les bras, ils se battaient pour moi, tandis que je mettais en place des stratégies plus farfelues les unes que les autres pour les repousser. Si j'éprouve une affection particulière pour Victor ainsi qu'une autre encore différente pour Vincent et Justine, il m'arrive de craindre leur abandon et de me méfier de leur amour. Mais celui de mon père, jamais. Pas même quand je pensais qu'il préférait Vincent, pas même quand je pensais ne pas mériter son amour. Pas même quand je le repoussais avec violence. Néanmoins, comme dans toute relation, nous avons des sujets tabous et des désaccords plutôt féroces. *Il* est l'un d'entre eux.

— Et s'il était encore là ? soufflai-je avec prudence.

Même s'il ignore mon implication dans l'enquête de Victor et de son équipe, mon père n'est pas stupide. J'ai toujours voulu *le* retrouver. Et ce, avant même qu'il devienne officiellement le tueur en série le plus recherché de la région.

« Je ne veux pas le sauver.

Et ça, c'est le fond du problème, avec toi. »

Peut-être qu'ils ne sont pas si loin de la vérité. Mon père sait pourquoi je refuse de partir de Monaco quand il est en période de chasse. Quant à Victor, il ne cesse de me mettre face à mon propre déni. Pourtant, avec l'entrée d'Ela dans mon quotidien, mon envie change petit à petit. Avant, il était hors de question pour moi de le voir mourir. Seulement, maintenant qu'elle a été claire dans ses intentions, je serai obligé de tirer lorsque nous serons face à face. Je refuse qu'elle tire, je refuse qu'elle ait du sang sur les mains. La mort change les gens. Même invisible, le sang ne s'enlève jamais et l'esprit le plus pur devient aussi noir que celui d'un monstre.

— La période est terminée, tranche-t-il d'un ton glacial, il est parti hiberner.

— Papa… écoute…

— Ça suffit, gronde-t-il d'une voix aussi grave que profonde. Il ne nous empoisonnera plus l'esprit.

Il s'apprête à tourner les talons lorsque je tire, tel un enfant, sur sa manche de chemise.

— Attends, s'il te plaît, chuchotai-je, mal à l'aise. Est-ce que je peux te poser une question ?

Ses yeux se vissent aux miens, il hésite une fraction de seconde avant de se réinstaller sur les marches. Il en profite également pour me voler une clope et l'allume l'instant d'après. Je me racle la gorge, détourne le regard vers la mer et entrouvre la bouche à plusieurs reprises avant de me lancer.

— Comment je peux savoir si j'apprécie une fille ?

Ma question a un effet immédiat sur mon père qui rit à gorge déployée. Je sais qu'il ne se moque pas. Il est peut-être un peu surpris. Ce n'est plus une découverte pour personne : je hais les femmes et n'ai jamais franchement cherché à les apprécier. Si ce n'est peut-être elle.

Jade.

Ça a été un échec total, et c'est peu de le dire. En vingt-huit ans d'existence, aucune petite copine, fiancée ou autre connerie de ce genre n'est venue noircir le tableau de ma vie sentimentale. En revanche, depuis l'arrivée d'Ela, les émotions qui traversent mon corps sont incompréhensibles, particulièrement dérangeantes et étranges. Victor dit que je tiens à elle, pourtant rien n'indique que je l'apprécie. Enfin… je crois.

— De la même manière que tu as su que tu appréciais Victor ou Vincent.

Une grimace déforme la totalité de mon visage. Ma bouche se tord, et mon père rit de plus belle. Je n'ai jamais éprouvé l'envie, ne serait-ce qu'une seconde, de toucher Vincent comme je le fais avec Ela. Quant à Victor, l'histoire est tellement différente qu'elle me semble incomparable avec ce que je ressens avec elle.

— Essayons différemment, reprend-il, que ressens-tu quand tu es avec cette fille ?

— Mais papa ! couinai-je comme un gamin, c'est tout le problème, je sais pas, c'est une femme !

Un éclat amusé scintille dans ses yeux, j'expire lourdement et je me frotte le visage avec frénésie avant de prendre le temps d'analyser les premiers mots qui me viennent en tête quand je pense à Ela.

— Je crois qu'elle est gentille et qu'elle m'apaise… enfin, pas tout le temps. Parfois, elle me gonfle et l'envie de la pousser d'une falaise se fait violemment sentir.

Il toussote en essayant de relâcher la fumée de sa clope.

— Elle est intelligente. Quand elle parle, je suis intéressé par ce qu'elle dit. Enfin, pas tout le temps non plus, parfois elle débite de sacrées conneries. Bon, je l'écoute quand même parce que c'est satisfaisant de l'écouter parler.

Mon père se décale, s'adosse à la rambarde et termine sa clope avant de poser le mégot à côté de lui. Je lui en propose une nouvelle, mais il refuse.

— On passe notre temps à se disputer. Elle n'écoute strictement rien et n'en fait qu'à sa tête. Je l'ai blessée à de nombreuses reprises et elle sait, elle aussi, appuyer là où ça fait mal. Je suis presque sûr que je la trouve jolie, même si elle ne mange pas assez. Oh ! poursuivis-je, l'esprit envahi par les traits d'Ela, et j'oubliais : j'adore ses yeux. Son rire aussi. Il est doux. Elle peut me toucher sans que ce soit trop douloureux.

— Mon fils, annonce-t-il d'un ton solennel, tout laisse à penser que tu apprécies cette fille. Maintenant, la question est : est-ce que tu aurais envie de plus avec elle ?

— De plus ?

— Je ne sais pas, Simon… passer plus de temps avec elle, la toucher plus…

Il ne termine pas sa phrase et cherche les mots adéquats. Mon esprit se brouille. *La toucher plus ? La voir nue peut-être ?* C'est plus ou moins déjà fait. La première fois, c'était exaltant, la deuxième fois, c'était bien plus douloureux, et ne parlons même pas d'avant-hier. Dans le premier cas, j'avais une trique démentielle, et je n'ai pas eu besoin de me laver. Dans le second cas, j'ai cru que j'allais rendre mes entrailles dans le fond des toilettes. Pour ce qui est de la toucher, à chaque fois, je finis par lui faire mal d'une manière ou d'une autre.

— Est-ce que tu veux être proche d'elle, physiquement, la toucher entièrement ?

— Je ne lui ferai jamais…

— Ce n'est pas ce que je voulais dire, me coupe-t-il avec empressement. Est-ce que t'aurais envie d'être avec elle, juste elle, pas avec Victor ?

J'écarquille les yeux et son rire se perd dans les airs.

— Je vous ai surpris quelques fois ensemble.

Mes yeux menacent de sortir de leurs orbites et l'envie de m'enfuir me prend les jambes. Mon père rit de nouveau. Cette conversation ne ressemble pas vraiment à ce que je m'étais imaginé.

— Comment… tu… euh… argh… je regrette déjà ma question.

— Vous n'étiez pas vraiment discrets quand vous étiez plus jeunes, s'esclaffe-t-il. Est-ce que t'as envie d'être avec cette fille de la même manière que tu avais envie d'être seul avec Victor ?

Sa question me laisse perplexe. On m'a tellement répété que j'étais malade de vouloir être seul avec Victor et de coucher avec lui que comparer les deux situations me pose question. Est-ce que vouloir être seul avec Ela me rendrait tout aussi malade ? Aujourd'hui, Victor et moi ne couchons plus ensemble, si ce n'est dans la *Chambre* ou dans une situation bien précise qui n'a rien d'agréable. D'autant plus que, même si on appréciait coucher ensemble à l'époque, il nous manquait toujours quelque chose. On échangeait les rôles pour finir hilare la plupart du temps parce que l'un de nous deux finissait toujours par débander.

Dès ma sortie de prison, on a tenté les plans à trois, voire plus. On a rapidement compris que c'était comme ça qu'on prenait notre pied. Enfin… surtout lui. Moi, je ne me vidais jamais. Il manquait ce côté « malsain ». Après de longues conversations, on a alors créé la *Chambre.* La violence et la soumission mélangées au sexe étaient profondément satisfaisantes, cependant, n'allant jamais jusqu'au bout de ma pulsion destructrice, je devenais de plus en plus agressif dans les rapports. Les années passaient et je peinais à garder ma perversion en cage. C'est là qu'on a pris un avocat.

Il a rédigé deux accords de confidentialité précis. Ces accords de consentement, de conscientisation des risques et de silence ont soulagé ma perversion. Seulement, à chaque rapport, le contrecoup était atroce et c'est Victor qui en pâtissait. Donc, nous sommes revenus à des actes sexuels de BDSM plus basiques. Je me contentais du voyeurisme et n'intervenais que quand la pulsion était trop douloureuse. Aujourd'hui, avec Ela, tout me semble différent. Je crois que je n'apprécie pas vraiment voir Victor la toucher, même si je suppose que ça ne me dérangerait pas de coucher avec eux. En revanche, l'avoir rien que pour moi s'avère trop dangereux, peu importe la notion d'envie. Non seulement je la blesse à chaque fois que je ressens l'envie, mais tant qu'elle appartiendra au Marqueur, avoir un rapport avec elle entraîne bien trop de conséquences.

— Je ne m'en sentirais pas capable, finis-je par admettre.

— D'accord, mais tu en ressens l'envie, n'est-ce pas ?

« L'erreur n'enlève rien à l'envie. »

— Parfois, oui.

Il se lève et passe une main dans mes cheveux, les ébouriffant, comme il le faisait lorsque j'étais enfant.

— Je suis fier de toi, Simon. Tu apprécies cette fille un peu plus qu'on apprécie un ou une amie.

— Ah…

— C'est bien, Simon, me rassure-t-il en voyant ma mine déconfite, prenez le temps qu'il vous faut à tous les deux. Si elle ressent la même chose, tout se passera bien, je n'en ai aucun doute.

Je ne saisis pas vraiment ce que signifie prendre son temps. Ni même ce que veut dire apprécier quelqu'un plus qu'un ami. Ela reste une femme. Avant de retourner dans le restaurant, il se marre et réplique :

— Présente-moi ma future belle-fille, je dois m'assurer qu'elle mérite le cœur de mon fils.

— Hein ?

Il me laisse en plan, totalement hébété. Je n'ai pas compris un traître mot de ce qu'il vient de dire. Je me laisse retomber contre la barrière des escaliers et je soupire.

« Tu apprécies cette fille un peu plus qu'on apprécie un ou une amie. »

J'apprécie une femme… C'est agréable. Oui, je crois que c'est vraiment agréable d'apprécier Ela, même si j'admets que ça me casse la tête. D'autant plus que, quand elle saura toute la vérité, elle me haïra comme jamais elle n'a haï personne.

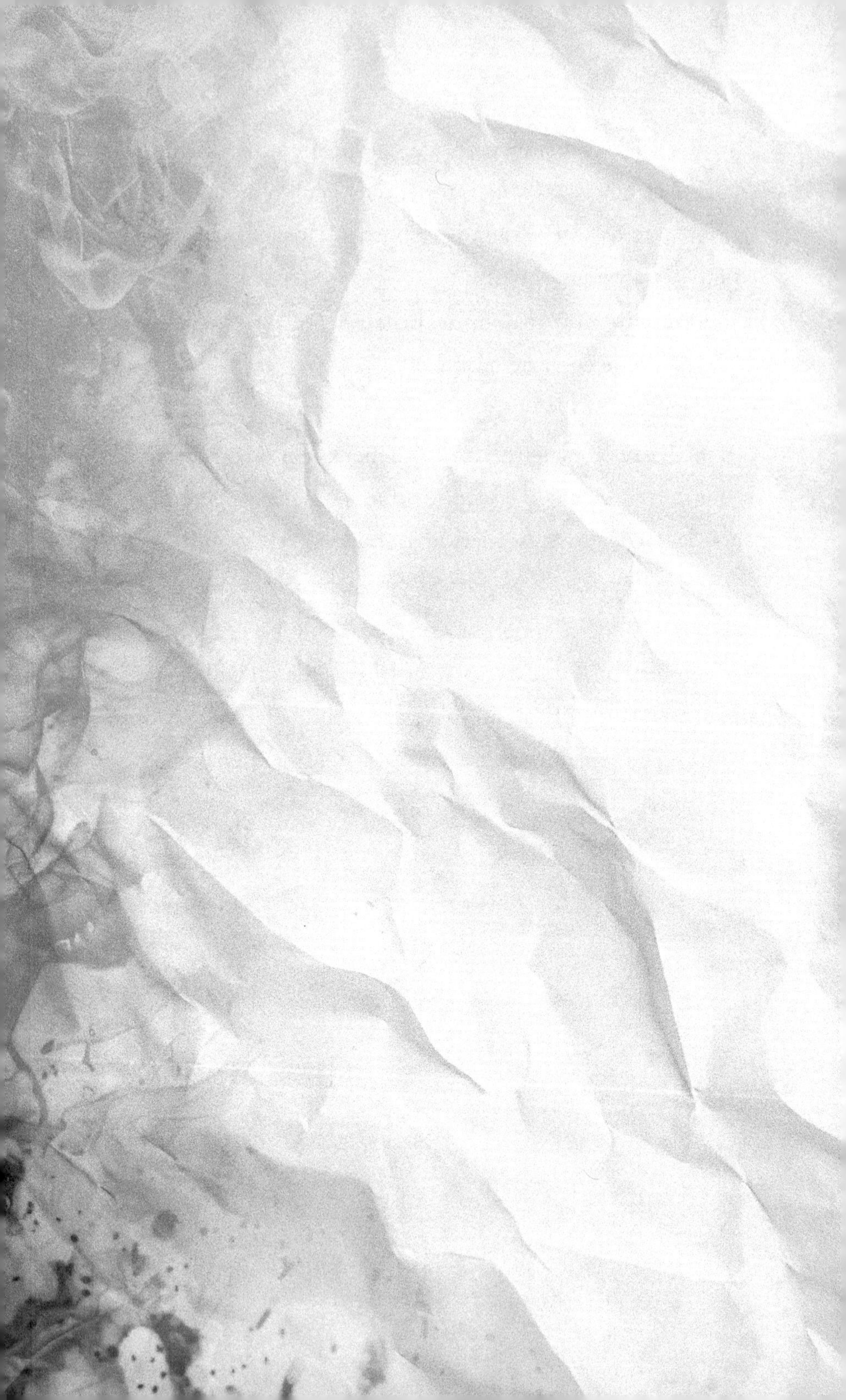

CHAPITRE 41

Victor. Monaco

La mâchoire du type se disloque lorsque le poing de Simon s'écrase sur son visage. Même s'il voulait nous avouer ses vilains petits secrets, cet homme n'en a plus la capacité.

— Qui était son autre contact ? vocifère-t-il en assénant un nouveau coup dans le nez de Léon Marteau, un des gestionnaires du flux clientèle de l'agence d'escorting de Nice.

Si Patrick Valence a fait entrer Samuel Bouton, alias le Marqueur, dans l'agence d'escorting de Carla Etienne, il avait besoin d'un autre contact dans celle d'Elaïa et de Roxanne. Le Marqueur préfère l'ombre, impossible qu'il ait, dans un premier temps, plongé seul dans la fosse. Un autre complice devait lui présenter les escortes. Il les présélectionnait avec Valence, mais il se pavanait dans les soirées avec un autre homme. Il n'a dû utiliser des escortes, seul, que quand le complice les avait assez mises en confiance. Savoir que le Marqueur a approché Elaïa plus d'une fois par le biais de l'escorting le fait complètement vriller.

Les bruits d'os qui craquent me tirent de ma léthargie.

Quand mes yeux tombent sur le bras de ce pauvre Léon, je plisse les yeux et je penche la tête sur le côté. Je suis presque certain qu'un bras ne peut anatomiquement pas avoir un angle pareil. Ma main se pose alors avec prudence sur l'épaule de Simon. Il se casse le cou et me foudroie du regard. Il est tout simplement glacial et meurtrier. Je la retire en urgence : dans cet état, même moi, je refuse de m'interposer. J'abuse peut-être bien plus de la salle de sport que lui, toutefois je suis persuadé qu'il pourrait me tuer en une fraction de seconde quand il est dans une transe aussi sanglante.

— Qui…

Il frappe.

— L'a…

Il cogne.

— Fait…

Il broie.

— Entrer?! s'époumone-t-il en brisant chacune des phalanges de l'homme.

— Ils m'ont payé, peine à admettre le type avec sa mâchoire branlante. Valence et lui.

Ils ne l'ont pas payé pour entrer, puisque Valence peut ajouter n'importe qui dans n'importe quelle agence. Ils l'ont payé pour effacer chaque trace du passage de Samuel dans les agences. C'est pour ça qu'on ignorait sa présence jusqu'ici.

— Combien? beugle Simon, les doigts enroulés sur le col de l'homme.

De sa main encore intacte, il signe seize.

Comment il fait pour obtenir autant d'argent? Mais surtout, malgré toutes les recherches que nous avons effectuées, rien n'explique ce chiffre. Pourtant, nous le savons : ces seize mille euros sont un indice dans notre enquête. Simon s'écarte de l'homme. En dépit de l'habitude, lorsqu'il vide son chargeur sur la gorge et le front du type, je sursaute. Quelques cours de gestion de la colère ne seraient pas de trop, si vous voulez mon avis.

— Je veux la liste de tous les hommes qui ont côtoyé Hécate entre 2021 et 2022.

Elle est très courte, pensai-je. Mon hypothèse se confirme un peu plus et je crains le pire. Simon délaisse son arme vide sur la table et allume une clope avant d'en inhaler une longue inspiration.

— Je vais les cramer, Victor, gronde-t-il, de la même manière qu'il l'a cramée, elle.

Il tire une dernière latte et écrase son mégot dans la gorge trouée du mec. Alors qu'il prend le chemin de la petite salle de bains, je l'arrête.

— Tu sais que s'il s'en rend compte, il s'en servira et ne la détruira pas seulement elle.

Il se retourne pour me faire face, ses sourcils froncés, ajoutant de la sévérité à son visage déjà fermé.

— S'il se rend compte que tu tiens à elle, renchéris-je, presque nerveux, il va s'en prendre à ton cœur. Pas au sien.

Au tien, Simon.

Il s'adosse au mur, et le mépris tire les traits de son visage à l'excès.

— Comment il peut s'en prendre à quelque chose que je n'ai pas ? raille-t-il, avec son éternel rictus.

— Simon… déglutis-je devant sa froideur, tu l'as dans la peau, c'est plus une simple question de protection…

Je laisse ma phrase en suspens et je l'incite à regarder l'état du corps devant lui.

— T'en as un, Simon, t'as un cœur et… il bat pour Elaïa.

Sa pomme d'Adam descend et remonte dans une lenteur extrême, il déglutit avec peine. Elle a réussi. Elaïa Benson a fait flancher son cœur, et c'est la pire chose qui pouvait arriver. Parce que maintenant, elle est destinée à mourir et il s'assurera que Simon soit spectateur du massacre, voire à devenir son bourreau.

Simon, Monte-Carlo

Victor m'a viré de chez lui. Mon meilleur ami m'a jeté. Il m'abandonne, mais comment je pourrais lui en vouloir ? Une fois encore, c'est Roxanne qui a pris les coups. Ce fut la fois de trop. Je soulage alors ma culpabilité en brûlant ma chair pour la troisième fois de la nuit. L'arrière de mon crâne frappe le mur tandis que je sens l'excitation liée au feu se mélanger aux remords de ne plus savoir gérer mes crises. Mais ai-je vraiment su le faire un jour ? J'ignore, par la même occasion, les vibrations de mon téléphone. Je sais que c'est Victor, il est en déplacement avec son équipe, mais il me harcèle pour essayer de me persuader qu'il est différent, qu'il ne m'abandonne pas. Malheureusement, j'en ai conscience, l'histoire ne peut pas être différente, il ne supporte plus de devoir faire face à mes déviances nauséabondes.

« Tu es un monstre, Simon, je pensais qu'on pouvait te soigner, mais t'es trop malade. »

D'une main, je laisse le feu abîmer ma chair, de l'autre, j'empoigne mon sexe et **fais** luire ma verge. Je m'astique plus vite et plus fort, tandis que les voix s'amusent à me rappeler combien je suis anormal et écœurant. La chaleur de la brûlure s'étend dans l'ensemble de mon corps.

« Je sais que ça te plaît autant qu'à nous, arrête de le nier et lâche prise. »

Ma vive masturbation fait pulser le sang dans mon membre, qui se durcit un peu plus à chaque va-et-vient. Mon ventre se tord et un haut-le-cœur m'enserre la gorge.

« Elle ne t'aimera jamais, personne n'aime les monstres, pas même elle. »

Les spasmes prennent d'assaut mon sexe. Je ralentis le rythme avant d'accélérer une dernière fois et je gicle. Je relâche un râle puissant de plaisir dans les airs. Vide. Je suis enfin vide.

J'éteins la flamme, je m'essuie le gland et je prends le chemin de la salle de bains. Une douche, un gel douche, plus d'une centaine de mouvements circulaires effectués. Deux douches, deux gels douche, environ deux cents mouvements circulaires réalisés. Trois douches, trois gels douche, presque trois cents mouvements circulaires accomplis. Quatre douches…

— Tu es propre… me soufflai-je.

Je sors difficilement de la douche, me sèche, j'hydrate mon corps, puis je m'habille. Dans le salon, j'entame la seconde bouteille de whisky de la nuit et je termine un énième paquet de clopes. Le goulot s'approche de mes lèvres lorsque des coups frappés contre ma porte m'arrêtent. Je me relève du canapé et je titube jusqu'à la porte, réalisant ainsi que l'alcool commence enfin à faire son effet sur mon métabolisme. Je pose mon front contre la porte tandis qu'un soupir s'échappe de ma bouche.

— Il n'y a personne ! articulai-je, les dents serrées.

Les coups vibrent contre la porte une deuxième fois, faisant écho sous mon crâne embué. La grimace prend en otage mon visage. Je sens mon foie prier pour un sevrage et ma tête me menacer d'une belle gueule de bois si je continue sur cette lancée. Je me redresse et j'ouvre au troisième assaut de coups. Je pose la bouteille de whisky en équilibre sur le meuble et j'arme mon glock. Il se plante entre les deux yeux de mon invitée surprise.

Et merde, il va encore me démolir.

— Dégage ce flingue de mon front ou je te broie les bourses, grince-t-elle d'un ton sévère.

— Oh ! ricanai-je en m'y reprenant à trois fois pour replacer l'arme dans mon jean. Tu peux pas te faire sauter par Victor, alors tu viens ici ?

La gifle monumentale qu'elle m'assène a le don de me réveiller temporairement.

— Ah, non ! Tu veux mourir, crachai-je en la foudroyant du regard.

Elle entre sans ma permission et me tire avec elle.

— La p… por… porche… parte… porte… la porte, balbutiai-je en agitant le doigt dans le vide.

A priori, quand on est bourré, on ne peut pas parler correctement **et** marcher en même temps. Elle revient sur ses pas, claque la porte avec fureur, me faisant grimacer par la violence du bruit. Elle reprend mon poignet et nous amène vers le salon. L'alcool a tellement aliéné mes sens que je n'ai pas la force de lui hurler de se laver avant de me toucher. Elle me jette sans aucune délicatesse sur le canapé, je m'avachis dessus et je souris comme un idiot.

— Qui surveille l'appartement d'Ela ?

Je hausse les épaules.

— J'suis pu… plus… de… serviiiiceeee… pas moi… non… Victor m'aime plus… il veut pu… plus…

— Victor est de surveillance dans le centre de Nice. Il t'aime toujours, idiot. Il a peur, comme moi.

— Mais c'est bon… je l'app… proche… pu… plus.

En fait, même sans marcher, on ne peut pas parler correctement quand on est alcoolisé. C'est bien la première fois que ça m'arrive et pourtant, je suis un alcoolique invétéré. Je lève maladroitement les mains en l'air et je tente de retrouver la bouteille. Une grimace étire mes lèvres lorsque je réalise qu'elle est toujours sur le meuble de l'entrée.

— La bouteille s'teu plaît, chouinai-je comme un accro.

Je pense qu'elle a obéi quand elle prend ma main pour y poser un objet. Je décuve instantanément au moment où une voix résonne :

— Arrête de m'appeler, bon sang !

CHAPITRE 42

Simon, Monte-Carlo

Dès que j'entends sa voix à travers le haut-parleur, mes émotions s'emballent et se mélangent. Engourdi par l'alcool ingurgité, je bafouille :

— Je… te… déteste…

— Pourquoi tu me harcèles, Roxanne ? la questionne-t-elle en m'ignorant.

— Il a besoin de toi.

Cette imbécile de Roxanne a tort. Je n'ai pas besoin d'elle. J'ai uniquement besoin de clopes et de ma bouteille de whisky. À cette pensée, je me redresse légèrement du canapé et je tâtonne avec maladresse pour trouver ce bon vieux liquide brûleur d'œsophage quand sa voix interrompt mon mouvement.

— Qu'il se démerde, et il a l'air en bonne compagnie.

Sa remarque a le don de me blesser. Je ne considérerai jamais Roxanne comme de bonne compagnie. Certes, elle est devenue un peu plus supportable depuis que nous lui avons révélé une grande partie de mon histoire personnelle et ma connexion particulière avec le célèbre tueur en série. Cependant, elle n'en reste pas moins une catin insipide à la voix trop stridente. Je m'apprête à contester lorsque Roxanne prend les devants.

— Victor ne veut plus que vous vous approchiez pour une raison qui m'échappe. Simon m'a envoyé un message il y a une heure en me disant, dans un langage plus qu'approximatif, qu'il détestait l'effet que j'avais sur lui. Il…

— Eh bien, je vois que le rapprochement ne concerne pas uniquement Victor…

Je désaoule petit à petit, agacé qu'elle puisse s'entêter à croire que Roxanne m'intéresse. Et, à mon plus grand étonnement, l'inintéressante petite amie de Victor change d'attitude. Sa voix se durcit et son ton devient plus sévère. Je ravale la satisfaction de la voir remettre Ela à sa place.

— Ce message ne m'était pas destiné, Ela, siffle-t-elle. Victor n'est pas là ce soir, je suis venue le voir pour…

Elle a raison, c'était Ela que je voulais, pas cette imbécile.

— Parce que t'avais la dalle.

Malgré moi, un rire vibre contre ma gorge et explose par-delà mes lèvres. Elle ne pourrait pas être plus éloignée de la vérité. Si j'ai déjà sauté Ashe, on ne m'y reprendra pas deux fois. Ah ça, non ! Plutôt mourir que de devoir encore l'entendre jouir contre mes tympans.

— Il a besoin de toi, Ela, persiste Roxanne, l'agacement de plus en plus lisible sur ses traits et dans sa voix. Je répète : Victor n'est pas là, et je ne sais pas ce que Simon pourrait faire. En revanche, une chose est sûre, ce n'est pas moi qui vais pouvoir l'aider.

Je pourrais la tuer, pensais-je. Cependant, je doute que Victor apprécie que je perce le crâne de sa nouvelle moitié.

« Personne n'aime les monstres. »

Un ricanement acide claque contre mon palais. Ils ont raison. Personne n'aime les monstres, ni Victor, ni Ela. Moi, je mérite cette putain de fin triste qu'Ela aime tant dans les livres : à crever seul au milieu du purgatoire avant de rejoindre les flammes de l'enfer.

— Qu'il se démerde.

Qu'est-ce que je disais ?

— Ela… soupire Roxanne, j'ignore la raison de votre distance, ni même pourquoi Victor a retiré ta surveillance à Simon, mais cette nuit, il a besoin de toi.

Parce que je tuerais quiconque oserait poser la main sur elle. Parce qu'à mes yeux, il n'y a rien de plus joli et attractif qu'elle. Parce que mon père a dit que je l'appréciais plus qu'un ami. Parce que c'est Ela et que si le Marqueur comprend que je ne reculerai devant rien pour la protéger, il mettra un point d'honneur à me l'arracher avec une cruauté encore plus grande.

— C'est non.

J'ai envie qu'elle vienne…

Sans en prendre conscience tout de suite, ma main se tend

vers le portable et je m'apprête à l'implorer à mon tour. Je me ravise devant le regard interrogateur de Roxanne. Entre mon envie et la raison, c'est la raison qui doit gagner. Ela ici, ça devient trop dangereux.

« Tu as un cœur, Simon, et il bat pour Elaïa. »

— Raccroche, marmonnai-je en me rapprochant une nouvelle fois du téléphone.

Roxanne claque sans réfléchir la paume de ma main et, trop saoul pour réagir comme d'ordinaire, je me contente de chercher mon gel.

— Tu vas me le payer.

— Ferme-la, tu veux ? me provoque-t-elle, avec un peu trop d'assurance à mon goût.

Malgré tout, je suis dans la plus totale incapacité à réagir, alors je me concentre sur le nettoyage de mes mains.

— Écoute, Ela, je veux que tu me fasses confiance, s'il te plaît. Je sais que tu m'en veux, mais pour cette nuit, écoute-moi et ramène-toi ici. Même si je déteste l'idée de te savoir à ses côtés, je ne peux pas nier l'évidence. Vous avez besoin l'un de l'autre.

Le silence s'étire, lourd et suffocant, comme une couverture épaisse qui étouffe chaque souffle, chaque mouvement. L'air semble figé, chargé d'une tension invisible mais palpable, rendant chaque seconde plus oppressante que la précédente. Voit-elle mon obsession envers Ela autant que Victor ? Si telle est le cas, alors *lui* le sait aussi. La chair de poule s'invite sur ma peau anesthésiée par l'alcool. S'il le sait, elle est morte. Je secoue la tête et m'apprête à couper la conversation d'autorité lorsque Ela flanche et accepte de nous rejoindre. Mes paupières clignent de surprise et un vent d'espoir naît dans mon esprit, balayant ma détermination précédente.

S'il le sait, elle est morte.

Peut-être, mais je pourrai la protéger. J'y arriverai. Alors… elle peut venir… elle va venir.

— Tu dois avoir deux équipes de surveillance en bas de l'immeuble, poursuit Roxanne. Fais ce que tu fais de mieux, sème-les et rejoins-nous au loft.

La conversation se coupe.

— Non… elle peut pas venir, c'est trop…

— Nécessaire, Simon. C'est nécessaire.

— Dangereux.

— Oui, aussi. Mais vous avez besoin de vous dire les choses une bonne fois pour toutes.

— Parce que vous, vous l'avez si bien fait.

Son regard assassin se plante dans le mien, plus nébuleux. Elle attrape ses clés de voiture et se dresse devant moi.

— Moi, je l'ai perdue à cause de toi, Simon. Toi, tu es en train de la perdre parce que tu n'es pas foutu de lui dire : reste, j'ai besoin de toi.

— Va chier !

— La vérité, c'est plus sympa quand ce n'est pas toi qui l'encaisses, hein ? se marre-t-elle.

— Elle va mourir !

Son rire s'éteint instantanément.

— Oh non, Simon, ma meilleure amie ne mourra pas.

Elle s'abaisse contre mon oreille et murmure :

— Parce que si elle meurt, Simon, je peux t'assurer qu'aucun de tes connards de démons ne sera assez puissant pour combattre ceux que je défoulerai sur toi.

Sans plus un mot, elle tourne les talons et prend bien soin de claquer la porte avec brutalité. Elle a pris trop d'assurance. Roxanne Mesnil est une inconsciente qui joue un peu trop avec la mort. Je n'ai pas le temps de beaucoup plus m'attarder sur mes sombres pensées qu'une silhouette s'approche de moi.

— Sors de chez moi ! crachai-je, persuadé que Roxanne s'amuse à me tourmenter et à tester ma patience.

Lorsqu'elle hausse les épaules et se détourne de moi, je comprends alors que Roxanne n'est jamais revenue. J'avale une longue gorgée de whisky pour me donner de la force et je repose la bouteille sur la table basse. Sa main se pose sur la poignée, je me relève dans une ridicule lenteur.

— Non, attends, marmonnai-je.

Elle secoue la tête, et je lutte pour garder les yeux ouverts, mes paupières s'alourdissant à chaque instant. Pourquoi l'alcool doit-il toujours avoir un effet aussi désastreux sur le corps ? Ce n'est plus la migraine du lendemain qui me préoccupe, mais plutôt les absurdités que l'ivresse pourrait me faire dire. Elle reste immobile devant la porte, et je sens son hésitation. Si je veux qu'elle reste, je dois réfléchir et agir avec soin. Réfléchir...

« Tu as un cœur et il bat pour Elaïa. »

Je déteste cette conviction.

« Simon, tu l'as dans la peau. »

Je dois arrêter de me mentir, chaque fois qu'elle me touche, c'est comme si je découvrais des sensations nouvelles, incroyablement agréables. Quand elle est près de moi, j'éprouve ce besoin presque irrésistible de sentir ne serait-ce qu'un léger contact. C'est aussi troublant qu'inédit. Par moments, je voudrais que ce désir s'évanouisse, je déteste la manière dont il envahit mon corps. Mais parfois, comme cette nuit, je souhaite qu'il me consume sans laisser derrière lui ce chaos intérieur. Je vacille, puis j'avance jusqu'à me tenir juste derrière elle.

— Je… déteste… l'effet que tu as sur moi. Je voudrais ne jamais, jamais, jamais t'avoir rencontrée.

— Le déplaisir est vraiment, vraiment, vraiment partagé, soupire-t-elle sans se retourner.

— T'es une ignoble petite sorcière, aux pouvoirs délétables… délétérbles… délétères.

— Et toi, tu es un connard.

Mes mots restent bloqués, coincés quelque part au fond de ma gorge, refusant obstinément de se libérer. Ma tête refuse de se laisser aller, les idées tourbillonnent sans fin. Elle se tourne lentement, renonçant à quitter la pièce. Une pièce qui semble vaciller et tourner bien trop vite autour de moi.

— Je t'ai pas dans la peau ! m'obstinai-je.

— Génial.

— Génial.

Je cligne des yeux à plusieurs reprises, tentant de dissiper le brouillard qui m'envahit, tandis qu'une tension palpable s'installe entre nous. Elle pousse un long soupir, ses épaules s'affaissant sous le poids de l'instant. Ela dépose son casque, son sac à dos et ses clés sur le meuble de l'entrée. Ignorant toute forme d'autorisation, elle glisse mon bras autour de sa nuque et me soutient, m'entraînant vers une destination encore inconnue. Je me laisse faire, trop désorienté pour protester ou comprendre pleinement ce qui se joue.

Elle ouvre une porte, mais grogne en découvrant qu'il s'agit des toilettes. Sans s'attarder, elle continue sa recherche, franchit la seconde porte et traverse ma chambre pour atteindre la salle de bains. D'un geste assuré, elle me guide jusqu'à la douche et me pousse à m'asseoir. Je tente de protester, mais avant que le moindre mot ne franchisse mes lèvres, un jet d'eau glacée s'abat sur mon visage. Le choc me coupe le souffle, me ramenant brusquement à la réalité. L'eau froide ruisselle sur moi, emportant avec elle les derniers relents de mon ivresse.

— Ela !

— Co-nn-ard !

— C'est glacé, Ela, bordel !

Avec une cruauté digne d'une tortionnaire, elle abaisse encore la température de l'eau, la rendant presque intolérable. Les gouttes glacées mordent ma peau, chaque impact semblant s'enfoncer comme une lame de givre. Un frisson violent me traverse, secouant tout mon corps sous l'assaut glacial.

— Ela ! m'écriai-je, ça suffit putain, j'ai froid, c'est bon, j'ai dessaoulé.

— Parfait. Maintenant que c'est fait, démerde-toi.

D'un geste sec, elle coupe l'eau et laisse tomber le pommeau de douche à mes pieds, puis s'empresse de quitter la salle de bains. Je reste immobile quelques instants, le corps engourdi. Enfin, m'appuyant contre les parois froides de la douche, je me redresse avec difficulté. J'attrape une serviette, l'enroule autour de moi et je sors en grelottant, les mâchoires crispées pour contenir mes frissons. Au moins, elle a réussi à me sortir de ma torpeur, je dois l'admettre. Tremblant, je traverse la pièce pour rejoindre ma chambre, j'ouvre l'armoire et j'en tire un sweat épais et un jogging molletonné. Alors que mes doigts glissent sous mon haut trempé pour l'enlever, une voix familière retentit derrière moi, me figeant sur place.

— Retourne dans la salle de bains pour te changer.

— C'est encore ma chambre, tu devrais plutôt être celle qui…

— Qui quoi ? Dégage ? Aucun problème.

Je grogne quand elle se relève.

— Sors, je ne veux pas que tu me voies nu.

— Et moi, je ne voulais pas que tu me touches, pourtant tu l'as fait à deux reprises. Je suppose qu'on n'a pas toujours ce qu'on veut. Pour ta gouverne, j'ai toujours horreur des ordres.

La rage bouillonnant en moi, je la toise. Mon regard, embrouillé par l'alcool, doit sembler encore plus sombre et perdu. Le sien, en revanche, s'avère noir de colère, intense et brûlant.

— Génial, maugréai-je.

— Génial, renchérit-elle en contournant le lit pour s'y asseoir, dos à moi.

Mes mouvements, hésitants et maladroits, me forcent à m'agripper à l'armoire pour ne pas m'effondrer en enfilant un simple sweat-shirt. Après une lutte laborieuse pour passer mon jogging, je m'écrase sur le lit, épuisé. La pièce continue de tourner autour de moi, mais le souvenir de l'eau glacée éclatant sur mon visage m'aide à rester éveillé. La chaleur commence à se frayer un chemin dans mon corps engourdi. Ma joue se pose sur l'oreiller et je laisse mon regard se perdre sur sa silhouette. Mes yeux glissent doucement jusqu'à sa nuque où ses cheveux relevés dévoilent sa rune gravée sur sa peau. Un jour, je devrais vraiment lui demander ce que signifie cette rune, mais pas ce soir. Ce soir, j'ai plus l'énergie de réfléchir.

« Tu as un cœur et il bat pour Elaïa. »

— Dors. Tu es bourré.

Elle attrape son casque, le remonte sur ses oreilles après m'avoir craché son ordre.

— Sors de ma chambre.

Mon injonction se meurt dans le vide et elle reste immobile. Un soupir agacé m'échappe, puis, en proie à la frustration, je finis par céder, détournant mon regard vers le plafond.

— J'ai tué quelqu'un hier. J'ai visé son front et sa gorge. J'ai vidé le chargeur tout entier. J'étais en furie, Ela, j'étais inarrêtable. Même Victor ne s'y est pas risqué. Si j'avais pu, je crois que je l'aurais démembré.

Son indifférence fait monter en moi une tension sourde. J'ai en horreur qu'elle défie mes ordres, mais rien ne me rend plus fou que son apathie. Je préfère encore nos échanges acerbes à cette froideur insensible. Résolu à la faire réagir, je roule sur le lit d'un mouvement et lui retire son casque. Aucun son n'en émane. Elle m'a entendu, j'en suis sûr, cependant mon aveu n'a aucune prise sur elle. Et son détachement exacerbe ma contrariété.

— Pourquoi tu es en colère ? J'ai essayé de lire entre les lignes, mais je suis nul à ce jeu et tu le sais ! Tu ne me laisses aucune chance de me défendre.

J'ai bien compris qu'elle ne veut plus avoir affaire à moi, toutefois, elle est toujours là. Dans ce cas, autant qu'elle me laisse une chance de me rattraper… encore une fois.

— Ela, dis-moi ce que j'ai encore fait de mal ! Victor dit que quand on merde, on doit réparer. Je veux réparer. S'il te plaît, laisse-moi réparer.

Son visage se tourne enfin vers moi, elle m'adresse une œillade furtive, mais ne me répond pas. Un long gémissement d'exaspération s'extirpe alors de mes lèvres. Je glisse sur le bord du lit et me laisse retomber au sol, à ses côtés. Ses yeux fixent un point droit devant elle alors que les miens détaillent son profil. Elle est jolie, même en colère.

D'un geste maladroit, je lève la main pour effleurer sa joue. Vive, elle se détourne, son regard me dissuade d'aller plus loin. Renonçant, je laisse mon bras retomber mollement le long de mon corps.

— Tu me vires de chez toi comme un malpropre sans me donner d'explication. J'ai bien compris que tu étais en colère, alors laisse-moi une chance de me défendre au lieu de te braquer comme une gamine, la provoquai-je.

Sa bouche s'entrouvre et j'ai l'espoir qu'elle réponde enfin. Elle se ravise. Las de son ignorance, j'essaye une nouvelle tactique d'approche.

— Je ne peux pas tenir à toi, c'est impossible…

À mes mots, je crois même sentir ses lames invisibles s'enfoncer dans ma chair.

— Ça me va parfaitement.

Mes lèvres se pincent, déçu par sa réaction. Mon cœur se serre, chaque battement ressemblant à une épine qui transperce ma chair. Je réalise que ce n'étaient pas les paroles que j'espérais entendre. C'est insupportable de savoir que ses mots ont autant d'impact sur moi que ceux de Victor.

— Tu ne peux pas réparer, Simon, murmure-t-elle.

— Parce que c'est trop cassé cette fois ?

Un soupir s'arrache de sa bouche avant qu'elle ne la mordille.

— On ne peut pas réparer quelque chose qui n'existe pas.

Je m'apprête à répliquer quand elle renchérit, ses mots percutant ma cage thoracique de plein fouet.

— Je crois que même si ça existait, je ne voudrais pas que tu le répares.

Pourquoi j'ai aussi mal de voir qu'elle rend vraiment les armes cette fois ? Pourquoi j'ai autant de difficulté à la voir m'abandonner pour de bon ? Je secoue la tête et je réfute de nouveau cette possibilité.

— Mais tu es là.

— C'est la dernière fois.

Je refuse de céder, et je saisis son visage avec une maladresse désespérée. Peu importe les démons ou les conséquences, je veux plonger dans ses yeux, chercher la vérité, ou au moins déceler le mensonge. Même si je le déteste, cette fois, je prie pour qu'elle me mente. Je suis prêt à lui pardonner presque tout, tant qu'elle me promet qu'elle ne me laissera pas tomber. Elle ne me repousse pas, un mince espoir se rallume en moi. Ses mains se posent sur les miennes, ses paupières se ferment quelques instants, un léger souffle s'échappe de ses lèvres.

— Tu mens. Tu mens, Ela, ce n'est pas la dernière fois.

Elle s'efforce de demeurer impassible, mais je peux

presque voir les émotions effleurer sa peau et troubler ses pensées. L'espoir s'éteint une fois de plus lorsque, avec une délicatesse qui lui est propre, elle retire doucement mes mains de son visage.

— Je n'en peux plus, Simon. Je suis fatiguée. Épuisée de ce précipice et du vide dans lequel je ne cesse de chuter depuis que tu es entré dans ma vie. Éreintée de l'effet que ce lien entre nous impose à mon esprit. J'en ai assez de ce… truc… entre nous.

Mes entrailles se tordent, elle m'échappe. Je voudrais qu'elle reste. En fait, elle n'a même pas besoin de m'aimer, tout ce qui importe, c'est qu'elle reste. Personne n'aime les monstres, pourtant même les pires d'entre eux sont entourés. Alors pourquoi elle ne resterait pas ? Juste un peu. Je crois qu'elle est le premier traitement qui fonctionne. Réflexion faite, c'est mon meilleur traitement, quoiqu'avec d'importants effets secondaires.

— Je suis là parce que Victor ne peut pas être avec toi. Je suis là parce que Roxanne l'a exigé. Cependant, demain, au lever du soleil, je quitte ce loft et ce sera la dernière fois qu'on se côtoiera.

Une migraine martèle mes tempes. Instinctivement, ma main se plaque contre ma poitrine, là où une douleur lancinante se répand, comme si chaque battement de mon cœur transportait une nuée d'aiguilles. Ela se redresse et tourne les talons. À chaque pas qui l'éloigne, la douleur s'intensifie, m'arrachant un mordillement féroce à la lèvre, presque jusqu'au sang, dans une tentative vaine de contenir cette émotion brutale qui pulse sous ma peau. Alors qu'elle me tourne le dos, elle s'immobilise soudain. Le temps, lui aussi, suspend son souffle.

Reste… ne m'abandonne pas…

— Dors, Simon, tu as trop bu. Je resterai dans le salon pour m'assurer que tu n'aies pas de problème. Roxanne m'a dit que Victor terminait sa surveillance vers sept heures. Je partirai avant qu'il arrive.

Elle quitte ma chambre et mon cœur se fissure vraiment pour la première fois.

Ne m'abandonne pas, Ela...

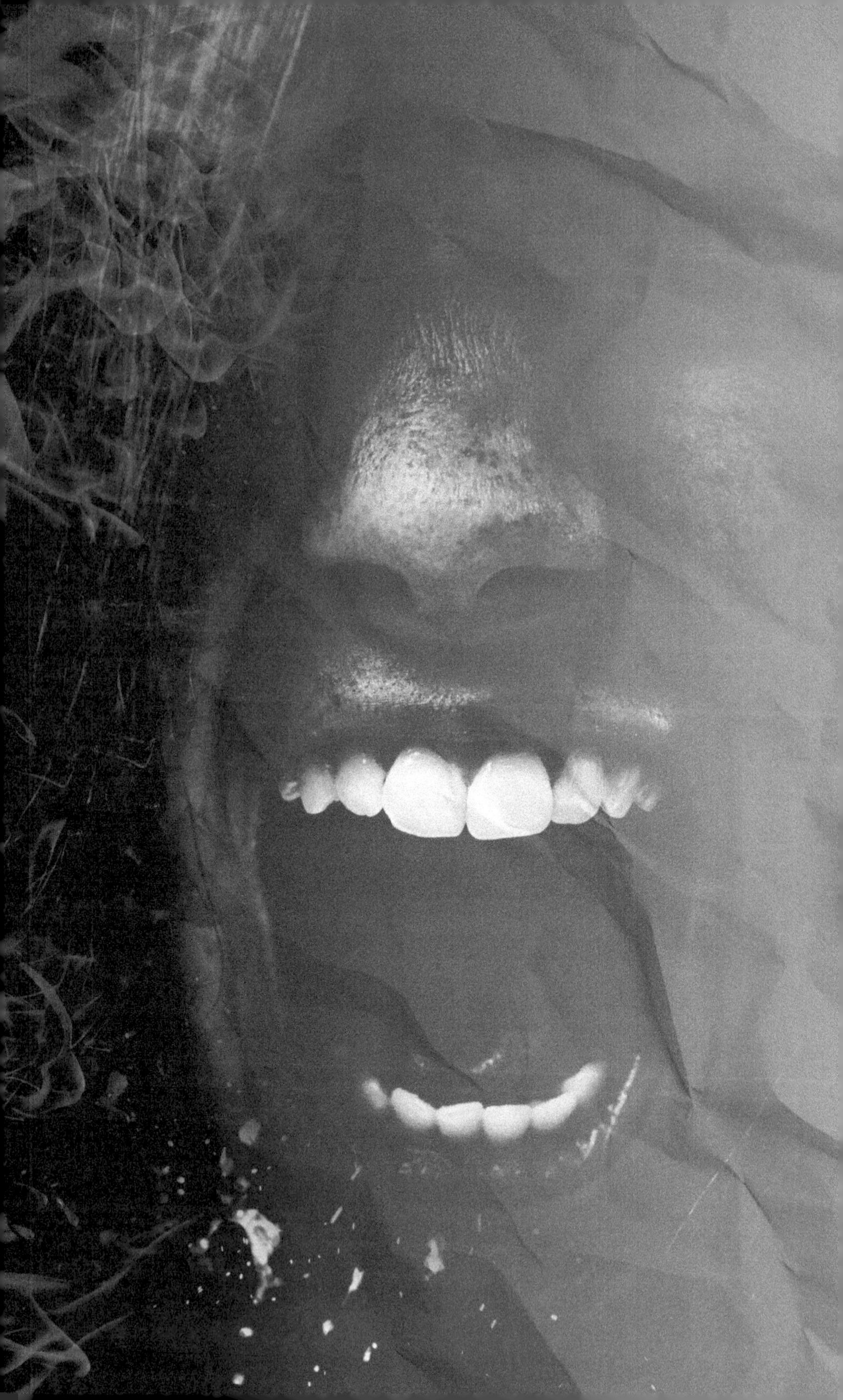

CHAPITRE 43

Elaïa, Nice

Je prépare le goûter pour Gaby avant de m'atteler à la vaisselle, tandis qu'Eliott, désigné pour essuyer, se tient à mes côtés. Je lui lance quelques gouttes d'eau en riant doucement avec lui.

— Mon petit doigt m'a dit que ça se passait plutôt bien avec Justine.

Il acquiesce, ses joues rosissent et trahissent sa gêne.

— Elle m'a accompagné à la dialyse vendredi dernier. Elle est restée pendant tout le traitement et, le lendemain, elle a demandé à son père de nous emmener au parc. Je crois que je l'aime bien.

— Tant mieux, Eliott, je suis contente pour toi.

— Vraiment ?

Je hoche la tête.

— On dirait pas.

Je fronce les sourcils, surprise qu'il puisse imaginer, ne serait-ce qu'un instant, que son bonheur m'est indifférent. Alors que j'ouvre la bouche pour répondre, il me coupe, poursuivant sur sa lancée.

— Tu es triste, Ela. Maman s'inquiète pour toi. Apparemment, Cam a appelé Arthur, qui a prévenu Laurent, et il a fini par appeler maman. Il paraît qu'à part nous, tu donnes plus signe de vie à personne.

— Tout va bien, il n'y a pas besoin de s'inquiéter. Je vais bien.

Son visage juvénile se plisse en une grimace, et il secoue vigoureusement la tête de gauche à droite. Mes lèvres se crispent un instant avant de le rassurer, en vain.

— Laurent a appelé maman, Ela, insiste-t-il. La dernière fois que c'est arrivé…

Je ravale le nœud qui se formait dans ma gorge. La dernière fois, c'était quand, après ma sortie de centre de rééducation, j'avais entrepris de retrouver le Marqueur. De nuit blanche en nuit blanche, je refusais chaque appel, seule Carla était dans la confidence. Eliott l'était aussi parce qu'il avait la sale manie d'écouter aux portes. Face aux menaces de Laurent de se pointer à Nice et d'y rester, j'avais cédé et je m'étais confiée à Arthur. Deux jours plus tard, il était dans mon appartement. Pendant plus d'une semaine, il était resté à me surveiller comme un condamné. Que Laurent appelle Marie est l'alarme qui prouve que je me mens à moi-même. Je vais mal. Le problème, c'est que l'admettre engendrerait des discussions que je refuse d'avoir. J'éprouve déjà des difficultés à me confier à ma psychologue, alors ce n'est pas pour m'épandre sur tous les maux qui m'abîment le cœur auprès de Laurent. Je sais bien qu'il voudrait que je lui laisse plus de place, seulement même si je l'affectionne, le passé a laissé des séquelles indélébiles.

— Ché vrai que t'es trischte, intervient Gaby, la bouche pleine. Tu choue plus aux kapplas avec moi !

Je lâche un petit rire et délaisse la vaisselle pour regarder ces deux petites brunes. Si Eliott ressemble énormément à Carla et donc à son défunt père, Gaby a hérité de la génétique de Marie. Le partage est le même pour les personnalités de chacun. Gaby est sensible, émotif et demandeur d'attention, tandis qu'Eliott s'avère bien plus réservé et dur, même à son jeune âge. Il est de nature plus solitaire que Gaby. Je n'ai jamais considéré Tiffany comme ma sœur et les Ballant n'ont jamais été ma famille. En revanche, entre ces deux petits monstres, Carla et Marie l'ont été à la seconde où j'ai passé le pas de leur porte.

— Si j'appelle Laurent, ça vous rassurerait tous les deux ? demandai-je, sincère.

Ils hochent simultanément la tête.

— Je le ferai. Pour vous.

Eliott se colle à moi et j'enroule mon bras autour de ses épaules en embrassant son crâne. Gaby ne tarde pas à demander lui aussi son dû. Je l'enlace à son tour lorsque la porte d'entrée s'ouvre sur Marie.

— Où sont mes quatre personnes favorites ? s'exclame-t-elle.

Le temps se fige et le froid s'empare de la pièce, nos cœurs se brisant tous à l'unisson. Je baisse la tête tandis que la main d'Eliott presse ma paume.

Maintenant, nous ne sommes plus que trois.

Elle s'approche de nous dans l'atmosphère devenue presque irrespirable, puis un éclat tant bienveillant que douloureux ourle ses lèvres. Gaby se précipite vers elle, tandis qu'Eliott choisit de fuir vers l'étage. Marie l'observe disparaître, désemparée, avant de déposer son sac sur la chaise. Elle s'occupe rapidement de son plus jeune fils, le débarbouille, puis l'envoie jouer dans le salon. Nous nous scrutons quelques minutes, jusqu'à ce qu'elle cède et m'enlace avec force. Je ravale la peine qui déchire ma gorge et chasse la souffrance liée à l'absence de Carla.

Marie m'offre une tasse de verveine et s'adosse au meuble de cuisine. Sur la chaise haute, je remonte mes genoux sous mon menton et je tourne la cuillère dans la tisane.

— J'ai eu Laurent au téléphone.

Il n'y a aucune réprimande dans sa voix. Marie ne cherche jamais à pointer du doigt nos choix. Que ce soit avec Carla ou avec moi, elle était toujours dans la bienveillance et la compréhension. La seule règle est de ne jamais fuir la conversation. S'il y a des non-dits, c'est que l'abcès doit être crevé. Aujourd'hui, des non-dits, il n'y a plus que ça. Si elle a toujours gardé mon secret auprès de Laurent, elle a été très claire : si elle sent que je me perds, elle lui dévoilera les moindres détails de ma vie.

— Ils sont inquiets pour toi, tu filtres les appels d'Arthur et de Laurent. Camille a même frappé à ma porte l'autre soir en espérant te trouver ici.

J'avale une première gorgée de verveine afin de ne pas répondre. Si je les appelle, ils paniquent, si je les ignore, ils paniquent. À croire que, quand il s'agit de ma vie, ils ne peuvent jamais dormir tranquilles. Je déteste être un fardeau et, pour eux, c'est ce que je suis. De l'enfant maltraitée à l'ado anorexique en passant par l'unique survivante du Marqueur, je suis toujours le problème. J'en viens parfois à croire que ma mère m'a fait adopter parce qu'elle l'avait sentie. Je serais un malheur ambulant. Après tout, ma vie n'a pas bien commencé, je suis le bébé issu d'un viol sur une gamine de douze ans. J'étais destinée à être pourrie et une mauvaise graine dès la conception. Il m'arrive quelques fois de me demander si j'ai hérité des gènes de ce géniteur. Si, physiquement, je ressemble à ma mère, ai-je mentalement hérité de la toxicité de ce violeur ?

— Ela, en quatre ans à Nice, tu n'as toujours pas fait beaucoup de recherches sur ta mère et depuis que… depuis que Carla n'est plus là, tu te renfermes, poursuit-elle, la gorge nouée.

Rien, j'ai beau chercher des arguments valables, une défense plus ou moins efficace, rien ne me vient. Elle a simplement raison.

— J'ai conscience que ta relation avec Laurent est compliquée, mais repousser aussi violemment Arthur et Camille n'est pas dans tes habitudes. Ne parlons même pas de Roxanne.

Cette fois, son ton se fait plus accusateur. Je sais qu'elle ne pense pas à mal, elle cherche à me faire réagir, à me pousser dans mes retranchements pour que je cède et que je lui parle. Marie m'a toujours considérée comme sa propre fille. Avec elle, je me sens aimée, vraiment aimée avec mes qualités et mes défauts. Surtout avec mes défauts. Elle ne craint ni ma colère ni mes crises d'angoisse. Elle se prête volontiers au jeu de la confidence tout comme elle me laisse toujours venir à elle quand je suis incapable de communiquer correctement.

— Pourquoi Laurent ne m'a-t-il pas aidée quand j'ai hurlé à l'aide ? avouai-je à mi-voix, les yeux rivés sur ma tasse.

Je ravale ces foutues larmes qui ne couleront pas, mais qui irritent de plus en plus ma gorge et mes yeux ces derniers temps.

— Pourquoi exige-t-on toujours de moi que je me confie et que je parle pour ne pas écouter quand je le fais ? J'ai dit la vérité à six ans, puis je l'ai répétée à huit et à dix. Je l'ai hurlée quand Catherine me rouait de coups et me forçait à vomir. Je l'ai criée quand Tiffany m'a enfermée dans la chambre froide pendant une heure, puis je l'ai aboyée quand elle m'a accrochée à ce foutu poteau. Hier, on m'ordonnait de me taire, aujourd'hui, on m'ordonne de parler. J'ai essayé, Marie, je te jure que j'ai essayé. De pardonner à Laurent de s'être tu quand sa femme et sa fille me détruisaient.

Les yeux brillants, je les plonge dans ceux de Marie, mes défenses cèdent et j'explose, mesurément certes, mais j'explose tout de même.

— Ils veulent tous soi-disant m'aider. Laurent, Arthur, Camille, même Roxanne, raillai-je, amère. Mais ils se pointent des années trop tard. J'avais besoin de cette aide, Marie, j'en avais besoin quand j'avais six ans. Je n'ai jamais voulu d'un géniteur violeur et d'une mère trop jeune. Je n'ai jamais voulu de cette anorexie et de ces ecchymoses sur mon corps. Je n'ai jamais voulu d'une sœur comme Tiffany ou d'un bourreau comme le Marqueur. Je voulais qu'on m'aide. Je n'ai toujours voulu que ça ! haussai-je le ton, la voix éraillée par les sanglots restés bloqués dans ma gorge, qu'on m'aide ! Je sais qu'Arthur ne pensait pas à mal quand il a tout dévoilé à Cam. Je sais que Roxie voulait me protéger quand elle a exposé mon identité à Victor. Tout comme je sais aussi que les gâteaux dissimulés un peu partout dans ma chambre étaient une façon pour Laurent de pallier les maltraitances de Catherine. Seulement, ce n'est pas ce genre d'aide dont j'ai et j'avais besoin. Je suis fatiguée, Marie, fatiguée de devoir justifier mes choix parce qu'ils ont soi-disant peur pour moi. Je n'étais même pas née que j'étais déjà la personnification du chaos ! Si je les repousse, c'est parce que je n'ai plus le choix. Parce qu'aujourd'hui, tous ceux qui sont autour de moi deviennent soit des victimes, soit des bourreaux. Je n'ai pas d'amis ou de famille, ce sont de potentielles cibles. Carla est morte par ma faute, Roxie est en danger par ma faute. Arthur souffre parce que je l'ai abandonné, Cam a mal parce que je le repousse. Laurent regrette, Catherine jubile, Tiffany…

Je déglutis quand les images éclatent sous mon crâne. Simon… Simon a détruit Tiffany. Je me frotte le visage et quitte la cuisine. J'étouffe, c'est trop dur. J'ai cru que le soleil pouvait gagner contre les nuages, mais j'avais tort. La tempête est trop forte et personne n'a les armes pour la combattre. J'attrape mon casque de moto lorsque Marie m'attire contre elle et m'enlace. Si je ne réponds pas à son étreinte dans un premier temps, je finis par laisser tomber le casque au sol et m'accroche à elle comme si elle était mon unique moyen de rester en vie.

— Je suis fatiguée, Marie, sanglotai-je, si fatiguée…

— Je sais, ma douce, je sais, murmure-t-elle avant d'embrasser mon crâne.

Elle me ramène vers la cuisine et, sans surprise, en passant devant les escaliers, je découvre Eliott, assis, les larmes aux yeux. Je m'effondre devant lui et l'enserre aussi fort que je le peux.

— Je suis désolée, Eliott, si désolée, si je pouvais la ramener parmi nous, je donnerais tout. Je te le jure, je serais prête à tout sacrifier, même ma propre vie.

— Je ne suis pas triste pour ça, pleure-t-il. Même si tu crois que c'est ta faute, moi, je sais que c'est faux. Je suis triste parce que tu crois que tu es toute seule. Tu dis que t'as pas de famille, mais on est là, nous. Carla me manque tous les jours, et moi aussi je voudrais qu'elle revienne, mais on peut pas. Toi, par contre, tu es encore là et pourtant, j'ai l'impression que tu voudrais être partout sauf ici.

Son constat me fait mal, surtout parce qu'il s'avère réel. Je ne voudrais pas être ici, je ne le veux plus. Peu importe où je vais, tout finit par faner ou mourir autour de moi. J'ai essayé, sincèrement essayé de repousser les nuages, de croire qu'un jour tout s'arrangerait. Je ne suis même pas exigeante avec l'espoir, je demande juste un peu de répit. Si c'était un concept lointain avant l'intervention de Simon et Victor dans ma vie, aujourd'hui, cela devient un objectif inatteignable.

— Il t'a entendu, Ela, intervient Marie. Laurent n'a jamais cessé de t'entendre hurler lorsque tu demandais de l'aide.

Mon regard se détourne d'Eliott pour se poser sur Marie, dont les lèvres se tordent en une moue à la fois douce, mais empreinte de tristesse. Alors que je m'apprête à me lever, Eliott serre ma main, et je me laisse aller à m'installer sur la marche à ses côtés. De toute façon, qu'il écoute aux portes ou en direct, sa curiosité sera toujours nourrie, quoi qu'il en soit.

— Dès qu'il a compris ce que tu vivais, il a frappé à toutes les portes et passé tous les coups de fil inimaginables pour te sortir de cet enfer que sa propre famille te faisait vivre. Il se battait pour qu'on leur retire ta garde. Peu importe combien il en souffrait, il t'aimait assez pour te perdre.

Un petit bout de mon cœur se fissure, le choc bloque ma gorge, m'empêchant d'émettre le moindre son. Il m'avait crue, Laurent m'avait crue. J'avais été entendue alors que, pendant toutes ces années, j'ai eu l'impression que les appels au secours étaient vains.

« Personne ne te croira, Elaïa, tu ne fais que mentir. »

Si. Quelqu'un m'a toujours cru.

Mon père.

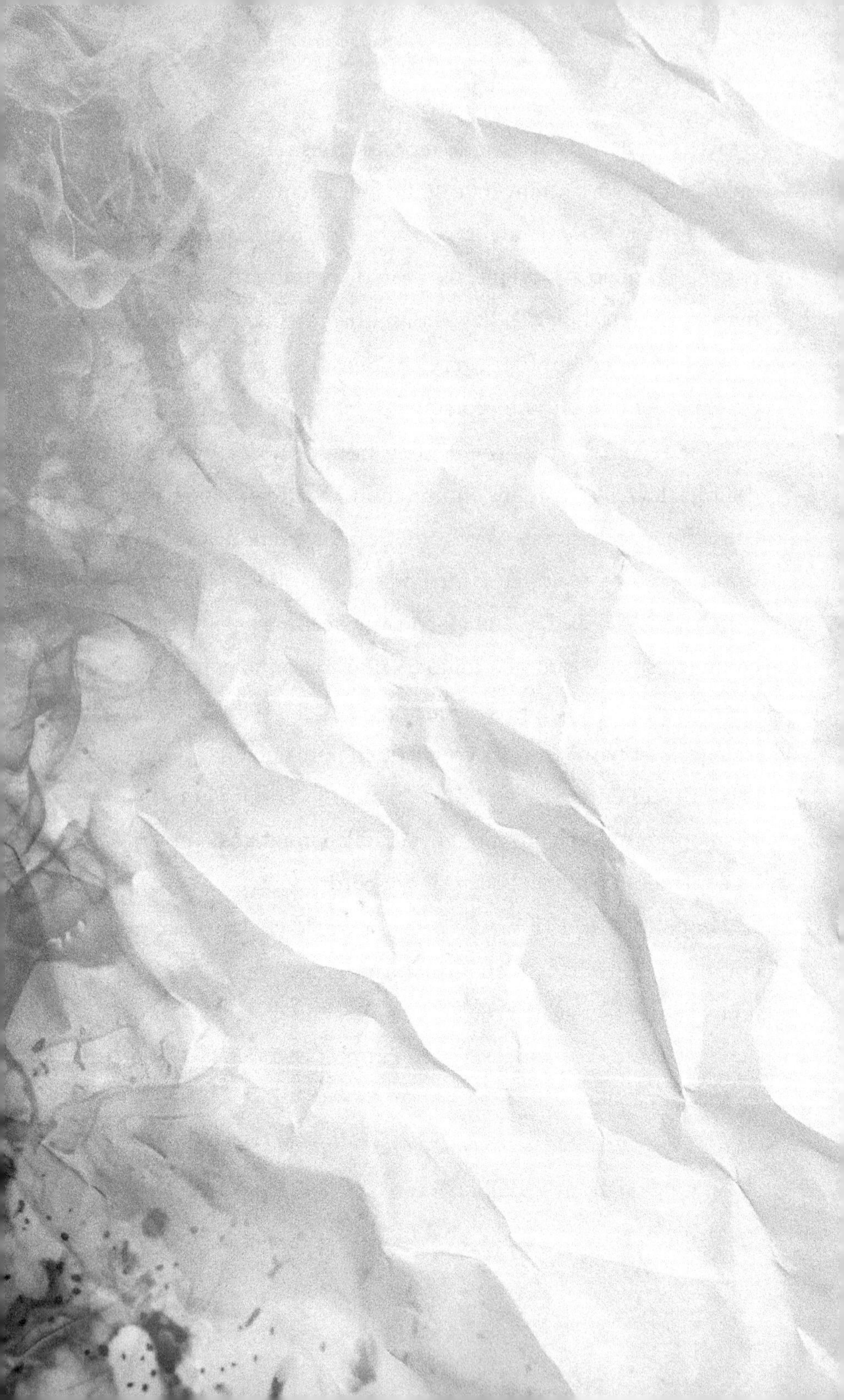

CHAPITRE 44

Elaïa, Nice

Je garde les yeux rivés vers l'horizon. En quittant la maison de Marie, j'étais déterminée à appeler Laurent, pour lui demander pardon, pour lui demander pourquoi. Pour crever l'abcès, comme Marie aime le dire. Seulement, arrivée ici, je ne suis plus sûre de vouloir de cette conversation. J'ai passé tant de temps à lui en vouloir de fermer les yeux alors qu'il se démenait pour moi. Aujourd'hui, je serais capable de lui en vouloir de ne m'avoir rien dit. Pendant que je tergiverse, la vibration entre mes doigts me ramène à la réalité. Sans surprise, le prénom de Laurent s'affiche sur mon portable. Je décroche à la dernière vibration, mais ne dis pas un mot.

— Ma puce, pardonne-moi.

— Pourquoi ? Pourquoi ne m'as-tu rien dit ?

Son rire triste s'étouffe contre le téléphone, je le devine s'asseoir dans son vieux fauteuil dans le bureau du garage, et fixer le plafond pour réfléchir aux bons mots à utiliser. Lorsque j'étais plus jeune, je me faufilais dans sa voiture au retour de l'école quand j'arrivais à échapper aux griffes de Catherine.

Il le savait, il jouait l'ignorant et me laissait l'accompagner jusqu'au garage. J'attendais qu'il soit submergé par le travail et je l'observais pendant des heures. S'il n'était pas en train de gérer des papiers administratifs, il réparait les véhicules avec Arthur. J'ai toujours été fascinée par la mécanique, mais c'est grâce à lui que j'ai tout appris.

— Je voulais que tu croies que le système était bon. Je voulais que tu penses qu'il était de ton côté. Tu ne pouvais pas perdre foi en lui, sinon tu perdrais l'espoir de retrouver Lake. Tu avais besoin de lui pour retrouver ta mère, je ne pouvais pas t'enlever ça aussi.

Ma poitrine se comprime.

« Je ne pouvais pas t'enlever ça aussi. »

Il ne m'a rien enlevé, c'est Catherine et Tiffany qui s'en sont chargées. Peut-être qu'il a renforcé ma méfiance, mais il m'a beaucoup plus apporté que ce qu'il ne m'a enlevé. Après tout ce qui s'était passé, il s'est battu, pour rester dans ma vie, peu importe combien je le repoussais, peu importe combien je lui crachais ma colère en plein visage. Même après les démarches pour changer de nom, changer de ville, changer de vie, tout court, je refusais d'admettre qu'il pouvait être bon, même si je savais qu'il l'était. Pour moi, il essayait de réparer en payant, alors qu'il voulait juste me sauver comme il le pouvait. Laurent a tout payé et s'est démené pour que mon histoire ne passe pas les portes de Nantes. Mon cœur et ma tête étaient lourds de traumatismes, mais ma valise était légère.

Je me sens stupide de l'avoir jugé aussi mauvais que les

autres alors qu'il m'aidait, à sa manière. Mon expiration brute me fait baisser la tête. Je remonte mes genoux sous mon menton, espérant, dans un sens, protéger mon cœur qui bat à vive allure.

— J'ai failli tuer Tiffany…

— Je sais.

— Comment peux-tu ne pas m'en vouloir ?

— Parce que l'amour pardonne même la pire des décisions. Elle était l'une des raisons de ta souffrance et tu voyais en cette méthode, l'unique solution à ta survie. Ce n'est pas parce que j'aime ma fille que j'accepte ses erreurs. Ce n'est pas parce que je t'aime toi que je tolère tes faux pas. Seulement, l'une comme l'autre, vous êtes mes enfants. Je vous pardonnerai vos mauvaises décisions jusqu'à ma mort.

Il m'aime. Il me l'a déjà dit à plusieurs reprises, aujourd'hui, je l'entends et le ressens vraiment pour la première fois.

— Comment… comment va-t-elle ? Ont-ils retrouvé son agresseur ?

Le silence s'installe, lourd et oppressant. Pour ma part, il réside dans la certitude qu'ils ne retrouveront jamais le coupable. Pour lui, il est teinté de la douleur qu'il ressent face à l'état de sa fille.

— Parfois, il faut savoir accepter que certains crimes restent impunis, annonce-t-il d'un ton qui se voudrait neutre, cependant empli d'une colère sourde.

— Et ça, tu le pardonnes comment ?

— Ça, ma puce, tu ne pardonnes pas, tu vis avec.

Je refuse. Je refuse que le Marqueur vive en toute liberté quand la liste de ses victimes ne cesse de s'agrandir. Je refuse de vivre avec une épée de Damoclès au-dessus de ma tête. Je refuse que ce soit lui qui la tienne et qu'il jubile à l'idée de pouvoir l'abattre quand bon lui semble.

Puis, je finis par me demander si c'est vraiment lui qui, à l'heure actuelle, me torture le plus. Depuis que Simon m'a dit que ce n'était pas lui, les cauchemars se sont apaisés. Ils n'ont pas disparu, toutefois, disons qu'ils sont plus supportables. En revanche, j'ai la sensation d'avoir échangé un bourreau contre un autre. Ce n'est pas la même douleur ni la même colère, néanmoins, elle fait presque aussi mal. Si l'un me maintient en vie par esprit de vengeance, l'autre me prive d'énergie tant il malmène à la fois mon esprit, mon corps et je crois un peu mon cœur. Le Marqueur inflige des sévices à mon esprit quand Simon, lui, aspire tout sur son passage.

— Quelqu'un m'a fait du mal. Beaucoup de mal, avouai-je à demi-mot.

— Je sais.

J'écarquille les yeux et mon estomac se tord.

— Tu pensais sérieusement que Marie allait taire une information pareille ? gronde-t-il. Je savais que tu me repousserais encore plus fort si je m'en mêlais alors Arthur m'a servi d'éclaireur. J'avais espoir qu'un jour tu te confies à moi, mais plus les années ont passé, plus tu restais silencieuse.

J'ai accepté la place que tu me donnais et j'ai laissé Arthur te protéger à ma place.

— Il t'a… déglutis-je… il t'a tout dit ?

— Non, se gausse-t-il, presque amère. Bien sûr que non, je sais qu'il garde tes secrets comme personne, c'est ton plus grand allié, même dans les mauvaises décisions. Il te suivra toujours aveuglément. L'amour qu'il te porte n'a aucune limite et il préférera toujours avoir le monde entier contre lui que de te perdre toi. Je sais que tu te penses seule, et c'est vrai, tu l'as été, tu l'es même encore parfois. En revanche, ma puce, tu as un cœur si immense sous toute cette couche d'armure que lorsqu'on gravite autour de toi, on ne veut que le protéger et l'aimer. Et ce, même quand toi, tu refuses notre affection.

Ses mots me font mal, j'ai passé ma vie à craindre qu'on me réduise en cendre pour tout et rien qu'aujourd'hui, je suis incapable de faire confiance à l'amour qu'on me porte. Je crois même qu'il me terrifie parce que si j'ai le malheur d'aimer en retour, je crains les conséquences qui en découlent.

— J'avais un plan Laurent, murmurai-je, les yeux voyageant vers le ciel assombri par la nuit qui tombe.

— Et puis le cœur s'en est mêlé, n'est-ce pas ? Parce que le cœur s'en mêle toujours quand on ne le veut pas.

Je réfute cette possibilité. Je refuse que Simon ait autant d'impact et de pouvoir sur mon cœur. Ses yeux ont déjà assez malmené mon esprit, je ne supporte pas l'idée qu'il s'attaque maintenant à mon palpitant. Néanmoins, je peux admettre qu'il arrive à forcer la barrière comme personne n'avait encore réussi avant lui. Pas même Arthur malgré toutes ses tentatives. Pas même Cam ni Roxie malgré leur patience illimitée.

Ces derniers mois, tout me pousse à revenir vers lui ou lui pardonner chacun des coups qu'il m'inflige. Seulement, à chaque fois que l'on se percute à nouveau, la conséquence devient toujours plus colossale et douloureuse. Dans mon appartement, ce matin-là, ses mots m'ont cisaillée d'une manière inédite. Comme si, au-delà de mon corps, qui n'a de cesse de souffrir dès qu'un homme s'en approche, c'était mon cœur qu'il attaquait sans vergogne. Si je peux encaisser les entailles, les humiliations corporelles et les douleurs physiques, mon cœur n'a jamais été solide pour supporter les peines. Ce matin-là, ce n'étaient pas tant ses mots que je punissais en le virant de chez moi, c'était l'impact qu'ils ont eu sur mon cœur.

— Ma puce, renchérit-il, en amour, on se fait mal, par peur de perdre l'autre, par crainte de se perdre pour l'autre. Mais plus c'est fort et intense, plus c'est réel. Parce que c'est ça l'amour, du moins à mon sens. Pardonner l'impardonnable, comprendre l'incompréhensible, voir l'invisible et lire entre les lignes.

Je secoue la tête, il n'y a pas de notion d'amour entre Simon et moi. C'est une question de domination, de pouvoir.

— L'amour rend aveugle. Il rend vulnérable et faible.

— Ce n'est pas parce que c'était simple avec Arthur que toutes tes futures relations le seront de la même manière.

— Là n'est pas la question, tranchai-je, acerbe. Tu parles

d'amour, mais ce n'est pas le sujet.

Son rire étouffé me parvient jusqu'aux oreilles. Je mords l'intérieur de ma joue avant de faire claquer ma langue. Ma relation avec Arthur et celle que j'entretiens avec Simon sont incomparables. J'affectionne profondément Arthur, même si je ne l'admettrai jamais à voix haute. Roxie, Cam, Carla et Arthur étaient et sont ma source de bonheur. Je me réveille chaque matin parce qu'ils sont là et qu'ils supportent ma froideur ainsi que mon égoïsme. Avec Simon, il n'y a qu'une panoplie d'obsessions et de perversions qui nous relient.

— Tu sais, ma puce, au-delà de l'amour, il y a le destin. Tu refuses peut-être d'accepter la présence de cette personne dans ta vie, mais le destin sait pourquoi il l'a mis sur ton chemin.

— C'est d'un ridicule, protestai-je.

— Tout ce que je te dis, Ela, c'est de ne pas te renfermer même si ça t'effraie de t'ouvrir au monde comme le monde s'ouvre à toi.

J'acquiesce d'une faible voix avant qu'il ne me fasse promettre de l'appeler dès que c'est nécessaire et me promets à son tour d'être toujours là pour moi, aussi petite que soit la place que je lui donne. Il raccroche et un soupir s'échappe d'entre mes lèvres. Je renfonce mon portable dans mon sac et me frotte vigoureusement le visage. Je pose ma joue sur mes bras croisés au-dessus de mes genoux. Peut-être que la réalité dans tout ça, c'est que j'ai peur d'être réellement entourée.

Au-delà d'apprécier la solitude, elle m'offre une certaine

protection. Seule, je ne blesse personne tout comme personne ne m'atteint. Si Simon montre d'importantes lacunes en émotions et en relations humaines, j'admets ne pas être beaucoup plus évoluée que lui. J'exècre les gens parce qu'ils peuvent être tout autant dotés d'un amour sans faille que d'une monstruosité sans limite. Mes paupières se ferment quand une odeur mentholée que je reconnais que trop bien, emplit mes narines.

— Je t'ai dit que je ne voulais plus te voir.

— Techniquement, tu ne me vois pas.

— Je ne veux plus t'entendre non plus.

Il s'assoit dos à moi, sur le banc et mon ventre se retourne, comme cette nuit, comme toutes les fois où il est près de moi. Sa seule proximité fait naître dans ma poitrine cette satanée chaleur. Je voudrais faire taire l'effet qu'il me fait, mais plus j'y pense, plus elle s'intensifie. C'est au tour de l'odeur de nicotine brûlée de chatouiller mes narines. Il fume beaucoup trop, pourtant, il ne sent jamais la cigarette. Il n'en a pas vraiment le temps, il doit prendre bien plus de douches qu'il ne fume de cigarettes et seul le ciel sait combien il fume à l'excès. Sa main apparaît alors de mon côté du banc, il glisse un papier puis ramène son bras vers lui. Je décide d'ignorer le mot, et continue de fixer l'horizon. Une petite brise s'élève en tentant d'emporter le papier. Dans l'urgence, je plaque ma paume contre le bout de feuille. Il s'esclaffe doucement, mes lèvres se pincent. Je m'avoue vaincue et déplie le mot.

« Je ne peux pas tenir à toi, Ela. Mais te voir m'abandonner l'autre nuit m'a été insupportable. Sentir que tu m'échappes me terrifie bien plus que cela ne le devrait. Ce précipice vers lequel tu ne cesses de nous pousser est à la fois source de désordre dans ma tête et générateur de besoin. Dans le passé, beaucoup ont tenté d'avoir du pouvoir sur moi. Certains ont réussi, néanmoins, en tant que femme, tu es la seule à battre mes démons. Pas tout le temps, jamais très longtemps, mais suffisamment pour impacter ma vie d'une manière unique. Si ce soir, je décide de t'écrire, ce n'est pas parce que je me suis découvert une nature communicative, mais parce que je sais qu'ils resteront ancrés. Cette fois, ni toi ni moi ne pourrons nier l'évidence. Je ne peux pas tenir à toi, car cela engendre trop de risques et de conséquences. Pourtant, loin de toi, je suffoque et j'étouffe, comme si je n'avais encore jamais vécu avant toi. Sache, Ela que j'ai eu des milliards de traitements pour aller mieux, et le seul qui semble fonctionner aujourd'hui porte ton prénom. Alors oui, j'ai horreur de l'effet que tu me fais, et j'aurais voulu ne jamais te rencontrer, mais maintenant que tu es là, s'il te plaît, ne t'en vas pas, ne me laisses pas. Parce que si personne n'aime les monstres, peut-être que toi, tu m'apprendras à ne plus en être un et de la bonne manière. »

Et c'est à ce moment que le cœur s'en est mêlé. Parce que oui, le cœur s'en mêle toujours quand on ne le veut pas.

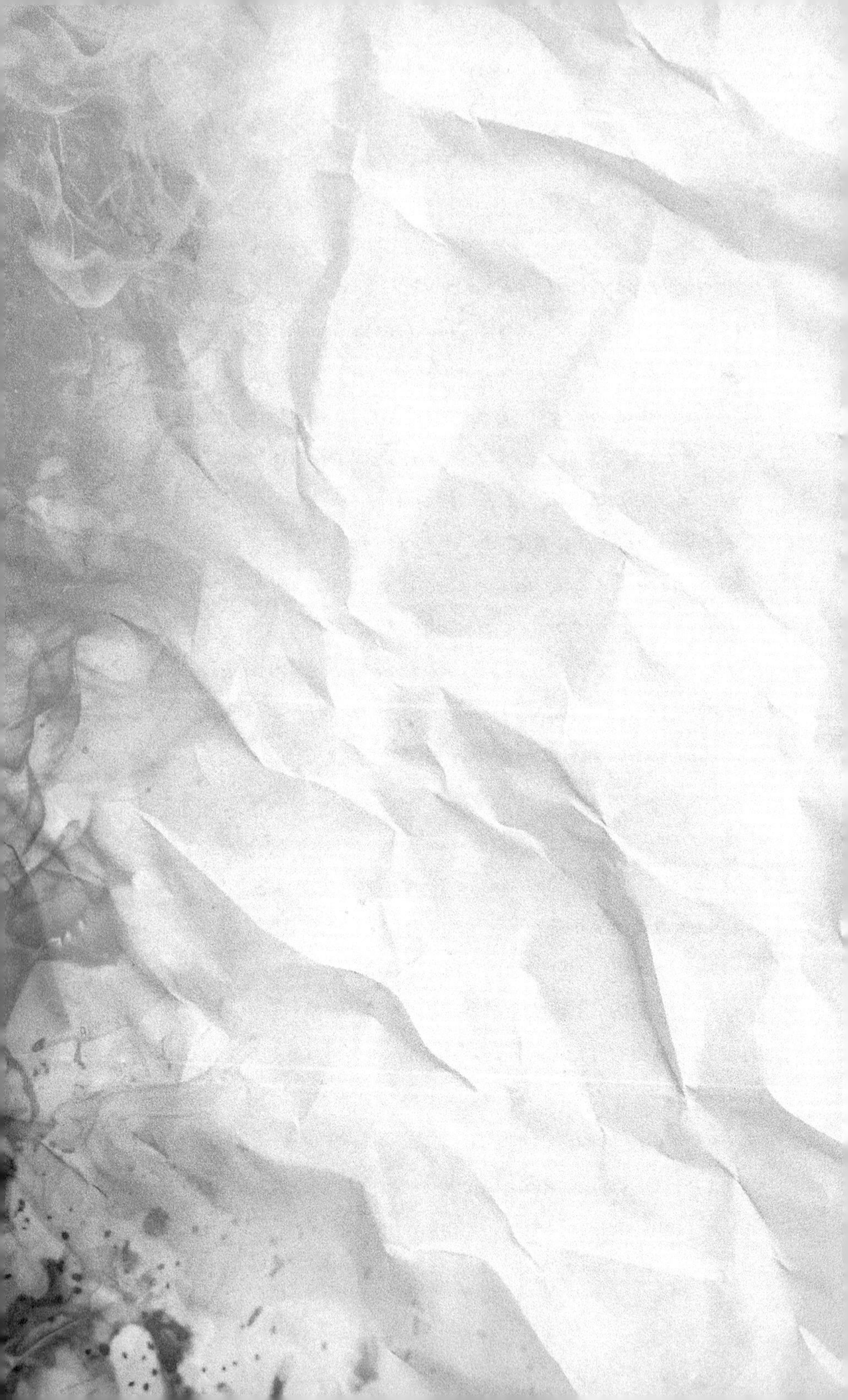

CHAPITRE 45

Simon, Monte-Carlo

C'est une erreur.

Notre proximité est une erreur depuis le départ. Il suffit de me rappeler le regard que Victor m'a lancé quand je lui ai annoncé que j'allais retrouver Ela pour savoir combien ma décision était mauvaise. Néanmoins, la nuit a été bien trop difficile. Elle était là, dans mon salon, à une porte de moi et je n'avais qu'une envie : l'attirer à moi. Je voulais sentir sa chaleur, poser mes mains sur elle, détailler chaque partie de son corps. Nue ou habillée, peu m'importe, je n'avais besoin que de savoir qu'elle était proche de moi. Cette nuit, je voulais l'entendre s'énerver, qu'elle parle, qu'elle se dévoile. Je voulais qu'on se dispute, qu'on se repousse quitte à chuter dans ce foutu vide. J'aurais tout accepté, je me serais plié à chacune de ses conditions tant qu'elle ne m'imposait pas son indifférence. Cela représente la seule chose que je refuse d'elle.

C'est une erreur.

Parce que la choisir revient à jouer avec la mort elle-même. Victor a raison, *s'il* réalise que je ne supporte plus d'être éloigné d'Ela, il viendra me l'arracher de la pire des manières. Aujourd'hui, cela va au-delà d'une question de propriété. Si elle n'est qu'une proie à ses yeux, aux miens, elle est l'espoir d'aller mieux.

C'est une erreur. Mais ce soir, je m'en fous.

Je me verse un whisky et lui en propose un, qu'elle refuse. Elle se dirige vers l'extérieur, comme si elle étouffait déjà d'être avec moi. J'avance vers la baie vitrée, puis opère un demi-tour, je me lance une nouvelle fois, mais peste et retourne sur le tabouret de la cuisine.

J'ai l'air con.

Je prends une longue inspiration et la rejoins après plusieurs tentatives infructueuses. Je me contente de détailler son profil et constate qu'elle est jolie, peut-être même encore plus belle qu'auparavant.

— Combien as-tu lu de livres aujourd'hui ?

Ses paupières se ferment et ses épaules s'affaissent, elle se débat, sentant elle aussi que quelque chose a changé. Ce soir, l'air est chargé d'une essence différente que d'ordinaire. Même les plus futiles de mes mots ne résonnent plus de la même manière, prétendre le contraire serait faire fi de l'évidence. À cet instant précis, une nouvelle tension nous entoure, celle du précipice. Mais ce n'est pas de son côté que je me tiens, non, c'est du côté du vide que je choisis de nous plonger. Peu importent les risques et les conséquences, que je sais déjà meurtrières.

— Un traitement ? élude-t-elle.

Je grimace, conscient que je vais devoir en passer par le jeu des questions-réponses. Je ne peux pas tout lui dire, cependant je lui donnerai autant que je peux, car je suis déterminé à la garder avec moi cette nuit. Pour ça, je dois nourrir son intense curiosité.

— À ma sortie de prison, j'ai décidé avec Victor, Vincent et mon père de trouver un moyen de calmer mes démons. J'ai rencontré je ne sais pas combien de spécialistes et j'ai été diagnostiqué d'un nombre incalculable de pathologies. Certains associaient mon incapacité à comprendre et à ressentir les émotions normalement comme un symptôme de sociopathie ou de psychopathie. D'autres s'appuyaient plutôt sur mon incapacité à créer de vrais liens sociaux pour me diagnostiquer autiste. En revanche, s'ils étaient tous en désaccords sur l'intitulé de ma monstruosité, ils étaient tous raccord sur l'haptophobie. Malheureusement, raillai-je, acide, ils avaient tort. Tout n'est que le résultat d'un stress post-traumatique. Aucun de leurs médocs n'a fonctionné et ne fonctionnera jamais.

— Tu n'es pas un monstre, murmure-t-elle sans me regarder.

— Pourtant, tu le dis toi-même, ce n'est pas parce que mon passé est atroce que ça justifie mes actions présentes.

— Tu veux t'en sortir, Simon. Ça ne rattrapera jamais le mal que tu as fait, mais ça montre que tu as conscience de l'impact de tes crimes.

Pourtant, même si elle a raison et que j'ai réellement envie de m'en sortir, la réalité est tout autre. Je continue de plonger dans la perversion et la déviance parce qu'elles me soulagent. Aussi affreux que cela soit, mes nuits sont meilleures une fois que j'ai cédé.

— Je peux te poser une question ? bafouillai-je, hésitant.

Sans jamais m'adresser une seule œillade, même furtive, elle acquiesce.

— Est-ce qu'être attiré par les hommes est une maladie ?

Ses sourcils se froncent, je suppose qu'elle ne s'attendait pas à ce genre de question.

— Tu as dit que j'étais malade, renchéris-je, alors je me demande si c'est parce que je suis attiré par les hommes.

— Lorsque je t'ai dit que tu étais malade, Simon, je parlais de tes pulsions dès lors que tu touches une femme. La bisexualité ou l'homosexualité n'a jamais été une maladie. Tu es libre et en droit d'être attiré par les hommes, les femmes ou les deux. Ceux qui te persuadent du contraire sont des cons. Tu ne serais pas non plus malade si tu n'éprouvais aucune attirance ni pour les hommes ni pour les femmes.

— Ça, c'est impossible, m'empressai-je de répliquer, je suis peut-être complètement détraqué et incapable de comprendre les humains, mais je sais que j'aime le sexe. Ça, oui ! J'aime vraiment le sexe.

Je lui arrache un rire et ma poitrine s'embrase. Encore cette douce mélodie qui aliène mes pensées.

— L'attirance et le sexe sont deux choses différentes. L'attirance peut aussi être intellectuelle, pas uniquement physique. Moi, par exemple, je suis d'abord attirée par une âme avant d'être attirée par un corps. Le sexe est un bonus.

— Est-ce que c'est ce qui s'est passé avec toi ? Est-ce nos deux âmes qui se sont attirées en premier ?

Elle reste mutique et s'enfonce un peu plus dans le siège. Je ne comprends pas sa réaction, ma question est-elle déplacée ? Si je suis sa logique, il n'y a rien eu de sexuel au départ entre nous. Avec Hécate, certes, il y avait ce besoin de la détruire, mais c'était une réaction purement perverse. Avec Ela, ce sont ses mécanismes analytiques et réflexifs qui m'ont poussé à toujours vouloir plus de proximité. Si nous avons besoin de son histoire avec le Marqueur, moi, j'éprouve le besoin de tout comprendre de ses réflexions.

— Je n'aurais pas dû te poser cette question, déclarai-je.

Elle balaye ma remarque d'un revers de main avant de prendre la parole.

— C'est simplement que je ne peux pas répondre à cette question, Simon. Notre rencontre a été biaisée par nos objectifs personnels. J'avais choisi de t'approcher parce que je pensais que tu étais le Marqueur, je me contrefoutais bien de ton âme, je ne voulais que te détruire. Toi, tu étais là pour avoir un accès à ma tête.

J'opine, ce qu'elle dit semble plutôt cohérent. En parlant d'accès à son esprit, j'effleure de la pulpe de mes doigts les contours de sa rune. Si elle tressaille à mon toucher, elle ne me repousse pas.

— J'en connais un rayon sur les runes. Pourtant, la tienne, je ne l'ai jamais vue.

Cette fois, elle dégage sans agressivité ma main et replace ses cheveux pour dissimuler son tatouage.

— C'est une rune d'imperméabilité au feu, elle n'existe pas vraiment, elle a été créée par Cassandra Clare, l'autrice de la saga *The Mortal Instruments.*

Je n'ai pas besoin de la signification pour comprendre pourquoi elle s'est fait tatouer cette rune. Même si, dans l'histoire de l'existence des runes, elle n'a aucun pouvoir, pour Ela, qui vit dans le monde livresque, elle a une valeur symbolique. D'autant plus que d'une certaine manière, elle lui donne la force de combattre son passé. Sa rune dit : *«tu ne m'atteins pas, tu ne m'as pas fait mal. Brûle-moi autant que tu le veux, je ne ressentirai pas les flammes.»* C'est la provocation ultime face au Marqueur. Il lui a carbonisé la peau, mais c'est tout ce qu'il a réussi à faire. Elle ne le laissera pas détruire son esprit. Si ses yeux malmènent sa tête et ses pensées, cette rune est là pour prouver qu'elle ne faiblira pas devant lui, qu'elle ne le craint pas comme il voudrait.

— Au fond de toi, tu savais depuis le début que je n'étais pas lui, chuchotai-je, les yeux toujours rivés sur sa rune maintenant dissimulée. Ton tatouage prouve que devant lui, tu n'hésiterais pas une seule seconde, mais devant moi, tu n'as jamais réussi à tirer.

— Je crois que tu as raison.

Je prends une gorgée de whisky tandis qu'avec attention, elle continue d'observer le ciel. Cette fois, je ressens un désir égoïste d'accéder à ses pensées. Je perçois que sa haine à mon égard s'est atténuée, du moins celle qui me lie à lui.

— Est-ce que tu peux me dire ce qui t'a blessée la dernière fois ? Si tu n'étais pas en rogne par pseudo-conviction que j'étais le Marqueur, alors pourquoi m'as-tu viré de chez toi ?

Sa tête s'abaisse et sa mâchoire tressaute une seconde. Ses épaules s'affaissent et un soupir glisse d'entre ses lèvres.

— Le cœur s'en mêle toujours quand il ne faut pas, murmure-t-elle si faiblement que je jurerais l'avoir rêvé.

Elle poursuit sa contemplation étoilée, alors que sa voix perce l'air.

— J'encaisse les coups physiques, Simon, mais il y a d'autres coups qui sont plus douloureux et qui pourtant, sont totalement invisibles.

— Je ne comprends pas.

— Tant mieux, ricane-t-elle, ça m'évite de développer.

— Explique-moi, exigeai-je, la frustration s'infiltrant dans mes muscles.

Les commissures de sa bouche se retroussent avec timidité, elle secoue la tête avant de laisser enfin son regard voguer vers le mien. Son crâne posé contre l'appuie-tête, elle donne l'impression de capturer chaque trait de mon visage, chaque détail de mes iris.

Elle est jolie.

Non, elle est belle. Ses taches de rousseur marquant ses pommettes souvent roses, son arc de cupidon bien dessiné mettant en valeur ses lèvres juste assez pulpeuses. Son sourire lumineux qui éclaire l'océan est tout aussi atypique que la beauté de ses pupilles.

Non, en fait, elle n'est pas belle, elle est magnifique.

Je suis peut-être nul pour les ressentis, les émotions, les relations, mais là, je suis sûr de moi. Ela est magnifique, à mes yeux, c'est la plus belle personne que le monde puisse voir. Si la curiosité me dévore, je contrôle mon insistance. Si je la brusque, elle partira et, ce soir, il en est hors de question.

— *«Je ne tiens pas à elle. C'est une proposition pour la protéger et la rallier de notre côté. On a besoin de ce qu'il y a dans sa tête pour comprendre le plan du Marqueur. La laisser entrer dans la Chambre pourrait permettre qu'elle nous fasse confiance, ça nous serait bénéfique à tous»*, répète-t-elle comme une poésie qu'elle a apprise par cœur.

Mes lèvres se pincent quand je comprends qu'elle a tout entendu.

— *«Je n'en ai rien à foutre d'elle»*, articule-t-elle les dents serrées.

J'entrouvre la bouche, seulement, elle réplique plus vite.

— Mais je crois que le pire, c'était quand, incapable de te souvenir correctement d'un nom de personnage de livre, tu t'es souvenu de celui de Winter sans difficulté. Tu m'as annoncé fièrement que c'était parce que tu en baisais une.

Elle se redresse sur le fauteuil et croise ses jambes en tailleur avant de se frotter le visage avec vivacité.

— Je ne supporte plus d'être un jouet que tu manipules quand bon te semble. Quand j'ai entendu que chacune de tes décisions avait pour unique objectif de me manipuler pour obtenir ce que j'avais dans la tête, la colère a explosé en moi. Quant à Winter, j'ai éprouvé une jalousie que je n'avais encore jamais ressentie. J'encaisse tes coups parce qu'attaquer mon enveloppe corporelle n'a aucun impact, d'autres l'ont fait avant toi, aujourd'hui, ça n'en est même plus douloureux. Mais quand j'ai réalisé que tu attaquais quelque chose de plus profond, il était nécessaire que je te repousse. Cette fois, je sentais que tu allais me faire terriblement mal et cela m'était inconcevable.

— De la jalousie ? répétai-je comme si c'était l'information la plus importante à traiter. Donc, quand j'ai voulu buter le type qui t'avait mis la main aux fesses, c'était de la jalousie ? Et quand j'ai fusillé Victor du regard parce qu'il t'avait pris dans ses bras, ça aussi c'était de la jalousie ?

Je secoue la tête, réfutant mes propres questionnements.

— C'est impossible, je ne suis pas jaloux. Ça n'a aucun sens.

Un malaise émane de ses pores, l'incompréhension se frayant un chemin jusqu'à mon esprit. Qu'ai-je dit qui pourrait la rendre mal à l'aise ? L'ai-je encore blessée ? Après tout, ça n'aurait rien de très surprenant, je ne sais faire que ça.

— Vouloir tuer l'homme parce qu'il m'avait touchée, répond-elle après s'être raclé la gorge, c'était de la stupidité.

— Personne ne peut te toucher, sauf moi, insistai-je devant ses joues empourprées. D'autant plus que tu me casses la tête avec le consentement depuis le premier jour, et lui, je suis certain qu'il ne t'avait pas demandé ton accord.

Sa tête se tourne avec rapidité vers le ciel, brisant le lien visuel entre nous. Je n'ai pas envie qu'elle rompe notre moment. Quand elle me regarde, ça me donne envie de tout comprendre, de tout essayer juste pour devenir bon pour elle. Je veux réparer tout ce qui est réparable. Je veux lui prouver que les mots posés sur le papier sont sincères. Elle peut m'apprendre à ne plus être monstrueux, je le sens, elle peut m'apprendre à être mieux, à être vraiment bon. C'est tout ce à quoi j'aspire. Devenir quelqu'un qui mérite sa présence.

— Regarde-moi, ordonnai-je doucement.

— Non.

— Ela, si tu ne me regardes pas, je ne peux pas comprendre les choses et donc je ne peux pas m'améliorer.

— Est-ce que tu le pensais vraiment ? rétorque-t-elle sans accéder à ma requête. Est-ce que tu n'en as vraiment rien à foutre de moi ?

— Je ne peux pas tenir à toi, c'est trop dangereux.

— Ce n'est pas ma question.

— Si je ne le pensais pas, ça serait un mensonge.

Sa mâchoire se contracte, ses yeux, eux, se ferment.

— Mais, a priori, soufflai-je à mi-voix… d'après mon père et Victor, cela ressemblait à un mensonge.

Son regard se déporte instantanément vers moi. Je me relève et me plante droit devant elle. Lentement, mes mains s'accrochent aux accoudoirs de son fauteuil. Sa poitrine se soulève tandis que ses yeux brillent d'une lueur qui se reflète aussi dans les miens. Elle reste immobile tandis que mon souffle caresse ses lèvres sans les toucher. Voilà, c'est cette proximité-là qui m'embrase, celle-là qui me rend vivant. De toutes les femmes que j'ai été forcé à côtoyer et à toucher, de toutes celles qui m'ont brisé, il n'y a qu'elle pour qui j'accepte de me soumettre à son pouvoir.

— Tu n'es pas à moi, Ela, susurrai-je pendant que nos respirations s'entremêlent. Je ne peux pas tenir à toi. Pourtant, même si j'ai conscience des risques et des conséquences et qu'ils me terrifient, je ne peux plus le nier. Je tiens à toi, plus que je le devrais et d'une manière inédite. Je tiens à toi et je suis prêt à tout pour te prouver que je te mérite.

Sa main tremblante se pose sur l'emplacement de mon cœur. Mon rythme cardiaque s'emballe et mon corps accuse son toucher avec violence. Après ma poitrine, c'est au tour de mon ventre de s'enflammer. Au-delà de l'envie, c'est une nécessité, je dois la toucher, la sentir. Je comprends qu'il n'y a plus seulement mon corps qui la réclame. Mon cœur aussi la veut. Il la veut comme jamais il n'a voulu personne. Cette mélodie-là aussi, je pourrais en devenir accro. Cette évidence m'effraie, toutefois, je crois que de tout ce que j'apprécie chez elle, c'est définitivement son cœur que je préfère. Parce que ce soir, même si c'est temporaire, il bat pour moi.

Dans une lenteur dévastatrice, sa main glisse jusqu'à ma nuque. Elle la presse légèrement tandis que mes lèvres, affamées de son contact, s'écrasent sur les siennes. Son autre main prend à son tour son droit sur ma nuque. Ma langue s'insinue entre ses dents et danse avec la sienne. Il ne s'est passé qu'une seule nuit, pourtant mon corps ne supportait pas le sevrage qu'Ela lui imposait. Elle lui a manqué, il n'attend et ne veut qu'elle. Peut-être que dans l'histoire, je ne suis pas son propriétaire, pourtant, ce soir, elle m'appartient et de la bonne manière.

CHAPITRE 46

Elaïa, Monte-Carlo

Est-ce possible qu'il m'ait autant manqué en si peu de temps ? Mon corps n'attendait que lui. Alors que mes lèvres épousent à la perfection les contours des siennes, il se redresse. Ses mains glissent sur mes hanches, puis sous mes fesses, et d'instinct, lorsqu'il me soulève, mes jambes s'enroulent autour de sa taille. Dans une connaissance parfaite du trajet, il nous dirige à l'intérieur, puis prend le chemin de sa chambre. Avec la plus grande des délicatesses, il me dépose sur le lit. Ses poings s'affaissent de part et d'autre de mon corps, il me surplombe et je détaille toute sa puissance. Ses yeux brillent d'une intensité inédite. Il balance le poids de son corps sur une de ses mains pour libérer l'autre et de la pulpe de ses doigts, caresse mon visage avant de replacer mes cheveux derrière mon oreille.

Il embrasse l'emplacement de mes taches de rousseur et s'écarte.

— Elles sont magnifiques, murmure-t-il.

Il embrasse mes lèvres et se détache.

— Elles sont magnifiques.

Ses doigts exigent que mes paupières se ferment. Je m'exécute et sens une explosion de chaleur dans mon estomac. Sa bouche dépose un baiser sur chacune de mes paupières et il susurre la même mélodie. Mes joues brûlent de désir tandis qu'une intensité nouvelle se lit sur ses lèvres.

— Tu n'as pas besoin d'être jalouse, d'aucune femme, jamais. Je serai incapable de trouver une femme plus belle que toi.

C'est si bateau, ce genre de phrase dans la bouche d'un homme. Pourtant, dans celle de Simon, elle a une tout autre saveur. C'est de la sincérité brute qui envoie une décharge brutale dans chacun de mes organes, mais surtout au centre de ma poitrine. Aussitôt son aveu lâché dans les airs, ses lèvres retrouvent les miennes. Sa main libre voyage sous mon pull et dessine le contour de mes côtes. Ses doigts flânent autour de ma poitrine tandis que mes ongles s'enfoncent dans ses cheveux. Ce n'est plus une envie, c'est un besoin. J'ai besoin qu'il me touche, qu'il m'enflamme. Peu importe si moi, je ne peux rien, savourer de plus que son visage, sa nuque et ses cheveux, cela me suffise tant que lui s'approprie mon corps dans son intégralité.

D'une main habile, il relève mon pull avant de le faire disparaître au-dessus de ma tête, puis de le balancer plus loin dans la pièce. Ses lèvres baisent ma mâchoire, sa langue se fraye un chemin de mon cou jusqu'à mes clavicules. La chair de poule s'érige sur mon épiderme, alors qu'il descend jusqu'à déposer un baiser langoureux à la naissance de mes seins. Entre mes jambes, le matelas s'affaisse légèrement tandis que son bras glisse sous ma taille. D'un mouvement expert, il nous fait basculer et je prends place à califourchon sur ses hanches. Il les empoigne avec force et incite le mouvement explicite de mon bassin.

À mesure que je le chevauche sous ses directives, une bosse se crée sous son pantalon, je me délecte de ce désir naissant partagé. Ses dents mordillent ma lèvre avant que sa langue ne s'impose de nouveau, étouffant chacun de mes soupirs. Ses mains caressent mes côtes, m'extorquant un gémissement plus franc, puis se referment sur ma poitrine. Ses doigts, experts, s'enfoncent, pressent et malmènent ma chair jusqu'à faire se tendre mes tétons. Mes ongles griffent sa nuque et l'envie de lui incendie mon bas-ventre. Ses gestes se font plus agressifs, son pantalon se déforme totalement et, malgré moi, la peur se réveille. Si nous dansons en symbiose sur la même mélodie, ses démons, eux, sont-ils prêts à tout dévaster ?

Alors que la seconde d'avant la chaleur de son corps calcinait la mienne, il m'écarte de lui et nous immobilise. Un feu ardent luit dans ses yeux, et je ne peux m'empêcher de me demander : est-il encore là ? Les voix ont-elles encore gagnées ? Vais-je devoir observer sa chute et me battre pour lui, contre elles ?

Lorsque ses doigts caressent et ramènent mes cheveux derrière mes oreilles, je ne peux réprimer un soupir de soulagement. Malgré l'éclat lumineux sur son visage, un voile de tristesse assombrit quelques instants ses iris.

— J'ai envie, confesse-t-il. J'ai envie que nous soyons égaux. Je voudrais sentir tes mains sur mon corps et tester les limites. Pour toi et avec toi, mais…

— Je prendrai tout ce que tu me donnes, Simon, peu ou beaucoup, ça m'importe peu.

Il inspire profondément, capture mes poignets, puis pose mes mains sur le bas de son t-shirt. Avec lenteur et sans le quitter des yeux, mes doigts se faufilent sous le tissu. Sa respiration déjà haletante se saccade à l'excès et, dans une volonté de taire sa douleur, il presse avec agressivité mes lèvres. Je caresse ses côtes, puis son torse et effleure avec minutie chacune des cicatrices qui ornent sa peau. Mon cœur se comprime devant la réalité. Sa chair couverte d'encre tente de dissimuler les dégâts du passé… ses démons. Les traumatismes du passé n'excusent pas les actes du présent, pourtant, face à tant de monstruosité, je deviens l'archétype des protagonistes féminines livresques. J'ai envie de lui pardonner parce qu'enfin, je comprends.

Je me dégage de sa prise et laisse mes yeux détailler chacune des traces de son histoire. Des dizaines, peut-être même des centaines d'entailles et de brûlures se chevauchent sur son corps tatoué.

— C'est laid, souffle-t-il, la voix éraillée par le sanglot bloqué dans sa gorge.

— Tu es beau, Simon, ce sont ceux qui ont abîmé ta peau qui sont laids.

Je délaisse autant que je le peux ses cicatrices pour détailler avec minutie l'encre qui envahit chaque parcelle de sa chair. La totalité de son torse est recouverte d'un immense tatouage. En dessous de sa gorge décorée d'une large lune et d'un soleil plus discret se dévoile un ciel ombragé presque tempétueux. Une forêt infinie et sombre épouse les courbes de ses côtes tandis qu'au centre de son torse, un long chemin donne sur une boussole cassée indiquant deux heures trente du matin.

Je réprime un haut-le-cœur quand j'aperçois une rune dessinée au centre du compas. Elle réveille mes propres démons toutefois je les fais taire. Ce soir, ils ne gagneront pas. Ni les siens ni les miens n'auront le pouvoir, peu importe combien cela me coûte d'éteindre ma curiosité.

« La rune fait de toi ma propriété, c'est ce qu'on appelle la marque. Un jour, je t'expliquerai sa signification. »

Il le savait… tout était prévu depuis le début.

Mes paupières se ferment un instant et occultent la voix de mon bourreau. Il ne gagnera pas, ce soir, il ne malmènera pas mes pensées, n'alimentera pas ma colère. Sans perdre une seconde de plus dans le purgatoire de mon esprit, j'abaisse mes lèvres sur la peau de Simon. Le bout de ma langue dessine les limites de chacune de ses cicatrices tandis que ses muscles se tendent. Des souffles d'excitation mélangés à quelques notes de panique s'arrachent de sa bouche.

— Elle disait que personne n'aimait les monstres, chuchote-t-il, presque honteux, que j'étais malade, qu'elle voulait m'aider à aller mieux.

— Oui, c'est vrai, soufflai-je en arrimant mes yeux aux siens, personne n'aime les monstres. Mais ce n'est pas toi, ça n'a jamais été toi, c'est cette *« elle »* le monstre. Et si elle te disait que tu étais malade, c'est parce que c'est elle qui t'a rendu comme ça.

Est-ce cette Jade ?

Devrais-je dévoiler ce prénom ? J'hésite quelques secondes, puis me ravise, je refuse de perdre ce moment hors du temps.

— Comment peux-tu en être si convaincue sans connaître l'histoire ?

— Parce que je vois les cicatrices, les plaies qui ne se sont jamais refermées et toutes les fois où tu te bats pour que sa voix se taise.

Pour toute réponse, il ramène mes lèvres contre les siennes.

— Ce soir, susurre-t-il avant de mordiller ma lèvre, je suis heureux de t'avoir rencontrée.

Mon sourire s'étire dans toute sa largeur.

— Ce soir, admis-je, le plaisir est partagé.

Nos langues fusionnent, tout comme nos bouches, puis nos corps. Ses mains redessinent chaque parcelle de ma chair, harponnent mes hanches, les font bouger avec ferveur. Ma poitrine caresse son torse. Il tressaille, et je bouillonne à ses côtés.

— Je crois que j'ai vraiment envie de toi, Ela, avoue-t-il en se détachant de moi, pas comme j'ai envie des autres, c'est différent.

— Mais ? m'enquière-je en caressant sa tempe, puis ses cheveux.

— Mais imagine, on va trop vite, et qu'on se retrouve encore dans la même situation que d'habitude…

— On prendra le temps qu'il faut Simon.

— Tu accepterais de dormir avec moi ? Je veux dire… je ne sais pas… peut-être pas là, mais… enfin… peut-être que c'est une mauvaise idée.

— Simon, chuchotai-je en encadrant son visage, je peux dormir dans le canapé, dans le fauteuil ou même dans ton lit si tu en as envie. J'irai à ton rythme.

— J'aimerais juste essayer de m'endormir entre tes bras, mais je ne sais pas si ma tête acceptera de faire la nuit entière à tes côtés.

— Alors, faisons ça, petit à petit, mais évite de m'étrangler si je m'endors avant toi.

Il laisse échapper un rire et me laisse retomber à ses côtés. Comme si c'était instinctif, il glisse son bras sous ma nuque et m'attire contre lui. Mes doigts flânent sur son torse et mon pouls s'emballe plus qu'il ne l'a jamais fait. *Plus qu'il ne le devrait.*

— Je ne ressens même pas le besoin de me laver, susurre-t-il après avoir déposé un baiser sur mon crâne.

— Parce qu'on est propre, Simon, tu es propre.

2h30

Je me faufile hors du lit après m'être assurée que Simon se soit endormi. Je rejoins la cuisine et avale un grand verre d'eau. Une fois réhydratée, j'envisage de retourner dans la chambre lorsque son portable vibre à cinq reprises. Je les ignore et reprends mon chemin quand elles retentissent deux nouvelles fois. Mes lèvres se pincent et la curiosité me dévore les entrailles.

Mauvaise idée, Ela.

Je secoue la tête et résiste à l'envie. Cependant, son téléphone en a, a priori, décidé autrement, puisqu'il résonne une dernière fois. Une liste de jurons fuse dans mon esprit, indécise, le temps s'arrête avant que je ne flanche. L'écran éclaire mon visage et j'espère en mon for intérieur qu'un code de verrouillage stoppera mon élan de curiosité malsaine. Malheureusement, il n'en est rien et je me retrouve face à la page d'accueil. D'un doigt hésitant, je frôle l'icône des messages. La nausée remonte aussitôt avant qu'une douleur sourde ne se loge dans ma poitrine et enserre ma gorge.

+33 645 587 952

Une seule règle, Simon, pas touche à ma propriété.

+33 645 587 952

Où peut-être aurais-tu envie de me l'enlever ?

+33 645 587 952

Mon jouet, Simon… maintenant, je vais devoir le reprendre.

+33 645 587 952
Sait-elle comment tu baises les femmes ? Je veux dire, la vraie méthode ?

+33 645 587 952
J'espère que tu as aimé le goût de ses lèvres, parce que c'est la dernière fois que tu les dégustes.

+33 645 587 952
As-tu aimé sa bouche ? Moi, Simon, j'ai déjà tout pris d'elle.

+33 645 587 952
Je me demande, est-elle toujours adepte des tangas ?

+33 645 587 952
Finalement, ne réponds pas, je le découvrirai par moi-même et puis, après tout, je m'en fiche, je les préfère totalement nues.

Mes doigts tapotent ma poitrine, j'étouffe, l'air ne se diffuse plus dans mon organisme. Ce n'est pas la mort qui vient de me frapper au visage, non c'est pire. C'est la réalité. Cette réalité dure de non-dits et de secrets.

Une cigarette coincée entre ses lèvres, Simon apparaît. Si un sourire élargissait les commissures de sa bouche, il disparaît à la seconde où mes yeux percutent les siens.

— Tu le connais, sifflai-je, acide, tu connais le Marqueur et tu ne m'as rien dit.

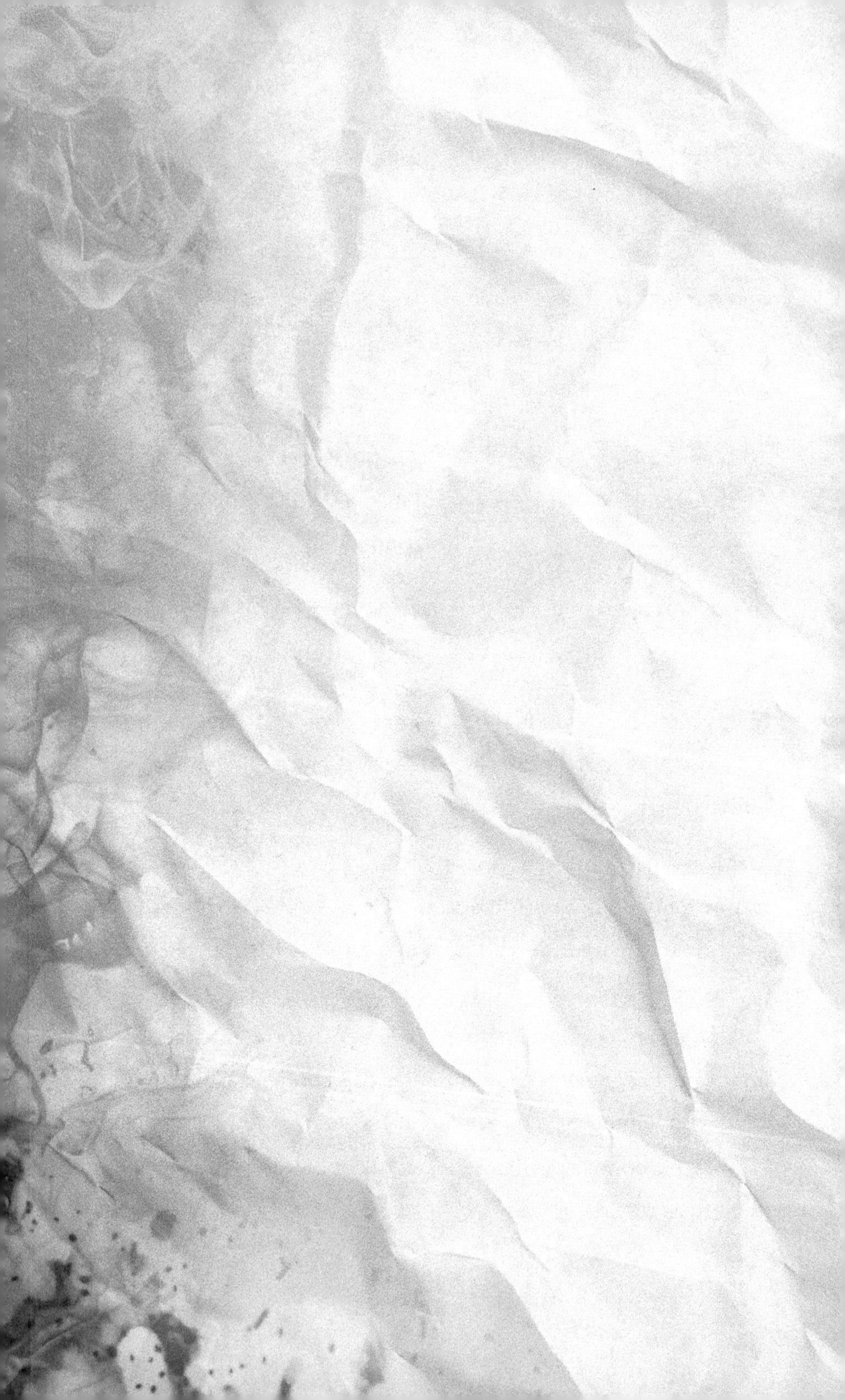

CHAPITRE 47

Victor, Monte-Carlo

Je pense finir par trouer le sol tant je fais les cent pas, incapable de canaliser ma panique. Ma main fourrage avec frénésie mes cheveux lorsque la porte du bureau s'ouvre. Ma tête se redresse, mes yeux tombent dans ceux de Roxanne, grimée en Ashe pour la soirée. Elle s'élance vers moi et, sans demander mon reste, je l'enserre comme si ma vie en dépendait.

— Ça va aller, Saran'ah[11], susurre-t-elle tendrement.

— Une heure, il a une heure de retard. Il ne répond à aucun de mes messages et son père n'a aucune idée d'où il peut être.

Cet imbécile a désactivé sa localisation depuis hier soir. Mon cœur s'agace, mes muscles pèsent lourds face à l'absence de Simon. L'aube montrait à peine le bout de son nez qu'une sensation désagréable m'a arraché de mon sommeil. Si Roxanne a calmé mon anxiété, j'ai bondi sur mon téléphone et, sans surprise, j'ai découvert que Simon avait disparu. Le loft est resté sinistrement fermé. J'ai d'abord cru à une punition, cependant, même lorsque les démons gagnent et

11 Mon amour en coréen.

qu'il se punit, je suis là, toujours. Mais pas cette fois, et je me sens mourir. Roxanne s'écarte avec précaution, sonde mon regard et murmure :

— Peut-être qu'il est avec… Ela.

Je la repousse plus sèchement que je le voudrais. Mes dents grincent avec une telle intensité que ma mâchoire semble se disloquer. Il ne peut pas… il ne doit pas être avec elle. Plus jamais, pas tant que le Marqueur sévira dans l'ombre. Elle soupire, ses épaules s'affaissent devant ma réaction.

— Je sais ce que tu penses Victor, mais tu dois te rendre à l'évidence. Il n'y a pas d'Ela sans Simon, peu importe combien nous sommes contre toi et moi.

— Donc, tu veux qu'elle meure.

Mon ton cinglant lui extorque un grognement suivi d'une longue liste de jurons en coréen.

— Que de mots d'amour, je suis flatté.

Ses yeux m'assassinent avant qu'elle ne cède, laissant un timide sourire se dresser sur ses lèvres. Je l'attire à moi et lui embrasse le dessus du crâne.

— Pardonne-moi.

Elle hoche la tête contre mon torse tandis que la porte du bureau claque violemment contre le mur. Entre mes bras, Roxanne sursaute. La chemise ensanglantée, Simon apparaît et se rue sur le whisky. Il en avale deux verres d'une traite, au troisième, ma paume se pose avec précaution sur son poignet. Il se dégage de ma prise et allume une clope dans l'urgence.

— Je devrais vous laisser, propose Roxanne.

— Reste, ordonne Simon, avec la voix rocailleuse de ses mauvais jours.

Ma bouche se tord d'inquiétude, le corps de Roxanne se tend comme un arc. Afin de la protéger d'une éventuelle attaque de Simon, je l'attire quelque peu derrière mon dos. Il sort de sa poche arrière un téléphone et le balance sur le bureau.

— J'ai retrouvé ça hier soir au pied du loft, c'était lui et c'était volontaire.

— Pourquoi s'intéresserait-il de nouveau au loft ? m'enquiers-je.

— Parce que j'y étais avec Ela.

Un voile sombre s'étend sur mes iris, mes narines frémissent d'une furie si sourde que Roxanne presse mon bras pour tenter de la canaliser.

— Le sang sur ta chemise ? intervient Roxanne.

— Patrick Valence.

J'échange un regard furtif avec ma petite amie, son teint devient livide et nous constatons le même chaos. C'est terminé, Simon ne reculera plus devant rien. Les discussions sont closes, il tirera à vue.

Les ongles de Roxanne s'enfoncent dans ma chair, la panique la prenant petit à petit en otage, son regard m'alertant sur le secret que nous gardons tous les deux depuis quelques jours. Je sais que s'il apprend ce que j'ai fait, il vrillera bien plus encore.

Incapable de trouver une solution convenable pour calmer les nuits de plus en plus agitées de Simon et pressé par son impatience, j'ai retiré, avec l'accord de mon chef, un nom de notre liste.

L'équipe, ainsi que Roxanne et moi avons l'intuition d'avoir découvert l'identité du véritable complice du Marqueur. Cependant, les preuves restent fragiles, et nous ne pouvons nous permettre de courir le risque que Simon mette fin à ses jours.

— Pourquoi étais-tu avec Elaïa ? répliquai-je devant le énième nuage de fumée que produit Simon.

— Parce que j'en avais envie.

— Bravo, tu viens de la bu…

Je suis stoppé net par le contact déterminé et glacial d'un métal appuyé contre le centre de mon front. Roxanne tressaille, mais je glisse mes doigts entre les siens, les enserrant doucement. Il ne tirera pas. Ce n'est pas moi qu'il vise ni mes paroles qui attisent son tourment.

— Vas-y, termine ta pensée, Victor.

— Peut-on faire redescendre le niveau de testostérone, s'il vous plaît ? tente Roxanne.

Je prends une profonde inspiration lorsque Simon, après un instant de tension, choisit finalement d'abaisser son arme et de s'emparer d'un énième verre, peut-être le cinquième ou le sixième. La rage toujours palpable, il jette violemment une mini-caméra et un micro près du téléphone, comme pour marquer son mépris.

— Ce fils de pute a envahi le loft. Depuis tout ce temps, il nous écoutait, il nous suivait… comme… *un chasseur face à sa proie…*

— Comment l'as-tu découvert ? demande-t-elle.

— Je n'ai rien vu, se réprimande-t-il, ignorant la question de Roxanne. Peut-être ai-je décidé de ne rien voir…

Chaque mot a l'effet d'un coup de poignard dans son cœur. Il cligne des yeux, incrédule. C'est comme si le Marqueur lui avait tendu le piège pour tester ses capacités d'ancien chasseur. À chaque étape, chaque avancée, il les observait, lui et Elaïa, attentif à la moindre incartade. Il nous observait tous.

Si les années passées j'aurais sûrement parié sur le déni de Simon, son refus de voir les preuves et les indices qui pouvaient nous mener au Marqueur, aujourd'hui, je crois sincèrement que, trop pris par sa relation dysfonctionnelle et problématique avec Elaïa, il n'a pas vu les indices. Même ceux qui, face à son œil aiguisé, n'auraient jamais pu, d'ordinaire, être négligés.

— Simon ? renchérit Roxanne, comment l'as-tu découvert ?

Ses lèvres se strient en une moue sévère, il nous toise d'un coup d'œil bref, puis, d'un geste brusque, il jette son téléphone sur le bureau, l'écran encore allumé sur le dernier message envoyé peu après trois heures du matin :

« Puisqu'il est évident que tu es rouillé en ce qui concerne les chasses, je vais t'aider un peu. »

Soupirant, il se laisse tomber dans le fauteuil avant de frotter son visage avec frénésie. Le Marqueur n'est pas juste un meurtrier. C'est un fin stratège. Il anticipe toutes les actions menées par Simon et l'équipe. Parce que si mon meilleur ami le connaît par cœur, l'inverse est tout autant réel. Il nous regarde, les mots coincés dans sa gorge. La vérité s'impose à lui avec une violence qu'il ne peut ignorer. C'est une chasse dont il se pense incapable de sortir vainqueur.

— Je n'ai rien vu, marmonne-t-il à nouveau, et maintenant, c'est trop tard, il va la récupérer…

J'esquisse un mouvement pour parler. Je veux le rassurer, autant que je le peux. Je veux lui promettre que, cette fois, le Marqueur ne s'en sortira pas, malgré mes doutes sur la capacité de Simon à sincèrement vouloir le traquer. Je veux qu'il se sache capable de le battre à son propre jeu. Parce qu'il le peut. Je sais qu'il le peut. Cependant, Roxanne me devance, ses mots fendant l'air avant les miens.

— Non, on va trouver une solution à tout ce merdier.

Simon souffle, las et incertain, si Roxanne tente de remobiliser la concentration de mon meilleur ami, je la sens inquiète. Elaïa est bien plus en danger aujourd'hui qu'elle ne l'était hier. Le Marqueur en a fait son obsession et il ne s'arrêtera pas tant qu'il n'aura pas récupéré sa propriété.

— En revanche, renchérit-elle, j'ai une question et elle ne va pas vous plaire.

Simon lui ordonne de parler, tandis que je caresse sa joue

avec douceur, cherchant à lui transmettre la même force qu'elle m'offre chaque jour. Elle prend une profonde inspiration avant de se lancer.

— S'il y en avait au loft et qu'il est autant intéressé par toi que par Ela, est-ce qu'il se pourrait que les appartements d'Ela et d'Hécate soient…

Elle ne parvient pas à terminer sa phrase tant la rage qui émane des yeux de Simon embrase la pièce. Elle se racle la gorge et reprend dans le plus grand des calmes :

— Il me semble qu'elle est avec un autre chaperon que Maddox cette nuit, peut-être que l'on pourrait fouiller son appartement.

Devant le mutisme de Simon, j'acquiesce. L'instant d'après, j'envoie un message à Tara et Micah qui s'empressent de répondre par la positive.

— Sais-tu avec qui elle pourrait être ce soir ?

— Félix Mendez, probablement. Dès qu'il revient de voyage, il prend une soirée avec Hécate pour un vernissage ou une exposition.

— Les expositions sont aussi tardives maintenant ? m'enquiers-je, dubitatif.

Elle hausse les épaules.

— Est-il digne de confiance ?

— C'est l'un des trois réguliers d'Hécate.

— Ça ne répond pas à la question, marmonne Simon en revenant enfin parmi nous.

Il est trop calme, dans ces moments, j'ai l'impression de voir son père lorsqu'une tempête est sur le point de faire un désastre. Il va exploser et si, au départ je pensais que Roxanne deviendrait sa cible, ce soir, quelque chose a changé. Vraiment changer. Ce soir, les démons ne gagnent pas, ils se soumettent. Je me demande si ce n'est pas pire.

— Tu sais comment il fonctionne, alors qu'elle est sa prochaine action ?

Ses lèvres se pincent avant que sa paume ne frotte son visage. S'il sort de sa tétanie, il ne réagit pas aux propos de Roxanne. Ses doigts s'enroulent sur le verre à moitié plein, mais excédée, elle lui retire.

— Simon ! le réprimande-t-elle, concentre-toi, qu'est-ce qu'on doit faire ? Comment le devance-t-on ?

Ses mots traversent tout juste la barrière de ses lèvres que la porte dans notre dos s'ouvre.

La mort a un goût différent lorsqu'elle porte le nom d'Elaïa Benson. Nous savons tous qu'elle ne tue pas, non, Elaïa Benson laisse en vie ses cibles. Elle s'assure que l'enfer les aspire jusqu'à ce que la vraie mort les emporte. Les lames qui transpercent ses iris bicolores dissimulées sous ceux noirs d'Hécate nous cisaille un à un le corps. Mais pour la première fois depuis des mois, elle cède à sa vulnérabilité malgré la furie qui émane de son corps. Ce soir, Roxanne n'est pas la cible de sa colère. Je le suis.

CHAPITRE 48

Hécate, Nice

Mon manteau enfilé, je rejoins la Bugatti Divo de Félix, mon chaperon pour la nuit. Sa bouche presse avec tendresse ma joue lorsque j'arrive à sa hauteur. Même s'il est aussi délicat que d'ordinaire, le sourire crispé qu'il m'offre m'arrache un froncement de sourcils. Félix est tout autant doux et réservé que passionné et lumineux. Son attitude s'avère aux antipodes de ce à quoi il m'a habituée.

Même si j'éprouve une réelle affection pour Maddox et Vincent, je partage quelque chose de plus intense avec Félix. Peut-être que les trois petites années qui nous séparent aident à créer un lien plus intense.

Tous les trois mois et pendant un mois, il vogue vers un nouveau pays dans l'espoir de capturer la plus belle photographie. À chacun de ses retours, il s'empresse de réserver une nuit avec moi pour tout me raconter et m'amener à une exposition ou à un vernissage en lien avec le pays qu'il a découvert. Charismatique, ses yeux noirs sont mis en valeur par sa peau naturellement hâlée. Ses boucles brunes et ses quelques tatouages lui donnent une image de mauvais garçon.

Pourtant, Félix est la gentillesse incarnée sans une once de perfidie en lui. Même si je sens sa tension comme si c'était la mienne, je choisis de l'ignorer et d'attendre qu'il se confie. Tandis que je prends place du côté passager, il contourne la voiture avant de s'installer à son tour derrière le volant. Son expiration lourde alimente la tension déjà palpable.

— Je dois t'emmener à un vernissage, bafouille-t-il en évitant avec soin de me regarder.

Je sonde son profil, dubitative. Il n'y a rien d'anormal ni de choquant dans son annonce, si ce n'est peut-être qu'elle raisonne comme un ordre. J'ai toujours aimé les vernissages nocturnes, ils nous enfoncent dans un univers différent des expositions habituelles. Les sens en sont décuplés.

— Hécate, se racle-t-il la gorge, ce n'est pas le vernissage prévu. J'ai…, il déglutit, j'ai été forcé de t'emmener à une exposition bien précise.

Mon cœur fait une embardé, toutefois, je garde un air implacable et l'invite à poursuivre.

— J'ai reçu de l'argent pour t'y accompagner. Seize mille euros et l'obligation formelle de te conduire à un vernissage dont j'ignore tout.

Mon estomac se retourne et mon masque se fissure petit à petit.

— Il te connaissait. Pas Hécate, insiste-t-il, la vraie toi.

Le passé entre en collision avec le présent et je dois fournir un effort considérable pour ne pas laisser la colère prendre le contrôle.

— As-tu le nom de la personne qui t'a expressément demandé de m'y conduire ?

— Patrick Valence.

Malgré moi, un léger souffle soulagé parcourt mes muscles et les détend. Je n'ai croisé Patrick Valence qu'une seule fois et il était clair qu'il ne ressemblait en rien au Marqueur. Dirigeant des agences d'escorting de la région, il était également plutôt proche de Carla. Ça ne me choquerait pas qu'il ait découvert mon identité lors de mon entrée dans ce monde nocturne. En revanche, ça n'explique pas les seize mille euros.

— Il m'a parlé de Simon Davis et de Victor Rivaux.

Le Marqueur est bien trop fourbe pour se cacher derrière cette mascarade. Néanmoins, la sensation désagréable qui comprime ma poitrine m'ordonne de me méfier. Parfois, plus c'est évident, moins on se méfie.

— Je ne t'y emmènerai que si tu le souhaites.

Je laisse la tension prendre d'assaut l'habitacle. C'est maintenant que je dois faire un choix. C'est maintenant que je dois décider si j'offre un bout de ma confiance à Simon et l'informe de ce qu'il se trame ou si j'agis seule. Il n'y a peut-être aucune raison de paniquer, il est probable que ce ne soit pas le Marqueur, seulement, je préfère être stratégique et assurer mes arrières. J'inspire profondément.

OK, Simon, c'est le moment où tu me prouves que tu te trouves en bas du précipice pour me rattraper si je chute…

Je suis en rogne contre lui pour m'avoir dissimulé une information primordiale : il connaît le Marqueur. Cependant, comme il partage un lien avec l'homme sous ce masque, il a les réponses qui me manquent pour le retrouver. Ce soir, il doit tout m'avouer. Je ravale donc ma fierté et décide d'agir en équipe. Ce soir, je fais confiance à Simon.

— Nous n'allons pas au vernissage. Tu vas nous conduire au Casino, là-bas, quelqu'un aura peut-être une meilleure lecture de la situation.

Il acquiesce sans plus questionner ma décision et nous prenons la route pour Monte-Carlo.

Vingt-cinq minutes plus tard, Félix donne ses clés au voiturier et nous grimpons les marches jusqu'à l'entrée officielle. Étant sur la liste des privilégiés, je nous attire directement dans les salles privatives. Nous empruntons le couloir qui mène au bureau de Simon. Arrivés devant la porte, mon cœur se tord comme jamais encore il ne s'était tordu. La voix de Roxie résonne, et, cette fois, je ne peux plus rien contrôler. C'est la rage qui gagne.

— Simon ! gronde la voix de ma meilleure amie, concentre-toi, qu'est-ce qu'on doit faire ? Comment le devance-t-on ?

Ses mots ont à peine traversé la barrière de ses lèvres que j'ouvre la porte, les muscles gonflés par la haine que je ressens pour ces deux hommes.

— Vous avez osé, assénai-je dans une froideur que je ne me connaissais pas. Vous avez osé lui coller une cible dans le dos.

Il m'a laissée sauter toute seule dans ce précipice et il n'est même pas là, en bas, pour amortir ma chute. C'est ma faute, j'ai été naïve de croire qu'un homme aussi bancal pouvait me servir de filet de réception. D'autant plus stupide parce que ce soir, je fais un pas vers eux et je reçois la même sentence que d'ordinaire. On ne peut faire confiance à personne, même pas à sa meilleure amie. Tout le monde finit toujours par m'enfoncer un couteau dans le dos. Un mois que je repousse ma meilleure amie de la pire des manières pour la protéger. Un mois qu'elle choisit Victor et Simon pour une histoire qui la dépasse. Et eux, ces deux salopards, comment ont-ils osé la propulser dans cette enquête ? Qu'il ne vienne plus jamais me dire qu'il l'aime. Depuis le début, Victor perçoit Roxie comme un vulgaire pion qui n'a aucune importance. Il la traite comme un dommage collatéral qui ne vaut rien.

— Écoute, Hécate, on est tous un peu tendus, tempère Victor, comme si soudainement il allait devenir la voix de la raison. Je comprends que tu sois en rogne, mais laisse-nous une chance de t'expliquer. Elle voulait aider et…

— Parce que maintenant, tu veux m'expliquer ? me marrai-je, acide, maintenant que tout se casse la gueule, tu veux parler. Comment dis-tu déjà ? Répare si tu peux réparer, sinon c'est que tu as trop merdé et que c'est trop tard.

Je me plante droite devant Victor, mes yeux aspirant les siens.

— Devine quoi, Victor, c'est trop tard.

— Oui, j'ai fait le choix de leur faire confiance, réplique

Roxie en balayant ses larmes. Oui, j'ai conscience que tu te sens trahie par mes décisions et oui, je sais que je suis en danger. Mais je me plie en quatre pour t'aider et te prouver que tu n'es pas seule.

Un mauvais fou rire me prend la gorge. Je ne sais plus qui je veux détruire en premier, elle parce qu'elle pense que s'en mêler est la meilleure solution pour m'aider ou eux pour avoir sciemment creusé sa tombe. Il en a conscience, personne n'est dupe. Le Marqueur sait que Roxie est maintenant actrice à part entière dans l'histoire.

Ma bouche s'entrouvre pour asséner de nouveaux coups lorsque la main de Félix presse avec tendresse mon bras. Ça n'a pas l'effet voulu, ça ne m'apaise en rien, néanmoins ça a le mérite de me faire taire.

— Patrick Valence, annonce-t-il pour se recentrer sur le sujet initial. Le connaissez-vous ?

— Il est mort, intervient Simon en avalant d'une traite son verre de whisky.

— Impossible, renchérit Félix, perplexe. J'ai échangé avec lui au téléphone juste avant d'aller chercher Hécate.

Un froid polaire tombe sur le bureau, Roxie, Victor et Simon s'échangent un regard sérieux. Mes entrailles se tordent. Plus c'est gros, plus ça passe. Le Marqueur est tellement confiant qu'il ose se montrer et entrer en contact avec les personnes qui me sont le plus proches.

— Il est mort, Hécate, insiste Victor, comme si mon

trouble était associé à la méfiance que j'éprouve envers eux. Simon l'a tué il y a plus de deux heures.

Félix tend son téléphone vers Victor, mais, d'un mouvement tout aussi brusque que rapide, je le récupère.

— J'ai changé d'avis. Nous irons tous les deux à ce vernissage et j'agirai seule comme je l'ai toujours fait. Vous n'aurez rien.

— Hécate, marmonne Simon.

Je l'ignore et cale mon bras sous celui de Félix pour l'attirer vers la sortie quand la voix de Simon fait trembler les murs. J'admets être surprise de son intervention, toutefois, je ne cède pas à son caprice et m'apprête à ouvrir la porte lorsqu'un bruit sourd fige toutes les personnes présentes.

— Ce n'est toujours pas ma gorge, raillai-je sans me retourner.

Conscient que la négociation est impossible, Victor tire Roxie à l'extérieur. Je hoche la tête en direction d'un Félix mal à l'aise. Ses lèvres se tordent d'inquiétude avant qu'il n'abdique face à mon regard inflexible. Il disparaît à son tour du bureau. Tandis qu'il referme la porte derrière lui, mon intérêt se rive sur l'impact de la balle dans la porte.

— À quoi tu joues ? Qu'elle nous aide ou non, que tu saches que je le connais ou non, ça ne changerait rien à la réalité, tranche-t-il avec la même froideur que celle de notre première rencontre.

La pulpe de mes doigts presse mes paupières, je vais lui en décoller une tant il joue l'imbécile.

— Pourquoi le protèges-tu ? persiflai-je, faisant volte-face.

Qu'il le veuille ou non, taire son identité, c'est le protéger.

— Tu m'as menti, assénai-je dans une provocation volontaire. Tu m'as menti depuis le début. Tu dis que je suis celle qui manipule, mais regarde-toi ! Regarde-toi, putain ! C'est toi qui joues avec mon esprit, pas l'inverse !

— Je ne mens jamais, s'offusque-t-il, les muscles bandés par la colère.

— Oh non ! Pardon, c'est vrai, tu as omis de me dire la vérité.

— Mon objectif n'est que de te protéger, peu importe que la méthode te semble contestable.

— Contestable ? Ricanai-je, amère, vous avez utilisé ma meilleure amie, Simon ! Retire la cible que tu lui as mise dans le dos, oblige-la à partir à l'autre bout du pays, je m'en contrefous, mais nettoie ton merdier. Quant à ma protection, je te l'ai déjà dit, je n'ai besoin de personne, et certainement pas de toi.

D'un pas lent, il contourne le bureau. La distance se réduit tandis que mon cœur s'emballe.

C'est de la colère… que de la colère et rien que… de la… colère.

Il s'impose devant moi et me force à reculer contre la porte. Mon dos s'y plaque, ses bras forment une cage autour de moi.

— Elle a choisi de mettre sa vie en péril et j'ai essayé de l'en dissuader. Il faut croire que vous n'êtes pas amies pour rien.

Ses yeux voyagent jusqu'à ma bouche avant de se raccrocher aux miens. Mon pouls s'accélère un peu plus et je me maudis de sentir une légère braise s'allumer en moi.

— Tu as besoin de protection, que tu le veuilles ou non, susurre-t-il à quelques centimètres de mes lèvres. Peut-être que tu ne nous diras jamais ce qui t'est arrivé, peut-être que tu ne nous feras jamais confiance, mais laisse-moi te dire une chose, Ela. Il est dangereux.

— Non, sans blague, soufflai-je, pleine de sarcasme pour garder une contenance.

— C'est un sadique et, si je suis malade, il l'est bien plus.

— Tu crois que je ne le sais pas !

Ses doigts s'approchent de mes cheveux, mais il finit par abandonner son geste.

— Non, Ela, confesse-t-il, non, tu n'as aucune idée de qui il est.

— Alors, explique-moi ! Donne-moi toutes les informations, parce que tout ce que je vois, c'est que tu le protèges, lui, de moi !

Il claque son poing avec violence contre la porte, malgré moi, je sursaute. Je profite de sa furie passagère pour m'écarter le plus loin possible de lui.

— Je ne le protège pas ! rugit-il.

— Alors, donne-moi son nom ! Donne-moi son visage ! Donne-moi tout !

— Je refuse de te voir le tuer !

— Et ce n'est pas de la protection, ça ?

— C'est toi que je protège, Ela ! Bon sang ! pourquoi refuses-tu de me croire ? Je ne veux pas que tu aies du sang sur les mains, parce que, quand on tue pour la première fois, ça détraque la tête, Ela ! Chaque nuit, je revis mon premier meurtre encore et encore, je suis devenu un meurtrier et mes mains sont imbibées de sang ! La mort change les gens et je ne veux pas de cette vie pour toi, tu m'entends ? Jamais je ne le laisserai te faire sombrer comme il l'a fait pour moi !

Simon ne ment pas, jamais. Pourtant, ses paroles glissent sans laisser de trace.

Je ne le crois pas, je ne le crois plus.

Ses mains encadrent mon visage, son regard implore une confiance que je ne peux plus lui accorder. C'est trop tard. Je lui ai permis d'avoir bien trop de prise sur ma tête et mon cœur. Désormais, c'est terminé.

D'un geste, j'écarte ses mains et m'éloigne, le laissant derrière moi.

— Tu vois, chuchotai-je la main sur la poignée, entre la chute et l'atterrissage, j'ai toujours pensé que le plus douloureux était la chute. Avec toi dans ma vie, je sais maintenant qu'il n'y a rien d'apaisant lorsqu'on touche le sol. Félicitations, Simon, tu as visé ma gorge à la perfection.

CHAPITRE 49

Hécate, Monte-Carlo

J'ignore comment pour encore tenir sur mes deux jambes. La réalité est que mon cœur vient de se faire piétiner de la pire des manières. Il a réussi. Simon a réussi à détruire chez moi un organe intouchable depuis des années. Cependant, il ne s'y est pas pris tout seul, Roxie et Victor l'ont bien aidé.

Je descends les marches du casino et rejoins Félix.

— S'il te plaît… écoute-moi, m'interpelle Roxie.

Je serre les poings. Non seulement je me sens trahie, mais ses décisions l'amènent à jouer avec la mort. J'avais prévenu Victor, si je semble immunisée contre elle, Roxie ne l'est pas. De savoir qu'à tout moment, elle peut me priver de ma meilleure amie me comprime péniblement la poitrine. Félix m'ouvre la portière de la Bugatti, Victor me retient, m'implorant de les écouter. Je retire sa main sans céder à sa supplique. Comme dans une volonté de protéger le morceau de cœur qu'il me reste, je brise celui de Roxie.

— Tu veux danser avec la mort, Roxanne ? Eh bien, bravo, tu as gagné, à mes yeux, tu l'es. Roxanne Mesnil, j'ai l'honneur de vous annoncer que vous êtes morte.

— Hécate ! s'étrangle Victor.

— Rappelle-toi, Victor, tu es coupable et tu n'auras ni ma confiance ni mon pardon. Jamais.

— On s'en sortira, sanglote-t-elle m'arrachant un spasme douloureux, on se l'est promis. Je refuse d'abandonner même si toi, tu capitules.

Je referme la porte et détourne le regard. Pour la première fois depuis des années, je crois que mes larmes vont vraiment couler, mais je les ravale. Personne n'a eu, n'a et n'aura mes larmes, pas même elle. Félix contourne la voiture, se place derrière le volant et démarre sans attendre.

— Direction le vernissage.

— Hécate…

— Voilà ce qu'on va faire, on va y aller et s'il m'arrive quoique ce soit, tu les tiens informés.

— Qui ? Eux ? Celui qui a sciemment tiré dans la porte et ceux que tu viens de démolir ?

Sous son air étonné, j'opine.

— Laisse-moi deviner, je ne veux pas savoir ?

Après un rire bref et sec, je secoue la tête.

— Es-tu en danger ?

Je hausse les épaules, Félix est un dommage collatéral. Je préfère ne rien dire pour qu'il ne lui arrive pas un quelconque malheur. Le Marqueur l'a utilisé pour prouver qu'il pouvait atteindre qui il voulait et quand il le voulait.

« Je prends à n'importe qui, n'importe quand et sans demander l'autorisation. »

Ils se connaissent bien plus que je ne l'imagine. Si les expressions de Simon sont quelque peu différentes, il y a une intelligence et une méthode d'action similaire. Alors quoi ? Ils se sont côtoyés et Simon a sombré à cause du Marqueur ? C'est impossible, son principal tortionnaire est une femme et le Marqueur est un homme. Ça, j'en ai la certitude. Un amant, peut-être ? Je n'y crois pas, Victor est le seul homme à avoir le cœur de Simon entre ses mains. Alors qui ?

— Hécate, que risques-tu à ce vernissage ?

— Appelle-les s'il m'arrive quelque chose, c'est la seule chose importante à retenir, éludai-je.

Il soupire et se résigne. Le reste de la route se passe dans une atmosphère pesante. Arrivés depuis plus de dix minutes, ni Félix ni moi, ne bougeons de la voiture. Une grimace accrochée à ses lèvres, il finit par se tourner vers moi.

— Est-ce qu'il ne serait pas plus raisonnable de les appeler maintenant ?

Une sensation de brûlure me parcourt l'échine. Les cicatrices qui ornent ma cuisse, ma hanche et ma fesse se réveillent comme si on me réouvrait la chair.

Sans répondre à Félix, je détourne le regard de la devanture et voyage dans toute la rue. *Il* est là. *Il* l'a toujours été, ce n'était pas Simon qui me surveillait, mais bel et bien lui. Cette présence que je sens depuis des mois était celle du Marqueur. *Il* a profité de l'arrivée de Simon pour aliéner encore plus mes pensées.

Savait-il que Simon intégrerait ma vie ? Était-ce son plan depuis le départ ?

Le Marqueur

Même si je reste impassible, l'excitation s'agite dans mon estomac. Elle n'a jamais été aussi proche. Même à travers les caméras, même à quelques mètres de ses différentes résidences, même ce soir-là, quand nous avons cambriolé le cabinet d'avocat de Simon, je ne me suis jamais senti aussi proche d'elle. Ce jeu du chat et de la souris à une saveur si différente avec elle. Je sais qu'elle entrera, la curiosité la dévore. Même si elle tente de la combattre parce qu'elle me sait instigateur, elle ouvrira cette porte et jouera le jeu. Parce qu'elle est unique, et parce qu'elle est l'ultime proie.

Hécate

J'ouvre la portière après une longue inspiration. Félix enroule ses doigts aux miens, et je baisse légèrement la tête, empreinte d'inquiétude. Si Simon a raison, j'ignore qui est réellement le Marqueur, mais je sais néanmoins une chose : c'est en entrant dans son jeu que je l'anéantirai. Je n'ai jamais battu en retraite face à lui ces trois dernières années et ce n'est pas maintenant que cela va changer.

Alors que nous entrons enfin, la lumière automatique éclaire les lieux et, malgré moi, mon estomac se vide sur le sol.

Le Marqueur

Un frisson d'exaltation réchauffe mes entrailles, illuminant mon visage d'une expression radieuse… Surprise !

Hécate

Mon ventre vidé, mon esprit plus ou moins stabilisé, je me redresse et d'un pas aussi lent qu'incertain, j'avance dans la grande allée principale. Les photos exposées sont ignobles. Des mamelons déchirés, des corps éviscérés, des bouches cousues, des cordes vocales arrachées, des vagins écartelés. Tout y est. Ses tortures capturées, encadrées et exposées comme d'immenses œuvres d'art.

Plus j'avance, plus mon corps me brûle. Je sens chacune des incisions comme si le scalpel courait encore sur ma peau. Je ressens chacune des flammes du chalumeau carboniser ma chair.

« Il est sadique. »

Non, Simon, ça, c'est ce qu'on appelle un monstre. Un vrai monstre.

Le Marqueur

De corps en corps, de rune en rune, ses yeux redécouvrent mes talents et ils apprécient ce qu'ils voient. Parce qu'elle est unique, Elaïa Benson est de celle qui reste silencieuse, mais qui en redemande encore et encore. Une vive exaltation frappe contre les coutures de mon pantalon, l'envie de la capturer et de la goûter à nouveau m'arrache même un soupir. J'ai hâte qu'elle observe le grand final.

Hécate

Lorsque mon portable vibre, je le sais. C'est lui. Il a hâte de jouer et, même si je compte bien ne rien laisser paraître, je lui ai déjà offert le contenu de mon estomac à l'entrée.

— Bonsoir, bonsoir, ma petite souris favorite.

Sa voix modifiée ricoche sur ma chair comme des impulsions électriques. Elle me brûle et m'oppresse.

— Je sais que tu apprécies ma surprise. Néanmoins, j'espère que tu comprends pourquoi j'ai mis autant de temps à revenir vers toi. Il fallait que ce soit parfait, après tout, tu le mérites amplement, n'est-ce pas ?

Je ne lui ai jamais donné ma voix. Jamais il ne l'aura. Peu importe s'il l'a entendu contre mon gré, je ne lui offrirai pas volontairement.

— Je vois, tu préfères être bavarde en compagnie de Simon. Il a toujours cet effet sur les souris. Il fait les yeux doux et on lui accorde le bon Dieu sans confession.

Je ravale la bile qui se fraye un nouveau chemin vers ma gorge. Il n'aura plus rien, pas même mes tripes.

— Je te sais sauvage, mais ce soir, tu dois être docile, tu en as conscience, n'est-ce pas ? Il pourrait y avoir quelques dommages collatéraux si tu n'en fais qu'à ta tête.

Mes dents se serrent puis grincent.

— Attention, Hécate, articule-t-il avec vice, ne me résiste pas, les conséquences peuvent être lourdes. Très lourdes.

Mes narines frémissent de furie, mais je me plie à ses exigences. Je hoche la tête tandis que son rire condescendant résonne dans le micro, s'étendant sur ma peau comme une traînée d'acide.

— Avance jusqu'au fond de la boutique. Ton chien de garde reste en place, je te veux seule, rien que pour moi.

Je lance un regard vers Félix, dont le teint s'avère livide. Paralysé par ce qu'il voit, il ne risque pas de compromettre les exigences du Marqueur.

Arrivée devant sa dernière œuvre, je faillis à ma propre promesse, et mes tripes se tordent avec violence avant de se répandre une nouvelle fois sur le sol.

Je suis l'ultime proie, l'unique survivante, l'œuvre finale.

Chaque plaie, chaque brûlure et chaque entaille qu'il a infligées à mon corps crée son œuvre. D'instinct, pourtant, malgré moi, je plaque ma paume sur ma cuisse comme dans une volonté de faire taire la douleur lancinante qui parcourt mon épiderme. Sans qu'il me demande quoi que ce soit, je détourne le regard de mon propre corps photographié et exposé. J'analyse chacune des runes présentes sur les clichés. Non seulement sur mon corps, mon unique rune encore visible n'a pas le même emplacement, mais, en plus, elle n'a pas la même signification.

«La rune fait de toi ma propriété, c'est ce qu'on appelle la marque. Un jour, je t'expliquerai sa signification.»

L'indice se cache dans cette phrase. Depuis le début, la rune était la réponse. Qu'a-t-elle de si spéciale?

— Voilà, raille-t-il d'une voix métallique, maintenant tu percutes. Cette fameuse marque de propriété, pourquoi est-elle si différente de celles ancrées sur les autres proies?

Il rit et je grimace.

— Je crois qu'il est l'heure pour toi de découvrir la signification.

Le son démarre non loin du patchwork de mes blessures et je me fige en reconnaissant chacune des voix. Alors que je voudrais quitter les lieux, mes pas me guident vers l'enceinte et mes yeux tombent sur la vidéo projetée sur le mur.

— Quel est son nom?

— Ashe

— Quel âge a-t-elle?

— Vingt-deux ans.

— C'est une victime ou une proie?

— Une victime. Ce que je fais est nécessaire, mais je ne dois pas aller trop loin.

— Et ?

— Tu es là. Tu ne m'abandonnes pas. Jamais.

— Ashe ?

— Je n'aurais pas mal ?

— Tu ne ressentiras rien, fais-moi confiance.

— Je souhaite continuer.

J'observe, démunie, la violence de la réalité. Ashe, le ventre aplati contre une table de torture, pieds et poings liés et les jambes écartées. Elle s'endort après que Victor lui ait injecté un produit à l'aide d'une seringue.

— Elle dort.

Je reconnais le Simon qui se débat, celui que les démons malmènent. Alors qu'elle est silencieuse et inerte, il reste figé, incapable de bouger.

— Limite-toi à la rune, Simon, si c'est possible.

Simon ne répond rien et je le sais, les démons gagnent. J'assiste à sa chute et une envie de les sortir tous les deux de là m'assaille. Je voudrais remonter le temps et empêcher Roxie de pénétrer dans cette *Chambre*. Je voudrais concentrer l'attention de Simon sur moi et l'empêcher de tomber. C'est irrationnel et stupide, mais face à cette scène, je capture l'essence même du traumatisme de Simon.

J'ai envie de les sauver, tous les deux parce qu'ils souffrent. L'une soumise à la perversion de l'autre et l'autre soumis à son traumatisme. Mes paupières se ferment, parce que je le sais, c'est déjà passé, il l'a touchée, il l'a brisée. Les démons ont gagné et ma meilleure amie a été leur victime.

— Je t'interdis de détourner les yeux, gronde sa voix modifiée. Regarde ce qu'il est réellement. Observe son plaisir.

Soumise à la menace, je rouvre les yeux. Le briquet-tempête de Simon apparaît et, sans plus de suspens, il brûle la chair de ma meilleure amie. Lorsque la peau est suffisamment irritée, il s'arme d'un tisonnier et dessine une rune. Lorsque je découvre la rune, mes yeux s'écarquillent et ma poitrine se comprime.

Comme un rituel rodé à la perfection, la pulpe de mes doigts tapote le centre de ma cage thoracique pendant que le rire métallique du Marqueur résonne dans le micro. Je comprends et ça l'excite.

Il m'a marquée de la rune de Simon.

Il a fait de lui mon propriétaire, tout était planifié. Je ne suis pas une survivante par chance, mais la pièce finale pour détruire.

Le détruire.

Lorsque Simon découvre son sexe et commence à se masturber, je détourne les yeux. La rage et le dégoût se mélangent au désarroi. Je me sens sale, parce que Simon n'est peut-être pas le Marqueur de mon passé, mais il n'en reste pas moins un Marqueur. Le râle guttural de Simon imprègne ma peau et me hérisse le poil. La vidéo se coupe quelques secondes après.

— Bien, reprend-il d'un ton grave et sérieux. Maintenant, nous allons jouer à un petit jeu, toi et moi, ma petite souris. Comme je suis quelqu'un de généreux, je te laisse choisir. Tu as quarante-huit heures pour me dire qui je tue. Simon ou Roxanne. Attention, Souricette, toute décision a sa conséquence.

Il raccroche. Je vomis encore. Mon souffle se coupe. Je m'effondre. Mes yeux papillonnent. Je m'évanouis. Mon cœur cesse de battre. Je meurs. Enfin.

Et cette fois, j'espère ne jamais me réveiller.

CHAPITRE 50

Victor, Nice

Je raccroche pour la cinquième fois lorsque le répondeur se déclenche. Un soupir s'arrache de mes lèvres. Tout explose de tous les côtés. Entre Roxanne, qui refuse que je la console, Elaïa, qui n'a pas encore repris connaissance, et Simon, qui reste injoignable, je ne sais plus lequel des trois devient prioritaire. Ils le sont tous.

J'envoie un message à Dubois en l'appelant à l'aide. Sa réponse ne se fait pas attendre et m'assure de se charger de Simon. J'ignore où il se trouve, j'espère simplement qu'il ne sera pas là où les démons aiment l'envoyer quand il ne gère plus la situation. Je m'avance vers Roxanne lorsque la porte de chambre d'Elaïa s'ouvre dans un fracas bruyant. J'ai à peine le temps de l'entrapercevoir que le bruit de régurgitation m'irrite les oreilles. Tandis que mes lèvres se pincent, Roxanne se relève en catastrophe toutefois je l'incite à rester dans le salon. Non pas que je cherche à séparer les deux amies, seulement, je doute qu'Elaïa soit en accord avec notre présence dans son appartement. Sans surprise, Roxanne m'ignore et accourt jusqu'à sa meilleure amie.

— Dégage ! tremble la voix d'Elaïa.

— Mais Ela…

— Roxanne, rugit-elle, dégage ! Barre-toi !

Lorsqu'Elaïa apparaît, ses pupilles sont si dilatées, qu'il n'y a plus d'océan bleu-vert, seulement une marée noire englobe ses iris. Le dos de Roxanne percute instantanément la porte d'entrée et, sans délicatesse, elle lui relève la robe. Ma petite-amie ne se débat même pas et je ne l'arrête pas non plus. Ma tête s'abaisse tandis que, dans une atmosphère de plomb, Elaïa observe la brûlure de sa meilleure amie. La seconde suivante, c'est à ma mâchoire de subir la sentence.

— Tu lui as demandé de te faire confiance, siffle-t-elle. Tu lui as promis qu'elle irait bien !

Elle pointe Roxanne du doigt qui rabaisse sa robe, les yeux noyés de larmes.

— C'est ce que tu appelles aller bien, Victor ?

Elaïa se plante sur la pointe des pieds et plaque avec violence sa paume dans ma nuque. Elle me force à rapprocher mon oreille de sa bouche. Discrètement, ses griffes s'enfoncent dans ma chair. Je grimace en me soumettant à son exigence.

— Si je la perds, je t'arracherai ce que tu as de plus cher. Si je la perds, je t'anéantis.

Malgré ses larmes, c'est au tour de Roxanne d'élever la voix tandis que je me libère de la prison sauvage d'Elaïa.

— Tu crois que c'est facile pour moi, Ela ? Chaque nuit,

je revis mon agression. Chaque jour, je me demande si cette fois, Victor arrivera à temps pour me tirer des griffes de Simon quand il explose. Mais tu sais le pire, Ela ? C'est que j'imagine ce que tu as subi avec le Marqueur et me demande quelles solutions j'ai pour t'aider à panser tes plaies. Alors oui, j'ai décidé d'aider Victor et Simon. Oui, j'ai choisi de faire confiance à mes bourreaux et oui, Ela, oui, je suis tombée amoureuse de Victor. Mais…

— Ils t'ont tout dit, tu connais son nom, la coupe-t-elle en se redressant, tu sais qui se cache sous le masque de celui qui m'a laissée vivre il y a trois ans.

Les poings d'Elaïa se serrent, mes lèvres se pincent et les larmes de Roxanne redoublent.

— Dis-le-moi, assène-t-elle avec froideur.

Roxanne ne répond rien.

— Roxanne, donne-moi son prénom.

Elle reste mutique.

— Dis-le ! hurle Elaïa, ses muscles tremblants à la vibration de sa propre voix.

— Il le tuera, Ela, sanglote Roxanne, Simon le tuera et, si ce n'est pas lui, Victor s'en chargera. Alors non, je ne dirai rien. Pas parce que je veux te trahir encore, mais parce que Simon a raison, le meurtre n'est pas anodin et il change les gens. Regarde ce qu'il a fait sur lui, il est complètement brisé. Je refuse que tu suives le même chemin simplement dans une volonté de vengeance.

— Sortez de chez-moi, ordonne Elaïa d'un ton étrangement neutre, son masque sans émotion étalé à la perfection. Sortez de chez-moi et ne revenez plus jamais.

Roxanne veut insister, toutefois, l'œillade furtive que me lance Elaïa me convainc d'abandonner la partie. J'entremêle alors mes doigts à ceux de Roxanne et l'attire à l'extérieur de l'appartement. Figée devant la porte désormais close, ses larmes ne cessent d'irriter ses joues. Je l'étreins et laisse sa peine humidifier mon vêtement. J'embrasse le dessus de son crâne avant d'inspirer longuement. Lorsque ses spasmes se calment, je l'écarte de moi et visse mes yeux aux siens.

— On va te faire disparaître un petit moment.

Elle secoue la tête, les sourcils froncés.

— Écoute-moi, s'il te plaît, insistai-je, en essuyant ses larmes avec mes pouces, pour la faire flancher, il va se servir de toi. Il sait que tu nous aides et je pense qu'il a clairement fait comprendre à Elaïa que si elle n'agissait pas avec et pour lui, c'était toi qui en pâtirais.

— Je veux aider Ela.

— C'est en étant en sécurité que tu l'aideras.

Sa bouche se tord en une grimace dubitative, mais elle hoche la tête. J'ignore ce qu'il lui a dit, cependant, Elaïa repousse pour protéger, c'est son mode de fonctionnement. S'il est évident qu'une part d'elle est en furie contre nous, une autre part veut protéger Simon et Roxanne, j'en ai la certitude. Sa promesse transformée en menace permettait également de me faire passer un message. Il l'a ciblée. Le Marqueur a décidé de s'en prendre à Roxanne. Elaïa n'hésitera pas à exécuter sa menace si quelque chose arrive à sa meilleure amie, mais elle sait aussi qu'on peut la protéger.

Je la protègerai au péril de ma vie. Peu importe les risques et les conséquences.

Lorsque j'ouvre la porte d'entrée, l'odeur de nicotine me précipite dans le salon. Avachi dans le canapé, Simon ne semble pas avoir fait de crise ou alors, il le cache à merveille. Je m'apprête à me jeter sur lui pour l'enlacer, soulagé de le retrouver, cependant, il me déconseille de le toucher. L'instabilité de son état devient alors visible. Roxanne apparaît à son tour, elle s'approche de lui avec précaution.

— Je ne t'aime pas et je ne t'aimerai jamais, déclare-t-elle. Cependant, même si j'ai conscience que tu as horreur des excuses, permets-moi de te présenter les miennes. Je te demande pardon. Pardon d'avoir douté de tes intentions envers Ela. Aujourd'hui, j'ai vu un homme prêt à tout pour ma meilleure amie et ça me suffit à savoir que quoiqu'il arrive demain, vous serez là tous les deux. J'accepte de disparaître et de rester dans l'ombre, mais, s'il te plaît, Simon, ramène-moi ma meilleure amie, j'ai besoin d'elle.

Il tire sur sa clope, un nuage toxique s'étire vers le plafond avant qu'il ne se redresse et se tourne vers elle.

— Tu la retrouveras, décrète-t-il d'un ton neutre, et vous réparerez votre relation.

Elle lui adresse un timide sourire, il signe d'un mouvement de tête en guise de compréhension. Elle m'embrasse et prend le chemin de la chambre quand, avant de totalement disparaître, elle se retourne une dernière fois.

— Je reste toujours convaincue qu'Arthur est un bien meilleur choix, un choix plus sain, le provoque-t-elle. Mais pourquoi s'apprécier sainement quand on peut le faire intensément, pas vrai ?

Il y a une réalité dans les mots de Roxanne. Elaïa peut, à cet instant, haïr Simon profondément, mais ils ne tiendront pas éloignés l'un de l'autre très longtemps. Ils sont de ces relations que personne ne comprend ni ne tolère. Elle est tout autant malsaine que complexe. Toutefois, ce sont deux âmes qui sont faites pour s'aimer si fort que ça en fait mal. Quand ils réaliseront qu'à deux, ils sont invincibles, personne ne pourra plus les séparer, pas même le Marqueur.

CHAPITRE 51

Simon. Nice. trente-six heures écoulées

Devant sa résidence, je fais tourner le portable entre mes doigts avant de me décider à l'appeler. La première tentative se solde par un échec rapide. Elle a tout simplement refusé l'appel. Je soupire, laisse quelques minutes s'égrener avant de recomposer son numéro. Cette fois, la sonnerie retentit à plusieurs reprises, cependant, elle ne répond toujours pas. Il n'y a aucun risque qu'il comprenne que nous communiquons, toutes les caméras et tous les micros ont été retirés de son appartement. Le secteur a été ratissé de long en large et en travers pour s'assurer que je suis seul aux abords de sa résidence et une équipe de plus de huit binômes quadrillent la rue. S'il est là, il ne peut pas nous échapper. J'insiste et l'appelle pour la troisième fois. Elle décroche, mais seule sa respiration m'accueille. Le soulagement entoure mon cœur et apaise mon estomac du nœud qui le comprimait.

— Je répondrai à chacune de tes questions, du moins toutes celles auxquelles je peux répondre. En revanche, je ne te donnerai pas de noms. Jamais.

De nouveau, seul le souffle léger à l'autre bout du fil me confirme qu'elle est toujours là.

— Le téléphone est sécurisé Ela, il n'entendra rien.

Un grognement s'arrache de ses lèvres. Même si la patience n'est pas l'une de mes qualités, j'inspire et attends qu'elle daigne parler.

— Je te hais.

Si ses mots me blessent, je les accepte, ce soir, tout ce qui m'importe, c'est qu'elle parle.

— Roxie ?

— Victor a compris ton message.

— Si je perds ma meilleure amie, Simon, je t'en tiendrai responsable et je te tuerai. Cette fois, je n'hésiterai pas une seule seconde et je viserai droit dans ton cœur.

— Il ne lui arrivera rien, répliquai-je en ignorant ses menaces. Victor va la faire disparaître le temps qu'on retrouve sa trace. En faisant son retour officiel hors de sa période de chasse, il a commis une erreur.

— Es-tu un Marqueur ?

— Oui.

— Comment est-ce possible qu'il y ait deux Marqueurs ?

Je ravale ma salive, mal à l'aise. J'ai promis de répondre à toutes ses questions, pourtant, l'idée de lui livrer mon histoire me serre la gorge. Si elle me déteste déjà aujourd'hui, que restera-t-il demain ? J'ai beau être prêt à encaisser les coups, l'idée de la perdre m'écrase la poitrine. Je prends une longue inspiration et me décide. Il n'y a plus de retour en arrière.

— Nous avons été entraînés ensemble.

— Entraînés ?

— À dix ans, j'ai commencé à apprendre l'histoire des runes, six mois après je découvrais la chasse, du moins pas celle des animaux. À onze ans, j'ai commencé à marquer jusqu'à mes quinze ans. Il était déjà en activité lorsque j'ai commencé mon entraînement.

Un hoquet s'échappe de sa bouche. Elle me prend pour un monstre. Elle dit que je n'en suis pas un, mais, au fond, elle pense le contraire. Si c'est douloureux, je ne lui en veux pas, c'est la réalité.

— M'as-tu menti quand tu m'as dit que tu n'avais tué qu'une seule femme ?

— Oui, mais pas de la manière dont tu le penses. J'ai tué la femme qui nous a entraînés lorsque j'avais quinze ans. Du moins, c'est ce que je pensais jusqu'à il y a un mois. Elle est vivante. Donc, techniquement, je n'ai jamais tué de femmes. En revanche, la mort a une place prépondérante dans son propre rituel d'appropriation. Si la proie meurt, personne ne peut la lui voler.

— C'est à cause d'elle que tu as été incarcéré pendant quatre ans ?

Mes dents grincent, je ne peux pas répondre honnêtement à cette question. Je craque mes cervicales, gonfle mes poumons et réponds :

— Non, mais je ne peux pas t'expliquer la raison de ma condamnation.

— Est-ce qu'un jour, tu me la confesseras ?

— Est-ce que ça veut dire que tu ne m'abandonneras pas ?

Elle s'enfonce dans le mutisme et je regrette d'avoir renchéri avec autant de rapidité.

— Je n'ai pas encore décidé ce que j'allais faire de toi, avoue-t-elle.

À demi satisfait, le coin de mes lèvres se courbe légèrement. Je saisis tout l'espoir qu'elle m'offre, même le plus petit morceau. Néanmoins, une étrange lourdeur pèse sur mes épaules, tandis qu'une tension oppressante comprime ma cage thoracique.

— Ce n'est pas mon propriétaire, marmonne-t-elle.

— Plaît-il ?

— Le Marqueur… n'est pas mon propriétaire.

— Répète ? soufflai-je désarçonné.

Elle soupire et semble vouloir se donner du courage. Elle ne réplique pas tout de suite et la pression augmente en moi.

— J'ai dissimulé ma rune par le tatouage dans ma nuque.

Je déglutis, mais ne dis rien, je crains de comprendre trop vite la suite.

— J'ai été marquée à la cuisse, c'est vrai, mais elle est invisible et c'était volontaire. Il voulait que seule celle sur ma nuque soit lisible.

Elle baragouine une nouvelle fois qu'il n'est pas son

propriétaire et je me frotte le visage avec frénésie. Elle est incapable de le dire et je crois que je le suis tout autant qu'elle. Le silence s'impose à nous, toutefois, je commence à connaître Ela, du moins, je le pense. Elle a besoin de mots pour que ce soit réel.

— C'est ma rune que tu as d'ancrée dans ta peau, déclarai-je d'une voix étranglée.

Elle étouffe son hoquet qui ressemblerait presque à un sanglot. Une envie puissante de la prendre dans mes bras explose en moi. Je fronce les sourcils, depuis quand ai-je envie de prendre quelqu'un dans mes bras volontairement ?

Je secoue la tête et me reconcentre sur la conversation. Je dois lui poser une question compliquée, une question qui va lui sembler hallucinante. Toutefois, sa réponse va déterminer la gravité de la situation.

— T'es-tu renseignée sur la rune qu'il t'avait ancrée ?

Un faible oui s'extirpe de ses lèvres.

— Si la mort fait partie du rituel du Marqueur, tout comme lui, j'ai également un rituel. Aujourd'hui, je ne le réalise plus, mais quand j'étais plus jeune, lorsque je terminais mon rituel, j'apposais deux runes sur le corps des femmes. L'une d'entre elles était marquée dans la nuque des proies.

— Victimes, me réprimande-t-elle avec sécheresse.

— Dans la nuque des victimes, repris-je, la gorge nouée. Laquelle as-tu sur ta nuque ?

— Celle que tu as ancrée sur Roxie.

Mon esprit voyage instantanément vers Jade. Les images se mélangent et le passé entre en collision avec le présent. Je n'ai terminé mon rituel que lors de la toute dernière chasse. Celle qui a tout détruit entre nous. Mes paupières se ferment et je comprends pourquoi il a laissé Ela en vie.

— Qu'est-ce qu'il t'a dit ?

— Simon.

— Ela, cette rune a une plus grande signification que tu ne le crois. Je ne l'ai fait que sur deux personnes.

— Tu n'as pas marqué Nox et Aria ? Ni même Sélène ?

— Si, seulement je n'ai pas utilisé la même rune.

— Je ne comprends pas…

— Ela… ma dernière pr… victime… avant Roxanne, c'était la seule femme à qui j'ai apposé la rune de la protection.

— Jade, annonce-t-elle, froidement. Elle s'appelait Jade. Tu étais attachée à elle.

Abasourdi qu'elle dévoile son prénom, le choc me laisse hébété quelques secondes. Mon esprit s'enfume, je ne parviens pas à comprendre comment elle a pu obtenir cette identité. Puis, il s'immisce sous mon crâne et je saisis. Il lui a dit. J'ignore quand et dans quel but, mais c'est de lui que vient cette information. Incapable de me dévoiler concernant cette femme du passé, je choisis de taire cette partie de l'histoire.

— Elle devenait intouchable, éludai-je. Si nous étions deux à marquer, la proie devenait la propriété de celui qui finissait son rituel. Je ne finissais jamais, sauf avec elle. Je voulais la protéger.

Les bruits de froissements de tissus m'indiquent qu'elle se redresse. Son souffle se saccade, elle hyperventile. Sans réfléchir, je me rue à l'intérieur de sa résidence. Je l'entends haleter, mon cœur se serre, c'était une erreur, je n'aurais pas dû lui dire. Je presse avec insistance sur le bouton de l'ascenseur qui tarde beaucoup trop à venir.

— Il a tout prévu, ricane-t-elle entre deux hyperventilations. Je ne suis pas l'unique survivante, je suis l'ultime proie.

— Ela, respire, s'il te plaît, paniquai-je.

Je ne sais pas soulager les gens, moi, je les pousse dans le vide, bordel ! Comment vais-je faire pour la calmer ? Une fois à son étage, je tambourine à sa porte.

— Ouvre-moi Ela, s'il te plaît…

— Non, tu dois rester loin, Simon.

— Ela ouvre, je t'en prie, suppliai-je en collant mon front contre sa porte.

— Je ne peux pas… je ne peux pas choisir, marmonne-t-elle, s'étouffant avec son propre air.

Elle raccroche et l'angoisse tord mes entrailles. Au travers de la porte, je l'entends hurler et ma poitrine se compresse. Je frappe avec véhémence contre la porte, mais elle continue de m'ignorer.

— S'il te plaît, Ela ! Ouvre !

Sa porte restera fermée. Elle hurlera pendant des heures, je tambourinerai tout au long de la nuit, et nous finirons l'un et l'autre contre cette porte verrouillée. Parce qu'on ne peut pas s'approcher, pourtant, tout ce dont on a besoin, c'est d'être là, l'un pour l'autre.

Il le savait, je le connaissais intelligent, mais pas autant. Il savait qu'elle deviendrait l'un des points centraux de mon monde, et que j'en deviendrais un dans le sien. Aujourd'hui, comme il y a treize ans, c'est moi qui paye pour lui. C'est moi qui dois souffrir pour sa folie. Je suis peut-être un monstre, je suis peut-être malade, mais je n'ai jamais craint d'assumer mes fautes et d'en payer le prix. Je savais que je perdrais Ela à la seconde où elle découvrirait la vérité. J'admets ne pas m'être préparé à une chute aussi intense et pénible, mais j'étais prêt à subir la perte. Lui, en revanche, il s'est toujours faufilé entre les mailles du filet, et j'étais celui qui payait. Cette fois, je vais le rattraper, et je ne le louperai pas. Je ne payerai plus pour lui. Je ne me tairai plus, pas quand c'est Ela qui est la cible.

Toi qui aimes les cache-cache, reste caché, parce que si je te trouve, je te tue.

CHAPITRE 52

Le Marqueur. Nice. Quarante-neuf heures écoulées

Le plus exaltant lors d'une chasse, c'est l'instant où, dans les yeux de la proie, on y lit sa résignation. Celle qui dit : *« Tu as gagné, je me soumets. »*

Le plus excitant lors d'un dilemme, c'est le moment où la proie réalise que, peu importe son choix, les conséquences ne seront satisfaisantes que pour le chasseur.

Ce soir, le plus vivifiant est de leur prendre à tous leurs certitudes. Ils se sont crus plus intelligents que moi, et ils vont payer pour cela.

Si j'admets que ma petite souris a de la ressource, elle commet des erreurs qui la rendent faible. Terriblement vulnérable. Je ne saurais décrire avec précision l'exultation qui s'est diffusée sous ma chair quand elle s'est enfin décidée à jouer.

Alors que je me perds dans mon excitation, la porte principale de la résidence s'ouvre. Adossé contre un poteau à quelques mètres d'elle, un rictus s'allume au coin de ma bouche.

— Un, deux, trois, murmurai-je, rieur, nous irons au bois.

Je tire sur le filtre de ma clope et laisse le nuage s'échapper dans les airs.

— Quatre, cinq, six, cueillir des proies.

Même si la rime laisse à désirer, je ne suis pas un poète, je suis un chasseur. Et tel le petit chaperon rouge, Roxanne Mesnil n'a aucune conscience du loup qui rôde non loin d'elle. Ses yeux se rivent sur son portable, ses doigts, assurément experts, tapotent sur l'écran.

— Vas-y ma douce poupée, préviens-les, préviens-les tous, sifflotai-je à faible voix.

Le tic-tac de ma montre fait palpiter mon cœur, c'est bientôt l'heure. C'est le moment d'entrée en scène, et elle sera théâtrale. Je me délecterai de leur rage et aspirerai leur faiblesse. Bientôt, je prendrai tout et ils ploieront le genou. Simon le ploiera et recommencera enfin à jouer avec moi.

N'est-il pas plaisant de les observer se pavaner, nous attendre tels de beaux princes charmants qui offriront à leur corps tout ce qu'elles veulent et bien plus encore ?

Lorsqu'elle relève la tête, les sourcils froncés, mon sourire s'élargit. Ils ne viendront pas, petite poupée. Elle compose un numéro et calle le téléphone contre son oreille.

— Sonne, sonne, petit téléphone, personne ne te répondra, ris-je.

Elle tente une seconde fois, mais en vain. Je retire le tabac de ma clope et garde le filtre dans l'une de mes poches de blouson. Lorsque son soupir traverse la barrière de ses lèvres, j'enfonce mes mains dans mes poches. D'un pas traînant bien qu'impatient, j'avance et réduis la distance entre nous. La sonnerie de son téléphone résonne dans les airs, ses yeux envisagent de lire la notification lorsque ma voix l'interpelle.

— Bonsoir, mademoiselle Mesnil. Votre chauffeur est arrivé, raillai-je.

Elle recule, ses doigts prêts à composer un numéro d'urgence, mais je balaye son portable d'un revers de main. L'écran se fissure à cause de l'impact sur le sol. Par peur, elle se plaque contre le mur, et l'exaltation dans ses yeux bridés m'allument. Ses dents mordillent sa lèvre et j'ai déjà hâte de sentir sa bouche réchauffer mon entre-jambe. Sa respiration se saccade, dans un élan de provocation, elle veut déjà commencer à courir alors, d'une paume ferme, je la rattrape par la nuque et l'emprisonne de nouveau contre le mur. Je claque ma langue contre mon palais et un râle rieur s'échappe de mes lèvres.

— Nous aurons tous le temps de jouer au chat et à la souris.

De ma main libre, j'enfonce lentement une aiguille dans sa chair. Je jubile et murmure à son oreille :

— Ils m'appellent tous le Marqueur…

Ses yeux papillonnent, elle combat les effets du sommeil et ma peau s'embrase.

— Mais toi, ma douce petite poupée, la narguai-je alors que son corps s'affaisse entre mes bras, appelle-moi Côme Davis.

À Suivre…

REMERCIEMENTS

Ne serions-nous pas arrivés à la page fatidique des effusions sentimentales ? Je n'ai toujours pas acquis un grand sens de la communication affective, (on se demande bien de qui tient Simon Davis…).

J'y ai cru. Grâce à vous, grâce à vos retours si positifs et votre soutien infaillible. Oui, j'y ai cru et, alors que j'écris ces mots, j'y crois encore. Parce que Simon, Victor et Elaïa méritent que l'on croie en eux.

Pour ceux qui l'ignorent, vous venez de découvrir mon tome favori de la trilogie *Sous Le Masque*, plutôt centré sur Simon et son histoire. J'ai écrit, lu et relu cet opus avec conviction, amour et passion ainsi que beaucoup (vraiment beaucoup) de douleurs. C'était pénible, mais c'était puissant.

Une nouvelle fois, la campagne Ulule, qui a connu un second succès, permet à *Sous Le Masque* de garder sa qualité. Merci à Alexane, Thibaut, Sophie, Marie-José, Mickaël, Vincent, Myriam, Queenie, Auriane, Alicia, Noémie, Clotilde, Hélène, Martine, Nelson, Élodie, Annick, Joëlle, Laura, J.Catalana et Lucie pour leur participation au projet.

Je n'ai pas été seule à vivre les joies de la réécriture, comme dirait l'expression : « on prend les mêmes et on recommence ! ». Mes fidèles bêta-lectrices, Clotilde, Olga et Alix, ont été d'un renfort immense. Comme lors du premier tome, elles ont passé un temps considérable à penser et réfléchir avec moi aux moindres détails, à la virgule près. Chaque morceau de cette chasse au Marqueur a été décrypté pour vous proposer, aujourd'hui, un nouveau volume encore plus dur, mais plus intense, je l'espère, de l'histoire de ces personnages que vous avez appris à aimer dans le tome 1.

Marie s'est jointe à la partie, essuyant des heures et des heures de panique. Elle mérite un prix (et un applaudissement s'il vous plaît) pour la patience qu'elle a montrée face à mes crises d'angoisse continues.

Mais je crois, encore une fois, que c'est à ma mère que je me dois d'adresser ma plus profonde gratitude. Elle qui se démène, dans l'ombre, pour que *Sous Le Masque* obtienne la visibilité qu'il mérite. Alors, maman, merci. Du soutien, de la patience et de l'amour avec lesquels tu m'entoures au quotidien.

Je remercie cette communauté rencontrée à mesure que le tome 1 prend sa place parmi toutes les PAL qui existent. Vous êtes là, et vous y croyez. En ma plume, en mon histoire. Alors, merci. D'être là, mais surtout d'être vous.

Merci également à Charlotte Graphisme, de me permettre de vous proposer une mise en page et une couverture exceptionnelles, ainsi qu'à Oriana qui a accepté de poursuivre l'aventure en corrigeant ce deuxième opus. Pour finir, je remercie infiniment TLC Painting, Clara LM ainsi que Meg d'avoir rejoint le navire pour offrir des visuels marquants et aussi puissants que je le souhaitais. Un ultime remerciement aux boutiques en ligne Un Soupçon de Sortilège et à Ma Bougie Nature pour leur implication artisanale dans le projet.

Dernière pensée à mon père, qui, je le sais, de là où il est, veille sur ma réussite. Même si tu ne me vois plus grandir, je sais que tu serais fier de ce que je deviens.

Et comme toujours, j'aime à te rappeler à toi, lectrice, lecteur, qu'un rêve n'est jamais irréalisable. Il a peut-être besoin de temps et de patience, mais il éclora, aie confiance. Comme dirait (encore une fois) Kaï Mori[12] : *« Je ne fais jamais d'erreur. Soit j'ai raison, soit j'apprends. »*

Sadiquement vôtre,

Iris Margot.

12 Personnage des Devil's Night, Saga de Penelope Douglas

www.ingramcontent.com/pod-product-compliance
Lightning Source LLC
LaVergne TN
LVHW010553100826
845148LV00014B/2694

* 9 7 9 1 0 9 7 8 9 3 2 1 7 *